金學叢書
第二輯 5

吳　敢
胡衍南　霍現俊
主編

王汝梅《金瓶梅》研究精選集

王汝梅　著

臺灣學生書局 印行

金學叢書第二輯序

　　2013 年 5 月第九屆（五蓮）國際《金瓶梅》學術討論會期間，胡衍南、霍現俊忙裏偷閒，時而小聚，漢書下酒，就中便有本叢書編輯出版一事。當時即擬與吳敢商談，以期盡快成議。只是吳敢當時會務繁多，此議終未提及。2013 年 7 月 3 日，胡衍南到徐州公幹，當晚至吳敢舍下小酌，此事即進入操作程序。此後電郵往來，徐州、臺北、石家莊三方輾轉，叢書編撰框架日漸明朗。2013 年 11 月 23 日，胡衍南再度到徐州公幹，代表臺灣學生書局與吳敢詳盡商談編輯出版事宜，本叢書遂成定案。

　　此「金學叢書」之由來也。

　　中國古代小說研究，重大課題眾多。近代以降，紅學捷足先登。20 世紀 80 年代，金學亦成顯學。明代長篇白話小說《金瓶梅》是中國文學史上一部里程碑式的重要作品，其橫空出世，破天荒打破以帝王將相、英雄豪傑、妖魔神怪為主體的敘事內容，以家庭為社會單元，以百姓為描摹對象，極盡渲染之能事，從平常中見真奇，被譽為明代社會的眾生相、世情圖與百科全書。幾乎在其出現同時，即被馮夢龍連同《三國演義》《水滸傳》《西遊記》一起稱為「四大奇書」。不久，又被張竹坡譽為「第一奇書」。《紅樓夢》庚辰本第十三回脂評：「深得《金瓶》壼奧」。魯迅《中國小說史略》認為「同時說部，無以上之」。

　　自有《金瓶梅》小說，便有《金瓶梅》研究。明清兩代的筆記叢談，便已帶有研究《金瓶梅》的意味。如明代關於《金瓶梅》抄本的記載，雖然大多是隻言片語的傳聞、實錄或點評，但已經涉及到《金瓶梅》研究課題的思想、藝術、成書、版本、作者、傳播等諸多方向，並頗有真知灼見。在《金瓶梅》古代評點史上，繡像本評點者、張竹坡、文龍，前後紹繼，彼此觀照，相互依連，貫穿有清一朝，形成筆架式三座高峰。繡像本評點拈出世情，規理路數，為《金瓶梅》評點高格立標；文龍評點引申發揚，撥亂反正，為《金瓶梅》評點補訂收結；而尤其是張竹坡評點，踵武金聖歎、毛宗崗，承前啟後，成為中國古代小說評點最具成效的代表，開啟了近代小說理論的先聲。明清時期的《金瓶梅》研究，具有發凡起例、啟導引進之功。

　　20 世紀是人類歷史上可足稱道的一個百年。對中國人來說，世紀伊始，產生了驚天動地的兩件大事：1911 年封建王朝的終結，1919 年「五四」新文化運動的興起。中國人

心裏承接有豐富的傳統，中國人肩上也負荷著厚重的擔當。揚棄傳統文化，呼喚當代文明，這一除舊佈新的文化使命，在中國用了大半個世紀的時間。觀念形態的更新、研究方法的轉變、思維體式的超越、科學格局的營設一旦萌發生成，便產生無量的影響，具有劃時代的意義。《金瓶梅》研究即為其中一例。

以1924年魯迅《中國小說史略》出版，標誌著《金瓶梅》研究古典階段的結束和現代階段的開始；以1933年北京古佚小說刊行會影印發行《金瓶梅詞話》，預示著《金瓶梅》研究現代階段的全面推進；以30年代鄭振鐸、吳晗等系列論文的發表，開拓著《金瓶梅》研究的學術層面；以中國大陸、臺港、日韓、歐美（美蘇法英）四大研究圈的形成，顯現著《金瓶梅》研究的強大陣容；以版本、寫作年代、成書過程、作者、思想內容、藝術特色、人物形象、語言風格、文學地位、理論批評、資料彙編、翻譯出版、藝術製作、文化傳播等課題的形成與展開，揭示著《金瓶梅》的研究方向。一門新的顯學——金學，已經赫然出現在世界文壇。

20世紀70年代以來的當代金學，中國的吳曉鈴、王利器、魏子雲、朱星、徐朔方、梅節、孫述宇、蔡國梁、甯宗一、陳詔、盧興基、傅憎享、杜維沫、葉朗、陳遼、劉輝、黃霖、王汝梅、周中明、王啟忠、張遠芬、周鈞韜、孫遜、吳敢、石昌渝、白維國、陳昌恆、葉桂桐、張鴻魁、鮑延毅、馮子禮、田秉鍔、羅德榮、李申、魯歌、馬征、鄭慶山、鄭培凱、卜鍵、李時人、陳東有、徐志平、陳益源、趙興勤、王平、石鐘揚、孟昭連、何香久、許建平、張進德、霍現俊、陳維昭、孫秋克、曾慶雨、胡衍南、李志宏、潘承玉、洪濤、楊國玉、譚楚子等老中青三代，辨章學術，考鏡源流，營造了一座輝煌的金學寶塔。其考證、新證、考論、新探、探索、揭秘、解讀、探秘、溯源、解析、解說、評析、評注、匯釋、新解、索引、發微、解詁、論要、話說、新論等，蘊含宏富，立論精深，使得金學園林花團錦簇，美不勝收，可謂源淵流長，方興未艾。中國的《金瓶梅》研究，經過80年漫長的歷程，終於在20世紀的最後20年登堂入室，當仁不讓也當之無愧地走在了國際金學的前列。

此「金學叢書」之要義也。

本叢書暫分兩輯，第一輯為臺灣學人的金學著述，由魏子雲領銜，包括胡衍南、李志宏、李梁淑、鄭媛元、林偉淑、傅想容、林玉惠、曾鈺婷、李欣倫、李曉萍、張金蘭、沈心潔、鄭淑梅，可說是以老帶青；第二輯為中國大陸20世紀80年代以來學人的《金瓶梅》研究精選集，計由徐朔方、甯宗一、傅憎享、周中明、王汝梅、劉輝、張遠芬、周鈞韜、魯歌、馮子禮、黃霖、吳敢、葉桂桐、張鴻魁、陳昌恆、石鐘揚、王平、李時人、趙興勤、孟昭連、陳東有、孫秋克、卜鍵、何香久、許建平、張進德、霍現俊、曾慶雨、楊國玉、潘承玉、洪濤諸位先生的大作組成，凡31人30冊（其中徐朔方、孫秋克，

傅憎享、楊國玉，王平、趙興勤，因字數兩人合裝一冊），每冊 25 萬字左右。

　　天津師範學院（今天津師範大學）朱星是中國大陸金學新時期名符其實的一顆啟明星，他在 1979 年、1980 年連續發表多篇論文，並於 1980 年 10 月由百花文藝出版社結集出版了中國大陸新時期《金瓶梅》研究的第一部專著《金瓶梅考證》。朱星的研究結論不一定都能經得住學術的檢驗，但朱星繼魯迅、吳晗、鄭振鐸、李長之等人之後，重新點燃並高舉起這一支學術火炬，結束了沉寂 15 年之久的局面，這一歷史功績，應載入金學史冊。遺憾的是，朱星先生 1982 年逝世，後人查訪困難，只能闕如。

　　香港夢梅館主梅節可謂《金瓶梅》校注出版的大家，1988 年由香港星海文化出版有限公司出版《全校本金瓶梅詞話》；1993 年由梅節校訂，陳詔、黃霖注釋，香港夢梅館出版《重校本金瓶梅詞話》（該本後由臺灣里仁書局 2007 年 11 月初版，2009 年 2 月修訂一版，2013 年 2 月修訂一版八刷）；1998 年梅節再為校訂，陳少卿抄寫，香港夢梅館出版《夢梅館校定本金瓶梅詞話》。前後三次合共校正詞話原本訛錯衍奪七千多處，成為可讀性較好的一個本子。梅節由校書而研究，關於《金瓶梅》作者、傳播、成書、故事發生地等問題的認識，亦時有新見。可惜的是，梅節先生的論文集《瓶梅閒筆硯——梅節金學文存》2008 年 2 月由北京圖書館出版社出版，版權協商匪易，未能入選。

　　上海音樂學院蔡國梁 20 世紀 50 年代末即開始研習《金瓶梅》，寫下不少筆記，1980 年前後即依據筆記整理成文，1981 年開始發表金學論文，1984 年出版第一部專著[1]，累計出版金學專著 3 部[2]、編著 1 部[3]，發表論文多篇，內容涉及《金瓶梅》的思想、源流、人物、作者、評點、文化等諸多研究方向，是早期《金瓶梅》研究的主力成員。無奈聯繫不上，不得已而割愛。

　　國人研究《金瓶梅》的論著，最早是闕鐸的《紅樓夢抉微》[4]，但其只是一個讀書筆記。天津書局 1940 年 8 月出版之姚靈犀《瓶外卮言》，嚴格說也只是一個資料彙編。香港大源書局 1961 年出版之南宮生著《金瓶梅》簡說，算得上是一個原著導讀。臺北時報文化出版公司 1978 年 2 月出版之孫述宇著《金瓶梅的藝術》，可說是第一部文本研究的學術著作。該書全文收入石昌渝、尹恭弘編選的《臺港金瓶梅研究論文選》[5]。2011 年 3 月上海古籍出版社再版，增加了一篇作者自序，更名為《金瓶梅：平凡人的宗教劇》。

1　《金瓶梅考證與研究》，西安：陝西人民出版社，1984 年。
2　另兩部為：《明清小說探幽——明人、清人、今人評金瓶梅》，杭州：浙江文藝出版社，1985 年；《金瓶梅社會風俗》，天津：百花文藝出版社，2002 年。
3　《金瓶梅評注》，桂林：灕江出版社，1986 年。
4　天津大公報館 1925 年 4 月鉛印。
5　南京：江蘇古籍出版社，1986 年。

孫述宇先生本已與上海古籍出版社洽商同意編入金學叢書，並授權主編代理，忽中途撤稿，原因還是版權問題。

還有其他一些因故未能入選的師友：或已作仙遊[6]，或礙於本輯叢書的體例[7]，或因為版權期限，或失去聯繫等。凡此種種，均為缺憾。

儘管如此，第二輯連同第一輯 14 人 16 冊總計所入選的此 45 人 46 冊，已經是中國當代金學隊伍的主力陣容，反映著當代金學的全面風貌，涵蓋了金學的所有課題方向，代表了當代金學的最高水準。

此「金學叢書」之大略也。

臺灣學生書局高瞻遠矚，運籌帷幄，以戰略家的大眼光，以謀略家的大手筆，決計編撰出版「金學叢書」，實金學之幸，學術之福。主編同仁視本叢書為金學史長編，精心策劃，傾心編審。各位入選師友打造精品，共襄盛舉。《金瓶梅》研究關聯到中國小說批評史、中國小說史、中國文學史、中國文學評點史、中國文學批評史等諸多學科，是一個應該也已經做出大學問的領域。為彌補本叢書因為容量所限有很多師友未能入選的不足，特附設一冊《金學索引》[8]，廣輯金學專著、編著、單篇論文與博碩士論文，臚列學會、學刊與所舉辦之金學會議，立此存照，用供備覽。本叢書的編選，既是對過往的總結，也是對未來的期盼。本叢書諸體皆備，雅俗共賞，可以預測，將為金學做出新的貢獻。

此「金學叢書」之宗旨也。

金學已經不是一座象牙塔，而是一處公眾遊樂的園林。三百多部論著，四千多篇學術論文，二百多篇博碩士論文，既有挺拔的大樹，也有似錦的繁花，吸引著越來越多的研究者與愛好者探幽尋奇。不容置疑，傳統的金學，加上以文化與傳播為標誌的、以經典現代解讀為旗幟的新金學，必然展示著甯宗一先生的經典命題：說不盡的《金瓶梅》。

此「金學叢書」之感言也。

吳敢、胡衍南、霍現俊（吳敢執筆）

2014 年元旦

6　如王啟忠、鮑延毅、孔繁華、許志強諸先生等，駕鶴西去的徐朔方先生的精選集由其高足孫秋克代為編選，劉輝先生的精選集由其摯友吳敢代為編選。

7　本輯叢書乃論文精選集，字典、詞典與小塊文章結集便未能入選，《金瓶梅》語言研究的幾位專家如白維國、李申、張惠英、許仰民等因此失選。

8　吳敢編著，分上下兩編。

王汝梅《金瓶梅》研究精選集

目　次

序 跋 篇

附 錄

綜 藝 篇

《金瓶梅》：晚明世情的斑斕畫卷

　　《金瓶梅》是《紅樓夢》之祖，沒有《金瓶梅》就產生不了《紅樓夢》。《金瓶梅》是晚明的真實歷史形象的再現，是一部偉大的世情小說。作者蘭陵笑笑生超越傳統的藝術革新精神，讓當今的作家為之讚歎、為之震驚。《金瓶梅》中有以前的作品裏所不能達到的新東西：是傳統文化歷史轉型期集大成之巨著，是中華民族的驕傲。經過近三十年來的深入研究，這一評價已為中國學界所共識，也為全世界所認定。美國學者海托華認為：「中國的《金瓶梅》與《紅樓夢》二書，描寫範圍之廣，情節之複雜，人物刻畫之細緻入微，均可與西方最偉大的小說相媲美。」走進經典名著《金瓶梅》的藝術世界，可以從中學寫作方法，從中瞭解歷史、瞭解傳統文化，從中感受古代人的情愛人性，可以從中汲取營養，以有助於自己的文化素養，有助於當今的文化建設。

《金瓶梅》文化藝術價值的三次歷史性發現

　　《金瓶梅》揭露腐敗，直斥時事，悲憫人性，探索人生，在明清時期受到有新觀念的作家文人的肯定讚揚。同時也受到封建專制主義的禁毀打壓，也受到讀者的曲解誤讀。《金瓶梅》像一位遭受冤假錯案的藝術家，數百年受冤枉受委屈。雖然有禁毀、有誤讀，但沒有摧毀消滅它。更有獨具慧眼的天才人物發現《金瓶梅》的藝術美，有三次歷史性的發現。

　　第一次，晚明作家謝肇淛（1567-1624），在他的文集中有一篇〈金瓶梅跋〉。此跋評價《金瓶梅》直面人生、描繪世態人情的寫實成就，稱讚作品是「稗官之上乘」，作者是「爐錘之妙手」，塑造人物具有肖貌傳神，形神兼備特點，藝術成就超過《水滸傳》，因為《水滸傳》寫人物走的是老路，人物情節前後有重複之處，而《金瓶梅》寫人物則

各有各的面貌，「聚有自來，散有自去，讀者意想不到」。

謝肇淛珍藏《金瓶梅》抄本，潛心細讀，多年把玩。他很可能是《新刻繡像批評金瓶梅》（簡稱崇禎本）的評改者。評改本的評語和〈金瓶梅跋〉是互補的，似應出自一人之手。評語肯定《金瓶梅》是一部世情書，而不是淫書。作者「針工匠斧」，寫人物並聲影、氣味、心思、胎骨「俱為摹出，真爐錘造物之手」。同情潘金蓮，欣賞潘金蓮，認為金蓮有諸多可愛之處。對《金瓶梅》人物形象的藝術美，多有新發現。謝肇淛是最早寫專篇論文評價《金瓶梅》的作家。

第二次，在上世紀二十年代，魯迅在《中國小說史略》中稱《金瓶梅》為世情書，「諸世情書中，《金瓶梅》最有名。」「《金瓶梅》作者能文」「描寫世情，盡其情偽」「作者之於世情，蓋誠極洞達，凡所形容，或條暢，或曲折，或刻露而盡相，或幽伏而含譏，或一時並寫兩面，使之相形，變幻之情，隨在顯見，同時說部，無以上之。」魯迅繼承明清批評家的觀點，進一步發現《金瓶梅》藝術獨創特點，肯定其在小說史上的地位，對現代《金瓶梅》研究起了開創作用。

第三次，1957年，毛澤東在中共中央的一次談話中說：「你們看過《金瓶梅》沒有？我推薦你們看一看，這本書寫了明朝的真正歷史。」1961年12月，他在中央政治局常委和各大區第一書記會議上又說：「《金瓶梅》是《紅樓夢》的祖宗，沒有《金瓶梅》就寫不出《紅樓夢》。」毛澤東特別關注作者對晚明社會經濟生活的描寫。他說：「《東周列國志》寫了很多國內鬥爭和國外鬥爭的故事，講了許多顛覆敵對國家的故事，這是當時上層建築方面的複雜尖銳的鬥爭。缺點是沒有寫當時的經濟基礎，當時的社會經濟的劇烈變化。揭露封建社會經濟生活的矛盾，揭露統治者和被壓迫者矛盾方面，《金瓶梅》是寫得很細緻的。」（逄先知〈記毛澤東讀中國文史書〉、程冠軍《共和國思想者》）《金瓶梅》寫商業活動，反映經濟領域的矛盾，是《紅樓夢》中沒有或少有的。毛澤東發現了《金瓶梅》對解讀晚明商業資本的歷史價值。

對女性形象的新塑造　對小說藝術的新開拓

《金瓶梅》之所以偉大，在於它對女人的發現，對家庭的發現，對商品經濟與市民社會的發現。在描述這諸多發現時，蘭陵笑笑生顯示，他是曹雪芹藝術革新的先驅，是表現人類性愛的大手筆，是晚明社會開始轉型期的敏銳觀察者、感受者，以超前的意識思考人生、探索人性。

《金瓶梅》開頭幾回，借《水滸傳》中武松殺潘金蓮一段故事作引子（按：《金瓶梅》崇禎本改寫為「西門慶熱結十兄弟」），表面是宋代的故事，實際上寫明代的生活。《金瓶

梅》著力描寫了西門慶家庭內部妻妾之間的爭寵鬥妍，但這種描寫不是孤立的。寫一家而及天下國家。「著此一家即罵盡諸色」（魯迅語）。它不但直接描寫了朝廷內部的矛盾鬥爭，而且把西門之家和官府、朝廷上下勾結連綴描寫，暴露了明代官場的黑暗，政治的腐朽。在某種意義上，可以說，西門慶家庭是晚明社會的縮影。

富商西門慶有一妻五妾：吳月娘、李嬌兒、孟玉樓、孫雪娥、潘金蓮、李瓶兒，婢女丫鬟有春梅、宋蕙蓮、玉簫、小玉、秋菊等，妓女李桂姐、吳銀兒、鄭愛月等。商鋪店員的妻子王六兒、僕婦賁四嫂、奶子如意兒、貴婦林太太。全書一百回，約九十萬字，刻畫了七百多個人物，形象生動完整，在人物形象體系中占有重要地位的有三十多個，其中女性形象占了大多數。《金瓶梅》書名，即以潘金蓮、李瓶兒、春梅三個主要人物的名字各取一字合成。諸多女性形象，包括了市民社會中的各個階層。《金瓶梅》藝術世界，是女性占據舞台中心，以描寫女性主體意識、性格、心理、生存狀態為重點的女性群體世界。

潘金蓮是裁縫潘裁的女兒，是一位民間美女，也是一位時尚美女。就自然素質看，「有姿色」，也就是說容貌漂亮，「纏得一雙好小腳兒」，在晚明，腳是女人的性愛器官，對男性有無窮的魅力。「本性機變伶俐」即聰明有心機。就才藝素養看，「從九歲賣在王招宣府裏，習學彈唱」「教他讀書寫字」，會「品竹彈絲，女工針指」。聰明漂亮，才藝雙全，知書識字。金蓮在王招宣府七年，王招宣死後，又被賣與張大戶，在張大戶家再習彈唱，學彈琵琶。這時，金蓮「長成一十八歲，出落的臉襯桃花，眉彎新月」，已是一位成熟的美女。「張大戶暗把金蓮喚至房中，遂收用了」。使女被收用，就是與主人發生了性關係。這在古代是司空見慣的行為，是使女無法抗拒的。《水滸傳》原文寫金蓮「只是去告主人婆，意下不肯依從」，是不真實的。就金蓮的出身、形貌、素養，《金瓶梅》雖以《水滸傳》第二十四回為素材，但已就《金瓶梅》整體藝術形象的需要作了改寫，突出強調了潘金蓮的聰明美麗與純真可愛。

潘金蓮在張大戶家被趕出，嫁與武大為妻。後被西門慶娶為第五房妾。把金蓮嫁與賣炊餅的武大為妻，這張大戶早晚還要看覷金蓮。金蓮與武大的婚配，形成強烈的反差，等於是對金蓮的懲罰，是極不公平極不合情理的。當打虎英雄出現在金蓮眼前，武松的男性美與力，不能不使金蓮動情。遭到武松嚴詞拒絕，金蓮仍「餘情不斷」。終於金蓮的初戀失敗，愛的夢想破滅。金蓮在人生路途上遭受到沉重打擊。此後，走上歧變的人生之路。

在一夫多妻的西門慶家庭中，金蓮不安於被冷落婢妾地位，爭生存，爭寵愛，處處時時採取主動，以爭取有利的地位。先後與孫雪娥爭、與宋蕙蓮爭、與李瓶兒爭、與如意兒爭、與吳月娘爭，最後敗下陣來，她的美麗與真情被徹底毀滅。

潘金蓮是《金瓶梅》女性世界中的第一號人物，可以說，沒有潘金蓮，就沒有《金瓶梅》。蘭陵笑笑生關注女性生存情態，觀察瞭解女性，感受研究女性，努力去理解女性。在描寫她們被扭曲的人性之時，很生動形象地展現女性身上的美和這種美的被毀滅。潘金蓮性格多面複雜，精神苦悶壓抑，人生道路曲折。她叛逆封建倫理道德，不滿男性中心社會，有很強的自我意識，爭生存，求性愛，不逆來順受，不安於現狀，反叛三從四德。在晚明這一特定歷史階段，作者敏銳地感受到女性意識的初步自覺，女性的美與真，以及被社會扭曲的悲哀。作者用如椽之筆傾力塑造潘金蓮形象，從潘金蓮的複雜性格，爭生存，爭寵愛的困境中，讓我們今天的讀者觸摸到晚明社會初步轉型期的社會震盪與時代的矛盾危機。面對社會的新舊因素交織，靈與肉、自然情欲與傳統倫理的複雜呈現，作者是困惑的。他不是婦女解放的呼喚者，時代距離這一要求還很遙遠。但是，蘭陵笑笑生卻是一位發現女人，女人也是人的古代不自覺的女性主義者。他給我們塑造了眾多有內在美與外表美的女性（包括宋蕙蓮、春梅、秋菊等）以及她們的美的被毀滅。他給我們形象地描寫了晚明的真實歷史。潘金蓮形象是只能出現在晚明的藝術典型，她不可能出現在晚明之前。潘金蓮形象有巨大的歷史深度和前所未有的開拓意義。作者以新的發現、新的感受，創造性地塑造了潘金蓮等成功的藝術典型，實現了小說藝術的重大突破，建造了中國小說史上的一塊重要的里程碑。

《金瓶梅》以市井平凡人物為主要角色，貼近現實日常生活，不再是帝王將相、神魔、英雄的傳奇，標誌著中國小說藝術進入一個歷史新階段。

西門慶：晚明社會開始轉型期的富商形象

西門慶作為十六世紀的小說人物，是商場上的強者、官場上的貪吏、情場上的能手。但是，好景不長，韶華易逝，他三十三歲，適逢事業高峰青春少壯之年暴亡，死得突然。就西門慶之死，有多義性，因而有多種解讀。其一，作者的寓意，想通過西門慶貪欲而亡，說明「女色殺人」，以慈悲哀憐之情懷，勸誡世人節制情欲。其二，讀者評論家把西門慶作為文學形象看，雖死猶生，其名字可與日月同不朽，以至在現當代，西門慶之知名度，達到家喻戶曉，成年人無人不知，甚至於還要走向世界，成為國際知名人物形象。其三，從經濟史角度解讀。西門慶的暴亡，是商業資本找不到出路的寫照。其四，明代中後期的皇帝，多因縱欲而早亡，正德帝武宗朱厚照，年三十一歲，咯血而死。所以有學者認為西門慶形象影射明武宗。

西門慶死後，熱結的十兄弟們悼念西門大哥，請水秀才代寫一篇祭文。祭文是一篇男根文化的戲謔之文，把西門慶當作了性的化身，是「堅剛」的，在「錦襠隊中居住，

齊腰褲裏收藏」。西門慶死的同時間，正妻吳月娘生下孝哥。西門慶死了，其生命在延續，托生為孝哥。結局讓孝哥被普靜和尚幻化，孝哥跟普靜出家，起一個法名「明悟」。孝哥是西門慶的化身，出家做了和尚，走向禁欲之路。這是中國古代性小說的一種模式。在《肉蒲團》中，未央生在情場有類似西門慶的經歷，最後聽從孤峰和尚的勸誡，自閹，出家當了和尚，也是走上禁欲之路。作者的用意是善良的，但是，對掌握了性科學的當代人，是沒有說服力，產生不了畏懼心的。

西門慶形象集富商、官吏、情場能手於一身，而主要身分是商人。他經營五六個專營店：藥鋪、典當鋪、絨線鋪、綢絹鋪、緞鋪等。經營的緞鋪，有西門慶和喬大戶兩方投資，正式簽訂合同，按股份分紅。夥計韓道國、甘潤、崔本三人管理店鋪，將他們算入三股之一的股份，占有一定份額，利益按份額分配，實行的是股份制經營，建立了管理激勵機制。典當鋪的成本為二千兩，後發展到占銀兩萬兩，增長十倍。從他經營商鋪的獲利，顯示出他經營的智慧和商人的才幹。

西門慶精通封建政治，官商勾結，以權謀財。明代鹽法，實行「開中」「開」由官方公佈條例辦法，「中」是官民之間發生關係。為增強邊境軍餉儲備，以糧食換鹽。商納糧後，出所交納糧數及應支鹽數，發給鹽引。宰相蔡京的乾兒子狀元蔡蘊，回家省親，囊中羞澀。西門慶宴請蔡狀元，並送了厚禮。不到一年，蔡狀元做了兩淮巡鹽御史，蔡蘊再到西門慶家，盛情接待，有妓女遞酒陪宿。趁飲酒中間，西門慶提出手中有舊派三萬鹽引（支取鹽憑證），要求比別的商人早支放一個月。結果，西門慶賺了一大筆銀子（第四十九回）。

西門慶一生以生子加官為分界，之前他只不過是一個城鎮小商。有了錢財，買通官府，拜當朝太師蔡京為乾爹，得了理刑副千戶的官職，從此之後，與朝廷大臣，巡按知府各方面官員交往甚密，周旋於勳戚大臣之間。在情欲上，有一妻五妾，肆意淫人妻子，梳籠妓女李桂姐，霸占鄭愛月。《金瓶梅》生動形象地描寫西門慶暴發後賄賂權貴、納妾嫖妓、吃喝玩樂，寫他追求高消費。他只看到商品的流通，沒看到商品生產，限於歷史條件，商業資本還不可能轉化為工業資本。

西門慶是晚明社會開始轉型期的商人，是晚明社會機體內在發展變化震盪期生長出來，而不是歐洲式的西方商人，也不是所謂「停滯」的封建社會商人，其悲劇性是晚明社會結構特點的悲劇結局所決定的。他不是「贅瘤」，也不是「新人」。亦舊亦新，亦商亦官，亦惡亦善，亦情亦欲的一個特殊的商人。所謂「新」，即具有與傳統重農抑商思想的不同意識，就當時環境而言，說他是一個強人，是一位特殊的「英雄」，也未嘗不可。

清光緒年間，文龍評點《金瓶梅》第七十九回評中說：「《水滸傳》出，西門慶始

在人口中，《金瓶梅》作，西門慶乃在人心中。《金瓶梅》盛行時，遂無不有一西門慶在目中意中焉。其為人不足道也，其事蹟亦不足傳也，而其名遂與日月同不朽。」作者塑造西門慶形象，刻畫其思想性格多面複雜。西門慶形象出現在十六世紀，賈寶玉形象產生在十八世紀，都是中國文學史上亙古未有的人物形象。西門慶形象，是作者對中國小說藝術的偉大貢獻。

《金瓶梅》是《紅樓夢》之祖

　　《金瓶梅》成書於明嘉靖、萬曆年間，先是抄寫流傳，到萬曆四十五年（1617）年刊印《金瓶梅詞話》。現存《金瓶梅詞話》是最早刊本。崇禎年間刊印的《新刻繡像批評金瓶梅》，是經過評改的本子。清康熙三十四年（1695），張竹坡評點刊印《張竹坡批評第一奇書金瓶梅》，以崇禎本為底本。清康熙四十七年（1708），滿族文臣和素將《金瓶梅》譯成滿文刊印。滿文本刊刻當為翻書房經辦，刊印後應首先呈康熙帝御覽。滿文本譯刊是滿漢文化交融的一個壯舉，說明滿族上層對《金瓶梅》的重視與引起興趣。清初至清中葉，張竹坡評本、滿文譯本在宮廷和貴族中流行。曹雪芹讀的應該是張評本與滿文譯本。

　　最早指出《紅樓夢》受到《金瓶梅》的影響的是脂硯齋。甲戌本、庚辰本第十三回有一條眉批：「寫個個皆到，全無安逸之筆，深得《金瓶》壼奧。」《金瓶梅》比《紅樓夢》早問世二百年。在《紅樓夢》產生之前，評論家把《金瓶梅》與《水滸》《三國》《西遊》相並列稱之為四大奇書中的第一奇書。從脂硯齋這條評語開始，把《紅樓夢》與《金瓶梅》相比較，研究二者的關係，開創《金瓶梅》與《紅樓夢》比較研究的新階段。有「脫胎於《金瓶梅》之說」（諸聯《紅樓夢評》），「是《金瓶梅》之倒影」（曼殊《小說叢話》），「《紅樓》全從《金瓶》化出」（闞鐸《紅樓夢抉微》），還有《紅樓夢》是「暗《金瓶梅》」之論。雖然這些看法不一定準確，但都共同注意到了《金瓶梅》和《紅樓夢》之間的密切關係。

　　如果兩部書你都讀了，讀過之後你會感覺到《紅樓夢》有《金瓶梅》的影子，曹雪芹創作《紅樓夢》繼承與發展了《金瓶梅》的藝術經驗。蘭陵笑笑生是曹雪芹藝術革新的先驅，為《紅樓夢》的創作開闢了道路。

　　第一，從取材上來說，《金瓶梅》以家庭為中心，寫西門慶商人家庭上聯朝廷官府，下聯市民社會各個階層，寫一家聯繫到天下、國家，反映現實社會。給《紅樓夢》寫貴族家庭的衰敗開了路。《三國演義》沒有寫家庭，寫的是政治鬥爭。《水滸》沒有寫家庭，寫的是綠林山寨。《金瓶梅》是中國以寫家庭為題材的第一部。

第二，《金瓶梅》與《紅樓夢》共同發現女性美、著力塑造女性形象。兩位作家傾心於女性的世界，觀察、體驗、發現，把人類的另一半推向舞台的中心。這具有文學變革的重大意義，因為傳統的觀念不把女人當作人。他們不僅關注女性，而且發現了女性身上的美。實際上潘金蓮身上有很多美好的方面，蘭陵笑笑生寫潘金蓮的惡的時候沒忘記她有美好的一面。潘金蓮形象給王熙鳳形象塑造提供了經驗，王熙鳳形象裏面有潘金蓮的影子。這兩部書共同打破了過去小說寫好人完全是好、壞人完全是壞的單一寫法。

第三，《金瓶梅》以魯地方言為基礎，善於運用生動鮮活的俗語、歇後語、市語，把人物對話寫得有獨特性格，人物各有各的聲口。這完全為《紅樓夢》所繼承。蘭陵笑笑生與曹雪芹都是語言大師。

第四，打破大團圓的傳統結局，如實描寫人生悲劇。

《金瓶梅》寫成年人的性愛，成年人的性愛生活和性密不可分。《紅樓夢》主要寫情癡，不再以欲為主，而是以情為上，表現人物之間的性愛時把情給昇華了。《紅樓夢》側重寫少年男女的戀情。要完整地瞭解少年期的性愛，又瞭解成年期的性愛，那就兩部書都讀。兩部書不但有繼承關係，還是互補的。可以認為是人生的一部大書的上下兩卷。性愛是人生的一個大問題，關係到我們自身的健康成長，生活的幸福，也關係到社會的和諧、民族素質的提高。英國社會學家藹里斯指出：性的方面符合自然的、健康的發展對於人類進步有重要作用。一個人的性素質是融合他全身素質的一部分，是文化素質的一部分。《紅樓夢》發展了《金瓶梅》拓展的審美領域，直承《金瓶梅》而昇華，不是因襲而是發展。《紅樓夢》繼承《金瓶梅》而超越《金瓶梅》，使中國古代小說達到最高峰。而《金瓶梅》為其開闢了道路，創造經驗，成為《紅樓夢》之祖，可以說沒有《金瓶梅》就不可能產生《紅樓夢》，兩部巨著，都是中華民族的驕傲。

怎樣看《金瓶梅》中的性描寫

關於《金瓶梅》中的性描寫，四百年來眾說紛紜。《金瓶梅》出現在理學走向分化的明代後期，以一種極端的方式，表現了人的自然本性對「天理」的衝擊。從整體上看，把性描寫與社會矛盾的暴露、道德反省、人性弱點的悲憫、人物性格刻畫等內容的結合，把被否定了的、被掩蓋了的性加以正視。從性文學發展史上看，《金瓶梅》中的性描寫有很大的突破，對性文學發展史的研究，也具有一定的參照意義。

《金瓶梅》的兩性不是互愛與平等的，更不是和諧與美好的。性愛生活的更新、美化，是未來社會的一項偉大工程。以寫實見長的《金瓶梅》，不可能寫出這種理想化的性愛。從現在的觀點和文學審美的角度來看，《金瓶梅》中的性描寫，多純感官的再現，實多

虛少，缺少情愛的深化，並濃重地反映了封建文人落後的性情趣、性觀念與性恐怖，這些都是應該加以批判的。

作者之謎

《金瓶梅》「直斥時事」，借宋寫明，又是當下時事，有具體的政治背景，有強烈的政治針對性。有學者指出，《金瓶梅》借宋徽宗罵明世宗。宋徽宗、明世宗二人都崇尚道教，二人帝位都是兄終弟及，都缺乏治國能力，朝政腐敗。第 73 回寫道：「這帝皇生得堯眉舜目，禹背湯肩，才俊過人……朝歡暮樂，依稀似劍閣孟商王；愛色貪花，仿佛如金陵陳後主。」第三十回寫道：「那時徽宗天下失政，奸臣當道，讒佞盈朝，高楊童蔡四個奸黨，在朝中賣官鬻獄，賄賂公行，懸秤升官，指方補價。夤緣鑽刺者，驟升美任；賢能廉直者，經歲不除。以致風俗頹敗，贓官污吏遍滿天下，役煩賦興，民窮盜起，天下騷亂。」作者的筆鋒直指時事，甚至直接批評指責皇帝。著書冒著殺頭的危險，所以作者的真實姓名隱埋得很深，只在序文中留下蘭陵笑笑生這一化名。作者到底是誰，三四百年來，眾說紛紜，迄無定論。

作者之謎的破解，成為《金瓶梅》研究的一個熱點問題。雖然，學者們提出的候選名單有一大串，幾十位作家姓名，分歧很大。也有幾點漸趨一致或多數學者主張：(1)作者個人創作，或一人的創作為主另有友人參助（另有世代累積說或集體創作說）；(2)作者生活在魯南蘇北方言區或熟悉此地方言；(3)創作時期在嘉靖末至萬曆初；(4)作者是大手筆大名士；(5)作者經歷過患難窮愁，入世極深，有深沉的感慨憤怨；(6)熟悉宋史、明史，熟悉小說戲曲。

關於《金瓶梅》作者之謎的破解，應該持樂觀態度。經過學者們的共同努力，從各個不同方面研究考證，會進一步促進對此書創作主體的認識，作者的真姓名真面貌將會逐漸清晰明朗起來。到那時，我們將會給這位天才作家立一塊豐碑。

《金瓶梅》《紅樓夢》合璧閱讀

一位現代著名作家在 1995 年寫的文章中說，《金瓶梅》像《紅樓夢》一樣，是屬於全人類的文學瑰寶，不僅屬於我們民族，更屬於全人類的文學巨著。到下一個世紀，我們有可能更深刻地理解到這一點。並且描述了他讀《金瓶梅》時受到的震撼與感受到的神奇魅力。現在已經進入這位作家所說的新世紀，到了我們更深刻理解《金瓶梅》的年代，況且《金瓶梅》已經經歷了四百多年的歷史檢驗，說明《金瓶梅》有與天地相終始的強大藝術生命力。《金瓶梅》通過讀者而存在，生命不息，光照人間。

《金瓶梅》在前，產生在明嘉靖、萬曆年間（16 世紀）；《紅樓夢》在後，產生在清乾隆年間（18 世紀）。《紅樓夢》沿《金瓶梅》而產生，《金瓶梅》因《紅樓夢》而更具藝術魅力。《金瓶梅》重寫性寫實，開掘至人性最深處。《紅樓夢》重寫情寫意，通向人類未來。以前，兩部書在讀者中是隔離的，對《金瓶梅》有道聽途說的誤解。對《金瓶梅》的誤解，也影響了對《紅樓夢》的更深刻理解與研究。把《金瓶梅》與《紅樓夢》合璧閱讀，有人生價值觀修煉與文學創新研究的重要意義。

一、《金瓶梅》是《紅樓夢》之祖，《紅樓夢》繼承與發展了《金瓶梅》的藝術經驗。

中國古代小說，到明代、清代極為繁榮昌盛，達到了歷史的高峰。《金瓶梅》《紅樓夢》就是古代小說的兩個高峰。《紅樓夢》可以說是最高峰，《金瓶梅》是次高峰。

明代有四部著名的長篇小說：《三國》《水滸》《西遊記》《金瓶梅》，合稱為四大奇書。《金瓶梅》是四大奇書中的第一奇書，明清有三種木刻版的《金瓶梅》，其中有一種就叫《張竹坡批評第一奇書金瓶梅》。《金瓶梅》比《三國》《水滸》更偉大，更豐富、更複雜、更創新。《三國》寫政治鬥爭，寫各個統治集團之間的戰爭，是歷史演義小說。《水滸》寫綠林山寨，傳奇英雄故事，是英雄傳奇小說。《金瓶梅》寫一個商人西門慶的家庭興衰故事，是以家庭為題材；寫現實日常生活，是一部世情小說。西門慶家一妻五妾（吳月娘、李嬌兒、孟玉樓、孫雪娥、潘金蓮、李瓶兒）。西門慶經營五六個商鋪：生藥鋪、緞子鋪、綢絹鋪、絨線鋪、典當鋪等，西門慶本來是一個普通的小商人，從父親那裏繼承了一個生藥鋪，因為他善於經營，積累了更多財錢，用錢買官，給朝廷太師蔡京的管家翟謙送上西門慶夥計的女兒韓愛姐做小妾，後通過翟謙給蔡拜壽送上大

量禮物，拜蔡京做乾爹，蔡京讓他做了提刑所副千戶，通過政商勾結、販鹽、放貸等積累了大量財富，家財有十幾萬兩。《金瓶梅》寫一商人之家，輻射到朝廷、官府。其描寫以家庭為中心，聯繫到整個晚明社會，是中國長篇小說以寫家庭為題材的第一部。《紅樓夢》寫賈府，賈元春做了皇妃，上聯朝廷，元春說自己到了那見不得人的地方。《紅樓夢》寫賈府內部主奴之間，妻妾之間，奴僕之間的矛盾爭寵，就人物結構關係有類似西門慶家庭的地方。《紅樓夢》寫到賈府的衰敗，坐吃山空，出的多進的少，抄檢大觀園之後，樹倒猢猻散，落了一片白茫茫大地真乾淨。在《紅樓夢》之前，《金瓶梅》寫商人家庭的敗落，在西門慶死後，妻妾各奔東西，樹倒猢猻散，西門慶的遺腹子孝哥被普靜禪師收留出家做了和尚。

《金瓶梅》以家庭為中心，聯繫整個社會，反映廣闊的晚明社會現實，給《紅樓夢》寫貴族家庭的興衰開闢了道路。明代的其他三部《三國》《水滸》《西遊記》都沒有寫家庭。這是《金瓶梅》影響了《紅樓夢》的第一方面。

第二，《金瓶梅》塑造了眾多女性形象，潘金蓮、李瓶兒、孟玉樓、吳月娘、丫鬟女僕宋惠蓮、春梅、如意兒、秋菊、妓女鄭愛月、李桂姐、吳銀兒等等。成功的人物形象有約有三十多位，人物之間形成一群體結構體系，相互依存又相互矛盾衝突，爭寵鬥豔。《紅樓夢》對女性形象塑造，借鑒了《金瓶梅》。王熙鳳形象有潘金蓮的影子，王夫人形象有吳月娘的影子，晴雯形象有春梅的影子。兩書都傾心於女性世界，觀察、體驗、發現，把人類的另一半推向舞台的中心，而且共同發現女性美、女性的聰明才智、語言的生動流利與尖刻。兩部書寫了兩個不同時代的女兒國。儘管有的女性有淫蕩、爭寵等負面的品格，但又都有美好的一面。打破敘好人完全是好，壞人完全是壞的單一寫法，是從《金瓶梅》開始，《紅樓夢》又加以發展。《金瓶梅》《紅樓夢》的主要人物形象都是多重性格的複雜人物。潘金蓮、王熙鳳都有狠毒的一面，有些惡的品質。但是，讀者又喜歡她們，喜歡潘金蓮、喜歡王熙鳳。是兩個有才能的女人，兩個要強的女人，兩個有自主意識的女人，兩個向男性霸權挑戰的女人，兩個來自上層與下層被社會制度毀滅的女人。兩個女性形象的悲劇結局，呼喚改變女人處境地位。

第三，《金瓶梅》以魯地方言為基礎，善於運用生動鮮活的俗語、歇後語、成語，把人物對話寫得有獨特性格。這一點完全為《紅樓夢》所繼承。《金瓶梅》寫人物語言的功力更在《紅樓夢》之上。我們經常提到《紅樓夢》中的一些話：千里搭長棚，沒有不散的宴席。捨得一身剮敢把皇帝拉下馬。前人撒土迷了後人眼。打旋磨兒。不當家花花的。都是《金瓶梅》中的語言。張竹坡在評《金瓶梅》時專寫一篇〈第一奇書金瓶梅趣談〉，輯錄《金瓶梅》中歇後語近一百條。在語言上，兩書有一點不同，《紅樓夢》產生在清代乾隆年間，曹雪芹受滿族文化影響很深，懂滿語，《紅樓夢》中有滿語詞，

滿漢兼詞。《紅樓夢》五十三回，烏進孝繳租單當中有「暹豬」，為滿漢兼詞，滿語暹比，脫落之意。暹豬為脫毛的豬，即白條豬。而非「暹羅種的豬」（周定一主編《紅樓夢語言詞典》，頁929）。又如，「龍豬」，即籠豬，係指小乳豬。白樺小木籠，專飼養小乳豬，送京師、盛京，吉林將軍大晏用品。周定一主編《紅樓夢語言詞典》解：龍豬，豬的一種，毛長，肉瘦（頁541），甚費解，與原意不符。

第四，《金瓶梅》《紅樓夢》打破大團圓的傳統結局，如實描寫人生悲劇。兩書都背離傳統，肯定人欲，置身現實，追求創新。《紅樓夢》直承《金瓶梅》而超越《金瓶梅》，使中國古代小說達到最高峰。

最早指出《紅樓夢》受《金瓶梅》影響的是脂硯齋。《紅樓夢》第十三回有一條眉批：「寫個個皆到，全無安逸之筆，深得金瓶閫奧。」（甲戌本眉批，庚辰本眉批），在《紅樓夢》產生之前，評論家把《金瓶梅》與《三國》《水滸》《西遊記》相並列稱之為四大奇書。脂硯齋這條批語開始，把《金瓶梅》與《紅樓夢》相比較，研究二書之間的關係，開創了《金瓶梅》《紅樓夢》比較研究的新階段。清末民初有如下一些說法：

《紅樓夢》脫胎於《金瓶梅》（諸聯《紅樓夢評》）。

《紅樓夢》是《金瓶梅》之倒影（曼殊《小說叢話》）。

《紅樓夢》全從《金瓶梅》化出（闞鐸《紅樓夢抉微》）。

《紅樓夢》借徑在《金瓶梅》……是暗《金瓶梅》（張新之《紅樓夢讀法》）。

直到現在，讀者仍關注《金瓶梅》與《紅樓夢》之關係。哈佛大學華裔學者田曉菲認為：《紅樓夢》是對《金瓶梅》的改寫，重寫（《秋水堂論金瓶梅》）。

雖然這些看法不完全準確、科學，但都共同注意到《金瓶梅》對《紅樓夢》的影響。

毛澤東在上世紀五六十年代中央高層幹部會議上的講話中曾指出：「《金瓶梅》是《紅樓夢》的祖宗，沒有《金瓶梅》就寫不出《紅樓夢》。」「這本書寫了明朝的真正歷史。」（《毛澤東的讀書生活》）。

二、《金瓶梅》《紅樓夢》：以情愛為主題，是情愛這部人生大書的上下卷，兩書不但有繼承關係，還是互補的。

兩部書都寫性愛這一主題（情愛與性愛二詞略有差別，但可通用）。《金瓶梅》寫性愛以性為中心，直接描寫了人物的性行為、性心理。《金瓶梅》第二十七回「李瓶兒私語翡翠軒，潘金蓮醉鬧葡萄架」，是《金瓶梅》書中重要章回。並列寫李瓶兒的溫柔平和，潘金蓮的激情醉鬧，在多配偶家庭結構中，描寫一男多女之間情愛的微妙差異與矛盾。在這一回，金蓮、瓶兒、玉樓、春梅相聚出場，分別顯示不同的性格。金蓮嫉妒，爭寵愛，心直口快，語帶鋒芒，顯示與瓶兒的針鋒相對。玉樓超脫冷靜，以彈月琴的主要動作襯托金瓶二人。春梅在主子面前故意撒嬌，顯示亦倍受寵愛。

　　第二十七回寫私語與醉鬧有三重背景：西門慶派家人來保去東京給太師老爺送禮行賂，販私鹽罪鹽商王霽雲等獲釋放，翟謙要西門慶在六月十五日給太師慶壽。這兩件事，使西門慶「滿心歡喜」，開始給太師打造上壽的銀人，壽字壺、蟒衣，並派來保送往東京。這是社會大背景。六月初，天氣炎熱，雷雨隱隱，瑞香花盛開，石榴花開。這是小環境中的自然背景。西門慶勾結官府得逞後，在翡翠軒捲棚內撒髮披衿避暑。這是人的心理背景。在三重背景下寫私語與醉鬧。西門慶與瓶兒私語「我的心肝，你達不愛你別的，愛你好個白屁股兒。」瓶兒說「奴身中已懷臨月孕。」這兩個重要信息被敏感的潘金蓮聽到。她心直口快，並不把信息暗藏在心裏，在醉鬧前，玉樓、金蓮來到翡翠軒，西門慶等丫頭拿肥皂洗臉，金蓮說：「尋那肥皂洗臉，怪不的你的臉洗的比人家屁股還白！」金蓮坐豆青瓷涼墩兒，玉樓叫她坐椅子上，那瓷墩兒涼，金蓮道：「不妨事，我老人家不怕冰了胎。」已顯見金蓮與瓶兒針鋒相對，與之爭寵。西門慶與瓶兒真情私語，與金蓮則是有性無愛地醉鬧。此回著力寫潘金蓮的性行為、性心理，突出刻畫她的自然情欲與爭強好勝的「掐尖」性格，把性行為描寫與廣闊的社會生活聯繫，與人物性格刻畫聯繫，與探索人性聯繫。表現蘭陵笑笑生通過性愛，塑造人物，探索人性奧秘的非凡藝術才華。

　　《紅樓夢》寫情愛，以情為靈魂，描寫情的昇華。《紅樓夢》第十九回，「情切切良霄花解語，意綿綿靜日玉生香」，寶玉到黛玉房中看望，要替黛玉解悶。寶玉要與黛玉枕一個枕頭上，黛玉讓寶玉枕自己的枕頭，黛玉另拿一個，自己枕了，對面倒下。黛玉發現寶玉臉上有胭脂膏子，黛玉用自己的手帕替揩拭了。只聞得一股幽香，從黛玉袖中發出，寶玉問這奇香是從哪裏來的，黛玉問：我有奇香，你有暖香沒有（人家寶釵有「冷香」，你就沒有「暖香」去配？）。黛玉用手帕蓋上臉，寶玉怕她睡出病來，寶玉給講耗子精故事，一小耗子接受耗子精指令去偷食品，小耗子用變成香芋的辦法去偷，結果變成一位美貌小姐，要變果子怎麼變出小姐？你們只認得果子是香芋，卻不知林小姐方是真正的香玉呢？黛玉要擰寶玉的嘴。這時寶釵來到，二人罷手。

　　這是寶玉、黛玉相愛過程中最為歡娛的時刻，充滿了純真相愛的真摯情感，又淡淡地表現了黛玉的擔心與排他的摯愛之情。曹雪芹繼承了李贄「童心說」思想，塑造了純情的賈寶玉形象，以西門慶形象為反向參照，顛覆了西門慶，呼喚人類心靈上回歸童年。

　　《金瓶梅》第二十七回淋漓盡致寫西門慶與李瓶兒、潘金蓮的歡愉性行為，從早晨歡愉到日色已西。本回回末有詩說：「休道歡愉處，流光逐暮霞」，隱寓西門慶樂極悲生，終走向死亡。全面的性滿足，則離死亡不遠。西門慶不講性安全，不講性道德，瘋狂地放縱情欲，耗竭腎陽染上楊梅瘡（可能從妓女鄭愛月染上）而死亡，年三十三歲，以極端的方式背離「樂而有節」的優良傳統，毀滅了生命。

　　《金瓶梅》《紅樓夢》合璧閱讀，會覺得兩位作家共同探討一個人生的大問題：人性中的情與性如何平衡和諧。古代作家描寫思考這一問題，感到困惑：為什麼人世間因性愛而產生這麼多痛苦、煩惱、悲哀呢？人性怎樣去惡從善呢？性與情之間怎麼這麼多樣複雜呢？因性生愛，因愛生性，性與愛共生，怎麼會有性無愛呢？

　　陰陽和合，節制欲望，精神肉體並重是我國古代性愛文化的主流。在這種觀念指引下，性愛被看作合乎自然的行為，而不是罪惡。性愛是關乎到我們自身的健康成長，生活幸福，也關乎到社會和諧，民族素質提高。英國艾理斯在《性心理學》中指出：「在性的方面，符合自然的、健康的發展，對於人類的進步有重要作用。」性愛是人生的大問題，也是文學永恆的主題。

　　《金瓶梅》不是單純地寫性，它描寫欲望和生命的真實，批判虛偽，批判縱欲，探索人性到極深處，我們應以極嚴肅態度，極高尚的心理，閱讀理解《金瓶梅》的性描寫。潘金蓮、春梅是市民中的平凡女性，她們以自己的美麗與才藝為驕傲，自卑的是貧窮，以極端的方式手段叛逆正統，爭生存求性愛，不甘心人生命運的卑賤，《金瓶梅》與《紅樓夢》是女人的悲劇，其中的每位女性都值得同情憐憫，引起我們的深思探索，它們是我國古代文學寫性愛的最偉大作品，它們給我們瞭解明代市民與清代貴族青年性愛生活提供了形象資料。在性愛生活上，堅持美的追求，達到美的境界，是人類自身解放個性自覺，精神文明建設的長遠課題，潘金蓮、春梅、林黛玉形象是女性的過去。我們今天的姐妹們要建設美好的生活，我們有美好的明天。

　　《金瓶梅》《紅樓夢》分別表現了少年之情與成年之性，在這種意義上說，兩書是互補的，是性愛人生的上下卷。

　　三、賈寶玉、林黛玉是重情感的代表，他們的情愛是通向未來的。西門慶、潘金蓮表現從自然本性出發的生理需求，他們在欲望的泥潭中掙扎。

　　《紅樓夢》一百二十回分前八十回，後四十回，前八十回是曹雪芹的原著，後四十回是高鶚的續作，後四十回不如前八十回那麼高，有些地方違背了曹雪芹的原意，但也有貢獻。黛玉焚稿斷癡情，王熙鳳她們搞了個掉包計，背著賈寶玉把薛寶釵當做林黛玉與寶玉成親。寶玉終於出家當了和尚。黛玉悲憤死亡，造成人生的大悲劇。《紅樓夢》寫賈寶玉、林黛玉愛情悲劇，以賈府的興衰為背景。沒有了賈寶玉、林黛玉愛情悲劇，也就沒有了《紅樓夢》。

　　《紅樓夢》第五回，警幻仙子領寶玉游太虛幻境，送寶玉到一香閨繡閣之中，裏面有一位鮮艷嫵媚的女子，像寶釵，又像黛玉。接著警幻仙子與寶玉談話，警幻仙子說：「吾所愛你者，因為你是天下古今第一淫人……淫雖一理，意則有別，如世上好淫者，不過悅容貌，喜歌舞，調笑無厭，雲雨無時，恨不能盡天下之美女供我片時之興趣。此皆皮

膚濫淫之蠢物耳。如爾（你）則天分中生成一段癡情，吾輩推之為『意淫』。『意淫』二字，惟心會而不可口傳，可神通，而不可語達。汝今獨得此二字，在閨閣中固可為良友，然於世道中未免迂闊怪詭，百口嘲謗，萬目睚眥……」

「意淫」的提出和對賈寶玉的形象的塑造，在中國古代性愛史上具有劃時代意義。賈寶玉形象所體現的意淫有多層的含義（也就是說賈寶玉、林黛玉愛情有什麼特點）。

第一、熱愛女性，尊重女性，體貼女性，反對男性中心、男尊女卑。「女兒兩字極尊貴，比阿彌陀佛、元始天尊還尊榮」（第二回）。尊重女性，超越佛道二教的教主之上。女性是美的象徵，是情愛的天使。現代作家冰心說，女性有人類百分之五十的真，百分之七十的善，百分之八十的美。曹雪芹發現並讚揚青春女性的美。賈寶玉說，女兒是水做的骨肉，見了女兒便覺清爽，男人是泥做的骨肉，見了男人便覺濁臭逼人。這種意識是純潔的，也是有現實依據的。賈府中的男人賈赦、賈璉、賈珍都是皮膚濫淫之輩，他們身上充滿了腐敗的思想行為。

第二、意淫帶有浪漫理想色彩。大觀園是人世間的桃花源，是情愛的世界。賈寶玉是在逍遙之境，生發情愛，展示情愛。在實際生活中，在成年人那裏，應該說，性力大於愛，性大於情。《紅樓夢》的以情為核心，寫青少年男女的戀情，是浪漫的、理想的。

第三、以現代思想觀念審視意淫是一種超前意識，具有劃時代性質，賈寶玉、林黛玉之間所以執著相愛，是有共同的思想，反對走仕途之路，反對封建倫理，有民主意識，是叛逆者。寶釵也有形體美，寶玉欣賞寶釵的臂膀，心想：這膀子為什麼不長在林妹妹身上。但寶玉終不願與寶釵結合，寶玉不愛寶釵的心靈。因寶釵勸他按傳統要求做人。賈、林愛情有共同一致的思想基礎，這是《紅樓夢》深刻偉大之處。過去的《西廂記》《牡丹亭》都沒有這種思想，都寫一見傾心，簡單、平面，沒有更深厚的內容。青年男女相愛，除了思想一致，感情投合之外，不附加金錢、權力等條件，這是現代愛情原則。《紅樓夢》寫賈、林之間具有現代愛情的特色，《紅樓夢》寫情愛展開了一個新的境界，寫出了建立在相互瞭解，思想一致基礎上的愛情。

第四、《紅樓夢》把美好的同性戀，與異性戀同樣放在意淫範疇內，放在情的高度上，加以含蓄描寫，持同情、寬容態度。寶玉與秦鐘，寶玉與蔣玉函都有同性戀傾向。在中國古代性文化史上，稱同性戀為「斷袖」「分桃」「龍陽」，有一些古代小說寫了古代同性戀題材。

第五、「寶玉情不情，黛玉情情」（己卯本夾批引書末情榜評），寶玉是大愛，對無情之人他也愛，主動愛而不是被動接受愛。

全面分析意淫，從意淫在賈寶玉形象中的體現看，意淫不是脫離肉欲的精神戀愛，寶玉除了情，也有欲的方面，如：寶玉遊太虛幻境，受到性啟蒙，在秦可卿臥室夢中遺

精。〈意綿綿靜日玉生香〉寫寶玉聞黛玉的體香，從袖中發出，聞之醉魂酥骨。襲人是寶玉的丫鬟，等同於侍妾，《紅樓夢》寫了寶玉與襲人同領警幻仙子所訓雲雨之事。不能說寶玉愛情完全脫離肉欲，《紅樓夢》在情愛描寫上，更重視情的昇華，注意把情與性統一起來。這種藝術成就，今天仍可作為當代文學創作的借鑒。

現代社會是一個經濟增長凌駕於情感滿足之上的社會。物質欲望膨脹，精神需求萎縮。更需要加強精神生活建設，幸福美滿的愛情，要靠新一代青年創造。恩格斯在《家庭私有制和國家的起源》中論述真正的愛情時說：成長起來的新一代「這一代男子一生中將永遠不會用金錢或其他社會權力手段去買得婦女的獻身；而婦女除了真正的愛情外也永遠不會再出於其他某種考慮而委身於男子。」賈寶玉的意淫，林黛玉的情癡，屬於真正的愛情，把金錢、權力和情感二者顛倒了過來，賈、林愛情對傳統社會具有顛覆性作用，是通向未來的。

在《金瓶梅》中西門慶與妻妾之間，金錢、權力凌駕於情感滿足之上，男女在性與情感上是不平等的，從人的自然屬性出發的生理需求更突出，物欲性欲橫流，在欲望的泥潭中掙扎、沉淪、毀滅。賈、林是重情的代表，表現對自然本性的超越，他們在大觀園中提升。說到這裏，有一個很尖銳的問題擺在我們面前，我們反省自身，更像賈寶玉、林黛玉呢？還是更像西門慶、潘金蓮？哈佛大學有一位學者認為我們大多數人更接近西門慶、潘金蓮。對這種觀點應加以修正。少年男女更接近賈寶玉、林黛玉，人類形而上的本性，人類自我完善的方向更接近賈寶玉、林黛玉。素質低，放任自然本性，就更接近西門慶、潘金蓮。

《金瓶梅》《紅樓夢》合璧閱讀，既瞭解成年人的性愛，也瞭解少年人的情感至上，啟示我們深入瞭解人性，遠離對人性的盲目，懂得人性，修煉人性，超越自然本性，回歸宇宙大愛，走向人生的天地境界（人生可分自然境界、功利境界、道德境界、天地境界，以天地境界為最高）。

宋惠蓮形象的悲劇意義

　　《金瓶梅》的作者以塑造人物為中心，重視人物性格的刻畫，寫出了人物性格內部複雜圖景，在典型塑造上表現出由類型化向性格化轉變的新趨向，把古代小說發展推向了一個新階段。蘭陵笑笑生以如椽之筆重點描繪了眾多女性形象，宋惠蓮僅是其中的一個次要人物。但是，她卻同樣是一位具有複雜性格的女性形象，顯示了作者的藝術才能，值得讀者注目與研究。宋惠蓮從出場到受辱上吊自殺，按小說文本的展示，僅僅半年時光。從第二十二回起到第二十六回止，僅有五回文字描繪到她的行為與性格。她就像一顆流星，匆匆地來，又匆匆地去，來時帶著那麼多的渴望、幻夢與希冀，去時又帶著那麼多的辛酸、悲憤與失望。作品設置使她來去匆匆，但她卻留下了震驚人心的餘響。

宋惠蓮在「金瓶梅世界」中的地位和作用

　　蘭陵笑笑生創寫《金瓶梅》，建構「金瓶梅世界」，其目的在於表現那個時代人的基本生存形態，並借此來揭示那個時代的社會本質，寄託自我的社會思考。蘭陵笑笑生以現實主義創作精神為基點，選擇了表現赤裸裸的真實這一藝術之路，重在塑造人物形象，重在表現人生的真實，為此，他設置建構了完備的人物形象體系，按照現實生活的內在邏輯與人物性格的內在邏輯來塑造人物形象。這樣，「金瓶梅世界」中的任何一個人物都不是孤立存在的，而是在關係中生存。諸人物的現實行為組合成為一個複雜的關係網絡，人物於其中按自己的欲求而行動，人物間對立抗衡，又危機相依。宋惠蓮是在「金瓶梅世界」這一複雜人物關係氛圍中設置塑造的。宋惠蓮進入西門慶家之時，西門府的基本格局已得到確立，各種較量已使人們之間的關係達成一定的平衡。而姿色超群，「性明敏，善機變，會妝飾」的宋惠蓮，一旦進入這個世界，即會對其中的人物構成威脅。

　　事實上，她著實亦是一個「危險分子」：與西門慶勾搭成姦，和他人分寵；向西門慶探詢他人的秘密，直接威脅他人的地位；收主人的錢物，恃寵放嬌，搖擺人前，了無顧忌。這樣，時間不長，即開罪於上下，以至於在「來旺案件」中多有所難，最後絕望自殺。宋惠蓮是「金瓶梅世界」中第一個自殺身死的女性，為爭寵而被潘金蓮設計害死。蘭陵笑笑生設置這一具有獨異性的人物形象是有其獨特的藝術思考的。從生存形態與特

定時代的現實社會關係而言，宋惠蓮這一僕婦形象的設置，有利於表現世俗家庭生活形態。從文本形象體系建構方面來看，僕婦形象這一社會角色設置，使僕婦參於諸人物關係，有利於人物形象塑造。從情節開展來說，對僕婦的生存激情、欲望及其現實外化的表現，有利於情節的豐富。從文本意識結構展示而言，對僕婦於人物關係網絡中現實行為的表現，有利於小說意識結構的多方面開掘。由於宋惠蓮的出現，增添了「金瓶梅世界」的新矛盾，激化了現實的矛盾，又預示了矛盾的發展趨向。蘭陵笑笑生的原意也許是想把宋惠蓮這一人物形象當作一個過場性、過渡性、陪襯式的人物。但由於這一人物形象在「金瓶梅世界」中的特殊位置與她有聲有色的表演，而獲得自身獨特性的意義。在宋惠蓮故事中，蘭陵笑笑生真實地表現了人的生存形態及階級壓迫的現實。宋惠蓮作為一個過場性人物，使小說得以表現更廣闊的世俗生活場景：蕩秋千、燒豬頭肉、僕婦間的爭吵。作為一個過渡性人物，其藝術功能在於穿插，在於預示，在於表現生活的複雜。在宋惠蓮故事中，李瓶兒始終未發一言，而惠蓮云：「只當中了人的拖刀之計」，卻與瓶兒見官哥被驚嚇時所言一樣。在作者的設置中，惠蓮是瓶兒的前車之鑒。宋惠蓮這一人物形象，人們普遍認為是作者為寫西門慶的縱欲，潘金蓮的嫉妒、狠毒、機謀而設置的。這是就惠蓮作為一個陪襯人物而言的。張竹坡在《第一奇書金瓶梅》第二十六回回前評語中說：「有寫此一人，本意不在此人者，如宋惠蓮等是也。本意止謂要寫金蓮之惡，要寫金蓮之妒瓶兒，卻恐筆勢迫促，使間架不寬敞，文法不盡致，不能成此一部大書，故於此先寫一宋惠蓮，為金蓮預彰其惡，小試其道，以為瓶兒前車也。然而惠蓮不死，不足以見金蓮也。」竹坡從創作論角度論述了惠蓮這一女性形象的類型品格。總之，宋惠蓮這一人物形象的設置及其故事的展示是有獨特意義的。說明「金瓶梅世界」是一個慘無人道、人欲橫流的世界。在這個世界中生存所需要的不是貞節、德行，而需要的卻是權謀、無恥、狠毒。缺乏狠毒的宋惠蓮以及其後的李瓶兒之死，在這樣的世界中是必然的。在這裏，作者批判的矛頭是明顯地指向他所生活於其中的現實社會的。

宋惠蓮的性格構成

正確理解和把握宋惠蓮的性格構成，對於理解與認識「金瓶梅世界」具有十分重要的意義。一個人即是一個現實存在，環境制約影響著個體，個體又以自身的行為反過來影響環境。在文學創作中，人物並不是作家筆下的玩偶，人物作為現實個體，其一出現並開始與他人之間進行心靈的交流、碰撞，開始與他人之間發生現實的行為關係，人物就由此而獲得了自我性格發展的基點，獲得了自我性格演變的邏輯，獲得了自我的生命。這就是環境與人物、人物性格演變的辯證法。蘭陵笑笑生作為一個現實主義小說家，在

文本設置上，他給予宋惠蓮以一個過場性、陪襯式人物的地位，以致於使宋惠蓮的現實行為、性格展示在文本中相應地僅占很小的篇幅。但蘭陵笑笑生畢竟敢於面對慘澹的人生，他仍讓宋惠蓮在靡亂陰暗、卑劣庸俗的「金瓶梅世界」中走完了一段她理應走完的人生之路，從而使她的性格亦由此得到了較為充分的展示和表現。她的特異的生，出人意料的死，皆能引起人們的沉思，引起人們對她的性格之謎加以探討的興趣。宋惠蓮步入了西門家庭，成了「金瓶梅世界」的一分子。現實的誘惑與刺激膨脹了她的欲望和渴求，自我的人生境況又使惠蓮自慚形穢，但同時又認為自己的姿色並不遜色於西門諸妻妾，一旦有頭面衣物打扮，自己亦能與她們相較。然而自己畢竟是奴僕之妻，地位、經濟方面均不能與主子妻妾相較。這樣，惠蓮心靈之中自然會存有一種自卑之感。在這裏，社會風氣、心理定勢便在宋惠蓮身上起了作用。在蔡通判家裏其就曾與大婦作弊偷人，嫁於蔣聰又通姦於來旺，光野漢子就有一拿小米兒。社會上的淫靡之風、享樂意識對她的影響是根深蒂固的，並且她於自己的浮浪行為中亦嘗到了一定的甜頭。在宋惠蓮的意識中，有色，能與主人私通，即能獲得自己在物質和精神上的滿足。這樣，她一方面承受著西門慶的縱欲，另一方面又向西門慶索要銀兩物件，打扮自己。可以說，宋惠蓮這一人物身上充溢著一種濃厚的享樂色彩。然而，她又畢竟在「來旺案件」後滿懷著絕望之情走上了生命的絕境。縱欲享樂與自縊死亡這是生命的兩極，是生存的兩端，在表面上相矛盾，不相容的背後卻又是潛隱著性格和意識發展的必然性。宋惠蓮最後選擇了死是合於她的性格發展邏輯的。在「來旺案件」之前，文本主要展示與表現的是宋惠蓮性格構成中的虛榮享樂、輕浮淫蕩、佻達淺露、魯莽乏智、缺乏身分感而又自信爭強的性格特徵，當然在她的諸種行為中又包含著那麼多的自羞與自卑。宋惠蓮的確是輕浮淫蕩的。在蔡通判家與大婦作弊偷人，嫁給蔣聰後又通姦於來旺，而嫁於來旺進入西門慶家庭生活圈以後，她雖然是一個被動者，但卻是一勾引即上，為的是一匹翠藍兼四季團花喜相逢緞子，為的是「頭面衣服隨你揀著用」。這裏不僅表現了她的輕浮淫蕩，也同時表現了她的虛榮、追求享樂的性格特徵，「惠蓮自從和西門慶私通之後，背地與他衣服首飾、香茶之類不算，只銀子，成兩家帶著身邊，在門首買花翠胭脂，漸漸顯露打扮的比往日不同。」應該指出的是，宋惠蓮與西門慶私通的目的就是為錢財，「為叼貼計耳」（《第一奇書金瓶梅》二十六回回前評）。而求錢財的目的即在於為了滿足自我的虛榮和享樂，所以小說每次寫到宋惠蓮與西門慶鬼混時，都寫及她向西門慶索要財物。宋惠蓮與西門慶通姦後，以為自己攀上了高枝兒，所以其輕佻淺露、魯莽乏智、缺乏身分感而又自信爭強的性格特徵便逐漸地顯露出來。如第二十三回寫她燒完豬頭肉後與潘金蓮、李瓶兒、孟玉樓「做一處吃酒」；在西門慶諸妻妾擲骰兒賭玩時指招漫說，而被孟玉樓搶白一頓：「你這媳婦子，俺們在這裏擲骰兒，插嘴插舌，有你什麼說處？」而最能體現她淺露乏智

而又自信爭強的是在藏春塢中與西門慶鬼混時，說了潘金蓮的許多壞話，被潘全部聽到，當時就氣得潘金蓮「在外兩隻胳膊都軟了，半日移腳不動」，從此埋下了金蓮欲設謀加害於她的禍根。如上的性格特點隨著小說情節的逐步展示而深化，「因和西門慶勾搭上了，越發在人前花哨起來，常和眾人打牙犯嘴，全無忌憚」「自此以來，常在門首成兩價拿銀錢，買剪裁花翠汗巾之類，甚至瓜子兒四五升量進去，分與各房丫鬟並眾人吃；頭上治的珠兒籜兒、金燈籠墜子，黃烘烘的；衣服底下穿著紅潞紬褲兒，線捺護膝；又大袖袖著香茶，香桶子三四個，帶在身邊。見一日也花消二三錢銀子，都是西門慶背地與她的」。至此我們看到宋惠蓮只是一路張致，全不曉自己背後所隱藏著的危險，自己反而離開自己的身分地位愈走愈遠了。緊接著就是在元宵節發生的事：在西門慶家宴上，潘金蓮借西門慶讓其遞一巡酒之機，暗中與陳敬濟調情，不防為宋惠蓮窺見。這時，宋惠蓮「口中不言，心下自忖：『尋常在俺們面前，到且是精細撇清，誰想暗地裏卻和小夥子勾搭。今日被我看出破綻，到明日再搜求我，自有話說！』」在宋惠蓮元宵節隨眾人走百病兒時，對理解她的性格有兩點值得注意：一是一路上與陳敬濟嘲戲，並且兩人都有意了；二是她怕地上有泥，套著潘金蓮的鞋穿。至此，宋惠蓮由於自己的虛榮爭強而又乏智，缺乏身分感而造成了自己行為上的處處不檢點，從而帶來了自己與潘金蓮之間的對立，形成了自己和女主子之間的矛盾。作品對她的性格的展示當然並不僅僅限於她與女主人們性格、力量和行為上的對比，作品還直接寫到她與下層奴僕婢婦之間的關係。如果說宋惠蓮與平安、玳安、畫童之間的打牙犯嘴僅僅表現了她恃寵放嬌的意識與行為特點，那麼宋惠蓮與惠祥之間的矛盾與爭執，實是全面而深刻地暴露了她性格上的弱點：不智、缺乏身分感，表現在行為上便是因恃寵，一心向上爬而目空一切，因而開罪了上下左右，惠祥說她「你把娘們還不放到心上，何況以下的人」。的確是對宋惠蓮的概評。從以上的分析可以看到，作品的確是把宋惠蓮當作一個淫婦蕩婦來刻畫，來塑造的。但作者並未把她概念化，簡單化，而是多方面地來展示她的複雜而矛盾的性格特點，從而使她和潘金蓮這樣的淫婦蕩婦區別開來。在「來旺案件」以前作品展示了宋惠蓮行為和意識上的兩點特異之處，一是「臉紅」，二是與西門慶私通上的「偷」。在這一階段中，我們起碼見到她二次「臉紅」：一次是第一次與西門慶偷情被潘金蓮看到時；一次是遭到孟玉樓搶白時。作品在這一階段展示宋惠蓮與西門慶私通，這種「偷」與潘金蓮的「私偷」琴童不一樣：宋惠蓮「說著，一溜煙走了」「婆娘見無人，急伶俐兩三步就拯出來」「見無人，一溜煙往山子底下去了」。的確是一片偷色。作品之所以這樣寫重點在於表現宋惠蓮性格中的自卑與自羞。

作品的這樣處理，一方面使宋惠蓮的性格豐富化了，另一方面也為宋惠蓮性格的進一步發展作了良好而充分的鋪墊。在「來旺案件」中作品著力表現她的輕佻淺露、魯莽

乏智而又天真、有情義、有良知的性格特點。在這裏，宋惠蓮的性格發展，是合於現實生活的邏輯與人物性格的邏輯的。所謂「來旺案件」，是由以下一些基本環節構成的：雪娥告密、來旺打媳、來旺醉罵、來興暗告、惹惱金蓮、金蓮進讒、惠蓮遮掩、來旺得差、來興再告、金蓮再勸、西門變卦、來旺再怒、西門設計、來旺中計、來旺被監、計騙惠蓮、情動西門、惠蓮露言、金蓮忿氣、遞解原籍、宋盼夫歸、鈇安泄秘、惠蓮自殺、僥倖得救。這就是「來旺案件」始末。此事在「金瓶梅世界」中發生，與「生子加官」「送葬瓶兒」等事相較本屬小事，但在作者寫來卻又是那樣曲折有致，波瀾起伏，掀動了西門慶一家上下，驚動了官府。這裏面充滿了荒唐，充滿了小人伎倆，也充滿了欺騙、陰險與血淚。也正是在這一事件中，不同身分地位的人，不同性格個性的人都借此表演了一番：金蓮的狠毒、機智、權謀；玉樓的滑脫乖巧；月娘的主婦身分，上下關心；雪娥的自甘輕賤、直率好鬥；諸僕婦的幸災樂禍；西門慶為色所迷而表現出的游移不定，了無主意。應該說，這一切都得到了較為充分的表現。當然，於其中最令我們關注的是宋惠蓮的性格展示及行為表現。在整個「來旺案件」中我們看到，自始至終是兩個女人在爭取西門慶以使他順從自己的意志。只不過宋惠蓮處處以情、以色來動西門，無心計，不自知。所以西門慶對她的順從總是暫時的，對事件發展起不到決定性作用。而潘金蓮對西門慶的勸說，不僅動之以威，動之以情，而且曉之以理，道之以禮，利弊進退似乎皆為西門著想，機心、權謀、狡詐處處可見。所以西門慶對潘金蓮的順從總是對事件發展起決定性作用。事實上也正是潘金蓮的意志決定並推動「來旺案件」的進程。通讀小說關於這一事件的展示，人們不得不讚歎潘金蓮的機智與權謀，甚至她的狠毒，潘金蓮可謂是爭寵鬥豔的高手和強者。但是宋惠蓮卻始終處於弱者、被動者、失敗者的境地。應該說作者是嚴格按照現實主義創作方法，把宋惠蓮及「來旺案件」放到各種複雜關係中，按人物性格邏輯和世俗生活的邏輯來進行藝術處理的。對西門慶，宋惠蓮以情色動之，但與潘金蓮相較，在西門慶心目中，宋惠蓮的地位明顯比不過潘金蓮。惠蓮只不過是一個與西門有性關係的僕婦而已，並且有來自來旺的殺身危險和來自諸妻妾的訕笑諷刺，這是西門慶不能不考慮的。而宋惠蓮又的確在行為和意識上存有著「意欲兩頭兼顧」的意向：既要維持自己與西門慶的不正當的性關係以得到物質上的滿足，又不能由此而威脅到來旺的利益、生命安全，以求得到自我心理的平衡。在這裏，宋惠蓮的確是天真、淺薄、乏智、缺乏身分感，她竟然看不到這種兼顧只是一種幻夢。實際上，她已受到了來自三方面的威脅：來旺的頑劣不恭，不甘心受辱；金蓮的妒恨與奸謀；雪娥和惠蓮之間的矛盾。可以說，此時的宋惠蓮已陷入兩難境地之中，對此，她無力自拔。宋惠蓮還鮮明地表現出潑辣直率的性格特點。她從一開始就敢於對西門慶進行諷刺挖苦，如在藏春塢雪洞中的一幕。最後，她見西門慶屢次失信於己，她敢於公開指斥西門慶，揭露他

劊子手行徑。這種潑辣直率的性格，的確給宋惠蓮增添了許多可愛之處。對潘金蓮，宋惠蓮雖然知道她對於自己的觀感和態度，也知道在地位諸方面不能與其相較量，所以在表面上處處順從潘金蓮。但宋惠蓮並不真正瞭解潘金蓮的性格，也不瞭解潘金蓮有私黨、有探子，上下消息靈通。又由於惠蓮性格中本來就存有著的輕佻淺露、魯莽乏智的特點，所以在行為上處處乏機心，處處有失誤：一當西門慶許願，說出於己有利的話時，宋惠蓮「到後邊對眾丫鬟媳婦詞色之間未免輕露」。宋惠蓮一味恃寵放嬌，人多議於此，故而樹敵太多。在整個「來旺案件」中，宋惠蓮扮演了來旺的「保護神」的角色。對來旺有情義、有良知，這是宋惠蓮在「來旺案件」這一新的規定情境中所顯露出來的新的性格特徵。這一性格特徵使宋惠蓮成為獨特的「這一個」，使她與潘金蓮、李瓶兒、王六兒、如意兒等淫婦形成了鮮明的對比：金蓮鴆夫使武大身死；瓶兒氣夫使子虛身死；王六兒養漢賺財，與道國沆瀣一氣，毫無廉恥；如意兒莖露獨嘗忘夫求歡。另外，我們還可以看到她們其他的互不相同的特點：宋惠蓮有情義、有良知，但其無智、缺乏身分感；潘金蓮機智，善權謀，富心機，懂遮掩；李瓶兒淳厚、溫柔，但一副呆相，心機少，不識善惡，不分敵友；而王六兒、如意兒對自己的身分地位有較為清醒的認識，懂得在何種程度上於西門慶身上得到自己的利益。所以，她們雖然同為淫婦，但她們的性格及其表現其實是不同的，這就是張竹坡所說的「犯而不犯」。宋惠蓮對危難中的來旺表現出有情義，一直在為他遮掩、辯護，為他而向西門慶求情，為來旺的含怨遞解原籍而感到由衷的悲哀。遞解了來旺，宋惠蓮悲憤自殺，但僥倖得救，潘金蓮毒心不甘，她巧使調拔離間計，孫雪娥怒打宋惠蓮，她在絕望悲憤中自殺了。從而演出「金瓶梅世界」中最為悲慘的一幕！因自己與西門慶通姦才陷來旺於危難，這一點是宋惠蓮能夠意識到的。世俗的道德觀所謂的良知使她為此而陷入到精神的困境之中。更為重要的是，宋惠蓮通過西門慶的失信已意識到自己在他心目中的地位，更通過他人如潘金蓮、孫雪娥、惠祥等的態度與行為已意識到自己現實的生存困境，她已深切地認識到自己即使完全忘卻來旺，全身心投入西門慶的懷抱，做所謂的第七房妻，也不會有什麼好下場，況且她性格和意識中的良知又使她不會忘卻對來旺所存有著的負疚感與兩人間實存的情義。這一切都強化了宋惠蓮對生存的困惑、迷茫、悲憤、矛盾與哀愁，這一切沉積於她的心靈中，沸騰著，翻滾著，積蓄著暴發的力量。她在毫無精神慰藉、依託的情況下，作為一個弱女子，她無論如何也承受不住這種精神與生存的雙重壓力，她深深地絕望了，她不得不、也只能走向生命的盡頭。宋惠蓮以自己的死向卑污的「金瓶梅世界」發出了悲憤的控訴！宋惠蓮死了，性格從而得到了最後的完成，可以說，她的性格是一個複雜而矛盾的複合體。

宋惠蓮形象的悲劇意義

　　宋惠蓮複雜而矛盾地走完了自己的人生之路。她是自殺而死的，但她不是為來旺而死，更不是為西門慶而死，而是為自我而死！雖說她為西門慶的失信而感到失望，為來旺的受害而感到悲哀，而更為重要的卻是宋惠蓮感到了自我生存的一種深深的絕望。她清醒地認識到在「金瓶梅世界」中本來就沒有自我生存的餘地；她感到在這個卑污的世界裏自己了無寄託，從而感到一種對生存的由衷的厭倦；她看清了西門慶、潘金蓮們的嘴臉，感到了孫雪娥、惠祥們的壓力，她最後所考慮的僅是自我解脫。這裏有反抗，這種反抗是不自覺的，或者說是一種消極的反抗，她的自殺就是這種反抗的表現。這裏面也有懺悔，對自我的失誤所做的懺悔。正是這一切，使她的自殺足以震動人心。宋惠蓮形象有特具的悲劇意義。從悲劇生成原因來說，惠蓮的悲劇是一種性格悲劇、社會悲劇。而從惠蓮藝術形象的審美品格及讀者鑒賞意向而言，惠蓮的悲劇同時也是一種悲憤悲劇。作品通過對宋惠蓮性格悲劇與社會悲劇的展示，揭露了「金瓶梅世界」之卑污黑暗的一個側面，揭示了人性的弱點在情欲膨脹的境遇中是怎樣導致一個人的毀滅的。正是這種表現與揭示，使《金瓶梅》強化了社會價值與意義。它為我們提供了認識那個時代的黑暗與人性的沉淪的一份形象的材料。社會的黑暗、環境的污濁強化了惠蓮性格中的弱點，使她一步步地走上沉淪，走向毀滅。惠蓮悲劇不僅是性格悲劇，同時又是一個社會悲劇。惠蓮在未曾步入社會之前是純潔善良的，必然有對於生活的種種幻夢，有著以美貌自恃的虛榮。但她出生在一個貧窮家庭，也許除了美貌之外再也沒有什麼值得自恃的東西了。生活的遭際更增添了她人生的灰色：被賣、通姦、喪夫、改嫁。她的青春、美貌與充滿心靈的渴望成為她唯一可憑的資本。她還要生存於這個世界以得到一絲享樂、一絲滿足。她的性格已成為複雜的結合體：自卑而又虛榮，仁愛而又放蕩，自私而又向善。矛盾著的對立面統一於她一身。也許淳厚而平凡的環境會使她平靜而安適地度過一生。但她所處的世界，卻又是那樣污濁。在那個肉欲、物質欲氾濫的世界，人們皆以自我的滿足作為行為槓桿。惠蓮由於輕狂，處處顯示自己，得罪了上下關鍵人物而成為眾矢之的，這就加深了她生存的艱難。惠蓮帶著自己的悲憤，在無人理解的情況下，走向毀滅。她成為那個時代的可悲、可歎、可憐的祭品。惠蓮的悲劇是一幕悲憤悲劇。惠蓮的意識和行為為卑瑣的欲望所籠罩，游離於社會的崇高和正義之外。她不代表社會的進步力量。她的個體目的性與社會進步群體目的性缺乏聯繫。但在惠蓮的意識和行為中畢竟存有善的因數，她為自己的情義和良知付出過代價，曾向惡勢力的代表提出過抗議。人們在鑒賞惠蓮的悲劇時能夠引起悲憤、憐憫和恐懼的情緒，並會產生一種內省之情。正是在這種意義上，我們把惠蓮的悲劇稱為悲憤悲劇。惠蓮性格的輕浮淫蕩、乏智

淺薄、行為卑瑣，使她與讀者在心理上拉開了距離，從而沖淡了讀者的憐憫與同情。又因為惠蓮的確在「來旺案件」中表現得有良知、有情義，又敢於直斥西門慶，這樣，惠蓮的慘痛結局又能引起讀者的悲戚。讀者一方面惋惜惠蓮自殺的結局，認為她即使有諸多行為上的過失與性格上的弱點，也不該遭到如此慘痛結局。另一方面，對扼殺惠蓮的潘金蓮、西門慶們產生憤恨之情。這就是我們稱惠蓮悲劇為悲憤悲劇的原因。惠蓮在走向毀滅之途時，是「來旺案件」促使她清醒。她感到一種自我生存的屈辱、悲哀與絕望，表現了那個時代下層女性自我生存地位與命運的認知上的覺悟。這是蘭陵笑笑生現實主義創作功力所在，是他的一個偉大的藝術發現，這對於理解那個時代下層女性的生存狀態、精神面貌具有深刻的啟示意義。

（與楊春忠合撰）

〈潘金蓮激打孫雪娥〉賞析

　　《金瓶梅詞話》第十一回（節選）話說潘金蓮在家，恃寵生驕，顛寒作熱，鎮日夜不得個寧靜。性極多疑，專一聽籬察壁，尋些頭腦廝鬧。那個春梅，又不是十分耐煩的。一日，金蓮為些零碎事情，不湊巧罵了春梅幾句。春梅沒處出氣，走往後邊廚房下去，捶枱拍盤，悶狠狠的模樣。那孫雪娥看不過，假意戲他道：「怪行貨子，想漢子便別處去想，怎的在這裏硬氣！」春梅正在悶時，聽了幾句，不一時暴跳起來：「那個歪斯纏我哄漢子！」雪娥見他性不順，只做不開口。春梅便使性，做幾步走到前邊來，如此如此，這般這般，一五一十，又添些話頭道：「我和娘收了，俏一幫兒哄漢子。」挑撥與金蓮知道。金蓮滿肚子不快活，只因送吳月娘出去送殯，起身早些，也有些身子倦，睡了一覺，走到亭子上。只見孟玉樓搖颸的走來，笑嘻嘻道：「姐姐如何悶悶的不言語？」金蓮道：「不要說起，今早倦倒了不得。三姐，你在那裏去來？」玉樓道：「才到後面廚房裏走了一下。」金蓮道：「他與你說些什麼來？」玉樓道：「姐姐沒言語。」金蓮雖故口裏說著，終久懷記在心，與雪娥結仇，不在話下。兩個做了一回針指，只見春梅抱著湯瓶，秋菊拿了兩盞茶來。吃畢茶，兩個放桌兒，擺下棋子盤兒下棋。正下在熱鬧處，忽見看園門小廝琴童走來報導：「爹來了。」慌的兩個婦人收棋子不迭。西門慶恰進門檻，看見二人家常都戴著銀絲鬆髻，露著四鬢，耳邊青寶石墜子，白紗衫兒，銀紅比甲，挑線裙子，雙彎尖趫紅鴛瘦小鞋，一個個粉妝玉琢，不覺滿面堆笑，戲道：「好似一對粉頭，也值百十兩銀子。」潘金蓮說道：「俺每才不是粉頭，你家正有粉頭在後邊哩！」那玉樓抽身就往後走，被西門慶一手扯住，說道：「你往那裏去？我來了，你脫身去了。實說，我不在家，你兩個在這裏做甚麼？」金蓮道：「俺兩個悶的慌，在這裏下了兩盤棋子。時沒做賊，誰知道你就來了。」一面替他接了衣服，說道：「你今日送殯來家早。」西門慶道：「今日齋堂裏都是內相、同官，一來天氣暄熱，我不耐煩，先來家。」玉樓問道：「他大娘怎的還不來家？」西門慶道：「他的轎子也待進城，我使回兩個小廝接去了。」一面脫了衣服坐下，因問：「你兩個下棋，賭些什麼？」金蓮道：「俺兩個自恁下一盤耍子，平白賭什麼！」西門慶道：「等我和你們下一盤，那個輸了，拿出一兩銀子做東道。」金蓮道：「俺每並沒銀子。」西門慶道：「你沒銀子，拿簪子問我手裏當，也是一般。」於是擺下棋子，三人下了一盤，潘金蓮輸了。西門慶

才數子兒，被婦人把棋子撲撒亂了，一直走到瑞香花下，倚著湖山，推掐花兒。西門慶尋到那裏，說道：「好小油嘴兒，你輸了棋子，卻躲在這裏。」那婦人見西門慶來，昵笑不止，說道：「怪行貨子，孟三輸了，你不敢禁他，卻來纏我！」將手中花撮成瓣兒，灑西門慶一身。西門慶走向前，雙關抱住，按在湖山畔，就口吐丁香，舌融甜唾，戲謔做一處。不防玉樓走到跟前叫道：「六姐，他大娘來家了，咱後邊去來！」這婦人方才撇了西門慶，說道：「哥兒，我回來和你答話。」同玉樓到後邊，與月娘道了萬福。月娘問：「你每笑甚麼？」玉樓道：「六姐今日和他爹下棋，輸了一兩銀子，到明日整治東道，請姐姐耍子。」月娘笑了。金蓮當下在月娘面前，只打了個照面兒，就走來前邊陪伴西門慶。分付春梅房中熏下香，預備澡盆浴湯，準備晚間兩個效魚水之歡。看官聽說，家中雖是吳月娘大娘子，在正房居住，常有疾病，不管家事，只是人情看往，出門走動。出入銀錢，都在唱的李嬌兒手裏。孫雪娥單管率領家人媳婦在廚中上灶，打發各房飲食。譬如西門慶在那房裏宿歇，或吃酒吃飯，造甚湯水，俱經雪娥手中整理，那房裏丫頭自往廚下拿去。此事不說。當晚西門慶在金蓮房中吃了回酒，洗畢澡，兩人歇了。次日，也是合當有事，西門慶許了金蓮，要往廟上替他買珠子，要穿箍兒戴。早起來等著要吃荷花餅、銀絲鮓湯。才起身，使春梅往廚下說去。那春梅只顧不動身。金蓮道：「你休使他。有人說我縱容他，教你收了，俏成一幫兒哄漢子。百般指豬罵狗，欺負俺娘兒們。你又使他後邊做甚麼去！」西門慶便問：「是誰說此話欺負他？你對我說。」婦人道：「說怎的，盆罐都有耳朵。你只不叫他後邊去，另使秋菊去便了。」這西門慶遂叫過秋菊，分付他往廚下對雪娥說去。約有兩頓飯時，婦人已是把桌兒放了，白不見拿來，急的西門慶只是暴跳。婦人見秋菊不來，使春梅：「你去後邊瞧瞧。那奴才只顧生根長苗，不見來。」春梅有幾分不順，使性子走到廚下，只見秋菊正在那裏等著哩，便罵道：「賊餳奴！娘要卸你那腿哩！說你怎的就不去了哩。爹緊等著，吃了餅要往廟上去，急的爹在前邊暴跳，叫我采了你去哩！」這孫雪娥不聽便罷，聽了心中大怒，罵道：「怪小淫婦兒，馬回子拜節，來到的就是！鍋兒是鐵打的，也等慢慢兒的來。預備下熬的粥兒，又不吃，忽剌八新梁興出來，要烙餅做湯！那個是肚裏蛔蟲？」春梅不忿他罵，說道：「沒的扯淡，主子不使了來問你，那個好問你要？有沒，俺們到前邊自說的一聲兒，有那些聲氣的！」一隻手撏著秋菊的耳朵，一直往前邊來。雪娥道：「主子、奴才常遠似這等硬氣，有時道著！」春梅道：「中，有時道使時道，沒的把俺娘兒兩個別變了罷！」於是氣狠狠走來。婦人見他臉氣的黃黃，拉著秋菊進門，便問：「怎的來了？」春梅道：「你問他。我去時還在廚房裏雌著，等他慢條絲禮兒才和麵兒。我自不是，說了一句：『爹在前邊等著，娘說你怎的就不去了，使我來叫你來了。』倒被小院兒裏的，千奴才，萬奴才，罵了我恁一頓。說爹馬回子拜節，來到的就是。只相那個調唆了爹一

般，預備下粥兒不吃，平白新生發起要餅和湯。只顧在廚房裏罵人，不肯做哩。」婦人在旁便道：「我說別要使他去，人自恁和他合氣說俺娘兒兩個攔你在這屋裏。只當吃人罵將來。」這西門慶聽了，心中大怒。走到後邊廚房裏，不由分說，向雪娥踢了幾腳，罵道：「賊歪剌骨，我使他來要餅，你如何罵他？你罵他奴才，你如何不溺胞尿，把你自家照照！」那雪娥被西門慶踢罵了一頓，敢怒而不敢言。西門慶剛走出廚房門外，雪娥對著大家人來昭妻一丈青說道：「你看我今日晦氣，早是你在旁聽，我又沒曾說什麼。他走將來凶神也一般，大嗹小喝，把丫頭采的去了，反對主子面前輕事重報，惹的走來平白把恁一場兒。我洗著眼兒看著主子、奴才，長遠恁硬氣著，只休要錯了腳兒！」不想被西門慶聽見了，復回來，又打了幾拳，罵道：「賊奴才淫婦！你還說不欺負他，親耳朵聽見你還罵他！」打的雪娥疼痛難忍，西門慶便往前邊去了。那雪娥氣的在廚房裏兩淚悲啼，放聲大哭。吳月娘正在上房，才起來梳頭，因問小玉：「廚房裏亂的些甚麼？」小玉回道：「爹要餅，吃了往廟上去，說姑娘罵五娘房裏春梅來，被爹聽見了，在廚房裏踢了姑娘幾腳，哭起來。」月娘道：「也沒見，他要餅吃，連忙做了與他去就罷了，平白又罵他房裏丫頭怎的！」於是使小玉走到廚房，攛掇雪娥和家人媳婦連忙攛造湯水，打發西門慶吃了了，騎馬，小廝跟隨，往廟上去不題。這雪娥氣憤不過，走到月娘房裏，正告訴月娘此事。不防金蓮驀然走來，立於窗下潛聽。見雪娥在屋裏，對月娘、李嬌兒說他怎的攔漢子，背地無所不為，「娘，你不知，淫婦說起來比養漢老婆還浪，一夜沒漢子也成不的。背地幹的那齣兒，人幹不出，他幹出來。當初在家把親漢子用毒藥擺死了，跟了來，如今把俺們也吃他活埋了。弄的漢子烏眼雞一般，見了俺們便不待見。」月娘道：「也沒見你，他前邊使了丫頭要餅，你好好打發與他去便了，平白又罵他怎的？」雪娥道：「我罵他禿的瞎也來？那頃沒曾在灶上把刀背打他？娘尚且不言語。可可今日輪他手裏，便驕貴的這等的了！」正說著，只見小玉走到，說：「五娘在外邊。」少頃，金蓮進房，望著雪娥說道：「比對我當初擺死親夫，你就不消叫漢子娶我來家，省的我攔攔著他，撐了你的窩兒。論起春梅，又不是我房裏丫頭，你氣不憤，還教他伏侍大娘就是了，省的你和他合氣，把我扯在裏頭。那個好意死了漢子嫁人？如今也不難的勾當，等他來家，與我一紙休書，我去就是了。」月娘道：「我也不曉的你們底事，你每大家省言一句兒便了。」孫雪娥道：「娘，你看他嘴似淮洪也一般，隨問誰也辯他不過！他又在漢子根前戳舌兒轉過眼就不認了。依你說起來，除了娘，把俺們都撐了，只留著你罷！」那吳月娘坐著，由著他那兩個，你一句，我一句，只不言語。後來見罵起來，雪娥道：「你罵我奴才，你便是真奴才。」險些兒不曾打起來。月娘看不上，使小玉把雪娥拉往後邊去。這潘金蓮一直歸到前邊，卸了濃妝，洗了脂粉，烏雲散亂，花容不整，哭得兩眼如桃，躺在床上。到日西時分，西門慶廟上來，袖著四兩珠子，進入房中。一

見便問：「怎的來？」婦人放聲號哭起來，問西門慶要休書。如此這般告訴一遍，「我當初又不曾圖你錢財，自恁跟了你來。如何今日交人這等欺負！千也說我擺殺漢子，萬也說我擺殺漢子。拾了本有，吊了本無，沒丫頭便罷了，如何要人房裏丫頭伏侍，吃人指罵？我一個還多著影兒哩！」這西門慶不聽便罷，聽了此言，三屍神暴跳，五陵氣沖天，一陣風走到後邊，采過雪娥頭髮來，盡力拿短棍打了幾下。多虧吳月娘向前拉住了手，說道：「沒的大家省事些兒罷了，好交你主子惹氣。」西門慶便道：「好賊歪刺骨！我親自聽見你在廚房裏罵，你還攪纏別人，我不把你下截打下來也不算！」看官聽說：不爭今日打了孫雪娥，管教潘金蓮從前作過事，沒興一齊來。有詩為證：金蓮恃寵仗夫君，倒使孫娥忌怨深。自古感恩並積恨，千年萬載不生塵。

〈潘金蓮激打孫雪娥〉選自《金瓶梅詞話》第十一回。此段為全書寫西門慶家庭內部妻妾之間爭寵的第一個波浪。

西門慶一妻五妾：吳月娘、李嬌兒、孟玉樓、孫雪娥、潘金蓮、李瓶兒。此時，潘金蓮爭寵地位的主要對手李瓶兒還沒有娶進家門。在李瓶兒之前，金蓮是最受寵愛的妾。她出身貧寒之家，是潘裁的女兒，沒有財富，優勢在貌美、聰慧、有才藝（擅彈琵琶，會百家歌曲）。她以姿色與性為武器籠絡西門慶，得到極度的寵愛，與西門慶「淫欲之事，無日無之」。吳月娘驚歎潘金蓮的美貌：「小廝每來家，只說武大怎樣一個老婆，不曾看見，不想果然生的標緻，怪不的俺那強人愛他。」隱含了月娘的妒意。金蓮雖不滿月娘的正妻地位，因剛進西門慶家，只好尊重拜見與拉攏。李嬌兒風月不及金蓮，孟玉樓較為超脫又是金蓮的同盟。第四妾孫雪娥為房裏丫鬟出身，她在廚房裏做僕婦的頭，儘管地位等同奴婢，但缺乏自知之明，成為嫉妒金蓮，與金蓮爭寵的頭一個對手。本回即為兩人正面衝突之重要篇章。金蓮丫鬟春梅挨了金蓮的罵，走往廚房孫雪娥那裏出氣，卻遭孫雪娥戲弄，便回到金蓮處挑撥金蓮與雪娥的關係。這就埋下了金蓮激打孫雪娥的禍根。接寫金蓮、孟玉樓與西門慶下棋，寫金蓮在西門慶面前撒嬌，顯示金蓮的倍受寵愛。同時，又交代了孫雪娥雖為第四房妾，實為奴婢的處境地位。雪娥戲弄春梅、金蓮撒嬌、雪娥地位低下受冷落，這一點為「激打」作了鋪墊。下文即展開「激打」場面的描寫。潘金蓮激打孫雪娥，分三層遞進發展。第一層，西門慶外出為給潘金蓮買首飾，等吃荷花餅，使春梅告知廚房，潘因雪娥認為金蓮、春梅合夥哄漢子，不讓春梅去，只好讓小丫頭秋菊去。這裏，讀者可感受到金蓮、春梅、雪娥各自的心態與她們之間的潛在衝突。第二層，西門慶等吃荷花餅，見秋菊不回來，不能不使春梅去，春梅與雪娥之間展開正面交鋒，各不相讓。寫得寵的大丫頭春梅（暗寫金蓮得寵），與失寵的妾婦雪娥之間衝突。第三層，春梅回來向親主子西門慶、潘金蓮告說雪娥在廚房罵人，西門慶一怒之下，走到廚房，打罵孫雪娥。春梅的言行表現出她的傲氣與得寵。「使性子走到廚

下」，罵秋菊是「賊餳奴」，甚至向雪娥罵說「沒的扯淡」。西門慶向孫雪娥罵道：「賊歪剌骨！我使他來要餅，你如何罵他？你罵他奴才，你如何不溺胞尿，把你自家照照！」這既寫出了西門慶對春梅寵愛（暗寫寵愛金蓮），又寫出西門慶只把雪娥看成奴婢。雪娥的言行則表現出她缺少自知之明，而不甘受屈辱，渴望要抗爭的心態。實際上，春梅與雪娥都是西門慶家中的僕婦，然而，在封建時代一夫多妻制之下，她們之間卻缺少相互的同情憐憫，顯示出《金瓶梅》世界的灰暗、冷漠與婦女們的悲慘處境。此時的金蓮被寵愛，遭嫉妒，處於得意得勢的情態。等到西門慶娶進李瓶兒，因李瓶兒不但貌美，有財富、有子嗣，又是貴族出身，性格溫柔，受寵遠遠超過金蓮。這時的金蓮處處主動，害死李瓶兒生的官哥，嫉妒死李瓶兒。還與宋蕙蓮、如意兒等人爭寵。《金瓶梅》作者多層次全方位地描寫了多妻制家庭中女性的生存情態，塑造了成體系的女性形象，而潘金蓮始終處於中心位置，成為《金瓶梅》女性世界的第一號人物。可以說，沒有潘金蓮，就沒有《金瓶梅》。蘭陵笑笑生關注女性，觀察瞭解女性，也感受研究女性，努力去理解女性，在描寫她們被扭曲的人性之時，他也很細微地展現了女性身上的美和這種美的被毀滅。作者以新的發現、新的感受，創造性地塑造了潘金蓮等成功的藝術典型，實現了小說藝術的重大突破，建造了中國小說史上的一塊重要的里程碑。

繁盛的商業名城：
《金瓶梅》藝術世界中的臨清

一、從《花影集》到《金瓶梅》

永樂遷都北京，山東處於北京與江南財賦之地的紐帶。北京南以臨清為輔，臨清成為通兩京的咽喉。永樂九年（1411），會通河疏浚以後，運河成為漕糧運輸的主要通道。永樂十三年（1415）罷海運，專賴河運，臨清地位更加重要。景泰元年（1450）在臨清築城。弘治二年（1489）升臨清為州，上隸東昌府，下轄館陶，丘縣二縣。臨清隨會通河的疏浚而興起，隨漕運，商業的發展而繁盛。《利瑪竇中國劄記》從世界的眼光稱臨清為「著名港口」。常住與暫住人口有百萬，被稱為東方的威尼斯。臨清的繁盛在文學作品中有所反映。《花影集》與《金瓶梅》都描寫了臨清的繁盛。

《花影集》刊於嘉靖二年（1523）。作者陶輔（1441-1523）主要生活在成化、弘治、正德年間。《花影集》中的〈丐叟歌詩〉寫李自然，李當父子經商興敗浮沉的故事，以臨清為地理背景，敘寫了臨清升州之前的繁盛情景。「李自然者，臨清縣民家子也，七歲而孤，為晏公廟道士任某撫養以為弟子。既長，聰敏變通，甚為居人知愛。時運河初開，而臨清設兩閘以節水利，公私船隻，往來住泊，買賣囂集，商賈輻輳，旅館市肆，鱗次蜂脾。遊妓居娼，逐食者眾，而自然私一歌妓日久，情款甚厚，暗將其師資產，盜費垂盡，皆不知也……無所依歸，遂與前妓明為夫婦，於下閘口賃房賣米餅度日。」其子李當外出經商，任意非為。李自然孤身獨處，「遂復棲身於晏公廟之常廚。故人親知，供餉不至，未免行丐於市。」

晏公廟為水神廟，太祖朱元璋所封。田藝衡《留青日劄》卷二十七「晏公廟」條云：「太祖渡江取張士誠，舟將覆，紅袍救上，且指之以舟者，向何神，曰，晏公也。……太祖感之，遂封為神霄玉府都督大元帥，乃命有司祀之。今江海著靈甚顯。」臨清晏公廟在臨清閘附近，遺址在現今小白布巷八十五號，廟毀於民國初。〈丐叟歌詩〉《金瓶梅》第九十三回中的晏公廟、任道士是紀實的。

《金瓶梅》第九十三回寫道:「那時朝廷運河初開,臨清設二閘以節水利。」「魚米之鄉,舟船輻輳之地,錢糧極廣,清幽瀟灑。」兩書關於臨清的繁盛,晏公廟等描寫的是虛構藝術世界中的紀實成分。關於臨清,兩位作家有共同的感受,說明臨清在當時作家心目中的重要地位。李自然李當父子的故事與陳經濟有較大不同。蘭陵笑笑生創作《金瓶梅》,不一定受到《花影集》的影響。

二、臨清官窯磚廠

1989 年春,曾到臨清考察明代文化遺存,攝錄學術電教片《金瓶梅:天下第一奇書》。在臨清市政府大力支持下,在臨清城管監察大隊、臨清市志辦、臨清市博物館等單位有力配合下,順利完成攝錄工作。在臨清市諸位朋友嚮導下,我們走遍了臨清的運河故道,大街小巷。臨清市不但是一個經濟繁榮、精神文明建設的先進的魯西北名城,而且是一座天然的明代文化博物館。

參觀永壽寺塔,沿衛河返回途中經過一處明代官窯遺址,臨清友人告訴說:至今當地群眾仍稱此處為北大窯。在博物館、在街道舊建築房基處,隨處可見明代的大磚,磚面上刻有印記,例如:「嘉靖十五年窯戶羅鳳,匠人鄭在仁」等。據《臨清州志》記載:臨清磚窯始建於明永樂初,朝廷「歲徵城磚百萬」。設工部營繕分司督之。燒好的磚,經檢驗後,每塊都用黃裱紙封住,用車推到運磚碼頭,由漕船搭解,後及民船裝運。北京故宮各大殿,十三陵等建築,大部分用臨清磚建造。磚窯建在臨清,一是因為臨清土質細膩無雜質,用之燒的磚敲之有聲,斷之無孔。二是因為臨清為運河碼頭,便於運往京城;《金瓶梅》中多處提到「管磚廠劉公公」,還提到「工部黃主政」,即為工部常設臨清「工部營繕分司」管理磚廠的主事。

三、臨清鈔關

鈔關署有稅課局。臨清鈔關舊址現為市二輕局辦公處,院內保留有明正德年間稅課局重修公堂石碑。臨清鈔關明宣德十年初設。宣德四年(1429)規定,各鈔關差御史及戶部官照鈔法例監收船料鈔。「⋯⋯惟裝載自己米糧薪芻及納官物者免其納鈔。」(《明會典》卷35、戶部22)船料,是船隻大小的計算單位,比如,遮洋船頭長一丈一尺,梁頭十六座算作一百科。每船百料收鈔一百貫,後減至十五貫。各鈔關都是船料鈔、商稅兼收。嘉靖年間,臨清鈔關船料商稅在各鈔關中居第四位,僅在蘇州、杭州、崇文門之下,說明臨清的商業在當時是很突出的。《臨清州志·職裁署》載:「戶部榷稅分司署,在會

通河新開閘西滸，中為正堂，左為科房，在下為皂隸房，右下為巡攔房，北為小稅房，為船料房。」《金瓶梅詞話》第五十八回寫西門慶差韓道國去江南辦貨：「韓大叔在杭州置了一萬銀子緞絹貨，見今直抵臨清鈔關，缺少稅鈔銀兩。方才納稅起腳，裝載進城。」第五十九回寫韓道國通過稅官錢老爹關照少交稅錢：「全是錢老爹這封書，十車貨少使了許多稅錢。小人把緞箱兩箱並一箱，三停只報了兩停，都當茶葉、馬牙香。櫃上稅過來了，通共十大車貨只納了三十兩五錢鈔銀子。老爹接了報單，也沒差巡攔下來查點，就把車喝過來了。」作者所寫稅署主事「鈔關錢主政」、巡攔查點貨物、稅貨名、稅關制度等細節，是根據明代中葉臨清鈔關的事實為素材為依據的，是符合生活真實的。

　　《金瓶梅》作者是非常熟悉臨清的，應該有在臨清的生活閱歷。《金瓶梅》故事是以運河沿岸臨清等商業都會為地理背景，又概括了北京的市民生活場景。作者把故事發生地設置在南北交通大動脈運河沿岸。在這種地理背景文化背景下，《金瓶梅》作者塑造了西門慶、潘金蓮這樣兩個反叛封建正統的人物，作為他百回長篇小說的主人公。這種地理背景給作者塑造人物提供了具有潛在意義的典型大環境。

突破與超越：
《金瓶梅》研究的現實走向

一

　　《金瓶梅》批評和研究的歷史是一個具有連續性的發展過程，是眾多學術主體——小說學者共同參與相爭鳴、相促進的一個過程。應該說，《金瓶梅》批評和研究作為對古代小說特定文本的一種具有意向性的批評實踐，作為批評主體創造精神、批判精神之發揮的一種形式，它並不是孤立存在的，而是與諸多的社會文化要素存有著複雜的、密切的關聯，並現實地運作於整體性社會文化的大系統之中。正基於此，我們可以根據《金瓶梅》研究史自身所存有著的質的規定性、階段性和層次性，根據其所展示出的批評形態，而把時至今日的《金瓶梅》研究史劃分為相互聯繫的三個時期，即古代批評時期、現代批評時期和當代批評時期，它們在歷史特性、批評形態與研究的側重點上，皆存有著明顯的標誌。

　　古代批評時期的《金瓶梅》批評與研究生成並運作於中國封建社會末世的明清時代。作為特定歷史時代的產物，此時期的《金瓶梅》研究以序跋、書信、隨筆、評點等多種批評形式負載著批評主體的有關文本解釋與作者探索的多種努力和自身的局限性。其貢獻主要體現在版本與文獻的刊行和存留、文本的解讀和重構等多方面；其局限主要體現為批評形式的非成熟性、非自覺性，體現為視小說為「小道」、視小說為封建教化之工具的文學觀與文化觀，體現為視小說為史之附庸的小說觀等方面。這是金學的肇始階段。

　　現代批評時期的《金瓶梅》批評與研究，指的是 20 世紀初期到 40 年代的有關《金瓶梅》的批評實踐。之於此時期的批評與研究，是其理論、觀念與方法之更新的一個重要時期，西方文論及其模式業已傳入，傳統的方法仍然存在，有關古典小說的新的批評模式還有待進一步成熟與完善，這一切皆深刻地影響著現代《金瓶梅》研究者，使他們的研究打上了獨具的時代色彩。可以說，對《金瓶梅》進行真正科學的分析是從現代批評時期開始的。

當代批評時期的《金瓶梅》研究指的是運作於 20 世紀 50 年代至 90 年代的有關《金瓶梅》的批評實踐。其間有歷史延續，有斷裂，亦有高潮。50-60 年代可稱之為延續期，「文革十年」可謂是斷裂期，而「文革」結束，中國則隨之進入一個改革開放的新時期，《金瓶梅》批評與研究亦隨之進入了自身的繁榮期。

新時期十餘年的金學發展是與此時期社會文化的整體性發展密切相關的。思想解放、政治改革、文化繁榮的社會文化環境無疑為文學及其研究的發展與繁榮提供了最為基本的條件。新時期以來的文學批評與研究，不僅回顧、反思了古典文學批評與研究，介紹、評判了西方文學批評與研究的理論與方法，而且在觀念更新的條件下，在馬克思主義理論的指導下，嘗試性地建構了當代性的、有中國特色的文學理論、批評理論和文學史理論。這一切不能不影響到本時期的金學研究。一般言之，新時期金學研究與批評的發展與繁榮主要體現在這樣幾方面：其一是出版行業的繁榮。排印、影印了《金瓶梅》的各種版本；整理出版了《金瓶梅》研究的各種資料；出版金學專著近百種，發表論文近千篇。其二是研究隊伍的壯大。老、中、青三代人共同研讀《金瓶梅》，碩果累累。其三是批評形態較之以前有所成熟與完備。這體現在《金瓶梅》批評與研究的理論、觀念、方法及批評形式等方面。其四是研究較之以前亦更為深入與系統。新時期的金學研究的確得到了全方位、多側面、多視角地展開，這不僅體現在對過往金學論題的梳理、開掘與深入的論證上，而且亦體現在新的金學論題的提出與解說上。其五，一個包括「瓶內學」與「瓶外學」的金學學科系業已形式。

綜觀整個《金瓶梅》研究史的發展尤其新時期十餘年的金學發展，可以說，儘管《金瓶梅》研究在作者、成書、版本、序跋者、語言、思想內容、藝術表現等方面仍存有著諸多的分歧與爭論，並且有些分歧與爭論仍將繼續下去，但經過近四個世紀人們的精心細緻的研究與探討，《金瓶梅》研究發展到今天還是取得了眾多的共識的。所謂共識的達成既是金學研究整體運作的結果，也是其進一步走上深化的基礎。概括出來，有以下幾點已成為大家所共同接受的結論：

1.《金瓶梅》是一部具有里程碑意義的現實主義小說，而非自然主義之作，它反映現實生活的力度和廣度是當時的任何作品所無法比擬的。

2.《金瓶梅》文本之中雖存有著大量的性描寫，但從整體上言，這畢竟是個別的、非主流性的，《金瓶梅》並不是淫書。

3.《金瓶梅》文本作為藝術的客觀存在物，其具有歷史、社會、民俗、語言、經濟、政治、宗教、文化、美學、藝術等多方面的價值和意義，堪稱為有明一代的百科全書。

4.《金瓶梅》研究對重寫文學史、總結古典敘事文學的創作經驗以促進當代敘事文學創作的發展具有深刻的現實意義。

5. 在《金瓶梅》版本系統上，存有「兩系三類本子」，這就是詞話本、崇禎本、張評本，其中崇禎本與張評本關係最密，後者明顯來源於前者。

6. 以張竹坡為代表的《金瓶梅》評點，不僅對理解該小說文本的內容及其形式具有十分重要的意義和價值，而且其對中國古典小說理論批評史的發展亦具有十分重要的意義。另外，關於張竹坡生平及其著述的研究結論亦是近年來《金瓶梅》研究中的一大收穫。

通過以上簡單的歷史回顧可以看到，整個《金瓶梅》研究史的發展過程是一金學研究不斷轉化、不斷建構的過程。在這一整體性歷史發展過程中，它一方面具有自身發展的歷史階段性，正是各個歷史階段所提供的《金瓶梅》研究的時代性結構，體現著某一時代金學的整體水準及其特點。這是特定時代個體批評實踐整體努力的結果，它不可避免地存有著自身所獨具的歷史局限及其貢獻，這即使對特定金學研究的既定結構的突破與超越具有了必要性和可能性。另一方面，它又具有著自身的積累性與傳承性，它形成為一種具有連續性的批評傳統，它影響著人們的批評實踐並與主體的創造性的批評選擇形成矛盾，事實上，任何時代的金學研究皆不是毫無意義地重複前人的結論，而是立足於時代性的社會文化，選擇自我所獨具的視角、方式、方法，以求建構獨特的金學研究的時代性結構，這即構成為金學研究之突破、超越與轉化的內在機制，這種機制關涉到社會文化結構的轉化，關涉到個體與群體意識觀念結構的轉化。應該說，如上的分析及其結論，有利於我們對新時期金學研究的剖視，有利於促進新的金學體系的建構。

二

新時期十餘年來的金學研究的確進入了自身發展的繁榮期，這是一個有目共睹的事實。但關鍵問題卻在於如何認識這種繁榮，正確的態度應該是：對於新時期金學研究的理解與認知，一方面理應看到它所取得的成績，理應看到它對過往金學研究的發展、突破與超越，亦正是這種事實的存在使其呈現出空前繁榮的局面；另一方面，又應該看到任何學術創造與學術成就的取得僅僅標誌著它提供的是前人或歷史上所未曾認知、把握或創造的東西，但其所提供的東西本身卻並不能等同於學科自身的未來發展，並且其現實存在本身往往並不適應現實的要求，它仍存有著諸多的欠缺與不足。正基於此，我們又必須看到金學研究之繁榮背後所存有著的危機。可以說，只有正確地理解和認識金學研究的繁榮與危機這兩方面，我們才能恰切地把握新時期金學研究的發展。

之於新時期金學研究，其明顯地存有著這樣幾種學術模式：其一是實證分析模式。這種研究模式有自身悠久的傳統，在古典批評時期與現代批評時期皆得到了深入的發

展，當代批評時期的金學研究在此種模式上正是對前兩期的繼承與發展。這一模式的研究意向與適應範圍主要是對作者、序跋者的猜測與推證、版本的比對與考索、成書方式及其年代的論說、歷史背景的考察、本事的探尋、地理背景的索解等方面。當代臺灣著名金學家魏子雲的金學研究正是此種模式的代表，他曾這樣表述過自己的金學研究：「我的《金瓶梅》研究，之所以一開始，就死盯著明人的一件件史料，合併起來——研製，卻又特別在沈德符的《萬曆野獲編》上著眼著力，正因為我出身於桐城學派，學得了桐城學派的治學之道，懂得了以歷史為考據的基心，以社會現象為尋證的基因，以訓詁為考察問題的方法，以義理為義法合一的立論。所以，當我決定要繼續來探討《金瓶梅》這部書，就開始去尋究嘉靖、萬曆這幾朝的歷史與社會現象。」[1]魏先生雖然對桐城派的理解有其偏頗之處，但他在這段話中所強調提出的「考據」「尋證」「訓詁」「義法」等卻基本上說明了這一研究模式的構成及其特徵。在金學領域中運用此種研究模式進行《金瓶梅》問題探討的，其實並非魏先生一人，而是學者雲集。這種研究模式在尋求、梳理歷史典籍中與《金瓶梅》相關的歷史材料上的確有很大的學術貢獻，但不可否認的是，這種模式仍存有著許多問題，它往往使金學研究遠離了自我的本體與職責，流於瑣屑繁雜，其極端常常陷於索隱的泥潭而不可自拔。可以說，作者、成書、版本等問題的考察並不能從根本上解決《金瓶梅》的問題，金學研究的中心仍然是《金瓶梅》文本的本體分析與評價。

其二是社會歷史批評模式。此種批評模式的出現雖然與中國古典批評有一定的關係，但作為真正的科學批評形態的產生卻依賴於西方文論中社會歷史批評學派之理論方法的紹介與引入，這種批評模式在現代批評時期已得到自身的深化與發展，並產生了運用此種模式進行金學研究的大家，諸如魯迅、鄭振鐸等。而在當代批評時期，這一模式更是得以完備化與系統化，以至於成為當代古典小說研究中的主要批評模式。這一點在新時期的金學研究中亦有著廣泛而深刻的體現。可以說，在《金瓶梅》批評與研究中，學者們皆能自覺地運用社會歷史批評的理論與方法對小說文本的主體創作、思想內容、人物性格及其行為、性描寫、主體接受等方面的問題進行研究，亦取得了突出的成就。但運用此模式者，有的並未從深層次上把握住小說作為獨特的文學樣式的本體含義，而往往使自我的研究與分析流於機械論甚至庸俗社會學，這亦是《金瓶梅》分析與評價上所存有的一種傾向。

其三是文化分析模式。文學的文化分析模式無論在當代西方還是在東方文壇皆引起了人們足夠的重視。這正如哈特曼所說的那樣，「文化、學術和批評三者相互聯繫，不

1　〔臺灣〕魏子雲：〈瓶在梅下，金其上乎？〉，見周鈞韜、魯歌主編：《海峽兩岸學人自述》。

論是增強還是排斥，是一個聯繫到文學研究中最佳思維的問題。」[2]可見其對文學研究中文化批評的強調。當代中國的文化熱不能不影響到金學研究，一般言之，文學的文化批評從深層次上蘊涵著對特定文學文本進行哲學、宗教學、民俗學、人類學、心理學等方面的研究。在金學研究的諸模式中，的確存有著一個文化分析模式。這種研究模式一方面將《金瓶梅》文本置於中國封建文化的大系統之中來進行分析，從而說明其生成及造成現實影響的文化原因；另一方面，又把《金瓶梅》文本的語言形式、意識結構與意義世界作為一種具有內在質的規定性的藝術文化現象來進行研究，從而在某種程度上達成了從小說文本內部來反觀中國文化甚至整個人類文化的批評效應。綜觀文化分析模式及其方法在金學研究中的應用，雖然探討了一系列《金瓶梅》文本內在的或相關的文化問題，諸如《金瓶梅》與運河文化，小說文本中的婚姻家庭形態、宗教與民俗形態問題，《金瓶梅》與宋明理學的關係問題等，但從整體上看，這種研究還只是剛剛起步，許多方面的研究還存有著明顯的膚淺草率的痕跡，於理論與實踐上還有待深化。

其四是文本本體分析模式。這是一種在西方 20 世紀開始的幾種理論批評模式如俄國形式主義、英美新批評派、德國的文本內在含義派等的影響下而在中國批評界產生的一種批評傾向，但即使如此，在《金瓶梅》研究中已進行了初步的嘗試，也取得了一些引人注目的成果，但有待研究的問題更是不少。可以說，這是新時期金學研究的最為薄弱的環節，亦是學術潛力最大的一環。

應該指出的是，新時期的批評與研究的確呈開放狀態，其繁盛及成就可謂是前所未有的，這深刻地影響著金學研究。其表現是，除了以上的四個主要模式外，語言批評、原型批評、心理批評、接受美學等理論模式與系統論、信息理論、控制論等方法皆在金學研究中得到一定程度的運用，金學研究在研究模式與方法上的確存有著一個多元化的態勢。但不可否認的是，運用這些方法與模式進行《金瓶梅》研究還僅是處於初級階段，其所取得的成績還甚少，亦未能得到金學界的充分注意和重視。

以上概略地評述了幾種金學研究模式，指出了它們各自所存有著的優長、欠缺和不足。應該說，這些研究模式及其方法皆有其自身存在的現實必要性，它們皆能從不同的側面、不同的角度為解決《金瓶梅》研究中的各種問題作出許多有益的嘗試。基於此，理應准許各種研究模式及其方法的共同存在，對它們採取理智與寬容的態度，只有這樣才能夠達成《金瓶梅》研究中的全方位、多元化的分析局面，亦只有這樣才能在真正意義上促進金學研究的發展。誠如莫·薩·卡岡在談到藝術研究的方法問題時所指出的那樣：「藝術的科學研究發展的總進程表明，所有這些方法在尋求唯一和最佳的解決任務

2　轉引自周憲等編：《當代西方藝術文化學·譯序》（北京：北京大學出版社 1988 年）。

的方式的過程中不是彼此競爭，而是相互補充，每種方法都能獲得特殊的知識，獲得不可重複的科學信息。」[3]可以說，這種寬容的態度，能夠克服堅持盲從某種特定研究模式者於其批評實踐中所實際存有著的狹隘性和盲目性。

另外，值得注意的是，《金瓶梅》研究在國外得到了較為深入的開展，出版的各種《金瓶梅》譯本達十三種之多，發表了大量的論著，出現了像韓南、浦安迪、芮效衛、小野忍、雷威安等著名的金學學者，他們以其翔實的論證、新穎的觀點，以其特異的模式及其方法為我們提供了新的、深刻的啟示。無疑，國外金學家研究成果的譯介對國內金學研究的發展必將會產生甚大的幫助。

應該說，時至今日，所謂金學及其發展，的確面臨著眾多的問題，而其自身所存有著的欠缺與危機及其造成原因是理應首先加以分析的。

時下金學研究的欠缺與不足主要體現在這樣幾方面，即作者考證的比附、成書版本本事等問題之考辨的煩瑣、故事背景地理位置的附會猜測，本體闡釋之囿於傳統小說觀、新方法的移植流於皮相硬套、思想分析之執於傳統模式、研究領域與視界的狹窄封閉，對金學發展與突破的茫然等，亦正是以上的這一切造成了金學發展的內在危機。概括言之，金學發展的危機主要體現在其自身的批評觀念、方法、模式、領域、層次、學術當代性的獲得等方面所存有著的欠缺與不足上。可以說，金學危機的產生的確存有著自身的現實機制，「短期行為主義」的流行，古典學問的衰落趨勢、否定傳統文化論的影響等即構成了這種危機之產生的現實社會文化方面的原因。更為重要的是，這種危機的產生還有其更為直接的動因，這就是古典小說研究的相對沉寂與學術主體意識觀念的非健全性與陳舊落伍等方面的問題。與現當代文學研究相較，古典文學研究是相對沉寂的，「一切光明的語言都掩蓋不了古典文學灰暗的研究局面。」[4]這種沉寂體現在多方面而其中最主要者即表現在這種研究之缺乏當代影響上。古典小說研究論著可謂繁眾，而真正給人以深刻印象且產生廣泛影響者卻寥若晨星，究其原因，這當然與論著的水準、作者的知識－觀念結構有關，但最為重要的還是這種研究缺乏當代性，缺乏其所應有的現實啟示意義，而研究者的視點亦只是在傳統範圍內盤旋，還未能超越傳統領域且形成自身的新的視界。所謂研究主體的知識，意識觀念、能力結構問題，當然涵括著新的社會情勢下的知識的更新、操作能力的優化等，而其中最為重要的還是意識觀念的結構的問題。可以說，陳舊落伍的小說觀、小說史觀、小說美學觀、小說文化觀，是造成金學危機的最為直接的現實原因。這是因為，小說學術運作機制的主體是小說學者，而決定小說學

3　〔蘇〕莫伊謝依·薩莫伊洛維奇·卡岡：《美學和系統方法》（北京：中國文聯出版公司 1985 年）。

4　楊國良：〈自我批判與古典文學研究的出路〉，《文學評論》1989 年第 3 期。

者學術研究水準的最為重要的因素即是其意識觀念結構的問題。有人指出：「『紅學』發展至今，我以為已面臨著重大的危機，而這種危機的根源恰恰是來自『紅學』研究的本身和『紅學』研究者自身。」[5]此是當言，紅學如此，之於金學亦如此。

<h1 style="text-align:center">三</h1>

　　從學科意義上言之，《金瓶梅》研究是作為一種古典小說研究而存在的，這樣，新時期金學研究作為一種特定學術個案，它所存有著的欠缺亦部分地體現著當代古典小說研究所存有著的欠缺。故而，在探討金學建構的內在構成及其意向之前，有必要深入地思考並探討古典小說研究的學科建設問題。就古典小說研究的學科建設而言，其根本需要解決的即是一個古典小說研究的直接理論基礎之建構的問題。只有在這個問題上作出新的研究努力與嘗試，才能在真正意義上迎來自身對傳統研究模式的突破與具體研究的新轉折。之於此，我們當然承認辨證唯物主義和歷史唯物主義的普遍指導意義，承認馬克思主義文藝理論與文學史觀對古典小說研究的理論指導意義，但同時又認為，這些理論武器並不能代替古典小說研究與批評的理論本身。這樣，這裏就存有著一個問題，即必須在馬克思主義哲學與文學理論的指導下建構古典小說批評與研究的直接性的基礎理論的問題。這種直接性的基礎理論即是古典人學、古典小說形態─類型學與古典小說意識結構理論。古典人學建立在對中華民族的生存方式、行為方式、思維方式及其歷史發展與轉化加以整體性、綜合性考察與反思的基礎上，它的建立有賴於歷史學、社會學、民族學、宗教學、文化學、文化地理學、哲學、倫理學、心理學、民俗學等眾多學科的參與，並從中吸取理論的營養與啟示，它構成的是古典小說研究的人學基礎。古典小說形態─類型學建立在對中華民族的藝術思維方式、表達方式及其歷史演變與文學史、藝術史的發展作整體性、綜合性考察與反思的基礎上，它的建立有賴於文學學、藝術學、美學、文學史學、文學批評學等學科的共同參與，它構成的是古典小說的小說形式（或稱形態）理論。古典小說意識結構理論建立在對中華民族的精神體驗方式與文化心理結構的歷史積澱和轉化、藝術審美意識與觀念及其物化形態之歷史發展等方面的考察與反思的基礎上，它的建立有賴於精神現象學、心態史學、心理學、哲學、文化學、釋義學、文學學、文學史學、文學批評學等學科的共同參與，它構成的是古典小說研究的小說意識理論。應該指出的是，中國古典人學、小說形態─類型學與小說意識結構理論的建構，必然是在跨文化比較的基礎上進行的，其有待於眾多學者之多學科、多側面、全方位的

5　　于紹卿：〈《紅樓夢》研究的反省與批判〉，《文學評論》1989 年第 1 期。

研究，當然其亦不能脫離過去的一切學術積累，亦正是這些積累能給我們的理論建構提供充足的材料和有益的啟示。

另外，值得強調指出的是古典小說研究中的文化批評的問題和強化古典小說研究的當代性問題。

可以說，古典小說研究是作為一種文學史研究而存在的，而特定的文學現象：作家、作品、風格、思潮、流派等皆是社會文化的特定產物，文學即是在主體社會文化意識的制約下對社會文化生活的一種藝術重構。而文學史研究是以批評作為自我的內在特質的，它涉及到意識批評、社會歷史批評、美學批評與文化批評等多個側面，其中以文化批評具有更為重要的現實意義。有人在反思紅學研究的現狀時曾經指出，「更為重要的是，我們應當此在基礎上對《紅樓夢》進行當代文化價值批判，也就是用當代的人文價值觀去評價《紅樓夢》中的人物形象，評價作品所表現的那種精神信仰、人生態度、道德倫理、那種人類理性、意志、情感相互間的衝突與和諧，以及這所有的一切在今天的社會生活中所應有的價值和意義。……用當代意識研究《紅樓夢》，說到底，就是用當代人文價值觀對《紅樓夢》進行新的文化批判。」[6]在這裏，其即強調了紅學研究中文化批評的價值和意義。文化批評之所以在小說史研究中具有其自身的重要意義即在於這種批評具有自身所有的特定的整體性、整合性與現實針對性，這是由文化的特質所決定的。所以，在古典小說研究中，只有自覺地強化自身的文化批評意識，才能在真正意義上獲得自身研究的深化與當代性。

所謂古典小說研究的當代性並不意味著這種研究需要圖解政策，並不意味著一般性的古為今用，其亦不滿足於一般意義之上的批判繼承，也不僅僅指「只有用現代意識來審視歷史文化，才能使古典文學研究具有當代性。」[7]在深層次上，這種「當代性」意指古典小說研究之於當代文化重建的功能及其發揮，意指古典小說應將自身自覺地納入到當代文化重建的過程之中去。當然，古典小說之當代性的獲得有賴於研究主體意識觀念結構的現代性，有賴於研究主體之批判性、優越性、平衡性等批評主體性的充分發揮。

以上我們論述了有關古典小說研究的幾個問題尤其是其理論建設的問題，這對古典小說學術的發展是至關重要的，當然，這同樣適用於對《金瓶梅》的批評與研究及金學建構這一特定的古典小說研究領域。誠如甯宗一先生在〈「金學」建構〉一文中指出的那樣：「『金學』作為一門專門的科學、專門的學問，首先有一個自身逐步完善的過程，

6　周建渝：〈「紅學」的困境與出路〉，《文學評論》1989 年第 1 期。
7　楊鐮：〈對古典文學研究現狀的一點看法〉，《文學評論》1988 年第 3 期。

這除了要有資料方面的準備，其中理論準備又是當務之急。」[8]

可以說，金學建構一方面理應關注於古典小說研究之學科體系的總體建設，以求從中尋求到自身應需的營養與啟示；另一方面，更應把握住自我研究的獨特視點與領域，以使自身研究為整體性的學科建設作出獨具的貢獻。正基於此，廣大金學研究者理應自覺地關注於金學體系的建設，亦只有這樣才能提高自身學術研究的整體水準。一般言之，金學的構成有如下幾個相互關聯的層次：(1)金學研究資料的收集整理，包括對金學史的梳理與反思。(2)金學研究理論的創造與建設，包括批評觀念與方法的更新。(3)瓶外學，這一研究層次的基本任務是為金學研究提供「清晰的歷史圖像」。(4)瓶內學，這是一種建立在文學本體論意義上的金學研究，它包括對小說文本的語言形式、形象體系、意識結構、意義世界進行分析，包括對文本進行形態—類型學的分析、意識結構理論的分析，包括對文本進行人學批評與泛文化批評等等，也正是這種作為文本本體研究的瓶內學才是金學構成的主體部分。應該說從資料收集到理論建設，從瓶外學到瓶內學，從描述到闡釋，從解讀到重構，從專題考證到對文本的文化理解，正是金學建構的要旨之所在，亦是金學研究得以系統化且走上自身現實轉化與深化的關鍵。

綜觀金學研究現狀及其發展趨勢，對以下問題的研究會成為以後金學研究的熱點，而對這些熱點研究的深入，必然會構成為金學研究的新的突破點。這些新熱點和突破點是：(1)對與《金瓶梅》作者相關的眾多候選人作為一個特定的作家群來進行總體、系統的研究；(2)古典人學與《金瓶梅》的人學描繪——傳統文化與人；(3)「金瓶梅世界」——《金瓶梅》文本藝術世界的泛文化批評；(4)《金瓶梅》文本的藝術形態；(5)《金瓶梅》文本的意識結構及其美學意義；(6)文化重建與「金瓶梅現象」如此等等。應該指出的是，這些所謂熱點僅是《金瓶梅》多元化研究的一些組成部分，它們並不能代替金學研究的全部。也只有以科學精神來全方位、多側面地對《金瓶梅》進行分析研究，才能促進《金瓶梅》批評與研究的整體發展。

總之，古典小說研究與《金瓶梅》研究的危機的確是存在的，正基於此，金學研究必然面臨著自身的現實超越與轉向，這樣，廣大金學研究者尋求新的研究突破以帶來自身研究之深化的任何努力皆是有價值和意義的。

（與楊春忠合撰）

8　甯宗一：《說不盡的金瓶梅》。

版本與整理篇

《金瓶梅》三種版本系統

　　《金瓶梅》刊印本共有三種系統，實現了由原創稿本到文本與評點的結合，艱難地傳播，通過讀者而存在，生命不息，魅力無窮。《金瓶梅》先有抄本流傳，在北京、麻城、諸城、金壇、蘇州等地傳抄。約經半個世紀的傳抄後始有刊本。《新刻金瓶梅詞話》（簡稱詞話本）、《新刻繡像批評金瓶梅》（簡稱崇禎本或繡像本）、《張竹坡批評第一奇書金瓶梅》（簡稱張評本）為明清時期的三種版本系統。在改革開放的新時期，對《金瓶梅》版本研究，對張竹坡與《金瓶梅》張評本研究取得的成果豐富、產生的影響更大，所以先談談張評本系統。

張評本系統

　　張竹坡（1670-1698），名道深，字自得，竹坡是他的號。他在康熙三十四年（1695）評點刊刻《金瓶梅》。[1]竹坡把《金瓶梅》稱為《第一奇書》，表明他肯定《金瓶梅》的歷史地位，是繼承了馮夢龍等的小說史觀與四大奇書之說。竹坡評語包括總評〈竹坡閒話〉〈金瓶梅寓意說〉〈苦孝說〉〈第一奇書非淫書論〉〈冷熱金針〉〈讀法〉〈凡例〉〈趣談〉等、回前評、眉批夾批約十萬餘言。他以自己創作一部世情小說的嚴肅認真態度來評點，肯定《金瓶梅》是一部洩憤的世情書，是一部太史公文字，而不是淫書。他總結了《金瓶梅》寫實成就、刻畫人物性格的藝術特點，形成自成體系的《金瓶梅》藝術論，把古代「金學」推上一個新階段。

　　張竹坡生活在十七八世紀之交，約與曹寅同時。這時，曹雪芹這位偉大的作家還沒

1　　參見吳敢：《金瓶梅評點家張竹坡年譜》（瀋陽：遼寧人民出版社1987年）。

有降生。但是，張評本《金瓶梅》已在藝術經驗、小說理論方面為《紅樓夢》奠定了基礎。蘭陵笑笑生、張竹坡都是曹雪芹藝術革新的先驅。張竹坡與《金瓶梅》如同金聖歎與《水滸傳》，脂硯齋與《石頭記》，在歷史上占有光輝地位。張竹坡是清代初期肯定評價《金瓶梅》、廣泛傳播《金瓶梅》、有叛逆思想，高舉進步文化藝術旗幟的年青批評家。

《張氏族譜》在徐州銅山縣漢王鄉發現，對張竹坡家世生平、評點刊印《金瓶梅》壯舉、在小說理論上的貢獻等的研究，在歷史新時期取得了很大收穫。徹底糾正了張竹坡評點《金瓶梅》的懷疑論，破除了把張竹坡的《金瓶梅》評點看成除「說《金瓶梅》是一部史記，這一句還可取，其餘都是些冬烘先生八股調，全不足取」。[2]從而促使把張竹坡列專章論述載入中國文學批評史、中國小說史的專著，給予應有的歷史地位。

張竹坡評點本是以崇禎年間刊印的《新刻繡像批評金瓶梅》為底本，是批評家積極參與小說文本進行審美接受的成果，將文本的潛在效能結構與批評家評點結構結合，使《金瓶梅》文本得到新的實現，在有清一代以至全世界產生了廣泛影響。

張評康熙本今存三種版式：

1. 扉頁牌記「本衙藏板翻刻必究」，卷首謝頤序署「康熙歲次乙亥清明中浣，秦中覺天者謝頤題於皋鶴堂」。扉頁上端無題。框內右上方：「彭城張竹坡批評金瓶瓶」，中間：「第一奇書」，左下方：「本衙藏版翻刻必究」。有模刻崇禎本圖二百幅，另裝二冊。

書口為「第一奇書」，無魚尾。正文半葉十行，行二十二字。正文內有眉批、旁批、行內夾批。正文第一回前有〈竹坡閒話〉等總評文字（缺〈第一奇書非淫書論〉〈凡例〉）。每回前有回評。回評刊回目前另排葉碼。正文回目另葉刻印。回前評與正文不相連接，有的回評末有「終」字或「尾」字，表明回評完。這樣刻印易裝訂不帶回前評語的本子。六函共三十六冊。是書刻印精良。日本鳥居久靖氏謂：「此書居於第一奇書中的善本」[3]。吉林大學圖書館藏有此種版本一部。

2.「本衙藏板翻刻必究」本，與上書同板，不帶回前評語。只是在裝訂時未裝入各回的回前評語。首都圖書館藏有此種版本。

3.「本衙藏板翻刻必究」本，行款、版式、書名頁、牌記與吉林大學圖書館藏本大致相同，粗看容易判定為同板，但是細緻考察，可發現相異之處。此版本為皇族世家藏書，卷首蓋有恭親王藏書章。在總評〈寓意說〉「千秋萬歲，此恨綿綿，悠悠蒼天，曷

2　　朱星：〈《金瓶梅》考證〉（一），《社會科學戰線》1979 年第 2 期。

3　　《金瓶梅版本考》。

其有極，悲哉，悲哉！」之後多出二百二十七字：

> 作者之意，曲如文螺，細如頭髮。不謂後古有一竹坡為之細細點出，作者於九原
> 下當滴淚以謝竹坡。竹坡又當酹酒以白天下錦繡才子，如我所說，豈非使作者之
> 意，彰明較著也乎。竹坡彭城人，十五而孤，於今十載，流離風塵，諸苦備嘗，
> 遊倦歸來。向日所為密邇知交，今日皆成陌路。細思床頭金盡之語。忽忽不樂，
> 偶睹金瓶起首云，親朋白眼，面目含酸，便是凌雲志氣，分外消磨，不禁為之淚
> 落如豆。乃拍案曰：有是哉，冷熱真假，不我欺也。乃發心於乙亥正月人日批起，
> 至本月廿七日告成。其中頗多草草。然予亦信其眼照古人用意處，為傳其金針大
> 意云爾。緣作寓意說，以弁於前。

筆者按：至今所見張評本早期刻本，翻刻本均無此段文字。此段文字，已排印於《皋鶴堂批評第一奇書金瓶梅》校注本（吉林大學出版社 1994 年 10 月版），公諸於今世讀者。

據此段文字，可以確定張竹坡評點《金瓶梅》的具體時間：康熙三十四年（1695）正月初七批起（乙亥正月人日批起），至三月廿七日告成，約經三個月時間。秦中覺天者謝頤序題署〈第一奇書序〉為「時康熙歲次乙亥清明中浣」即康熙三十四年（1695）三月中旬，大約在評點接近完稿時寫序。據此，對〈仲兄竹坡傳〉中所說「遂鍵戶旬有餘日而批成」，則不能解釋為十幾天或三月中旬前後，「旬有餘日」，誇飾言時間短，是約略言之。此段文字中言「十五而孤」，指康熙二十三年甲子（1684）十一月十一日，其父張翀卒，竹坡年十五歲。此有《張氏族譜》〈張翀小傳〉〈仲兄竹坡傳〉（「十五赴棘圍，點額而回，旋丁父艱，哀毀致病」）與之此印證。說明此段文字涉及竹坡行事皆為實錄。此一版本藏大連圖書館。

大連館藏本與吉林大學圖藏本相比勘，有多出的夾批、眉批。正文文字相異處，大連圖藏本同崇禎本，而吉大藏本則與崇禎本相異。說明大連圖藏本正文更接近崇禎本。大連圖藏本刻印在前，吉大藏本是據大連圖藏本加工修飾而成。大連圖藏本正文多用俗別字、異體字。吉大藏本與之相比，俗別字、異體字少，刻印更為精良。根據對大連圖藏本、吉大圖藏本比勘研究初步判斷：大連圖藏本為張竹坡於 1695 年刊刻的初刻本。當時生活貧困，處境艱難，於三個月匆忙評點完稿，在金陵刊印發售「日之所入，僅足以共揮霍」（〈仲兄竹坡傳〉），「我為刻書累」（竹坡《幽夢影》評語），不久，「遂將所刊梨棗，棄置於逆旅主人，罄身北上。」（〈仲兄竹坡傳〉）三年後的 1698 年病死在鉅鹿客舍。張竹坡評點時，對小說正文除回避清諱，改「胡僧」為「梵僧」，改「虜患」為「邊患」，改「匈奴」為「陰山」，改「玁狁」為「太原」，改「夷狄」為「蚩蟲」，改「伐遼」為「伐東」等外，一般對正文文字未作改動。

吉林大學圖藏本為據張評初刻本復刻，行款、版式、書名頁、序與初刻本相同。但對評語有文字加工與刪減，對小說正文文字上有改動。此復刻本的加工與刊刻主持者是誰？經考證，初步判定為張竹坡的弟弟張道淵。張道淵是竹坡評點刊刻《金瓶梅》的知情者、支持者，在竹坡死後，又是張評本的修訂復刻者，也應是竹坡手稿的存藏者。道淵在竹坡死後，繼承竹坡之遺志，復刻修訂張評本，在《金瓶梅》的整理傳播上做出了重要貢獻。道淵在〈仲兄竹坡傳〉中肯定評點《金瓶梅》是可以流傳後世的「著書立說」「有不死者在」，可以千古不朽。此評，道淵可與其仲兄竹坡共享。[4]

以張評本前述有回前評語本與無回前評語本為祖本翻刻，產生出兩種系列的翻刻本：有回前評語本影松軒本、四大奇書第四種本、本衙藏板本、玩花書屋藏板本、崇經堂板本等。無回前評語本在茲堂本、無牌記本（扉頁框內左下無「在茲堂」三字，有漶漫痕跡，其餘各款同在茲堂本）、皋鶴草堂梓行本等。

滿文譯本《金瓶梅》，據張評本譯小說正文。康熙四十七年（1708），有戶曹郎中和素譯（據昭槤《嘯亭續錄》，一說徐蝶園譯，見《批本隨園詩話》）。四十卷一百回。無插圖，序與正文每頁均為九行，豎刻，從左至右讀。國內現存完整的四十卷本兩部，殘本三部。精抄本一部，精抄殘存五回本一部。美國普林斯頓大學葛思德圖書館藏一部。滿文本序漢譯，見《金瓶梅資料彙編》（北京大學出版社，1985年）。

崇禎本系統

《新刻繡像批評金瓶梅》（崇禎本）二十卷一百回（與詞話本分十卷不同）。卷首有東吳弄珠客〈金瓶梅序〉，無欣欣子序，也無廿公跋（原刊本無，翻刻本有）。有插圖二百幅，題刻工姓名：劉應祖、劉啟先、黃子立、黃汝耀等。這些刻工活躍在崇禎年間，是新安（今安徽歙縣）木刻名手。這種刻本避崇禎帝朱由檢諱。據以上兩點和崇禎本版式字體風格，一般認為這種本子鐫刻在崇禎年間，簡稱崇禎本（包括清初翻刻的崇禎本系的版本在內）。

現今存世的十幾種崇禎本系的本子類別不同。從版式上可分兩類。以北京大學圖藏本為代表是一類，每半葉十行，行二十二字，東吳弄珠序四葉，扉頁失去，無欣欣子序、廿公跋。回前詩詞前有「詩曰」或「詞曰」。日本天理圖書館藏本、上海圖藏甲乙兩種、天津圖藏本、殘存四十七回本等，依版式特徵，與北大藏本相近。另一類以日本內閣文庫藏本為代表，每半葉十一行，行二十八字。扉頁題《新鐫繡像批評原本金瓶梅》。無欣欣子序，有東吳弄珠客序、廿公跋。回首詩詞前多無「詩曰」或「詞曰」二字。首都

4　參見拙文〈關於《金瓶梅》張評本的新發現〉，《吉林大學社會科學學報》1977年第3期。

圖書館藏本、日本東京大學東洋文化研究所藏本，依版式特徵與內閣本相近或相同。

眉批刻印行款不同。北大藏本、上圖甲本眉批四字一行為主，也有少量二字一行的。上圖乙本、天津圖藏本眉批二字一行為多。內閣本眉批三字一行。首圖本無眉批，有夾批。

王孝慈舊藏本為學界所特別關注。原藏插圖二冊二百幅。1933年北平古佚小說刊行會影印詞話本中有附圖，即據王氏藏本影印。第一回第二幅圖「武二郎冷遇親哥嫂」欄內右側題署「新安劉應祖鐫」六字，為現存其他崇禎本圖所無。圖精緻，署刻工姓名多。第一回回目「西門慶熱結十弟兄」，現存多數本子與之相同。只有上圖乙、天津圖藏本作「西門慶熱結十兄弟」。據插圖與回目，此本可能是崇禎本的原刊本。北大藏本以原刊本為底本翻印，為現存較完整的崇禎本，圖與正文刊印精良，眉批夾批比其他崇禎本多，眉批與正文句對應，無錯位亂置之處。

崇禎本與詞話本之間關係，學術界有不同看法。一種看法認為詞話本（十卷）刊刻在前，崇禎本（二十卷本）在後，崇禎本是詞話本的評改本二者是母子關係。魏子雲（見《金瓶梅的幽隱探照》，臺灣學生書局1988年10月初版，頁38）、黃霖（見〈再論《金瓶梅》崇禎本系統各本之間關係〉），[5]等持此意見。筆者亦持此說（見《金瓶梅探索》，吉林大學出版社1990年版，頁51-56）。

另一種看法認為二者是平行關係，認為兩種本，從兩個不同的底本而來。韓南《金瓶梅的版本及其它》，梅節〈全校本金瓶梅詞話前言〉[6]中說明了這種看法。浦安迪在《明代小說四大奇書》中也持二者為平行無直接關係說。崇禎本版刻上保留的詞話本的遺跡很多，足以說明崇禎本與詞話本的親緣關係。平行無直接關係說似不能成立。

詞話本系統

現存《新刻金瓶梅詞話》有欣欣子序、廿公跋、東吳弄珠客序。不少學者認為這是最早刻本。吳曉鈴《金瓶梅詞話最初刊本問題》、魏子雲《金瓶梅的問世與演變》、馬泰來《諸城丘家與金瓶梅》論著中均持這種觀點。詞話本刊本今存四種：國內存一種，[7]日本存三種。國內存藏本《新刻金瓶梅詞話》第五十二回缺二葉，日人長澤規矩也認為

5　《上海師範大學學報》2001年第3期。

6　《吉林大學社科學報》1988年第1期。

7　1931年在山西介休縣發現，後入藏北平圖書館，由古佚小說刊行會據以影印104部。此詞話本現藏臺灣故宮博物院。

是詞話本原版。日本日光山輪王寺茲眼堂藏本第五回末葉有十一行與日本德山毛利氏棲息堂藏本不同。棲息堂藏本第五回末葉有八行用《水滸傳》文字刻印配補。日本京都大學附屬圖書館藏詞話本殘存二十三回（實存七個整回和十六個殘回）。[8]對這四種現存詞話本，學者多認為為同版。

8　參見吳敢：〈《金瓶梅》版本拾遺〉，《東南大學學報（社科版）》2001 年 3 卷 1 期。

《金瓶梅》評點本的整理與出版

　　明清時期的《金瓶梅》有三種版本：詞話本、崇禎本與張竹坡評本。詞話本無評語與插圖，在上世紀三十年代之前，人們不知道有詞話本，魯迅先生寫《中國小說史略》時，也不知道詞話本的存在。現存明刊詞話本只有三部半。崇禎本據詞話本改寫，加上了眉批、夾批，有二百幅插圖，全稱《新刻繡像批評金瓶梅》。其評改者可能是謝肇淛（1567-1624）。崇禎本評改者突破傳統觀念，以新的審美視角欣賞，肯定《金瓶梅》，為歷史上定性《金瓶梅》是一部世情書的第一人。他發現《金瓶梅》的藝術美，表現了近代小說美學追求，達到了華夏小說美學史的新高度，開創了新階段，帶有里程碑意義。在清代康熙年間，張竹坡（1670-1698）的《金瓶梅》評點，繼承了崇禎本評點成果，進一步總結《金瓶梅》寫實成就，駁斥「淫書」論，寫有十多萬字的總評、讀法、回評和眉批夾批，是為古代小說理論的寶藏。在改革開放的歷史新時期，《金瓶梅》兩種評點本的整理、研究與出版，為中國文學批評史提供了新的文獻，對古代小說美學史的研究具有拓展與填補的意義。

一、張竹坡評點本的校點出版與學術準備

　　1980 年春，入華東師大中國文學批評史師訓班（郭紹虞先生指導，徐中玉先生任班主任）。吳組緗先生應邀給師訓班學員作中國古代小說理論史報告，郭紹虞先生向學員提出加強對古代小說戲曲理論研究的要求。在郭、吳先生啟示下，在徐中玉先生具體指導下，在華東師大圖書館借閱張竹坡評本《金瓶梅》（乾隆丁卯刻奇書第四種），撰寫了〈評張竹坡的《金瓶梅》評論〉（提交在武漢東湖賓館召開的中國古代文論學會第二屆年會，會後載《文藝理論研究》1981 年第 2 期）。初步考證了張竹坡生平，肯定地評價張竹坡在小說理論上的貢獻，對其評點的理論價值概括四點：(1)以發憤而作的文學思想來評價《金瓶梅》，認為《金瓶梅》是一部洩憤的世情書，是一部史公文字，而不是淫書。(2)重視對作者閱歷的研究，認為作者經歷患難窮愁，入世最深，作者有深沉的感慨。(3)總結《金瓶梅》寫實成就。他認為作者描繪市井社會，逼真如畫，「使人不敢謂操筆伸紙做出來的」。強調以作家閱歷為基礎的藝術真實，強調寫現實日常生活，又重視作家激性，強調兩方面的

統一。(4)分析《金瓶梅》刻畫人物性格的藝術特點，豐富了金聖歎提出的典型性格論。論文引起了同行學友的關注，促進了對張竹坡生平與小說理倫的研究。

　　吳敢學友在徐州銅山縣發現《張氏族譜》，內有張道淵撰〈仲兄竹坡傳〉，具體記敘了張竹坡評點《金瓶梅》情況。經過吳敢研究，弄清了張竹坡家世生平，徹底糾正了竹坡評點《金瓶梅》的懷疑論。在此之後，在關於張竹坡評點《金瓶梅》系列論文基礎上，據張評本整理輯錄了張竹坡關於《金瓶梅》的全部評語。以此為基礎，與侯忠義教授合作編輯了《金瓶梅資料彙編》（北京大學出版社 1985 年出版）。《金瓶梅》崇禎本評語，據北大圖書館藏本整理輯錄。兩種評點本的評語均是第一次排印，提供給研究者以珍貴資料。

　　1986 年春，代齊魯書社草擬出版張竹坡評本《金瓶梅》的請示報告，報告首先彙報了《金瓶梅》研究現狀，說明該書在中國小說史與世界文學史上的地位、影響。其次，說明張評本的特點與價值。最後提出申請：「為了推動《金瓶梅》和中國文學批評史、中國小說史的研究，我們認為有必要出版張評本的整理校點本（刪掉穢語），條件已經具備。請國家出版局批准。」國家出版局 5 月 15 日即下達 (86) 出版字第 456 號批覆檔：「《金瓶梅》版本繁多，張竹坡評本《第一奇書金瓶梅》在題材、回目、文字上自成特色，具有一定的學術參考價值，經研究，同意齊魯書社出版王汝梅的整理刪節本。印數不要超過一萬部，由齊魯書社內部定向對口發行。」

　　作為底本的張評康熙年間原刊本，總評部分缺〈第一奇書非淫書論〉〈凡例〉兩篇。筆者判定此兩篇為原版所有，有的本子裝訂時漏掉；從內容、文字風格看，亦出張竹坡之手，筆者進一步研究，思考這一問題時，在大連圖書館發現一部不缺此兩篇的張評康熙年間原刊本，這一發現，證實了以前的判斷是符合實際的。校點本初刊版據在茲堂本補入的兩篇，重印時用新發現的原刊本核校過。這部張評本，使我們得見張評原刊本的完璧，是《金瓶梅》研究史上令人興奮的可喜發現。

　　張評康熙本今存兩種：甲種本扉頁題「本衙藏版翻刻必究」，有回前評（藏吉林大學圖書館，大連圖書館）。乙種本，與上書同版不帶回前評，只是在裝訂時未裝入回前評（藏首都圖出館）。以張評康熙本甲乙兩種為祖本，產生出第一奇書兩個系列的翻刻本：有回前評語本（影松軒本，四大奇書第四種本等）無回前評語本（在茲堂本、皋鶴草堂梓行本等）。

　　張評本《金瓶梅》的整理校點，涉及到多方面的學術問題與實際困難，其成果得到集體汗水的灌溉，得到國內多家圖書館的支持。多倫多大學東亞學系米列娜教授從多倫多惠寄多倫多大學藏張評本書影，幫助了對版本的考察。

　　張評本的校點本出版後，得到前輩專家學者的鼓勵，朱一玄先生在〈對《金瓶梅》研究的新貢獻〉中說：「此書的校點出版，為《金瓶梅》研究提供了一個極為重要的版

本；王汝梅同志圍繞此書的整理校點所進行的版本研究，也大大推動了《金瓶梅》研究，應受到學界的稱讚。」[1]

八十年代末九十年代初，對大連館藏張評本與吉林大學藏本作進一步比較，發現兩書雖版式相近，但並非同版，在正文與評語上均有差異。大連館藏本正文更接近崇禎本，應為張竹坡評本的初印本。吉林大學藏本正文更動之處較多，評語也有文字上的修飾，應為張竹坡的弟弟張道淵繼承仲兄遺願加以修訂後重印的。大連館藏本為皇族世家藏書，卷首蓋有恭親王藏書章。在總評〈寓意說〉「千秋萬歲，此恨綿綿，悠悠蒼天，曷其有極，悲哉，悲哉！」之後多出二百二十七字。至今所見張評本早期刻本、翻刻本均無此段文字。[2]

在校點與版本研究基礎上，對張評本進行了注釋。《金瓶梅》雖然是一部長篇白話小說，卻是一部不易讀懂的作品。因為它意象複雜，意蘊豐富，充滿矛盾，運用方言，亦宋亦明。為幫助讀者審美接受，把微觀與宏觀聯繫，需要出版注釋本。經國家新聞出版署批准，吉林大學出版社於 1994 年 10 月出版了張評本的校注本。校注本以吉林大學圖書館張評本為底本，主要參校了大連圖書館藏本、詞話本，日本內閣文庫藏本，北京大學藏本，吳藏抄本。張評〈寓意說〉末段二百二十七字，是據新發現的版本增補的。

二、《新刻繡像批評金瓶梅》會校本的出版

崇禎本處於《金瓶梅》版本流變的中間環節，承上啟下，至關緊要。張評本的整理校點，不但一定要涉及到崇禎本，而且給崇禎本校點打下了基礎。張評本校點出版後，即考慮崇禎本校點出版問題。崇禎本的搜集、考察與會校，是《金瓶梅》文本整理的又一項艱巨工程。需要特別提出的是，吳曉鈴先生給予會校工作以無私的援助，慨然把珍藏的《新刻繡像批評金瓶梅》清代乾隆年間抄本提供複印，得以參與會校。《金瓶梅》崇禎本會校足本，是根據國家新聞出版署檔批准，由齊魯書社於 1989 年 6 月出版（1990 年香港三聯書店重印，海外發行）。此書出版，在海內外產生較大影響，是學術出版史上的一件盛事。

會校本前言分三部分：(1)崇禎諸本的特徵、類別及相互關係。(2)崇禎本和萬曆詞話本的關係。(3)崇禎本評語在小說批評史上的重要地位。崇禎本評語是古代小說批評的一宗珍貴遺產。評點者在長篇小說由英雄傳奇向世情小說蛻變的轉型時期，打破傳統觀念，

1　《吉林大學社會科學學報》1988 年第 1 期。

2　見《王汝梅解讀金瓶梅》（長春：時代文藝出版社 2007 年）。

在李贄、袁宏道的「童心」「性靈」「真趣」「自然」的審美新意識啟示下，對《金瓶梅》藝術成就進行了開拓性評析。評點者開始注重寫實、注重人物性格心理的品鑒，在馮夢龍、金聖歎、李漁、張竹坡、脂硯齋之前，達到了古代小說批評的新高度，其主要價值，概括如下四點：(1)定性《金瓶梅》是一部世情書，而非淫書。(2)分析了《金瓶梅》中眾多人物性格。(3)評價了作者刻畫人物的傳神技巧。(4)評者顯示了新的審美視角，打破了傳統重教化而不重審美，重史實而不重真趣的觀念，表現了近代小說美學追求，對明清小說批評的發展，起了奠基與開拓的作用。

2009 年 7 月，《新刻繡像批評金瓶梅》（會校本）修訂版出版。修訂版卷末有修訂後記，全文如下：

《新刻繡像批評金瓶梅》（會校本）經國家新聞出版署(88)602 號檔批准，由齊魯書社於 1989 年 6 月出版，向學術界發行。1990 年 2 月，由三聯書店（香港）有限公司和齊魯書社聯合重印，在海外發行。該書是建國後第一次繁體直排崇禎本足本，是文化出版史上的一件盛事，在海內外產生了較大影響，美國哈佛大學學者指出：「由齊煙、王汝梅校點，香港三聯書店、齊魯書社聯合出版的《新刻繡像批評金瓶梅》（會校本），這個本子校點精細，並附校記，沒有刪節，對於繡像本《金瓶梅》研究十分重要。」（田曉菲著《秋水堂論金瓶梅·前言》，天津人民出版社 2003 年 1 月出版）。

是書的整理工作，得到了吳曉鈴先生、朱一玄先生的指導，得到了北京大學圖書館、天津圖書館、上海圖書館、吉林大學圖書館、大連圖書館的支持。時任齊魯書社社長趙炳南、總編輯孫言誠、文學編輯室主任閻昭典和吉林大學王汝梅教授通力合作，搜集版本，查閱文獻，足跡遍及全國，在較短的時間內完成了整理校點，實屬不易。趙炳南已逝世，他為《金瓶梅》的整理出版做出了貢獻，我們表示深切的悼念。

崇禎本改寫者對《金瓶梅詞話》進行了多方面的加工改作，但對原著中的性描寫文字卻未加刪改。今天從性心理、性文化角度認識評價《金瓶梅》，會覺得這是作者的獨特貢獻。作者大膽地有突破地描寫了人與人之間的性關係、性行為與性心理，而且把性與人物性格刻畫聯繫，與廣闊的社會生活聯繫，與探索人性聯繫，正視被否定、被掩蓋的性，寫人的自然情欲。《金瓶梅》中兩性關係不是和諧與平等的，以寫實見長的《金瓶梅》不可能寫出理想化的性愛，性愛生活的更新、美化，是未來社會的一項偉大工程。從現代的觀點審視，《金瓶梅》中的性描寫多屬純感官的再現，較濃重地反映了晚明時期文人的性情趣、性觀念。崇禎本《金瓶梅》連同兩百幅精美插圖及評語，組成一部綜合的藝術文本，是華夏小說美學史上的里程碑。

本書初版至今已近二十年，當年，由於時間倉促，又受整理者的條件和水準限制，書中存有一些錯誤，在長期閱讀與研究中我們逐漸發現，現趁重印之機，加以修訂，以

期提供一個更完善的會校本。正如前輩學者所說，校書如掃落葉，旋掃旋生，修訂版還會有錯，敬請專家學者指正。（2009 年 5 月）

三、崇禎本評改者研究與內閣文庫本校點出版

《金瓶梅》崇禎本評改者是誰，是學界關注的《金瓶梅》諸多疑難問題之一。1986年，有學者提出李漁是崇禎本的評改者之說。主要依據是，首都圖書館藏《新鐫繡像批評原本金瓶梅》有一百零一幅插圖，在第一百零一幅圖像背面有兩首詞，後署「回道人題」，認為回道人是李漁的化名。據此判斷「李漁不僅是《新刻繡像批評原本金瓶梅》一書的寫定者，同時也是作評者。」這一說產生了較大影響。臺灣魏子雲先生《金瓶梅研究資料彙編》上編，天一出版社出版，頁 10，同意回道人是李漁筆名之一。《閒話金瓶梅》，內蒙古人民出版社出版 1990 年版，頁 91，贊同李漁評改說。《李漁全集》第19 卷頁 3，認為回道人是李漁別號。[3]

筆者不同意李漁評改《金瓶梅》之說，首都圖書館藏本插圖第一百零百一幅後回道人兩首題詞見《全唐詩》第八百五十九卷，為呂洞賓〈漁父詞〉十八首之第十六、十七兩首：

作甚物
貪貴貪榮逐利名，追遊醉後戀歡情。
年不永，代君驚，一報身終那裏生。

疾瞥地
萬劫千生得個人，須知先世種來因；
速覺悟，出迷津，莫使輪回受苦辛。

明末鄧志謨據呂洞賓的傳說寫神怪小說《呂祖飛劍記》第十三回，多次寫道呂洞賓詭稱回道人，「回道人者，以回字抽出小口，乃呂字，此是呂神仙也」。李漁原名仙侶，字謫凡，號天徒，後改字笠翁，別署隨庵主人、覺道人，覺世稗官、笠道人、伊園主人、湖上笠翁，新亭客樵，族中後人尊稱「佳九公」，人稱「李十郎」。李漁著作和編纂的書，未見署回道人者。他的小說《十二樓‧歸正樓》《肉蒲團》引進呂洞賓，並引錄其詩作，明確標寫「回道人題」。李漁不可能用「回道人」作為自己的別號，崇禎本在崇

3　杭州：浙江古籍出版社 1991 年。

禎初年已刊印流傳。此時李漁十八歲左右，可能在如皋或蘭溪，尚未開始其創作生涯，尚不具備評改《金瓶梅》的環境與條件，甚至尚沒有讀《金瓶梅詞話》。[4]

《李漁全集》第十二卷、十三卷、十四卷收入內閣文庫本的校點本（張兵、顧越校點、黃霖審定）。此三卷是對內閣文庫本的精心整理校點，是《金瓶梅》整理校點的重要成果。《李漁全集》第十二卷〈點校說明〉說：「李漁確實用過回道人的化名」，也是根據首圖藏本第一百零一幅圖像後題署。〈點校說明〉很謹慎地說：「僅於首圖本見有回道人題詩來說明李漁是崇禎本改定者的理由尚嫌不足。」這說明點校者對「李漁評改《金瓶梅》」之說，持有保留意見，不因崇禎本《金瓶梅》輯入《李漁全集》而附和未作定論的判斷，這種實事求是的態度是值得稱讚的。黃霖先生在近著《金瓶梅演講錄》中用了較大篇幅論證李漁不是《金瓶梅》的評改者，[5]可以視為定評。

筆者繼續思考崇禎本評改者這一問題，有新的意見提出來請專家學者批評指正。評改者在尊重原作基礎上作了藝術加工。以現存詞話本為底本進行改寫並加上眉批、旁批。改寫者高水準的加工，使《金瓶梅》成為一種便於閱讀的定型文本，其功績是主要的。評者與改寫者為同一人，邊改寫邊加評語。從不少評語，可使我們感受到為改寫者的自評。改寫者是加工修改者，也是蘭陵笑笑生身後的合作者。為《金瓶梅》的定型與傳播作出了重大貢獻。說他是《金瓶梅》第二作者也當之無愧。

反覆研閱《金瓶梅》崇禎本，聯繫《五雜組》和《小草齋文集》〈金瓶梅跋〉，便隱約呈現出謝肇淛的身影。憑閱讀感受，覺得崇禎本評改者很可能是謝肇淛。雖無直接證據，有些材料，有助於這種看法的成立。

1. 謝肇淛〈金瓶梅跋〉在全面把握《金瓶梅》形象體系基礎上，發現了《金瓶梅》之美與藝術獨創特點，達到了時代的最高水準。評改本評語和〈金瓶梅跋〉是互補的，似應出自一人之手。

2. 從〈金瓶梅跋〉，我們瞭解到謝肇淛對《金瓶梅》潛心細讀，多年把玩，藏有抄本，關注全本。

3. 他曾任職東昌，督理北河，駐節張秋，走訪諸城，遊覽嶧山，對《金瓶梅》故事背景地較為熟悉。

4. 《金瓶梅》崇禎本改武松乘轎為騎馬。關於改寫的理由，見《五雜組》卷十四事部二：「唐宋百官入朝皆乘馬，宰相亦然……國朝京官，三品以上方許乘轎，三五十年

---

4 〈李漁評改《金瓶梅》考辨——兼談崇禎本系統的某些版本特徵〉，《吉林大學社科學報》1992年第 5 期。

5 黃霖：《金瓶梅講演錄》（桂林：廣西師大出版社 2008 年）。

前，郎曹皆騎也。」謝氏是根據歷史事實改乘轎為騎馬的。

　　5. 謝氏是小說理論家，又是小說作家，有筆記小說《塵餘》、傳奇小說《江妃傳》等。《江妃傳》寫楊貴妃、梅妃、江妃爭寵鬥豔的故事，可以說是一篇「小金瓶梅」。[6]

　　我的看法：《金瓶梅》崇禎本評改者是謝肇淛，有這種可能，或者說可能性較大。還需要作進一步論證。

6　見〈試解《金瓶梅》崇禎本評改者之謎〉，載香港中文大學中國語言及文學系主編《重讀經典：中國傳統小說與戲曲的多重透視》（下卷）（香港：牛津大學出版社 2009 年）。

《金瓶梅詞話》的發現與影印

　　《金瓶梅詞話》原北圖購藏本（現藏臺灣故宮博物院）為《金瓶梅》的現存最早刻本，但遲至 1931 年冬才被發現。它的發現是中國小說史上的一個重大事件，是文化史上的一椿頗具傳奇色彩的佳話。它是國寶級文學遺產，應列入世界文化遺產名錄。

　　1931 年冬，北京文友堂（琉璃廠的一家古舊書鋪）的太原分號，在介休縣收購到一部木刻大本的《新刻金瓶梅詞話》，十卷，無插圖，無評語。當時只把它視為一般古籍，未認識到它的重要價值。在北京，經過專家鄭振鐸、趙萬里、孫楷第等鑒定，才確認它是《金瓶梅》的最早刻本。後由北京圖書館出價二千銀元收購入藏。

　　民國二十二年（1933），孔德學校圖書館主任馬廉（隅卿）先生採用集資登記的辦法，以古佚小說刊行會名義影印了一百零肆部。原書第五十二回 7、8 頁，依崇禎本抄寫配補。配補頁的開頭與尾行與詞話本原文不相銜接。同時影印崇禎本插圖二百幅，合印一冊配附。影本共兩函二十一冊（圖一冊、原書影印二十冊）。抗戰期間，北圖購藏本寄存於美國國會圖書館。1975 年歸還臺灣，藏臺灣故宮博物院。

　　1957 年，文學古籍刊行社據古佚小說刊行會影印本再版，內部發行，限定級別購買。人民文學出版社 1985 年出版的校點本《金瓶梅詞話》刪節本（戴鴻森校點）上、中、下平裝三冊，是以 1957 年文學古籍刊行社影印本為底本整理校點。

　　臺灣聯經出版事業公司據古佚小說刊行會影印本（傅斯年購藏本）影印出版，兩函二十冊。古佚小說刊行會影印本係縮小影印。聯經影印本，比對故宮博物院藏本還原原尺寸。北圖購藏本有朱筆批語（刊行會本均用墨印），聯經本還原朱印。第二十回 13 葉，原文「蒙爹娘招」，刊行會本改「招」為「抬」，是在「召」上面改為「台」，聯經本在旁邊另寫「抬」。這說明聯經本據故宮藏本改墨為朱時未能忠實於原版。

　　香港太平書局影印《金瓶梅詞話》（分裝 6 冊，平裝，1982 年版），《出版說明》謂據古佚小說刊行會本影印，細閱，即可發現實據 1957 年文學古籍刊行社重印的修版本影印的。

　　古佚小說刊行本影印本正文第一回蓋有「古佚小說刊會章」（紅色、篆字、豎刻長方）。並且有編號。吉林大學圖書館藏蓋有黑色古佚小說刊行會章的一部《金瓶梅詞話》，兩函二十一冊。第九十四回第 6 葉抄補。這種本子，可能是據古佚小說刊行會本私家翻印

的。

　　2005 年 6 月 18-20 日，西北大學文學院主辦中國古代文學理論學會第十四屆年會暨國際學術研討會。筆者提前兩天到西安，在西北大學原黨委書記董丁誠教授大力支持下，到西北大學圖書館珍藏部，查閱了館藏民國二十二年古佚小說刊行會影印本。當時影印一百零四部，此為第三十三部。無影印說明。兩函二十一冊。第一百回 17 葉 A 面左下也蓋有篆文紅色「古佚小說刊行會章」。封底有說明文字：「本書限印一百零四部之第三拾三部」。

多倫多大學東亞圖書館藏
《金瓶梅》版本考

一、版本特徵

　　多倫多大學東亞圖書館慕學勳書庫藏有《金瓶梅》一部，是張竹坡批評第一奇書版系。

　　書名頁、謝頤第一奇書序失去。現有序係模原序字體抄補。此部《金瓶梅》屬張評第一奇書本中的何種子系版本，需據版式行款特徵加以判斷。東亞圖書館正在做慕氏書的編目，準備輸入電腦。于安娜館長、李三千館員囑筆者幫助考證此部《金瓶梅》版本歸屬。現與中國大陸所藏張評本加以比勘後，可以斷定此部《金瓶梅》不是張評本康熙年間原刊本，而是據原刊本翻刻的一種本子，為張評本中的「全像金瓶梅，本衙藏板」本。

　　東亞圖書館藏《金瓶梅》有回前評語，評語每半葉十一行，行二十三字（比小說正文低兩字刻印）。每回回評結束，無「終」或「尾」字。正文回目接回評刻印，不另起葉。無眉批。有雙行夾批，夾批位置與文字同康熙間原刊本。有行間小批。書口有魚尾，上題「第一奇書」，中為回次，下為本回葉碼。板框高二十一釐米、寬十四釐米。正文每半葉十一行，行二十五字。模原序抄補的序文後署「時康熙歲次乙亥清明中浣秦中覺天者謝頤題於皋鶴堂」，下有「謝頤之印」「敬齋」兩方鈐記。抄補序文每半葉四行，行十一字。有圖二百幅，甚粗糙。原為四函，一函八冊，共三十二冊。東亞圖書館入藏時重新裝訂，每四冊一本，共八本。金鑲玉裱修。

二、在張評本系列中的地位及缺點

　　據張評康熙間原刊本翻刻的本子有兩類：一類有回前評語，多數無眉批。有「本衙藏板」本、「影松軒」本、「四大奇書第四種」本等。另一類無回前評語，有「在茲堂」

本,「皋鶴堂梓行」本等。以上版本,只有在茲堂本書名頁右端偽題「李笠翁先生著」,張評康熙間原刊本此處題「彭城張竹坡批評金瓶梅」,其他版本題「彭城張竹坡批評」或「彭城張竹坡批點」「彭城張竹坡原本」等。[1]《中國古代小說百科全書》說:「所有張竹坡批評的《第一奇書》早期刻本,扉頁右端均署為『李笠翁先生著』」(1993 年 4 月版,頁 616),與版本實際不符。[2]

東亞圖書館張評本《金瓶梅》係有回前評語的「本衙藏板」本。據紙質與字體判斷,此種本子很可能刻印在清道光年間,且係此種版本的後印本(有斷板處)。柳存仁《倫敦所見中國小說書目》亦謂此種本子不是康熙間原刊本。此種張評本,又藏北大圖書館、北師大圖書館、南開大學圖書館。英國倫敦博物院藏此種版本的小型本,書名頁亦題「全像金瓶梅,本衙藏板」。吉林大學圖書館藏有該種版本的膠卷。

此種張評本對《金瓶梅》傳播起了一定作用,在《金瓶梅》版本系統中占有一定地位。但是,因係據原刊本翻刻,翻刻時書坊主人偷工減料,錯字較多。

儘管「本衙藏板」本錯誤較多、無眉批,但在北美各大圖書館藏《金瓶梅》極少的情況下,東亞圖書館藏的《金瓶梅》確為該館的一件珍品。

三、流傳路線:中國－日本－中國－加拿大

東亞圖書館藏《金瓶梅》是怎樣由中國大陸漂洋過海流傳到北美的?有跡可循。此部《金瓶梅》每回首葉蓋有一方形藏書章:

據此藏書章判斷,此部《金瓶梅》可能在 1900 年八國聯軍入侵天津北京之時,或中日甲午戰爭(1894)之時,由日本人從中國掠去,歸入「戰爭關係資料」一類圖書。至於,怎樣從福島縣立圖書館又回歸中國,流入慕學勳之手,很難判斷。推測有兩種可能:一

---

[1]　見拙文〈張竹坡批評第一奇書金瓶梅前言〉,齊魯書社出版。

[2]　李漁不是《新刻繡像批評金瓶梅》評改者,也不是作者,見拙文〈「李漁評改《金瓶梅》」考辨〉,《吉林大學社會科學學報》1992 年第 5 期。

是福島縣立圖書館藏此一部《金瓶梅》，視為珍品，引人注目；卻不慎流失，輾轉而入慕氏手。一是慕學勳藏較多中國善本古籍，他用其中的一種或若干種與福島縣立圖書館交換而得到此一部《金瓶梅》。慕學勳（1880-1929）字房文，山東蓬萊縣人，畢業於天津北洋大學，其後在德駐北京使館任中文秘書七年，至逝世。1933 年，英格蘭教宗韋廉·懷德主教購得慕學勳藏書十萬餘冊。這批書在 1936 年 6 月運抵多倫多市皇家安大略博物館。[3]1961 年，慕氏藏書遷移到多倫多大學東亞圖書館。張評「本衙藏板」本《金瓶梅》隨之入藏。

在西方另有荷蘭高羅佩藏書《金瓶梅》在茲堂本。英國倫敦博物院藏有小型本的「本衙藏板」本。德國漢學家弗朗茨·庫恩的《金瓶梅》德文譯本，是據萊比錫島社在中國蘇州購得的「皋鶴堂梓行」本（此種本子無回前評語）。早期的英文譯本、法文譯文、日文譯本、朝鮮文譯本，均根據張竹坡評第一奇書翻譯。[4]這充分說明，張竹坡評本在清初後的廣泛流傳，並在世界產生了較大影響，對《金瓶梅》傳播起了積極作用。

3　見吳曉鈴先生：〈多倫多大學東亞圖書館所藏慕氏書庫概述〉，《文獻》1990 年第 3 期。

4　見王麗娜編著：《中國古典小說戲曲名著在國外》（上海：學林出版社 1988 年）。

〈幽怪詩譚小引〉解讀
——紀念《金瓶梅》問世信息傳遞 410 周年

　　袁宏道〈與董思白〉信，傳遞了《金瓶梅》抄本問世的第一個信息。《金瓶梅》的問世，震撼了晚明文壇。相繼有王世貞、屠本畯、謝肇淛、薛岡、馮夢龍、沈德符等著名文人作家評論傳播《金瓶梅》，抄本在北京、麻城、諸城、金壇、蘇州等地傳抄。〈與董思白〉寫於萬曆二十四年（1596），至今已 410 年。晚明與《金瓶梅》有關文獻，稱此巨著為《金瓶梅》《金瓶梅傳》，無有稱《金瓶梅詞話》者，欣欣子序稱「蘭陵笑笑生作《金瓶梅傳》」。因此，有學者猜測原抄本曰《金瓶梅》，「詞話」二字，是書商刊印時加上去的。〈幽怪詩譚小引〉稱《金瓶梅詞話》，至今所見文獻，是最早傳遞詞話本的信息。

　　《幽怪詩譚》六卷九十六則，題西湖碧山臥樵纂輯，栩庵居士評閱。存明刊本與清抄本，較稀見。書前有崇禎己巳（二年，1629）聽石居士〈小引〉。〈小引〉解釋了《幽怪詩譚》取名的含義，闡述了作者的詩學觀點，概述了魏晉至唐宋詩歌發展的代表詩人詩作特點，尤為重要的是傳遞了「湯臨川賞金瓶梅詞話」這一重要信息。因此，〈小引〉在詩歌史與小說史上占有極其重要地位，應引起我們足夠的重視與評價。〈小引〉全文如下：

> 嘗讀袁石公集於吳門，詩藝一概抹殺，獨謂「掛枝兒」可傳不朽。夫「掛枝兒」俚語也，石公何取焉？彼見世之為詩者，碎采成句，迭綴成篇；譬玉玉相接，本非一玉；珠珠相累，原為萬珠；不若「打草竿」等曲極近極遠愈淺愈深。率口數語，即鏤肝刻髓亦尋彷不到。作詩如是，乃為真詩。俗儒不察，遂謂逮豕白頭，可掩虎豹之文；楚雞丹質，堪傲鸞鷟之彩。而小說一途，瞥與金版秘文，瑤甄怪牒共尊於世。訛傳訛幻，解自陳氏之穎為之盡禿，剡州之藤因以一空。不獨冤煞古人心事，抑且亂盡今人肺腸。若風行一時，幾如敗撰。此《幽怪詩譚》所以破枕而出也。何言「幽」？蟬噪深林，鷗眠古澗，各各帶有生意，不似古木寒鴉。何言「怪」？白狼銜鈎，黃鱗出玉，每現在人間，非同龜毛兔角。以此譚詩，真

堪捉塵耳。詩自晉魏以至唐宋，號稱巨匠七十餘家，或開旺氣於先，或維頹風於後，雅韻深情，譚何容易？然披覽一過，覺集中絳雲在空，舒卷如意者，則詩中之陶彭澤也。有斜簪插髻，風流自喜者，則詩中之陳思王也。有東海揚波，風日流麗者，則詩中之謝康樂也。有秋水芙蓉，嫣然獨笑者，則詩中之王右丞也。有鳳笙龍管，漢宮秦塞者，則詩中之杜工部也。有百寶流蘇，千絲鐵網者，則詩中之李義山也。有海外三山，奇峰陡岇者，則詩中之李長吉也。有高秋獨眺，霽晚孤吹者，則詩中子柳子厚也。有狂呼醉傲，俱成律呂；姍（嬉）笑怒罵，無非文章者，則詩中之李謫仙、蘇學士也。其餘或仙或禪，或茗或酒，或美人，或劍客，以幽怪之致與諸家相掩映者，不可殫述，而總之以百回小說作七十餘家之語。不觀夫李溫陵賞《水滸》《西遊》，湯臨川賞《金瓶梅詞話》乎！《水滸傳》，一部《陰符》也。《西遊》，一部《黃庭》也。《金瓶梅》，一部《世說》也。然則此集郵傳於世，即謂晉魏一部《詩譚》亦可。

時崇禎己巳陽生日　聽石居士題於綠窗

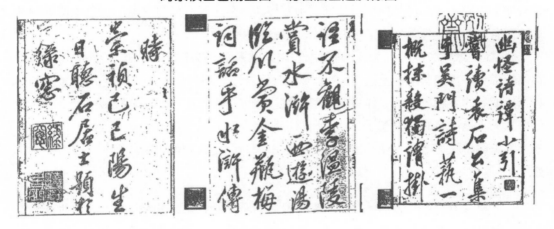

幽怪詩譚小引明刊本

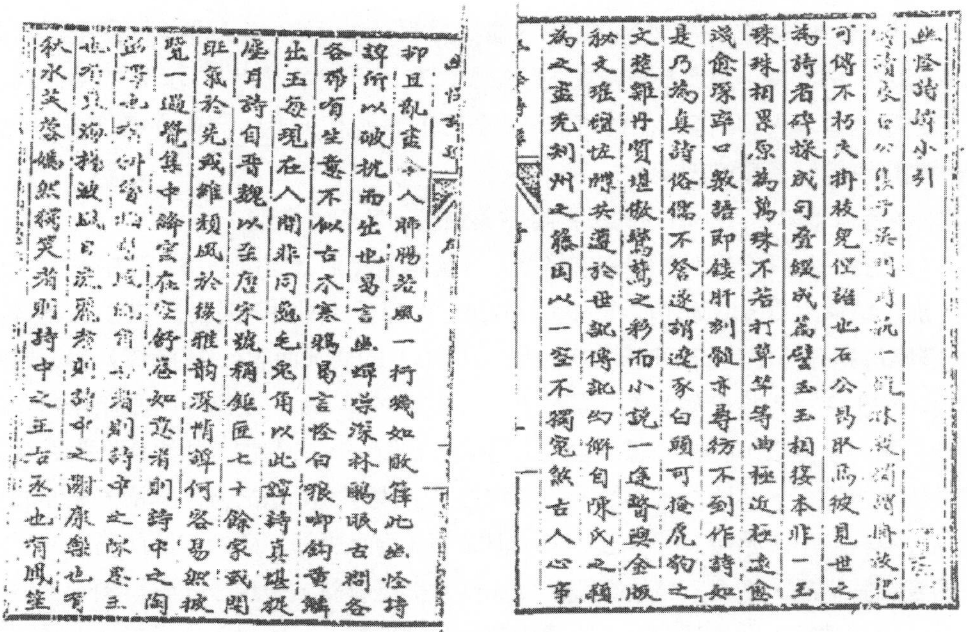

幽怪詩譚小引清抄本 1

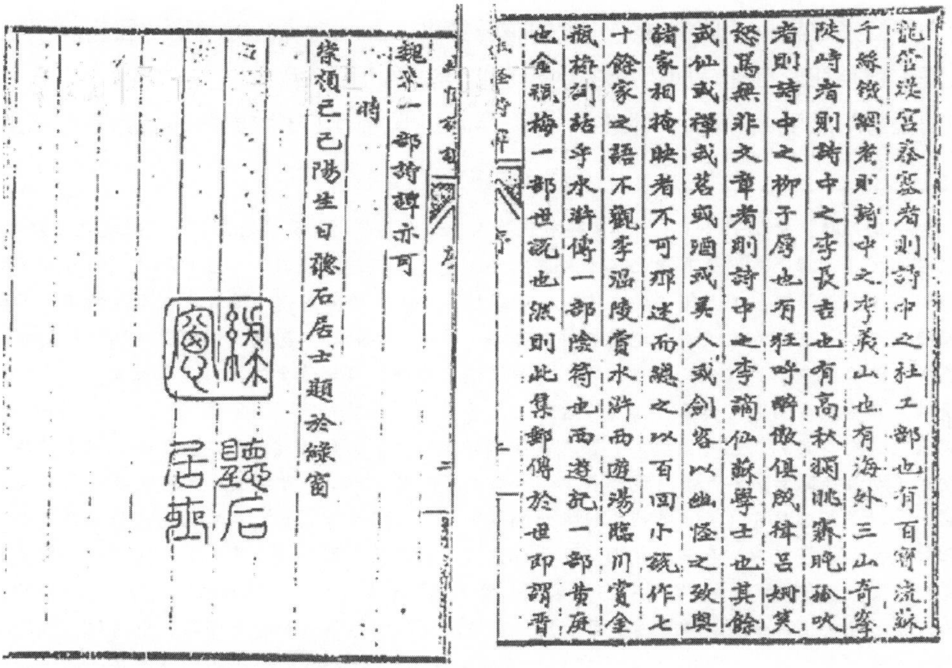

幽怪詩譚小引清抄本 2

〈小引〉闡發了《幽怪詩譚》的宗旨，概括說明了作者的大文學觀念，即把詩歌與小說聯繫起來，把文言小說與長篇白話小說聯繫起來，打破了以詩文為正宗的傳統觀念。行文完全是作者本人的語氣。由此可知，聽石居士卻碧山臥樵，〈小引〉是作者的自序，也是《幽怪詩譚》纂輯的總綱。

《幽怪詩譚》與其〈小引〉的重要特點與意義，有如下幾點：

1. 《詩譚》從《玄怪錄》《續玄怪錄》《剪燈新話》《廣豔異編》等中選取了一些篇章，加以精煉改寫，增強了原作的藝術效果。保存了《湖海奇聞集》中的〈碧玉簪記〉〈伏氏靈應傳〉等，使我們可以窺知《湖海奇聞集》的局部面貌。[1]《詩譚》對選輯作品作了藝術加工。〈荔枝分愛〉據〈荔枝夢〉（見《廣豔異編》）改寫，將原作開頭介紹荔枝生物特點一段刪去，將原作譚徽之友人這一人物刪去，文字加工如原作「張目視之，乃偃臥於荔枝樹下，心始悟其感妖，甚驚歎之。」改作：「徽之方欲辭歸，欠伸而覺，乃偃臥於荔枝樹下，始寤其感夢云。」不但簡煉，而且去掉「感妖」使此篇成為了一篇優美的童話式作品，把食荔枝的味覺美感與性愛美感聯繫，表現了味覺與觸覺美感相通之點：「吸殘甘露，則齒頰皆香，吮盡瓊漿則夢魂俱醉」。所以，不可把《幽怪詩譚》看作「輯集而非創作」的產品。

2. 《詩譚》的〈小引〉云：「詩自晉魏以至唐宋，號稱巨匠七十餘家」「以百回小說作七十餘家之語」「此集郵傳於世即謂晉魏來一部《詩譚》亦可」。雖有誇張之嫌，但其基本精神在於打通詩與小說之分界，以小說與詩相結合，以小說作詩家之語，在小說中創造詩的意境、神韻。《幽怪詩譚》作者自覺地追求小說與詩的結合。在《幽怪詩

1　《金瓶梅詞話》欣欣子序云：「吾嘗觀前代騷人，如盧景暉之《剪燈新話》、元微之之《鶯鶯傳》、趙君弼之《效顰集》、羅貫中之《水滸傳》、丘瓊山之《鍾情麗集》、盧梅湖之《懷春雅集》、周靜軒之《秉燭清談》，其後《如意傳》《于湖記》，其間語句文確，讀者往往不能暢懷，不至終篇而掩棄之矣。」由於欣欣子引述周靜軒之作品，周禮（字靜軒）為現代學術界所關注。周禮著有史作《通鑒外紀論斷》《朱子綱目折衷》《續編綱目發明》《訓蒙史論》《通鑒筆記》，小說《秉燭清談》《剪燈餘話》（與李昌祺《剪燈餘話》書名相同而非一書）《湖海奇聞集》《警心崇說》，詩集《讀史詩集》《北遊詩稿》，醫學著作《醫學碎金》，戲曲《東窗事發》等。《秉燭清談》已佚。《湖海奇聞集》，大連圖藏殘本（今不知流落何處）。二十世紀三十年代，孫楷第在大連館查閱，著錄了該書序文（見《戲曲小說書錄解題》）。《湖海奇聞集》第六卷為〈伏氏靈應傳〉〈碧玉簪記〉《幽怪詩譚》卷一第九則〈玉簪傳信〉，卷四第三則〈伏氏忠烈〉即《湖海奇聞集》第六卷之〈伏〉〈碧〉兩篇。陳國軍據彭大翼《山堂肆考》卷166有一篇注出自《湖海奇聞集》中的〈畫美人〉，考索出《幽怪詩譚》卷五第二則〈畫姬送酒〉保存了《湖海奇聞集》中這則小說的原生形態。（見《文學遺產》2005年第6期）。《幽怪詩譚》六卷96則小說，均為四字一題，為統一題例，〈玉簪記〉改題〈玉簪傳信〉，〈伏氏靈驗傳〉改題〈伏氏忠烈〉，〈畫美人〉改題〈畫姬送酒〉。由《幽怪詩譚》所錄周靜軒之作品，而知風格特點，從而有助於解讀欣欣子序的引述。

譚》中，詩詞或作人物對話，或抒發情感或渲染氣氛。有時還讓小說中人物以詩歌講解一種道理；如〈泰山鹿兔〉中二叟與章奏對話所吟律詩即是哲理詩。詩詞均不游離在作品之外。有時小說中人物還評詩，如〈神交玉女〉中玉女評鴻漸詩作：「始焉觸物感懷，既而因時敘景，末敘別離眷戀之情，深得詩人性情之正，佳作也。」

3. 〈小引〉中有「湯臨川賞《金瓶梅詞話》」一語，這是一句極有分量的歷史證言，傳遞了一條重要歷史信息。湯顯祖是欣賞肯定《金瓶梅》最初的讀者之一，但從未在他的詩文尺牘中提及此事。劉守有是湯顯祖的表兄弟，劉守有之子承禧是《金瓶梅》抄本收藏者。湯顯祖從劉承禧處讀《金瓶梅》抄本。湯顯祖創作《南柯記》（完成於萬曆二十八年，1600）受《金瓶梅》影響，至遲在萬曆二十八年（1600）已經讀完《金瓶梅》。[2]《金瓶梅詞話》刊印在萬曆四十五年（1617）。〈幽怪詩譚小引〉題寫在崇禎二年（1629），湯顯祖逝世在萬曆四十四年（1616）。碧山臥樵寫〈小引〉時，湯顯祖已逝去十三年。《新刻繡像批評金瓶梅》，此時可能正在改寫刊印，尚未流傳，仍是《金瓶梅詞話》刊本傳播年代。碧山臥樵應是熟識與推崇湯顯祖的文人作家，是其學生輩，或晚一輩友人。「湯臨川賞《金瓶梅詞話》」一語，是從湯顯祖那裏直接聽到的，或從友人那裏間接瞭解到的。至今，袁宏道〈與董思白〉（1596）被認為是關於《金瓶梅》的第一條重要信息。看來，「湯臨川賞《金瓶梅詞話》」這一事實，大約可能要早於袁宏道〈與董思白〉。

碧山臥樵是何人？筆者初步考證，碧山臥樵可能是莫是龍的別號。莫是龍，字雲卿，後以字行，乃更字廷韓，號秋水，又號後朋，松江華亭人。有《石秀齋集》十卷，《畫說》十六條。《皇明世說新語》有七條記載莫是龍的言論，卷五〈夙惠〉中有一條：「莫雲卿曰：余嘗獨居山中時，借榻僧舍，每見林巒新霽，鳥聲碎耳，岩扉初曉，雲山蕩胸一啟，山椒紫翠，正落枕上，仙！仙乎！覺身世之欲浮也。」卷五〈棲逸〉中有一條載：「廷韓曰：山非高峻不佳，不遠城市不佳，不近林木不佳，無流泉不佳，無寺觀不佳，無雲霧不佳，無樵牧不佳，古之真隱曠士多托跡於名嶽。要之，山無隱士則林虛，故世有巢居於山林道尊矣。」由此可知莫是龍喜愛山居，流泉，羨慕樵牧，以隱士自居之心態，別號碧山臥樵，聽石居士表明了這種追求與喜好。

莫如忠（累官浙江布政史）、莫是龍父子傳列董其昌傳後（《明史》卷288）。董其昌少年時占籍華亭，曾附讀於莫氏家塾。董其昌在〈崇蘭帖題詞〉中稱「余師方伯而友廷韓」，莫是龍與董其昌為同時人，其生卒年無考。莫是龍著《畫說》十六條，董其昌所論多與之相同。《明人室名別號索引》謂碧山樵為莫是龍別號，不知據何文獻。待考。

2　見徐朔方：《論金瓶梅的成書及其它》（濟南：齊魯書社 1988 年 1 月）。

天津圖書館藏《金瓶梅》崇禎本探微

《新刻繡像批評金瓶梅》（簡稱崇禎本），據現存詞話本改寫加評語而成，又是張竹坡據以評點的底本，處於《金瓶梅》版本流變的中間環節，承上啟下，至關重要。初刻本刊刻於明代崇禎初年（約崇禎二至五年），[1]精美繡像二百幅，評語有眉批約一千四百多條及眾多行間夾批（無回評），組合成一部綜合的藝術文本，是華夏小說藝術傳媒史上的里程碑。

《新刻繡像批評金瓶梅》經國家新聞出版署(88)602 號檔批准，由齊魯書社於 1989 年 6 月出版，向學術界發行。1990 年 2 月，由三聯書店（香港）有限公司與齊魯書社聯合重印，在海外發行。該書是建國後第一次繁體直排崇禎本足本，每回後附據現存崇禎本主要版本的會校校記。是書的整理工作為筆者與齊魯書社的三位同志合作完成。整理工作得到了吳曉鈴先生、朱一玄先生的支持指導。得到北京大學圖書館、天津圖書館、上海圖書館、吉林大學圖書館、首都圖書館、大連圖書館的支持。在考察閱讀北大圖書館藏本、天津圖書館藏本、上圖藏甲乙本、首圖藏本、吳藏抄本、殘存四十七回本等版本，思考研究崇禎本特徵類別關係，崇禎本與萬曆詞話本關係，崇禎本評語在小說批評史上的地位等學術問題時，吸取了前輩專家及其當代學者吳曉鈴、朱一玄、梅節、黃霖、劉輝、吳敢等的研究成果。在該書前言中初步梳理了以上三個問題。[2]

《新刻繡像批評金瓶梅》會校本初版至今已二十多年。在這二十多年裏，學界同仁對崇禎本的研究取得了新的成果，把若干學術難題的探索往前推進了一步。黃霖〈關於金瓶梅崇禎本的若干問題〉、梅節《瓶梅閒筆硯——梅節金學文存》、王汝梅〈金瓶梅繡像評改本：華夏小說美學史上的里程碑〉、楊彬《崇禎本金瓶梅研究》、周文業〈金瓶梅崇禎本系統東大本研究——台版金瓶梅後記〉、趙興勤〈王孝慈藏本金瓶梅木刻插圖研究〉等文，都對崇禎本作了新探索。筆者學習吸取研究新成果的同時，重閱天津圖書

1　吳曉鈴據洪國良刻《禪真後史》《龍陽逸史》，認為崇禎間刻本《金瓶梅》的出版應該在二年和五年之間。見〈記有關《金瓶梅》的一二事〉，《吳曉鈴集》第一卷（石家莊：河北教育出版社，2006年）。

2　王汝梅：〈新刻繡像批評金瓶梅（會校本）前言〉（濟南：齊魯書社 1989 年）。

館藏本，有些新的感受，作了一些劄記，請專家學者指正。

一、從款式、版片看天圖藏本在崇禎本版系中的位置

行款、圈點、夾批同北大本。眉批少，二字行或四字行，殘存不完整。

每半頁十行，行二十二字，單線板框。書口上刻「金瓶梅」，中刻回數，下刻本回頁數，無魚尾。

第一回第1、2頁3條眉批為二字一行。後有4條眉批為四字一行。6頁B面眉批「如此賢婦世能有幾」，四字一行，共二行，首二字為墨塊。第10頁B面眉批「只恐攜帶二爹便要插戴二娘」，應為三行，殘存二行，行末二字壓框線刻印（因天頭窄寫不下）。與北大藏本比較，少12條眉批。天圖本圈點、行間夾批同北大藏本。天圖本斷版多而重，北大本版片有斷版，較輕。天圖本第二回第8頁B面眉批一條四行，殘存每行末一字。第9頁A面眉批殘存四字。第五回兩處殘存眉批。第六回兩處殘存眉批。第十五回有一處殘存眉批。第十九回眉批殘存兩處。第二十回有眉批二條二字行。第二十一回眉批三條，二字行。第二十三回眉批殘存四字，在行末。第二十六回眉批殘存一條，三行每行末一字。第三十四回存眉批二條，每行末二字。第三十六回4頁A面殘存眉批一條，行末二字。B面殘存眉批一條，行末二字。第五十一回1頁B面，2頁A面殘存眉批。

據以上情況看，天圖本約百分之八十的章回無眉批。有眉批處多為殘存，缺每行首二字，殘存末一、或二字，幾乎每回版片都有斷版。版片天頭處眉批字小筆劃細，由於磨損，存放時間長，字跡模糊。天圖本據殘損的版片刷印時，將多數眉批刪除，存留的眉批多為殘存。

天圖本有缺頁。第四十八回第8頁書口下部刻頁數「八至十一」，標明缺9-10頁版片，未補刻。

第四十九回第18頁A面回末詩後刻有「金瓶梅　第四十九回　十八」，應刻在書口的這一行，刷印在A面，這一款式在崇禎本版系中的其他諸本未見。

天圖本與北大本相比較有縮版之處。卷首〈金瓶梅序〉序尾「東吳弄珠客題」，在「也」字下刻印，未另起行。北大本，此6字另行刻印，單獨占半頁版片。

天圖本卷首目錄「第一百回」目序下接刊「韓愛姐路遇二搗鬼，普靜師幻度孝哥（兒）」（「兒」字缺）。北大「第一百回」目序單刻一行，另起一行印回目，回目單獨占半頁版片。

天圖本用橫輕豎重的方體明體字（刻工易於施刀）。北大本同。款式、夾批全同北大本，但斷版多而重，眉批大多磨損，殘存者模糊不完整。天圖版應早於北大版，更接近

王孝慈藏本。北大本據天圖版翻刻重印，眉批調整為四字一行。縮版之處修為正版。天圖本、北大本都是崇禎本系之第二代本。天圖本版刻在前，而刷印較晚。

二、從卷題、正文看天圖藏本之底本

天圖本卷一至卷五，卷題均為：「新刻繡像批評金瓶梅」卷之×。第六卷題「新鐫繡像批評金瓶梅卷之六」。第七卷題「新刻金瓶梅詞話卷之七」，北大本作「新刻繡像批評金瓶梅卷之七」。第三十一回回目前，正是分十卷之詞話本卷題「新刻金瓶梅詞話卷之四」位置，天圖本刊刻時沿用了詞話本卷題。第八卷題「新刻金瓶梅評點卷之八」，北大本也題「評點」。第九卷「新刻繡像批點金瓶梅詞話卷之九」，北大本同。第十卷題「新刻繡像批評金瓶梅卷之九」，誤「十」為「九」，北大本同。卷十四題「新刻金瓶梅批點卷之十四」，北大本同，也題「批點」。

北大本卷題與天圖本基本相同。天圖本卷之七、卷之九兩處遺留有「金瓶梅詞話」之書名。北大本只有卷之九有此一書名遺留。

天圖本第二十一回回目，總目為「簪花」，正文回目為「替花」，北大本、內閣本同。詞話本總目、回目均作「替花」，不誤。

天圖本第二十六回 5 頁 B 面「俺門」，北大本同，不作「俺每」或「俺們」。

天圖本第三十四回 18 頁 A 面「情知語是針和線，就地引起是非來」，詞話本作「線」，北大本作「絲」。

天圖本第四十一回 4 頁 B 面：「四個蝶甸大果盒」，北大本同，吳藏本作「螺甸」。

天圖本第四十四回 7 頁 B 面「曰湛湛」，北大本、內閣本、詞話本作「白湛湛」。

天圖本第五十一回 21 頁 A 面「門於」，北大本作「門子」。

天圖本第六十一回回末詩「腹內包藏一肚愁」，北大本同。

天圖本第六十三回 14 頁 A 面「天色已將曉」，北大本同。內閣本誤「曉」作「晚」。

天圖本第六十六回 2 頁 B 面「懸掛齊題二十六字」，北大本作「齋題」，內閣本、首圖本、吳藏本均作「齊題」。詞話本、張評本作「齊題」。

天圖本第七十一回 14 頁 A 面「旋吹火煮茶」，北大本同。詞話本作「炊火」。

天圖本第七十三回 10 頁 B 面「胡亂帶過斷斷罷了」「斷斷」，崇禎諸本同，沿詞話本誤。吳藏本、張評本作「斷七」，是。

天圖本第七十四回 3 頁 A 面末 6 行補版新刻，結尾詩末句：「十二時中自著迷」，北大本作「自著迷」，內閣本作「自著研」，首圖本作「自著研」。13 頁 A 面「常聽詩書金玉。故生子女端正聰明」，北大本作「常玩詩書金玉，故生子女端正聰慧」。

天圖本第七十五回 2 頁 B 面：「為冤結仇」，北大本殘缺，內閣本、首圖本不缺。吳藏抄本作「為冤結冤」。

天圖本第七十八回 29 頁 B 面：「大廳格子外」，北大本同。內閣本、首圖本作「炕廳格子外」。

天圖本第七十八回 30 頁 A 面：「族擁」，北大本同，詞話本作「簇擁」。8 頁 B 面：「向西門慶一撲」，北大本同，詞話本「一撲」作「一拾」。11 頁 A 面：「嗜欲深者其生機淺」，崇禎諸本同，詞話本「生機」作「天機」。

天圖本第八十回 12 頁 B 面：「紛紛謀妾佇人眠」，北大本「佇人眠」作「字人眠」，內閣本、首圖本作「伴人眠」。

天圖本第八十三回 8 葉 A 面：「嬌眼拖斜」，崇本沿詞話本誤「乜」為「拖」。

天圖本第一百回結尾詩「閥閱」，崇禎諸本同。詞話本作「閈閱」。

第七回：「都來做生日」，據上下文應作「都來做三日」。天圖本等崇本沿詞話本誤。天圖本、北大本第十一回末葉：「常時節」，同詞話本。崇禎本、張評本已改「常時節」為「常峙節」。

第七十三回：「胡亂帶過斷斷罷了」，沿詞話本誤「斷七」為「斷斷」。張評本作「斷七」，是。

第七十九回：「失脫人家逢五鬼，濱泠惡鬼撞鍾馗」，沿詞話本誤「失曉」為「失脫」，誤「溟泠」為「濱泠」。天圖本、北大本等崇禎本以現存詞話本為底本，在板刻上保留了詞話本的元素，還可以舉出更多例證。

從卷題的一致與差異，正文 20 多例文字上的一致與差異，可以判斷天圖本版刻在前，北大本據天圖本版刻修訂翻印。天圖本與北大本都留有詞話本的基因，它們與詞話本為父子關係而不是兄弟關係。

三、天圖藏本與王孝慈藏本插圖之比較

王孝慈藏本存插圖二百幅，每回二幅，集中裝訂。插圖分署新安徽派刻工名家劉應祖、黃子立、劉啟先、洪國良、黃汝耀等，共三十三幅有刻工姓名。

王藏本、北大本、殘存四十七回第二十二回圖一相同位置署刻工「新安劉啟先刻」。天圖本此回圖有此刻工署名，同王藏本、北大本。

黃子立等徽派刻工，居住在杭州。金陵人瑞堂本《隋煬帝豔史》，崇禎四年（1631）刊，插圖纖麗細緻，窮工極巧，精美絕倫，出黃子立之手。黃子立，名建中，子立是他的號，刻《青樓韻語》（萬曆丙辰 1616 年刊本）的黃應瑞的侄孫，刻容與堂刊本《水滸傳》，

刻《李卓吾先生批評琵琶記》（萬曆間武林容與堂刊本），《西廂記》（約天啟間凌氏即空觀印本）的黃應先之孫。刻《四聲猿》的黃一彬之子。洪國良還刻過崇禎二年己巳（1629）刊本的《禪真後史》和崇禎五年壬申（1632）刊本《龍陽逸史》。《禪真後史》《隋煬帝豔史》《龍陽逸史》之插圖均為一人獨立雕刻。而崇禎本插圖則聚集了五名徽派刻工名家，可見對《金瓶梅》插圖的重視與達到的高度水準。

崇禎本刊印在杭州，被鄭振鐸先生稱之為「武林版《金瓶梅》」。鄭振鐸先生藏武林版《金瓶梅》插圖的初印本（王孝慈原藏）。北平古佚小說刊行會影印《金瓶梅詞話》時，卷首所附兩冊插圖，即是用此初印本為底本影印的。鄭振鐸說：「這些插圖，把明帝國沒落期的社會生活的各方面無不接觸到。是他們自己生活其中的，故體驗得十分深刻，表現得異常現實。」「像這樣涉及面如此之廣的大創作，在美術史上是罕見的。不要說，這些木刻畫家們技術如何的成熟，繪刻得如何精工，單就所表現的題材一點來講，就足以震撼古今作者們了。」[3]這二百幅插圖，極大的豐富了崇禎本的美學價值。

王孝慈藏本正文佚失，存留的兩冊二百幅插圖，成為我們瞭解崇禎初刻本信息的重要載體，也是瞭解翻刻本插圖並與初印本比較的唯一對象。

王藏本第一回圖一題：「西門慶熱結十弟兄」，天圖本、北大本作「十兄弟」。原圖繪十弟兄，另有端盤的小童為 11 人，人物長袍拖地不露腳。[4]天圖本、北大本增加吳道官，連小童為 12 人，桌上疏紙增加三行字（原圖空白）。人物長袍下露腳。

王藏本第十三回圖一題「李瓶姐隔牆密約」，同詞話本。天圖本、北大本作「李瓶姐牆頭密約」，回目同，崇本評改者可能認為「隔牆密約」不合情理而修改為「牆頭密約」，圖繪西門慶在牆頭之上正往李瓶兒這邊跨越。

王藏本第五十四回圖二題：「任醫官垂帳診瓶兒」，北大本同。天圖本作「任醫官垂帳李瓶兒」，正文回目作「任醫官垂帳診瓶兒」（同王藏本、北大本），可以認為天圖本圖題誤「診」為「李」。估計王藏本正文回目也應為「任醫官垂帳診瓶兒」，北大本同，圖題、回目一致。

天圖本第二回圖題「劉理星魘勝求財」，王藏本圖題、北大本圖題均誤「魘」為「壓」。天圖本、北大本正文回目作「魘」，估計王藏本正文回目也作「魘」，只是圖題誤。

3　鄭振鐸：〈中國古代木刻畫史略〉，《中國古代木刻畫選集》第九冊（北京：人民美術出版社 1985年）。

4　黃霖：〈關於金瓶梅崇禎本的若干問題〉，見《金瓶梅研究》第一輯（南京：江蘇古籍出版社 1990年）。

　　梅節：〈滬、津、京圖書館藏崇禎本金瓶梅觀後瑣記〉，見《瓶梅閒筆硯——梅節金學文存》（北京圖書館出版社 2008 年）。

天圖本第四十八回圖題「走捷徑操歸七件事」，沿王藏本圖題誤「探」為「操」，正文回目為「探」。北大本同。估計王藏本正文回目為「探」。

天圖本第六十三回圖題「西門慶觀戲動柒悲」，誤「深」為「柒」，正文回目作「動深悲」。北大本圖題，正文回目不誤，王藏本回目也應作「動深悲」。

天圖本第七十回圖題「兩提刑樞府庭參」，正文回目作「二提刑庭參太尉」，北大本同。天圖本、北大本圖題同王藏本，王藏本正文回目應作「兩提刑樞府庭參」（第一代崇禎本回目）。

天圖本第七十一回圖題「朱太尉引奏朝儀」，正文回目作「提刑官引奏朝儀」，北大本同。天圖本、北大本圖題同王藏本。王藏本回目應作「朱太尉引奏朝儀」。

天圖本第七十六回圖題「畫童哭躲蓋葵軒」，誤「溫」為「蓋」，王藏本、北大本不誤。天圖藏本正文回目不誤。

天圖本第七十九回圖題「吳月娘失偶生兒」，同王藏本，北大本同。天圖本、北大本正文回目作「吳月娘喪偶生兒」「喪偶」更準確。王藏本回目可能作「吳月娘失偶生兒」。

天圖本第九十四回圖題「洒家店雪娥為娼」，同王藏本，北大本同。天圖本、北大本回目作「酒家店雪娥為娼」，刻工沿上「大酒樓」之「酒」，誤「洒」為「酒」。王藏本回目應作「洒家店雪娥為娼」。

據以上資料說明，天圖本有誤刻之處，北大本作了修訂，有的北大本沿天圖本而誤，如「洒家店」在回目中誤為「酒家店」。天圖本、北大本對王藏本有改動之處。

據上述三個方面的版本資料、書皮信息，崇禎本流變過程十分清晰。

第一代：

王孝慈藏本

第二代：

天圖本【上圖乙本】[5]

北大本【上圖甲本】

吳藏抄本

殘存四十七回本[6]

5　楊彬認為上甲本與北大本同版，上乙本與天圖本同版，見《崇禎本金瓶梅研究》（北京：文物出版社 2011 年）。

6　殘存四十七回本有書名頁，右上題「新鐫繡像批評原本」，中間大字「金瓶梅」，左題「本衙藏版」。插圖九十幅，第五回「飲鴆藥武大遭殃」及第二十二回「蕙蓮兒偷期蒙愛」，俱署刻工劉啟先。卷題、眉批、行款，同北大本。

第三代：

內閣本【東大本】（減縮版）[7]

首圖本

天圖藏本之版片斷版多，磨損嚴重，眉批大部分磨損，殘存少量二字行、四字行眉批。版刻顯示明版的鮮明特點。插圖據王藏本版翻刻，保持了徽派刻工的風格，線條細若毛髮，纖麗精緻，眉目傳神，有豐富多彩的背景描繪。天圖藏本雖有殘損，仍不失其美學價值，可以說是一座斷臂的維娜斯，極為珍貴，可供後人永久欣賞。

7　內閣本卷題較統一，卷一至七作「批點」，同北大本；卷八作「評點」，同北大本。

《張竹坡批評第一奇書金瓶梅》
校點本前言

　　早在本世紀二三十年代，魯迅、鄭振鐸、吳晗從小說史、明史、寫實成就等方面，對《金瓶梅》作了開創性研究，他們肯定此書是一部世情小說，是一部偉大的寫實小說。黨的十一屆三中全會以來，在改革、開放的方針指引下，此書的研究重新引起學術界、文藝界、出版界的重視。人民文學出版社出版了《金瓶梅詞話》整理刪節本，更進一步促進了對此書的研究。

　　《金瓶梅》在中國小說史與世界文學史上的重要地位，已為國內外學者所公認。它擴大了小說審美領域，曲折地反映了我國明代資本主義萌芽條件下市民階層的心理情緒，是反理學、反復古、重視民間文藝這一進步思潮的產兒。它問世到今約四百年，初無鏤刻，靠抄寫流傳。明萬曆四十五年（1617）東吳弄珠客作序的《金瓶梅詞話》，為現存最早刻本，此後刊有崇禎繡像本、張竹坡評點第一奇書本等版本，而張評本是流傳最廣、影響最大的一種本子。

一、張評康熙本與繡像崇禎本

　　張竹坡名道深，字自得，號竹坡，銅山（今徐州市）人，生於康熙九年七月二十六日，卒於康熙三十七年九月十五日，享年 29 歲。[1]他繼承了馮夢龍等人的小說史觀與四大奇書之說，稱《金瓶梅》為「第一奇書」，於康熙三十四年（1695 年）刊刻了《皋鶴堂批評第一奇書金瓶梅》。

　　張評本是以《新刻繡像批評金瓶梅》，即崇禎本為底本的。這個本子和詞話本有若干不同之處：

　　1. 第一回不同，崇禎本把原「景陽崗武松打虎」改為「西門慶熱結十兄弟」，讓主要人物西門慶在第一回以主人公身分出場。

1　關於張竹坡生平，參見吳敢：〈張竹坡生平述略〉，《徐州師院學報》1984 年第 3 期。

2. 詞話本有欣欣子序、開場詞，崇禎本無。

3. 崇禎本第五十三回、五十四回與詞話本不同。

4. 詞話本第八十回吳月娘遭劫後為宋江所救的情節，崇禎本刪去。

5. 詞話本中的大量詞曲，崇禎本刪去。

6. 崇禎本對詞話本中的某些情節作了改動。如第二十四回，詞話本寫來旺在夜晚主動起來為家主捉賊。崇禎本改為蕙蓮夜間被西門慶叫去，來旺發覺後怒從心起，徑撲入花園，被當作賊人捉去。

7. 詞話刊本多有魯西蘇北方言，崇禎本或改或刪，刪改後便於廣大地區讀者閱讀，缺點是減弱了小說語言的獨特色彩，且有誤改或改為另一種方言之處。

如：「照臉」改為「照面」（十二回）、「七擔八柳」改為「七擔八捱」（十四回）、「人中」改為「唇中」（二十九回）、「俺們」改為「我們」（四十五回）、「別了鞋」改為「脫了鞋」（四十六回）、「屈馳」改為「褻瀆」（六十一回）、「深為可惡」改為「深為可恨」（六十九回）、「抵盜」改為「偷盜」（九十二回）、「打偏別」改為「差甚麼」（七十四回）、「私肚子」改為「私孩子」（八十五回）、「發了眼」改為「說謊」（九十一回）等等。

上述崇禎本異於詞話本的特點，張評康熙本都保存了下來。張評康熙本正文行款與北大藏崇禎本相同。崇禎本有眉批（北大圖書館藏崇禎本有眉批 1286 條）、行間夾批、並有行內夾批。對崇禎本誤刻之處，張評本大都未加校改。如「蹴鞠齊眉」（第十五回），齊眉為「齊雲」之誤，張評本亦作「齊眉」。又如「他又不是婆婆，胡亂帶過斷斷罷了」（第七十三回），「斷斷」為「斷七」之誤，張評本也作「斷斷」。再如「失脫人家逢五鬼，滇冷餓鬼撞鍾馗」（第七十九回），「失脫」為「失曉」誤刻，崇禎本相沿而誤，張評康熙本同。

但是，張評康熙本對底本也有所改動，改動情況主要有兩種。

1. 改動不恰當、不通順的字詞，如「休教那俗人見偷了」（第八十二回），「俗人見」改為「俗人兒」；又如：「保大伯在這裏」（崇禎本第五十一回），詞話本作「保大爺」，張評康熙本改為「伯」為「爺」；在回目中，如第七十回、七十一回：

　　崇本：老太監朝房邀酌　　二提刑樞府庭參

　　張本：老太監引酌朝房　　二提刑庭參太尉

　　崇本：李瓶兒何家托夢　　朱太尉引奏朝儀

　　張本：李瓶兒何家托夢　　提刑官引奏朝儀

2. 從政治上考慮的改動。如：第四十九回，張評康熙本把崇禎本回目與正文中「胡

僧」改為「梵僧」；第十七回，張評本把「虜患」改為「邊患」，「夷狄」改為「邊境」，
「玁狁」改為「太原」，「匈奴」改為「陰山」，「突厥」改為「河東」，「大遼縱橫中
國」改為「干戈浸於四境」，「金虜」改為「金國」，「憑陵中夏」改為「兩失和好」，
「虜犯內地」改為「兵犯內地」。

　　張評本刪除了崇禎本原有評語，卻並不掩飾它的存在。如北大藏崇禎本第八十二回，
寫陳敬濟調戲潘金蓮時有這樣一句：「敬濟吃得半酣兒，笑道：『早知摟了你，就錯摟
了紅娘，也是沒奈何』」。此處所云紅娘，隱指潘金蓮的大丫鬟春梅。崇本旁批云：「趁
勢插入春梅，妙甚。」張評本此處評語云：「原評謂此處插入春梅。予謂自酒醉，春梅
關在炕屋，已點明春梅心事矣。」張評清楚地表明與崇禎本之間的承傳關係。

二、張評康熙本今存兩種

　　1. 張評康熙本甲種，卷首謝頤序署：「康熙歲次乙亥清明中浣，秦中覺天者謝頤題
於皋鶴堂。」扉頁上端無題，框內右上方：「彭城張竹坡批評金瓶梅」，中間：「第一
奇書」，左下方：「本衙藏板翻刻必究。」有摹刻崇禎本圖二百幅，另裝二冊。書口為
「第一奇書」，無魚尾。正文半葉十行，行二十二字。正文內有眉批、旁批、行內夾批。
眉批較多。正文第一回前有〈竹坡閒話〉〈金瓶梅寓意說〉〈苦孝說〉〈批評第一奇書
金瓶梅讀法〉（一百零八則）、〈冷熱金針〉等總評文字。每回前有回評，回評列回目前，
另排頁碼。正文回目另頁刻印。回前評與正文不相連接。有的回評末有「終」字或「尾」
字，標明回評完。這樣刻印易於裝訂不帶回前評語的本子。

　　2. 張評康熙本乙種，與上書同板，不帶回前評語。只是在裝訂時未裝入各回的回前
評語。甲乙兩種刻印精良，日本鳥居久靖氏謂：「此書居於第一奇書中的善本」（《金瓶
梅版本考》）。以張評康熙本甲乙兩種為祖本，產生出《第一奇書》兩個系列的翻刻本：
有回前評語本與無回前評語本。

　　有回前評本：

　　1. 全像金瓶梅本衙藏板本（丙種本），扉頁上端題：「全像金瓶梅」，框內右上題：
「彭城張竹坡批評」，中間：「第一奇書」，左下：「本衙藏板」，無「翻刻必究」四字。
無眉批，有回前評語。有的字，甲本未改，而此本作了改動。如：「黃土熟道，雞犬不
聞」（六十五回），詞話本、崇禎本、張評甲種本作「塾」，可視為「熟」的俗別字，因
迎接黃太尉，不是迎接皇帝，不應黃土塾道，作「塾道」可通。而此本改為「塾」。又
如：「前日因往西京」（五十七回），詞話本、崇禎本、張評甲種本均作「西京」，而張

評丙種本改作「東京」。張評丙種本係甲種本的翻刻本，約是道光年間的產物。[2]

2. 影松軒本。有一種扉頁上端無題，框內右上方：「彭城張竹坡批評金瓶梅」，中間：「第一奇書」，左下方：「影松軒藏板」。另有一種扉頁上端題「第一奇書」，框內右上方：「彭城張竹坡批評」，中間：「繡像金瓶梅」，左下方：「影松軒藏板」。兩種本子的行款與康熙本甲相同。有回前評，無眉批。甲種本眉批，在此本中有被刪除的，有改為旁批的。此本亦係翻刻本。

3. 四大奇書第四種本，扉頁上端題「金聖歎批點」，框內右上方：「彭城張竹坡原本」，左上方：「丁卯初刻」，左下方：「本衙藏板」，中間：「奇書第四種」。謝頤序署「乾隆歲次丁卯清明上浣秦中覺天者謝頤題於皋鶴書舍」。插圖每回兩幅，裝兩冊。分卷，第一回前卷題：「四大奇書第四種卷之一，彭城張竹坡評點」。無眉批，有旁批，有回前評語。正文半葉十一行，行二十四字。翻刻於乾隆丁卯年（1747）。

4. 袖珍本：本衙藏板本、玩花書屋藏板本、崇經堂板本，均有回前評，可能為道光間刊本。

無回前評本：

1. 在茲堂本，扉頁上端題：「康熙乙亥年」，框內右上方：「李笠翁先生著」，中間：「第一奇書」，左下方：「在茲堂」。正文半葉十一行，行二十二字。有總評各篇、眉批、旁批，無回前評。在張評康熙本本衙藏板甲種本中為眉批者，在茲堂本為旁批，如四十一回「上文先敘月娘眾人衣服」一段，六十一回「分明要寫下文瓶兒死後幾篇文字」一段，七十八回「看他欲寫西門一死」一段等。

2. 無牌記本，扉頁框內左下無「在茲堂」三字。有漶漫痕跡，其餘各款同在茲堂本，為在茲堂同板的後印本，挖去了牌記。錯字同上本。以上兩種不可能是原刻本。[3]

3. 皋鶴草堂梓行本，扉頁上端無題，框內右上方：「彭城張竹坡批點」，左下方：「皋鶴草堂梓行」，中間：「第一奇書金瓶梅」（雙行），「梅」字下：「姑蘇原板」（小字）。正文半葉十一行，行二十二字，無回前評語，正文錯字較多係在茲堂本的翻刻本。

圍繞兩類張評本，有兩個問題值得進一步探討。

1. 今存張評康熙本甲乙兩種中，缺〈凡例〉〈第一奇書非淫書論〉兩篇，而無回評的在茲堂本等不缺。黃霖同志曾就此問題說：「近來一些論文中，也有同志感覺到了這個問題，但未引起足夠的重視，而予以進一步細究，如王汝梅同志在〈評張竹坡的《金瓶梅》評論〉一文中指出了〈凡例〉〈第一奇書非淫書論〉兩篇為乾隆丁卯本所無，而

---

2 柳存仁：《倫敦所見中國小說書目》謂此丙種本「不是康熙間原刻」，「很可能是道光間的產物」。
3 戴不凡定在茲堂本為張竹坡評本的「最早刻本」，見《小說見聞錄》。

不同於康熙乙亥本，但結果還是將兩種本子混在一起來評論張竹坡的文學思想。這是十分可惜的。」[4]筆者六年前只注意到了這一現象，確實未加細究。黃霖同志認為有回前評的乾隆丁卯本接近張評本原貌（按：乾隆丁卯本據張評康熙甲種本刻翻），今天看是對的。但甲、乙兩種本子所缺少的兩篇是書商偽造的觀點不妥，這兩篇也出自張竹坡之手。系統研究張評可見：

〈第一奇書非淫書論〉集中駁斥淫書論，認為《金瓶梅》是一部洩憤的世情書，是一部史記，而不是淫書。這是貫串張竹坡全部評語的一個中心論點。此文云：「況小子年始二十有六，素與人全無恩怨，本非借不律以泄憤懣，又非囊有餘錢，借梨棗以博虛名」。竹坡評點於康熙乙亥年（1695），此年竹坡正是二十六歲，與事實相符。竹坡生卒年，《張氏族譜》有準確記載。〈凡例〉闡明評刻宗旨，與張評本實際相符。有回前評系列的張評本，為何缺此兩篇？可能出於偶然原因以致漏裝——這在明清小說木刻本中是屢見不鮮的。也可能出於政治上的考慮，有意不裝入此兩篇。這是因為〈凡例〉以讚揚的語氣提到《水滸傳》、金聖歎。聖歎被清廷殺頭，是當時的罪人。〈第一奇書非淫書論〉鮮明提出非淫書論觀點，直接與康熙禁毀淫詞小說聖諭相對抗。因此，整理校點時將康熙甲種本所缺的這兩篇，據在茲堂本補入。

2. 張評本回前評語與總評各篇、眉批、旁批、夾批是同一時期同一寫作過程的產物，而不可能是先寫總評、眉批、旁批、夾批，刊印為「康熙乙亥年」（實為在茲堂本與無牌記本）本，過了一個時期，再補寫回評刊印為本衙藏板甲種本。總評各篇、讀法、回前評、眉批、旁批、夾批是有內在聯繫的，構成張竹坡評論的體系，前後並有照應。張評康熙刊本衙藏板甲種本七十六回眉批云：「一詩（按：指「舞裙歌板逐時新」一詩）與梳籠桂姐一字不差。妙處已載總批內矣。」按「總批」指回前評。回評云：「『舞裙歌板』一詩，梳籠桂姐文中已見，今於此回中又一見……是此一詩兩見，終始桂兒，又實終始金蓮，特特一字不易，以作章法，以對下文『二八佳人』之一絕，作兩篇一樣關鎖也。」此處說明寫回前評語後，才寫眉批。又如：張評康熙刊本衙藏板甲本三十三回旁批云：「謂一百回非一時做出，吾不信也。」與第三十二回回前評：「固知一百回皆一時成就，方能如針線之聯絡無縫也。」互相照應。〈讀法〉三十九則中也說：「一百回不是一日做出，卻是一日一刻創成」。

劉廷璣《在園雜誌》卷二論到《金瓶梅》時說：「彭城張竹坡為之先總大綱，次則逐卷逐段分注批點，可以繼武聖歎，是懲是勸，一目了然。惜其年不永，歿後將刊板抵償夙逋於汪蒼孚，蒼孚舉火焚之。故海內傳者甚少。」記述了張竹坡評點的統一過程，

4　黃霖：〈張竹坡及其《金瓶梅》評本〉，見《中國古典文學叢考》第一輯。

以及原板焚毀、原刻本流傳甚少的情況。《在園雜誌》有康熙五十四年自序,劉廷璣此時任淮徐道觀察,與張氏家族有密切交往,他關於張竹坡評點的記載是可信的。

三、張竹坡《金瓶梅》評論的價值

張竹坡評刊《第一奇書》的目的,是「憫作者之苦心,新同志之耳目。」他的評點,不但有讀法一百零八條,有回前總評、眉批、夾批,而且有專論。張竹坡對《金瓶梅》作了全面研究和系統的評論,開創了《金瓶梅》評論的新階段,在小說理論批評史上,也占有相當的地位。張道淵在〈仲兄竹坡傳〉中記述了張竹坡評點的宗旨:「兄讀書一目能十數行下,偶見其翻閱稗史,如《水滸》《金瓶》等傳,快若敗葉翻風,晷影方移,而覽轍無遺矣。曾向余曰:『《金瓶》針線縝密,聖歎既歿,世鮮知者,吾將拈而出之。』遂鍵戶旬有餘日而批成。或曰此稿貨之坊間,可獲重價。兄曰:『吾豈謀利而為之耶?吾將梓以問世,使天下人共賞文字之美,不亦可乎?』遂付剞劂,載之金陵。」張竹坡生活貧困,為世態炎涼所激,「恨不自撰一部世情書以排遣悶懷」,並「幾欲下筆,而前後結構甚費經營」,但是他終於擱筆,最後以創作一部小說的激情和嚴肅認真的態度寫下《金瓶梅》評語。其主要貢獻可歸納如下幾點:

1. 以不憤不作的進步文學思想來評價作品,認為《金瓶梅》是一部洩憤的世情書,是一部史公文字,而不是淫書。張竹坡在〈讀法〉中告訴讀者,要靜坐三月,放開眼光,把一百回作一回讀。其精神實質是強調要從整體上認識《金瓶梅》的主導傾向,不要只著眼淫話穢語。

2. 重視對作者閱歷的研究。張竹坡認為作者經歷了患難愁苦,入世最深,作者有深沉的感慨。他在〈讀法〉第三十六則說:「作小說者,既不留名,以其各有寓意,或暗指某人而作。夫作者既用隱惡揚善之筆。不存其人之姓名,並不露自己姓名,及後人必欲為之尋端竟委,說出姓名何哉?何其刻薄為懷也。且傳聞之說,大都空鑿,不可深信。總之,作者無感慨,亦必不著書,一言盡之矣。」

3. 總結《金瓶梅》寫實成就。張竹坡認為作者描繪市井社會,逼真如畫,「使人不敢謂為操筆伸紙做出來的」。他在第六十回回評中說,「其各盡人情,莫不各得天道,即千古算來,天之禍淫善福,顛倒權奸處,確乎如此。讀之,似有一人親曾執筆在清河縣前,西門家裏,大大小小,前前後後,碟兒碗兒,一一記之,似真有其事,即令一人提筆記之,亦不能全者。」張竹坡在總結《金瓶梅》創作經驗的基礎上,強調以作家閱歷為基礎的藝術真實,強調現實日常生活,又重視作家激情,強調兩方面的統一。

4. 分析《金瓶梅》刻畫人物性格的藝術特點,豐富了典型性格論。張竹坡分析了《金

瓶梅》寫同類人物的不同性格特徵，為「眾腳色摹神」，能「各各皆到」，「特特相犯，各不相同」。強調討得人物情理的重要。〈讀法〉第四十三則說：「做文章不過『情理』二字，於一個人的心中討出一個人的情理，則一個人的傳得矣。雖前後夾雜眾人的話，而此一人開口是此一人的情理，非其開口便得情理，由於討出這一個人的情理，方開口耳。」張竹坡認為《金瓶梅》寫人物性格獨特性，達到極細微程度，一絲不混，一點不差，處處不同。「剛寫王六兒，的是王六兒；接寫瓶兒，的是瓶兒；再接寫金蓮，又的是金蓮，絕不一點差錯。」（六十一回回評）張竹坡還總結了作者在對立中，在各種關係中刻畫人物性格的方法，提出在「抗衡」與「危機相依」的矛盾中塑造典型的思想。《金瓶梅》寫出了人物性格的豐富複雜性及其發展變化，張竹坡對此也作了分析。

張竹坡的《金瓶梅》評論，其中也有不少離開作品形象的主觀猜想以及封建性的說教，這是迂腐的、保守的。〈寓意說〉提出：《金瓶梅》所寫人物不下數百，大半屬寓言。他幾乎對每個人物名字都臆測出寓意，如說，「然則金蓮，豈盡無寓意哉！蓮與芰類也，陳，舊也，敗也。『敬』，『莖』同音，敗莖芰荷，言蓮之下場頭，故金蓮以敬濟而敗」等等。[5]這會將閱讀導向歧途，是極其荒謬的。

5　關於張竹坡的迂腐、保守思想，參見拙文〈評張竹坡的《金瓶梅》評論〉，載《文藝理論研究》1981年第 2 期。

《新刻繡像批評金瓶梅》會校本前言

　　《金瓶梅》是我國小說史上第一部文人獨立創作的長篇白話世情小說，對後世的小說創作與文化嬗變產生過較大影響，在文學史、文化史上具有重要地位。近年來，我國《金瓶梅》研究不斷取得新的進展，引起國外漢學家的注意。人民文學出版社出版的《金瓶梅》刪節本，齊魯書社出版的《張竹坡批評第一奇書金瓶梅》刪節本，香港星海文化出版有限公司出版的《金瓶梅詞話》全校本，都促進了《金瓶梅》研究的深入發展。

　　《金瓶梅》的版本，大體上可分為兩個系統，三種類型。一是詞話本系統，即《新刻金瓶梅詞話》現存三部完整刻本及一部二十三回殘本（北京圖書館藏本、日本日光山輪王寺慈眼堂藏本、日本德山毛利氏棲息堂藏本及日本京都大學附屬圖書館藏殘本）。二是崇禎本系統，即《新刻繡像批評金瓶梅》，現存約十五部（包括殘本、抄本、混合本）。第三種類型是張評本，即《張竹坡批評第一奇書金瓶梅》，屬崇禎本系統，又與崇禎本不同。在兩系三類中，崇禎本處於《金瓶梅》版本流變的中間環節。它據詞話本改寫而成，又是張評本據以改易、評點的祖本，承上啟下，至關緊要。現存的崇禎本都十分珍貴，一般不易見到，因此，把存世的主要崇禎本全面地校勘一下，出版一部會校本《新刻繡像批評金瓶梅》，就顯得十分重要了。它不僅有助於認識《金瓶梅》的版本系統，而且也是探討《金瓶梅》成書之謎、作者之謎，研究作品思想藝術價值的客觀依據，是《金瓶梅》研究的基礎工程。

一、崇禎諸本的特點、類別及祖互關係

　　刊刻於十卷本《金瓶梅詞話》之後的《新刻繡像批評金瓶梅》，是二十卷一百回本。卷首有東吳弄珠客〈金瓶梅序〉。書中有插圖二百幅，有的圖上題有刻工姓名，如劉應祖、劉啟先、黃子立、黃汝耀等。這些刻工活躍在天啟、崇禎年間，是新安（今安徽歙縣）木刻名手。這種刻本避明崇禎帝朱由檢諱。根據以上特點和刻本的版式字體，一般認為這種本子刻印在崇禎年間，因此簡稱為崇禎本，又稱繡像本或評改本。

　　現仍存世的崇禎本（包括清初翻刻的崇禎系統版本）有十幾部，各部之間大同中略有小異。從版式上可分為兩大類。一類以北京大學圖書館藏本為代表，書每半頁十行，行二

十二字，扉頁失去，無廿公跋，回首詩詞前有「詩曰」或「詞曰」二字。日本天理圖書館藏本、上海圖書館藏甲乙兩本、天津圖書館藏本、殘存四十七回本等，均屬此類。另一類以日本內閣文庫藏本為代表，書每半頁十一行，行二十八字，有扉頁，扉頁上題《新鐫繡像批評原本金瓶梅》，有廿公跋，回首詩詞，前多無「詩曰」或「詞曰」二字。首都圖書館藏本、日本東京大學東洋文化研究所藏本屬於此類。

　　崇禎諸本多有眉批和夾批，各本眉批刻印行款不同。北大本、上圖甲本以四字一行居多，也有少量二字一行的。天圖本、上圖乙本以二字一行居多，偶有四字一行和三字一行的。內閣本眉批三字一行。首圖本有夾批無眉批。

　　為了釐清崇禎諸刻本之間的關係，需要先對幾種稀見版本作一簡單介紹：

　　王孝慈舊藏本。王孝慈為書畫家，通縣人，原藏《新刻繡像批評金瓶梅》插圖二冊，二百幅。1933 年北平古佚小說刊行會版詞話本中的插圖，即據王氏藏本影印。圖甚精緻，署刻工姓名多，第一回第二幅圖「武二郎冷遇親哥嫂」欄內右側題署「新安劉應祖鐫」六字，為現存其他崇禎本插圖所無。其第一回回目「西門慶熱結十弟兄」，現存多數本子與之相同，僅天圖本、上圖乙本略異。從插圖和回目判斷，王氏藏本可能是崇禎系統的原刻本。

　　殘存四十七回本。近年新發現的，扉頁右上題「新鐫繡像批評原本」，中間大字「金瓶梅」，右題「本衙藏版」。插圖有九十幅，第五回「飲鴆藥武大遭殃」及第二十二回「蕙蓮兒偷期蒙愛」，俱題署刻工劉啟先姓名。此殘本版式、眉批行款與北大本相近，卷題也與北大本相同，但扉頁則依內閣本所謂「原本」扉頁格式刻印。此版本兼有兩類本子的特徵，是較晚出的版本，大約刊印在張評本刻前的順治或康熙初年，流傳至張評本刊印之後。該書流傳中失去五十三回，用張評本配補，成了崇禎本和張評本的混合本。從明末至清中葉，《金瓶梅》由詞話本、崇禎本同步流傳演變為崇禎本和張評本同步流傳，其遞變端倪，可由此本看出。

　　吳曉鈴先生藏抄本。四函四十冊，二十卷百回，是一部書品闊大的烏絲欄大字抄本。抄者為抄本刻制了四方邊欄、行間夾線和書口標「金瓶梅」的木版。吳先生云：「從字體風格看來，應屬乾隆前期。」書中穢語刪除，無眉批夾批。在崇禎諸本的異文處，此本多與北大本相同，但也有個別地方與北大本不同。由此看來，此本可能依據崇禎系統原刊本抄錄，在研究崇禎本流變及版本校勘上，頗有價值。

　　《繡刻古本八才子詞話》。吳曉鈴先生云：「順治間坊刊《繡像八才子詞話》，大興傅氏碧蕖館舊藏。今不悉散佚何許。」（《金瓶梅詞話最初刊本問題》）吳先生把此一種本子視為清代坊刊詞話本。美國韓南教授著錄：「扉頁題《繡刻古本八才子詞話》，其下有「本衙藏版」等字。現存五冊：序文一篇、目錄、第一、二回，第十一至十五回，第

三十至三十五回，第六十五至六十八回。序文年代順治二年（1645），序者不詳。十卷百回。無插圖。」（《金瓶梅的版本及其它》）韓南把它列入崇禎本系統。因韓南曾借閱傳惜華藏書，筆者採取韓南意見，把此版本列入崇禎本系統。

　　周越然舊藏本。周越然著錄：「新刻繡像批評金瓶梅二十卷百回。明崇禎間刊本，白口，不用上下魚尾，四周單欄，每半頁十行，每行二十二字，眉上有批評，行間有圈點。卷首有東吳弄珠客序三頁，目錄十頁，精圖一百頁。此書版刻、文字均佳。」[1]據版式特徵應屬北大本一類，與天圖本、上圖乙本相近或同版。把現存周越然舊藏本第二回圖「俏潘娘廉下勾情」影印件與北大本圖對勘，北大本圖左下有「黃子立刊」四字，周藏本無（右下有周越然章）。

　　根據上述稀見版本的著錄情況和對現存崇禎諸本的考查，我們大體上可以判定，崇禎系統內部各本之間的關係是這樣的：目前僅存插圖的通州五氏收藏本為原刊本或原版複印本。北大本是以原刊本為底本翻刻的，為現存較完整的崇禎本。以北大本為底本翻刻或再翻刻，產生出天理本、天圖本、上圖甲乙本、周越然收藏本。對北大本一類版本稍作改動並重新刊印的，有內閣本、東洋文化研究所本、首圖本。後一類版本卷題作了統一，正文文字有改動，所改之處，多數是恢復了詞話本原字詞。在上述兩類崇禎本流傳之後，又刊刻了殘存四十七回本，此本兼有兩類版本的特徵。為使讀者一目了然，特將所知見諸本關係，列表如下：[2]

1　見〈書書書〉，頁 126，《中華副刊叢書》之二。
2　韓南《金瓶梅的版本及其它》著錄崇禎本十種。魏子雲《金瓶梅的問世與演變》《金瓶梅幽隱探照》
　　介紹崇禎本四種。

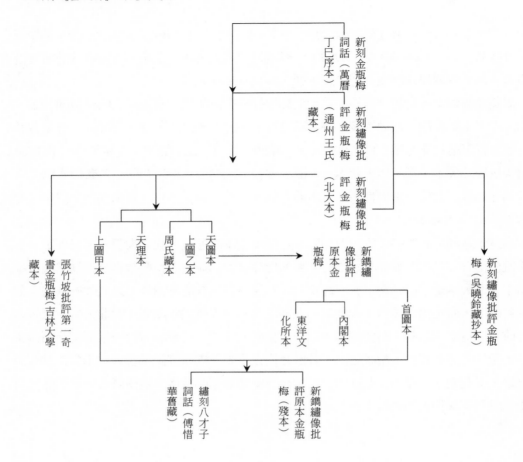

二、崇禎本和萬曆詞話本的關係

崇禎本與萬曆詞話本相同又相異，相異而又相關。茲就崇禎本與萬曆詞話本明顯的相異之處，考查一下二者之間的關係。

1. 改寫第一回及不收欣欣子序。崇禎本把第一回「景陽崗武松打虎」改為「西門慶熱結十弟兄」。從開首到「知縣升堂，武松下馬進去」，是改寫者手筆，以「財色」論作引子，寫至十弟兄在玉皇廟結拜。文句中有「打選衣帽光鮮」「看飯來」「哥子」「千百斤水牛般力氣」等江浙習慣用語。「武松下馬進去」以後，文字大體與詞語本同，刪減了「看顧」「扠兒難」等詞語。改寫後，西門慶先出場，然後是潘金蓮嫌夫賣風月，把原武松為主、潘金蓮為賓，改成了西門慶、潘金蓮為主、武松為賓。改寫者對《金瓶梅》有自己的看法，他反對欣欣子的觀點，因此把詞話本中與欣欣子序思想一致的四季詞、四貪詞、引子，統統刪去了。

欣欣子序闡述了三個重要觀點：第一，《金瓶梅傳》作者是「寄意於時俗，蓋有謂也」。第二，《金瓶梅傳》是發憤之作，作者「爰罄平日所蘊者，著斯傳」。第三，《金瓶梅傳》雖「語涉俚俗，氣含脂粉」，但不是淫書。欣欣子能破儒家詩教傳統，提出不要壓抑哀樂之情的進步觀點。他說：「富與貴，人之所慕也，鮮有不至於淫者；哀與怨，人之所惡也，鮮有不至於傷者。」這種觀點與李贄反對「矯強」、主張「自然發於性情」的反禮教思想是一致的。[3]崇禎本改寫者反對這種觀點，想用「財色」論、「懲戒」說再造《金瓶梅》，因此他不收欣欣子序。而東吳弄珠客序因觀點與改寫者合拍，遂被刊為崇禎本卷首。

2. 改寫第五十三、五十四回。崇禎本第五十三、五十四兩回，與詞話本大異小同。詞話本第五十三回「吳月娘承歡求子息，李瓶兒酬願保官哥」，把月娘求子息和瓶兒保官哥兩事聯繫起來，圍繞西門慶「子嗣」這一中心展開情節，中間穿插潘金蓮與陳敬濟行淫、應伯爵為李三、黃四借銀。崇禎本第五十三回「潘金蓮驚散幽歡，吳月娘拜求子息」，把潘金蓮與陳敬濟淫行描寫加濃，並標為回目，把李瓶兒酬願保官哥的情節作了大幅度刪減。改寫者可能認為西門慶不信鬼神，所以把灼龜、劉婆子收驚、錢痰火拜佛、西門慶謝土地、陳經濟送紙馬等文字都刪去了。崇禎本第五十四回把詞話本劉太監莊上河邊郊園會諸友，改為內相陸地花園會諸友，把瓶兒胃虛血少之病，改為下淋不止之病。瓶兒死於血山崩，改寫者可能認為血少之症與結局不相符而改。上述兩回，儘管文字差異較大，內容亦有增有減，但基本情節並沒有改變，仍可以看出崇禎本是據萬曆詞話本改寫而成，並非另有一種底本。

值得注意的是，詞話本第五十三、五十四兩回與前後文脈絡貫通，風格也較一致，而崇禎本這兩回卻描寫粗疏，與前後文風格亦不太一致。例如讓應伯爵當西門慶面說：「只大爹他是有名的潘驢鄧小閑不少一件」，讓陳敬濟偷情時扯斷潘金蓮褲帶，都顯然不符合人物性格，手法拙劣。

3. 崇禎諸本均避崇禎帝朱由檢諱，詞話本不避。如詞話本第十七回「則虜患何由而至哉！」「皆由京之不職也」，崇禎本改「由」為「緣」；第九十五回「巡檢司」「吳巡檢」，崇禎本改「檢」為「簡」。此一現象亦說明崇禎本刊刻在後，並係據詞話本而改。

4. 崇禎本在版刻上保留了詞話本的殘存因素。北大本第九卷題作「新刻繡像批點金瓶梅詞話卷之九」，天理本、天圖本、上圖甲乙本第七卷題作「新刻金瓶梅詞語卷之七」，這是崇禎本據詞話本改寫的直接證明。此外，詞話本誤刻之字，崇禎本亦往往相沿而誤。

3　《焚書》卷三〈雜述·讀律膚說〉。

如詞話本第五十七回：「我前日因往西京」「西京」為「東京」之誤刻，崇禎本相沿；詞話本第三十九回：「老爹有甚鈞語分付」，「釣」為「鈞」之誤刻，北大本、內閣本亦相沿。上述殘存因素，可以看作是崇禎本與其母體《新刻金瓶梅詞話》之間的臍帶。

5. 其他相異之處：崇禎本刪去詞話本第八十四回吳月娘為宋江所救一段文字；崇禎本改動詞話本中部分情節；崇禎本刪去詞話本中大量詞曲；崇禎本刪減或改動了詞話本中的方言詞語；崇禎本改換了詞話本的回首詩詞；崇禎本比詞話本回目對仗工整等等。

大量版本資料說明，崇禎本是以萬曆詞話本為底本進行改寫的，詞話本刊印在前，崇禎本刊印在後。崇禎本與詞話本是母子關係，而不是兄弟關係。

崇禎本刊印前，也經過一段傳抄時間。謝肇淛就提到二十卷抄本問題。他在〈金瓶梅跋〉中說：「書凡數百萬言，為卷二十，始末不過數年事耳。」這篇跋，一般認為寫於萬曆四十四年至四十六年（1616-1618）。這時謝肇淛看到的是不全抄本，於袁宏道得其十三，於丘諸城得其十五。看到不全抄本，又云「為卷二十」，說明謝已見到回次目錄。二十卷本目錄是分卷次排列的。這種抄本是崇禎本的前身。設計刊刻十卷詞話本與籌畫改寫二十卷本，大約是同步進行的。可能在刊印詞話本之時即進行改寫，在詞話本刊印之後，以刊印的詞話本為底本完成改寫本定稿工作，於崇禎初年刊印《新刻繡像批評金瓶梅》。繡像評改本的改寫比我們原來想像的時間要早些。但是，崇禎本稿本也不會早過十卷本的定型本。浦安迪教授認為，崇禎本的種種特徵來看，它不可能與其母本詞話本同時，更不可能早於母本而出生。

三、崇禎本評語在小說批評史上的重要地位

崇禎本評語是古代小說批評的一宗珍貴遺產。評點者在長篇小說由英雄傳奇向世情小說蛻變的轉折時期，衝破傳統觀念，在李贄、袁宏道的「童心」「性靈」「真趣」「自然」的審美新意識啟示下，對《金瓶梅》藝術成就進行了開拓性的評析。評點者開始注重真實，注重人物性格心理的品格，在馮夢龍、金聖歎、李漁、張竹坡、脂硯齋之前，達到了古代小說批評的新高度。其主要價值有如下幾點：

1. 肯定《金瓶梅》是一部世情書，而非淫書。評點者認為書中所寫人事天理，全為「世情所有」「如天造地設」。評點者第一次把《金瓶梅》與《史記》相提並論，認為《金瓶梅》「從太史公筆法來」「純是史遷之妙」。評點者批判了淫書論，他說：「讀此書而以為淫者、穢者，無目者也。」明末《金瓶梅》評論有三派觀點。第一，從進步文藝思潮出發，對《金瓶梅》的產生表示驚喜、讚賞，以欣欣子、袁宏道、謝肇淛為代表。第二，接受進步思潮影響，又受著傳統觀念束縛，對此書持又肯定又否定態度，認為此

書是淫書、穢書，所以要刊印，蓋為世戒，非為世勸，以東吳弄珠客為代表。第三，固守傳統觀念，持全盤否定看法，認為此書淫穢，壞人心術，決當焚之，以董思白為代表。崇禎本評點者鮮明地批評了第二、第三兩種觀點。

2. 分析了《金瓶梅》中眾多人物的複雜性格。魯迅曾經指出，《紅樓夢》的可貴之處在於它突破了我國小說人物塑造中「敘好人完全是好，壞人完全是壞」的傳統格局。其實，最早突破這一格局的應該是《金瓶梅》。《金瓶梅》已經擺脫了傳統小說那種簡單化的平面描寫，開始展現真實的人所具有的複雜矛盾的性格。對於這一點，崇禎本評點者注意到了。他在評析潘金蓮時，既指出她的「出語狠辣」「俏心毒口」，慣於「聽籬察壁」「愛小便宜」等弱點，也讚美她的「慧心巧舌」「韻趣動人」等可愛之處。評析李瓶兒時，既說她「愚」「淺」，也指出她「醇厚」「情深」。即使是西門慶，評點者亦認為作者並非把他寫得絕對的惡，指出「西門慶臨財往往有廉恥、有良心」，資助朋友時「脫手相贈，全無吝色」。尤其可貴的是，評點者衝破了封建傳統道德的束縛，對潘金蓮這樣一個「淫婦」，處處流露出讚美和同情。在潘金蓮被殺後，評點者道：「讀至此，不敢生悲，不忍稱快，然而心實惻惻難言哉！」這是對一個複雜形象的充滿矛盾的審美感受。

3. 評析了作者刻畫人物的傳神技巧。評點者說作者「寫笑則有聲，寫想則有形」，並「聲影、氣味、心思、胎骨」俱摹出，「真爐錘造物之手」。他特別讚賞對潘金蓮的刻畫，說其「撒嬌弄癡，事事堪入畫」，其「靈心利口」「乖恬」「可愛」。在四十三回作者寫金蓮喬妝假哭時，評點者道：「倔強中實含軟媚，認真處微帶戲謔」，點出作者不僅善於描摹人物的聲容笑貌，還能借形傳神，展現人物的內心世界。

4. 崇禎本評語顯示了評點者新的藝術視角。傳統的評論重教化而不重審美，重史實而不重真趣。評點者衝破這種傳統，從新的藝術視角對《金瓶梅》全面品評。他稱作者為「寫生手」，很多評語肯定作品的寫實特點，白描手法，一再評述作者的藝術真趣。通俗、真趣、寫生，這種新的藝術視角，反映了萬曆中後期的美學追求。馮夢龍的「事贗而理真」論，[4] 金聖歎的性格論，[5] 李漁的幻境論，[6] 張竹坡的情理論，[7] 脂硯齋的「情情」論，[8] 使古代小說批評達到成熟與繁榮的高峰，而早於他們的崇禎本評點者，對明清小說批評的發展，可以說起了奠基與開拓的作用。

4　〈警世通言序〉。

5　《第五才子書讀法》。

6　《連城璧》十二回評語，《閒情偶寄·詞曲部》。

7　〈批評第一奇書金瓶梅讀法〉。

8　《石頭記》庚辰本評語。

袁宏道在 1595 年傳遞了《金瓶梅》抄本的第一個信息，驚訝《金瓶梅》的出現，肯定《金瓶梅》的自然之美，[9]謝肇淛在〈金瓶梅跋〉中稱此書為「稗官之上乘」，作者為「爐錘之妙手」，特別評述了作者寫人物「不徒肖其貌，且並其神傳之」的特點。崇禎本評點，可以看作是袁宏道、謝肇淛對《金瓶梅》評價具體化的審美反映。

---

[9] 〈與董思白〉。

《皋鶴堂批評第一奇書金瓶梅》
校注本前言

「金學」史：冷熱四百年

　　《金瓶梅》在明代嘉靖、萬曆年間問世，至今約四百年。關於《金瓶梅》的傳播、閱讀、批評，經歷了明清時期、現代時期、當代時期，形成一條江河萬古流淌的航程，從未枯涸，從未間斷。雖然有禁毀、有誤讀、有曲解，但並沒有摧毀沒有消滅它。說明它有與天地相終始的強大藝術生命力。《金瓶梅》活著，通過讀者而存在，生命不息。

　　《金瓶梅》問世之初，震撼了明末文壇。公安派領袖袁宏道倡導文學革新，看重新興的小說戲曲。他較早地傳遞了《金瓶梅》抄本信息，在〈與董思白〉（1596）中讚揚《金瓶梅》「雲霞滿紙，勝於枚生〈七發〉多矣。」是歷史上最早給予《金瓶梅》以肯定評價的作家、批評家。在明末清初，《金瓶梅》受到眾多文人學士的評論讚賞。在明代以欣欣子、屠本畯、袁宏道、謝肇淛、薛岡、馮夢龍、沈德符為著名。在清初以宋起鳳、李漁、張潮、張竹坡、和素為代表。到乾隆年間，曹雪芹的至親好友脂硯齋指出《石頭記》創作「深得金瓶閫奧」，宣告了前二百年《金瓶梅》評論的終結。

　　《金瓶梅》評論以脂硯齋的評語為重要分界，在此之前，把它與《三國》《水滸》《西遊》作比較，盛讚它為四大奇書中的第一奇書。清康熙年間，青年批評家張竹坡評點刊印《皋鶴堂批評第一奇書金瓶梅》，駁斥「淫書」論，肯定《金瓶梅》寫實成就，認為《金瓶梅》是一部洩憤的世情書，是一部太史公文字。他在患難窮愁，艱難困苦的學術環境中研究、評點《金瓶梅》，把「金學」推上一個新階段。張竹坡生活在十七八世紀之交，約與曹寅（1658-1712）同時。這時，曹雪芹這位偉大作家還沒有降生。但是，張評本《金瓶梅》已在藝術經驗、小說理論方面為《紅樓夢》奠定了基礎。在《紅樓夢》問世之後，批評家、讀者的注意力轉向把《金瓶梅》與《紅樓夢》作比較，因而有《紅樓夢》是暗《金瓶梅》、脫胎於《金瓶梅》，繼承發展《金瓶梅》之說。

　　張竹坡評點本是以崇禎年間刊印的《新刻繡像批評金瓶梅》為底本，是批評家積極

參與本文，進行審美接受的成果，將本文的潛在效能結構與批評家評點結構結合，使《金瓶梅》本文得到新的實現，在有清一代產生了廣泛影響。

張評本刊刻十二年後，即康熙四十七年（1708），滿族文臣和素以張評本為底本，刪去評語，譯成滿文（據昭槤《嘯亭續錄》），另有譯者為徐蝶園說（見《批本隨園詩話》）。他認為《金瓶梅》是四大奇書中的佼佼者，「凡一百回為一百戒」（滿文譯本〈金瓶梅序〉）。《金瓶梅》滿文譯本序刻，是滿漢文化交融的一大壯舉，是清前期滿族統治者重視汲取漢族文化，確認通俗小說價值，實行進步文化政策的結果。滿文譯本《金瓶梅》刊印，進一步確立了張評本在《金瓶梅》版本嬗變史上的重要地位。今存滿文譯本《金瓶梅》，已成稀世珍寶。

「金學」的現代時期，有三件大事。首先，魯迅著《中國小說史略》時，以張評本為研究對象，繼承了明清批評家的觀點，亦謂《金瓶梅》為「世情書」：「諸『世情書』中，《金瓶梅》最有名。」「同時說部，無以上之」。魯迅肯定《金瓶梅》在小說史上的地位，對現代「金學」起了開創性作用。其次，1931 年，《金瓶梅詞話》在山西省介休縣發現，並在 1933 年，以古佚小說刊行會名義影印一百部，學者們得見《金瓶梅詞話》面貌。在此之前，大家不知道有萬曆年間刊詞話本的存在。再次，1935 年，鄭振鐸在其主編的《世界文庫》中，分冊出版了詞話本三十三回，同年施蟄存校點《金瓶梅詞話》刪節本出版。鄭振鐸撰《談金瓶梅詞話》稱《金瓶梅》是一部偉大的寫實小說，「《金瓶梅》的出現，可謂中國小說的發展的極峰。」詞話本的發現，引起學者們的關注，推動「金學」發展，形成現代時期的研究熱潮。這時期，多集中在版本、成書、作者、時代背景等方面研究，對明清時期的「金學」沒有更大的突破與超越。

「金學」的當代時期，五十、六十、七十年代的三十年間，在大陸最沉寂。但是，傳播、閱讀、批評仍未間斷。人民文學出版社據古佚小說刊行會印本再次影印詞話本，限定範圍發行。毛澤東倡導閱讀《紅樓夢》，對它給予很高評價，引以為民族的驕傲。同時，也關注「金學」，對《金瓶梅》進行研究，他特別注意作者對明代社會經濟生活的描寫。他說：「《東周列國志》寫了很多國內鬥爭和國外鬥爭的故事，講了許多顛覆敵對國家的故事，這是當時上層建築方面的複雜尖銳的鬥爭。缺點是沒有寫當時的經濟基礎，當時的社會經濟的劇烈變化。揭露封建社會經濟生活的矛盾，揭露統治者和被壓迫者矛盾方面，《金瓶梅》是寫得很細緻的。」（轉引自逄先知〈記毛澤東讀中國文史書〉，見《光明日報》1986 年 9 月 7 日）在臺北，有魏子雲著《金瓶梅的問世與演變》等出版。

「金學」當代時期的近十五年，古典文學研究者解放了思想，敢於對四百年來一直被列為「禁毀」書目榜首的《金瓶梅》進行重新評價，氣氛熱烈，研究不斷升溫。在國家新聞出版工作主管部門支持下，校點出版了《金瓶梅》的主要版本，影印出版了北京大

學圖書館藏《金瓶梅》崇禎本，再次影印出版了詞話本，適應了學術研究的需求，大大促進了「金學」的發展。綜觀《金瓶梅》研究史的發展歷程，尤其是新時期十幾年的「金學」，在《金瓶梅》本文和讀者相互作用的流程中，加深了對《金瓶梅》的理解，在理解中接受它審視它，取得了眾多的共識。共識的達成既是「金學」研究整體運作的結果，也是進一步深化的基礎。概括起來，有以下幾點已成為大多數學者共同接受的見解。

1. 《金瓶梅》是一部具有里程碑性質的偉大寫實小說，開創了中國小說發展史的新階段，開拓了新的題材，拓展了審美領域，在中國小說史與世界小說史上都占有重要地位。

2. 《金瓶梅》啟示結構的本文蘊含著多種潛在的效果，具有美學、語言、民俗、性文化、宗教、政治、經濟、歷史等方面價值和意義，堪稱為有明一代的百科全書。

3. 《金瓶梅》為《紅樓夢》的創作提供了藝術經驗。曹雪芹的創作繼承和發展了《金瓶梅》的藝術成就。在這種意義上說，沒有《金瓶梅》也就不可能產生《紅樓夢》。《金瓶梅》作者蘭陵笑笑生是曹雪芹藝術革新的先驅。

4. 在《金瓶梅》版本系統上，存有兩系三類版本，明萬曆年間刊《新刻金瓶梅詞話》（簡稱詞話本），明崇禎年間刊《新刻繡像批評金瓶梅》（簡稱崇禎本），清康熙年間刊《皋鶴堂批評第一奇書金瓶梅》（簡稱張評本）。張評本以崇禎本為底本，對正文有文字上的改動，主要是加上大量評語。對崇禎本、張評本版本上的內部關係給予了梳理。由於《張氏族譜》的發現，對張竹坡的家世生平、評點刊印《金瓶梅》的情況，在小說理論上的貢獻的研究，取得了很大收穫。

關於《金瓶梅》性描寫，也是近年討論熱烈的一個問題，雖未達成共識，但在學術研究方面取得很大進展。《金瓶梅》不是「淫書」，而是一部世情書，崇禎本評點者已提出這一觀點。清代小說批評家張竹坡寫有一篇專論〈第一奇書非淫書論〉。八十年代，學者們重新評價時，仍不得不從破除「淫書」論開始。怎樣看待《金瓶梅》中的性描寫，四百年來，眾說紛紜。《金瓶梅》性描寫出現在理學走向分化的明代後期，以一種極端的方式表現人之自然本性對「天理」禁錮的衝擊，從整體上看，把性描寫與社會暴露、道德反省、人性弱點的悲憫、人物性格刻畫結合，把被否定被掩蓋了的加以正視。從文學性描寫發展史上看，有很大的突破，可以作為性文化史研究的參照，具有一定的認識意義。

從母系社會瓦解，婦女遭到歷史性慘敗之後，女性的奴隸時代恰好與男性中心文明同時存在。《金瓶梅》的兩性關係不是互愛與平等的，更不是和諧與美好的。性愛生活的更新、美化，是未來社會的一項偉大工程。以寫實見長的《金瓶梅》，不可能寫出這種理想化的性愛。從現代的觀點審視，從文學審美的視角來看，《金瓶梅》中的性描寫

多純感官的再現，實多虛少、缺少情愛的昇華，並濃重地反映了封建文人落後的性情趣、性觀念與性恐怖，這些都是應該加以批判的。因此，作為校點出版的《金瓶梅》，提供給讀者審美接受的本文，對關於性行為純感官再現的文字，加以恰當的省略，留出一點點空白，會產生瑕去而瑜更顯的效果。

在性愛生活上，堅持美的追求，達到美的境界，是人類自身解放、個性自覺、精神文明建設的長遠課題。《金瓶梅》作者意在暴露人的陰暗面，表現對人性本體的憂慮，表現對時代苦難的體驗和對社會的絕望情緒，否定現實，散佈悲觀主義。但是，他不知道人類怎樣美好，看不見未來。以科學的態度，健康的心理，高尚的目的來瞭解、研究性文化，從而建立有中國特色的，以科學的性觀念與高尚的性道德相統一的性科學，是新時期精神文明建設的題中應有之義。《金瓶梅》作者是想不到寫不出的，現實也沒有提供這種生活依據。有位哲人說，判斷歷史的功績，不是根據歷史活動家有沒有提供現代所要求的東西，而是根據他們比他們的前輩提供了新的東西。對《金瓶梅》作者也應如是觀。

《金瓶梅》作為一部偉大作品，形象有限，意蘊無窮。對它的閱讀接受是一個無止境的過程。《金瓶梅》研究，在作者、成書、時代背景、本文原意等問題上存在著分歧、爭論，有些爭議仍將繼續下去，《金瓶梅》啟示結構本文蘊含的潛在效果，是永遠說不盡的。

張評本：新的發現、新的探索

張竹坡（1670-1698），名道深，字自得，竹坡是他的號。他在康熙三十四年（1695），評點刊刻《皋鶴堂批評第一奇書金瓶梅》，此為張評本的初刻本。現存張評初刻本極為罕見。1988 年春，進一步考察現存張評本時，在大連圖書館發現一部，六函三十六冊，正文半葉七行，行二十二字。行款、版式、書名頁、牌記與吉林大學圖書館藏張評本（「本衙藏板翻刻必究」本）相同。此書為皇族世家藏書，卷首蓋有恭親王藏書章。當時，懷著一種興奮的心情，公佈了這一可喜的發現。[1]並判定，新發現的張評本與吉林大學藏本為同版。對這一判斷，現在需要作很大的修正。經進一步考察，發現新發現的張評本與吉林大學藏本有同有異。重要的相異之點有如下幾點：

1. 在張竹坡總評〈寓意說〉「千秋萬歲，此恨綿綿，悠悠蒼天，曷其有極，悲哉，

1　〈《張竹坡批評第一奇書金瓶梅》（校點本）跋——兼答魏子雲先生〉，見《張竹坡批評第一奇書金瓶梅》（濟南：齊魯書社，1988 年 3 月重印本）。

悲哉！」之後多出二百二十七字：[2]

　　作者之意，曲如文螺，細如頭髮。不謂後古有一竹坡為之細細點出，作者於九原下滴淚以謝竹坡。竹坡又當酹酒以白天下錦繡才子，如我所說，豈非使作者之意，彰明較著也乎。竹坡彭城人，十五而孤，於今十載，流離風塵，諸苦備歷，遊倦歸來。向日所為密邇知交，今日皆成陌路。細思床頭金盡之語，忽忽不樂。偶睹金瓶起首云，親朋白眼，面目含酸，便是凌雲志氣，分外消磨，不禁為之淚落如豆。乃拍案曰：有是哉，冷熱真假，不我欺也。乃發心於乙亥正月人日批起，至本月廿七日告成。其中頗多草草，然予亦自信其眼照古人用意處，為傳其金針大意云爾。緣作寓意說，以弁於前。

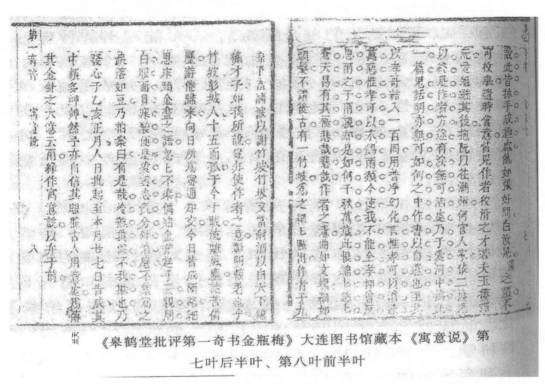

《皋鶴堂批评第一奇书金瓶梅》大连图书馆藏本《寓意说》第
七叶后半叶、第八叶前半叶

　　至今所見張評早期刻本、翻刻本均無此段文字。此段文字有張竹坡對自己評語的評價，有他的經歷、評點《金瓶梅》的時間與所處困境，具有重要文獻價值。此段文字，

2　1993 年 10 月，加拿大多倫多大學東亞學系米列娜教授應邀來中國大陸做學術訪問。筆者與米列娜教授共同在大連圖書館考察張評甲本時，米列娜首先發現〈寓意說〉最後一段文字，為其他張評本所無。共同研閱這段文字，異常興奮。這一發現為此次大連之行的可喜收穫。

據新發現的張評本排印,第一次公諸於今世讀者。

據此段文字,可以確定張竹坡評點《金瓶梅》的具體時間:康熙三十四年(1695)正月初七批起(「乙亥正月人日批起」),至三月廿七日告成,約經三個月時間。秦中覺天者謝頤題署〈第一奇書序〉為「時康熙歲次乙亥清明中浣」即康熙三十四年(1695)三月中旬,大約在評點接近完稿時寫序。據此,對〈仲兄竹坡傳〉中所說「遂鍵戶旬有餘日而批成」,則不能解釋為十幾天或三月中旬前後。「旬有餘日」,誇飾言時間很短,是約略言之。此段文字中言「十五而孤」,指康熙二十三年甲子(1684)十一月十一日,其父張翀卒,竹坡年十五歲。此有《張氏族譜》〈張翀小傳〉、〈仲兄竹坡傳〉(「十五赴棘圍,點額而回,旋丁父艱,哀毀致病」)與之相印證。說明此段文字涉及竹坡行事皆為實錄。

2. 此張評本評語與吉林大學藏本在文字上有差異,並且有若干小批、眉批,為吉林大學藏本缺略。

第一回:卜鄰亦要緊事也。(大連圖藏本)

卜鄰當慎也。(吉大圖藏本)

第六回:寫何九受賄,全為西門拿身分。(大連圖藏本)

寫何九受賄金,為西門拿身分。(吉大圖藏本)

第七回:迷六兒者去。(大連圖藏本)

迷六兒者死。(吉大圖藏本)

第七回:比金蓮妖婦之事何如?(大連圖藏本)

比金蓮妖淫之態何如?(吉大圖藏本)

第十四回:好兄弟怎放心。(大連圖藏本)

好兄弟寫盡。(吉大圖藏本)

多出的小批,如第十三回寫李瓶兒的兩個丫鬟繡春、迎春伴瓶兒多次出場,有小批「丫鬟一」至「兩個丫鬟八」。在瓶兒跟西門慶對話「兩個小廝又都跟去了,止是這兩個丫鬟和奴,家中無人」句處有眉批:「此處將兩個小廝兩個丫鬟一總」,為吉大圖藏本無。兩種本子評語文字相異之點比較,吉大圖藏本略優於大連圖藏本。吉大圖藏本是據大連圖藏本修改而成的。

3. 兩種張評本,正文的文字也有不同之處。如:

第十三回:「兩次三番顧睦你來家。」(大連圖藏本)同崇禎本。吉大圖藏本「顧睦」作「顧照」。

第十三回,結尾詩:「思往事端夢魂迷。」(大連圖藏本)同崇禎本。吉大圖藏本作「思往事夢魂迷」。

　　第十二回：「粲枕孤幃」（大連圖藏本），同崇禎本。吉大圖藏本作「單枕孤幃」。

　　第二回：「販鈔」（大連圖藏本），同崇禎本。吉大圖藏本作「財鈔」。

　　第七十一回：「激切屏蒙之至」（大連圖藏本），同內閣藏崇禎本。吉大圖藏本作「激切屏營之至」。

　　所有文字相異處，大連圖藏本同崇禎本，而吉大圖藏本則與崇禎本相異。說明大連圖藏本正文更接近崇禎本，大連圖藏本刻印在前，吉大圖藏本是據大連圖藏本加工修飾而成。

　　4. 兩種張評本書名頁牌記均署「本衙藏板翻刻必究」，第一奇書序手寫體，字體行款相同（仔細比勘，又可找出細微差異）。書名頁與序，應是吉大圖藏本據大連圖藏本影摹刻印的。大連圖藏本插圖缺，現有插圖為藏家描摹墨畫，非原板刻印。大連圖藏本正文多用俗別字、異體字，如「貪恋」「数次」「犹可」「花园」「交欢」「簍兒」（第十二回）。吉大圖藏本與之相比，俗別字、異體字為少，刻印更為精良。

　　根據以上四點判斷：大連圖藏本為張竹坡於 1695 年刊刻的初刻本。當時生活貧困，處境艱難，於三個月內匆忙評點完稿，在金陵刊印發售。「日之所入，僅足以供揮霍」（〈仲兄竹坡傳〉），「我為刻書累」（竹坡《幽夢影》評語），不久，「遂將所刊梨棗，棄置於逆旅主人，罄身北上」。三年後的 1698 年病死在鉅鹿客舍。張竹坡評點時，對小說正文除因避清諱，改「胡僧」為「梵僧」，改「虜患」為「邊患」，改「匈奴」為「陰山」，改「玁狁」為「太原」，改「夷狄」為「蛀蟲」，改「伐遼」為「伐東」等外，一般對正文文字未作改動。

　　吉林大學圖書館藏本為據張評初刻本復刻，行款、版式、書名頁、序與初刻本相同。但對評語有文字加工與刪減，對小說正文文字上有改動。大連圖藏本，可簡稱張評甲本，吉大圖藏本可簡稱張評乙本。此校注本，即以張評乙本為底本，綜合吸取了張評甲乙兩種本子的所長。

　　張評乙本的加工刊刻者是誰？經考證，初步判定為張竹坡的弟弟張道淵。張道淵是竹坡評點刊刻《金瓶梅》的知情者、支持者，在竹坡死後，又是張評本的修訂復刻者，也應是竹坡手稿的存藏者。

　　據《張氏族譜》，我們瞭解到張道淵的生平。道淵，字明洲，號蓬庵，生於康熙十一年壬子（1672）九月二十日，壽終乾隆七年壬戌（1742）二月初七日，享年七十一歲，鄉諡孝靖先生。妻陶氏、繼妻任氏、側室丁氏。子四：瑭、珹、璐、璕。女三。《張氏族譜》中有周鉞撰〈孝靖先生傳〉。據此傳可知道淵富有藏書「凡千卷」。性友愛：「仲兄竹坡早逝，每良辰美景，先生偕伯兄秋山、季弟汲庵，開閣延賓，酒兵詩債鏖戰者往往徹宵旦。」「先生曠達，不問生產，以故家益中落」「獨抗懷高尚，不樂仕進」。好

遊名山大川，有詩文之豪興。其著述有〈仲兄竹坡傳〉〈奉政公家傳〉〈珍侄家傳〉〈聖侄家傳〉〈侄女彥瑗小傳〉。〈侄女彥瑗小傳〉是一篇詩評文字。彥瑗是一位早逝的女詩人，有《嫻猗草》集。道淵評曰：「其間多有天然之句，如〈咏落花〉有云：『不知一夜飛（按：《嫻猗草》作「吹」）多少，贏得階前萬點紅。』何其飄灑之至，豈非出自性靈耶！」贊其大得詩人之旨，「贏島詩姝，偶落人世」。更重要的一篇是〈仲兄竹坡傳〉，[3]此傳敘述了他們兄弟之間自小友愛的感情，「兄長余二歲，幼同就外傅」。是手足，又是學友。更可貴的是，這篇傳記記錄了竹坡評點《金瓶梅》的具體情況、宗旨、刊印地點、銷售情況，評點時的困難處境。據張道淵撰《張氏族譜·後序》記載，他主持修譜在「戊戌己亥之間」（康熙五十七年至五十八年，1718-1719），成稿在雍正十一年癸丑（1733）。〈仲兄竹坡傳〉當作於此時。距竹坡逝世已有二十多年。道淵回憶與竹坡之間的友愛，感情至為真摯。

　　道淵在文化工作方面做了兩件大事：一是修撰《張氏族譜》，整理傳播了本族文學家的優秀作品。二是復刻修訂張評本《金瓶梅》，繼承了胞兄竹坡的事業。其修訂復刻張評本的背景值得注意的是兩項：一是修撰族譜期間撰〈仲兄竹坡傳〉，引發了修訂復刻的激情，時間大約也在此時。道淵《張氏族譜·後序》中說：「族譜之修幾經讎校，曾在戊戌己亥間遍歷通族，詳分支派，遵照舊譜條目匯選恩綸傳志藏稿贈言壽挽諸章，裒集成帙。正在發刊，忽以他務糾纏，奔走於吳中白下之途，曾一歲而三往返焉。」族譜的刊印，「只得暫為綴工」。所云奔走蘇州、南京而從事的「他務」，當即復刻張評本。修撰刊印族譜，對道淵來說，應是壓倒一切的重要而神聖的工作，不會因瑣務而中輟，只有修訂復刻張評本這一與本家族有極密切關係，對仲兄竹坡有重要紀念意義的事務，才可以與刊發族譜相並肩，且中輟了族譜的刊發，而去忙於復刻刊印張評本。二是，康熙四十七年（1708），有戶曹郎中和素把張評《金瓶梅》正文譯成滿文刊印，滿漢文化交融的這一壯舉，當是激發道淵暫中輟族譜的刊印，而去復刻刊印張評本的更為重要的誘因。道淵不但支持了竹坡評點刊刻《金瓶梅》，而且在竹坡死後，繼承竹坡之遺志，復刻修訂張評本，在《金瓶梅》的整理傳播上作出了重要貢獻。道淵在〈仲兄竹坡傳〉中肯定評點《金瓶梅》是可流傳後世的「著書立說」「有不死者在」，可以千古不朽。此評道淵可與其仲兄竹坡共享。[4]

3　見侯忠義、王汝梅編：《金瓶梅資料彙編》（北京：北京大學出版社，1986 年 9 月增訂本）。

4　關於張竹坡生平思想、竹坡與第一奇書、在小說理論上的貢獻，參見王汝梅：《金瓶梅探索》（長春：吉林大學出版社 1990 年）。

注釋、校勘：為了讀者審美接受

審美接受理論認為，文學作品為閱讀而存在，文本的相對非確定性，啟示讀者參與作品意向的理解。但是，這種理解不是隨意的，讀者和文本之間雙向交流，不但要關心對文本的反應，還應該關心實際的文本。注釋、校勘，這種傳統的釋義方式與整理文本的方法，服務於讀者的審美接受，促使文本與讀者之間的相互作用，從而闡明文本的潛在意義。《金瓶梅》雖然是一部白話長篇小說，其文本的讀解有特殊的困難。《金瓶梅》文本又有詞話本、崇禎本、張評本的嬗變。從讀者審美接受的需要來說，對《金瓶梅》文本的注釋、校勘至為重要。

《金瓶梅》解讀之難有三：其一，這部作品運用了大量方言詞語、市語。今天的讀者，尤其山東方言區之外的讀者，不易讀懂。山東方言（冀魯豫交界區）為《金瓶梅詞話》的基礎方言，又雜有吳語、晉語。江浙文人對詞話本進行改寫後，刊印了《新刻繡像批評金瓶梅》（崇禎本），[5]使《金瓶梅》在語言上較為精煉，把一些方言詞語改為通語或刪除，便於閱讀與傳播。但是，改寫者不懂山東方言，把通順的語句往往改得不可解不通順，或者把山東方言改為了吳語，使詞話本減弱了魯地市井韻味。張評本以崇禎本為底本刊印，對正文詞語又有改動。

其二，《金瓶梅》表面上寫宋代，實際上寫明代，亦宋亦明。既有小說虛構人物，又有歷史人物。歷史人物中有宋代人又有明代人。職官稱謂也是宋明交錯。這就使文本呈現撲朔迷離的外貌。

其三，作者之迷、成書之迷尚未解開，對具體的創作過程、作者經歷尚不能確指，也障礙著我們對全書的理解接受與對某些語句的讀通弄懂。

閱讀《金瓶梅》難，注釋、校勘更為艱難。有些詞語孤立地看並不難解，但在詞話本、崇禎本、張評本中出現異形異音或更換，便發生了疑問。如詞話本第四十八回中的「邸報」，崇禎本同回中作「底報」、張評本同回中作「底本」，有學者提出這種變換是否有政治諷喻的用意問題。因之，「邸報」在《金瓶梅》語境中就成為了疑難詞語。

本校注本的校勘，依照傳統的四法：對校、本校、他校、理校。對校是大量的。詞話本、崇禎本（又有內閣文庫藏本、北大圖藏本為代表的兩種類型）、張評本（分張評甲本、乙本），就其嬗變關係，張評甲乙本是兄弟關係，張評本與崇禎本是子與父關係，張評本與詞話本之間為隔代孫與祖關係。對校就以兄弟、父子、祖孫的幾層關係，找出差異，以校記說明。

5　關於崇禎本改寫情況及其與詞話本的關係，參見〈《新刻繡像批評金瓶梅會校本》前言〉。

例一。張評甲本第六回：「但是入殮用的都買了，並家裏一應物件也都買了。」詞話本，崇禎本同。按：張評乙本改後一個「買」為「備」，與前文避複。校注本從乙本。

例二。張評甲本第七回回評：「所以兩金蓮遇，而一金蓮死，兩淫不並立；兩六兒合而迷六兒者去。」張評乙本改「去」為「死」，雖前有一「死」字，而仍用「死」，以求準確。校注本從乙本。

例三。諸本第七回：（孟玉樓嫁給西門慶的第三天）「做三日，楊姑娘家並婦人兩個嫂子孟大嫂、二嫂，都來做生日。」按：據前後文意，「做生日」應作「做三日」。

例四。諸本第十二回：「不到劉伶墳上去。」按：語出李賀〈將進酒〉，李詩原句「去」作「土」。

例五。張評本第四十一回：「金蓮道：『我不好說的，他不是房裏，是大老婆？就是喬多孔子，是房裏生的，還有喬老頭的些氣兒。』」按：詞話本、崇禎本「喬多孔子」均有「喬家孩子」。吳藏抄本作「喬多孔子」。吳藏抄本為崇禎本系列，此未據崇禎本而據張評本，認為「喬多孔子」可取。

例六。張評本第六十五回：「共有五個官員」。按：詞話本作「共五員官」，內閣藏崇禎本作「共有五百員官」。張評本、詞話本是。

例七。張評本第七十七回：「只見個黑影子，從橋底下鑽出來，向西門慶一撲。」按：詞話本「一撲」作「一拾」。「拾」，頭向前撞。張評本據崇禎本作「一撲」，不妥。

例八。張評本第八十七回：「到明日娘的好日子，奴往家裏走走去。」按：崇禎本同。詞話本作「到明日娘好的日子，奴往家裏走走去。」「娘好」，娘高興、娘平安之意，更貼切。

例九。張評本第九十九回：「寄與情郎陳君膝下」。按：崇禎本同。據前文應作「寄與情郎隨君膝下」。

校勘是注釋的前提。本校注本力求把釋詞、校勘結合。例：張評本第五十九回：「犯天地重喪」，詞話本、內閣藏崇禎本作「犯天地重春」，喪家忌「重喪」，諱「喪」為「春」。

注釋說明的語義，力求聯繫語境，放在時代的政治、經濟、民俗等背景下闡釋。《金瓶梅》第六十五回「陳四箴」，在小說中為山東右布政。明制，洪武九年，改行中書省為承宣布政使司。宣德以後，全國的府、州、縣分統於兩京及十三布政使司，每司設左、右布政使各一人，為一省最高行政長官，掌一省之政，從二品。後因專設總督、巡撫等官，布政使權位漸輕，成為督、撫直接下屬。「四箴」取「居敬、窮理、克己、存誠」之義，這是當時做人的四項原則。作為官員的姓名，不可能取「酒箴、色箴、財箴、氣

箴」之義。《明史》卷二百三十四〈雒于仁傳〉載雒在萬曆十七年「入大理寺評事，疏獻四箴以諫」，曰：「嗜酒則腐腸，戀色則伐性，貪財則喪志，尚氣則戕生」。《明史》一一六載鄭王朱厚烷所上四箴為「居敬、窮理、克己、存誠」。陳四箴與小說所謂「酒色財氣」無關聯。據「陳四箴」也不能確定《金瓶梅詞話》成書年代。

　　《金瓶梅》的校勘、注釋是一項艱巨的基礎性研究工程。此項工作，隨著「金學」研究的深入，將會不斷地進行下去。現在奉獻給讀者的《皋鶴堂批評第一奇書金瓶梅》校注本，是「金學」基礎性研究成果，參考了近年出版的有關論著。但願它能幫助讀者的審美接受，成為「金學」研究突破與超越的一個起點。

多倫多訪「金」散記

在溫哥華換乘加拿大航班，飛行四個小時，抵達多倫多。

到多倫多大學東亞圖書館考察該館所藏漢文古籍，是我這次訪問的目的之一。

東亞圖書館慕學勳書庫藏漢文古籍十萬冊，其中使我尤感興趣的是一部清刊本《金瓶梅》。原書四函，一函八冊，共三十二冊，金鑲玉裱修，缺書名頁，原序失去，抄補。于安娜館長囑筆者幫助考證此部《金瓶梅》的版本歸屬。東亞圖書館正在做慕氏書的編目，準備輸入電腦，供給已聯網的北美各大圖書館信息共用。經與中國內地所藏《金瓶梅》比勘，判定此部《金瓶梅》是據張竹坡評點清康熙年間刊本的翻刻本，為張評本中的「全像金瓶梅、本衙藏版」本。該書每回首頁蓋有一方形藏書章：「佐藤文庫、戰爭關係資料、福島縣立圖書館」。據此藏書章推測，此部《金瓶梅》曾藏日本福島縣立圖書館，由中國傳入日本，由日本返回中國，又由中國慕學勳於三〇年代賣給英國傳教士，運抵多倫多市皇家安大略博物館。1961 年，慕氏藏書遷移到多倫多大學東亞圖書館。這部《金瓶梅》隨之入藏。此部《金瓶梅》儘管不如原刊本精良，在北美各大圖書館藏《金瓶梅》極少的情況下，東亞圖書館藏《金瓶梅》，確為該館的一件珍品。多倫多大學的學者、研究生即據此部《金瓶梅》瞭解清代刊本面貌。

在西方，早期的英文譯本、法文譯本、以及日文譯本、朝鮮文譯本，均據張竹坡評點本翻譯。張竹坡評點本在清初以後廣泛流傳，並對《金瓶梅》在世界的傳播起了積極作用。

滿文譯本也是據張竹坡評點本翻譯（刪除了評語）。清康熙四十七年（1708），為滿族文臣和素譯。滿文本《金瓶梅》的翻譯、刊印，是滿漢文化交融的一大壯舉。很可惜，今天，滿文本已很少流傳，在中國內地已不易見。這次訪問，在多倫多大學東亞圖書館出乎意外地看到了滿文本的全貌。

多倫多大學重視收集珍藏《金瓶梅》明清刊本，也很重視收藏新出版的《金瓶梅》及其研究著作。該館藏有齊魯書社出版的《張竹坡批評第一奇書金瓶梅》校點本，還有拙著《金瓶梅探索》《金瓶梅資料彙編》等。

「金學」是多倫多大學東亞學系的一個學術熱點。米列娜教授研究張評本《金瓶梅》及中國小說理論，已出版多部專著，且有自己的獨特視角。1991 年，中國老一輩「金學」

專家吳曉鈴先生應邀到多倫多大學開辦了《金瓶梅》研討班，入班的研究生們寫出了一批關於《金瓶梅》的論文，譯成中文後，收輯在由吉林大學出版社出版的《金瓶梅藝術世界》一書。

西方學者，以西方文化為參照系研究中國古典文學，研究《金瓶梅》，看到的是另一番奇妙景象。對潘金蓮這一有爭議的人物形象，他們沒有簡單地斥之為「天下第一淫婦」，而是認為：「潘金蓮這一人物活化了一個封建社會裏可憐又可恨的，被損害與被侮辱的畸形的婦女形象。這一文學形象凝聚著小說作者深沉的歷史意識：還人性的真實，同時貶斥違人性的敗德」（見《金瓶梅藝術世界》）。讀懂讀通《金瓶梅》，對一個中國學者來說，已很不容易。讀解《金瓶梅》之難有三：(1)《金瓶梅》運用了大量方言俗語。(2)表面上寫宋代，骨子裏寫明代，亦宋亦明。(3)作者之謎、成書之謎尚未解開。對一位西方學者來說，面對三難，可想而知，該有多少攔路虎。和米列娜教授在學術交流時，經常遇到一些難解的小問題，如「倒插花」「青刀馬」「蓋老」「歪剌骨」「丁八」「打倘棍兒」「闖寡門」等。友人提出疑問，我回答之後，常常是一陣哈哈大笑。

在多倫多，瞭解到安大略省法律不允許賣淫嫖娼，所以多倫多沒有妓院。有商店專營黃色錄影。只要到這種商店貨架上流覽一下錄影盒帶封面，令我們吃驚，各種赤裸裸動作，難以描述。與此相比，四百年前東方的《金瓶梅》中的性描寫，則是小巫見大巫。與西方學者談及《金瓶梅》中的性描寫，彼此都認為：《金瓶梅》中的性描寫在傳統性文化史上占有一席地位。作者以一種極端的方式表現了人之自然本性對於「天理」禁錮的衝擊、反抗，把人的自然本能與社會性聯繫一起描寫，對禁欲主義的壓抑，是一種突破。潘光旦先生譯注靄里士著《性心理學》時，曾多次引用《金瓶梅》中的事例，用以說明人類的某種性心理，性行為。從審美、藝術的角度看，「性」在《金瓶梅》中成了人性弱點與罪惡的象徵，實多虛少，缺少情的昇華，挾帶了太多的人之生物本能。表現了封建文人的性情趣、性恐怖、性觀念。

西方有的漢學家認為：中國小說有《金瓶梅》《紅樓夢》兩部，足以與西方最偉大的小說相媲美。《金瓶梅》是屬於中國的，也是屬於世界的。正如壯麗的尼亞加拉大瀑布一樣，它不僅僅屬於加、美兩國，而是可以供全世界人民所共享。

豔　情　篇

《金瓶梅》與《肉蒲團》
等豔情小說的比較

　　《金瓶梅》《肉蒲團》這兩部著名的中國古代小說，都描寫了性行為、性心理、性關係，並因此而引起讀者的關注與興趣，也引起明清封建統治者對它們的禁毀。兩部小說寫性愛有相同之處，也有很大的差異，尤其是作者的性觀念性意識有著很大的不同點。性文學指以直接描寫性愛、性行為、性心理、性關係為主要表現內容的文學作品。限於傳統思想觀念的影響，在中國對這類文學作品的研究還很不夠。初步考察，從南朝樂府民歌開始出現對性愛的肉體行為的描寫。進入唐代，性觀念開放，出現了典型的性文學作品。其一為張文成著駢文傳奇小說《遊仙窟》。這篇小說用第一人稱自敘旅途中在一處神仙窟中的豔遇。描寫「下官」與十娘交流感情之後，漸入佳境，他們在夜深更久，情急意密之時，共效雲雨之歡。「兩唇對口，一臂枕頭，拍搦奶房間，摩挲髀[1]子上，一齧一快意，一勒一傷心。鼻裏酸痺，心中結繚；少時眼花耳熱，脈脹筋舒。始知難逢難見，可貴可重。」所寫性愛是一種幻境中的婚外戀，沒有拘束，不以婚姻為目的，沒有「貞操」「負心薄倖」「始亂終棄」這類觀念的重壓，只是自然地憑感情的自由表達、抒發、交流。性愛是美好、歡樂的，而不是罪惡的，也不是恥辱的。其二，是白行簡《天地陰陽交歡大樂賦》，描寫了各階層人物的性行為。闡發了作者的性理論，還傳播了性

1　唐時流傳日本，在本土失傳。清末駐日公使黎庶昌、李盛鐸抄寫帶回國內。日本《萬葉集》編輯者
　　大伴家持（717-785）在他的〈贈板上大娘歌〉中，多次引用《遊仙窟》文句。前於此，山上憶良
　　〈沉痾自哀文〉並引《遊仙窟》，此文為山上末年之作，正當唐開元二十一年。說明，唐開元年間，
　　張文成尚在世之時，《遊仙窟》即已傳至日本。

知識。到明清時期，性文學以小說為主要表現形式。這類作品，在中國傳統文化中被稱為豔情小說，以《如意君傳》《痴婆子傳》《素娥篇》《弁而釵》《肉蒲團》《姑妄言》等為最有代表性。《如意君傳》描寫平民薛敖曹與國君武則天之間的性關係，性超越了等級倫常、以性事「內助於唐」，把性推崇到至高無上地位，客觀上批判了禁欲主義。把性與社會、政治聯繫起來描寫，給《金瓶梅》以影響。《痴婆子傳》產生在明代萬曆年間，正逢《金瓶梅詞話》傳抄刊刻年代。《痴婆子傳》對少女懷春的心理作了細緻而真實的描寫，肯定人的本能欲望的自然性、純真合理性。做父母者對少男少女的青春萌動的欲望只能引導，而不能迴避、堵塞與壓抑。痴婆上官阿娜被嫁進封建世家，被迫陷入性迷狂。阿娜和《金瓶梅》中的潘金蓮一樣，在封建社會男權制困境中，人性被扭曲。《素娥篇》刊印在明萬曆四十年（1612）到天啟二年（1622）這十年間，大約在現存《金瓶梅詞話》刊印前後。首有方壺仙客序，謂作者為鄴華生。《素娥篇》藏美國印第安那大學金賽研究所，被稱為金賽研究所的鎮山寶。全書圖文並茂，有圖四十七幅，首兩幅末兩幅為故事開頭結尾情節的繪形。《素娥篇》敘寫武則天侄兒武三思和侍女素娥之間的性愛故事。實際上借武三思與素娥代表男與女、陰與陽，表現陰陽和合，男女互補。《素娥篇》四十三幅性行為圖，不是某種性技巧的圖解，而是性美觀念的形象化。如第十九〈日月合璧〉，意境為日月合璧、妙奪天象。與之相配的〈長相思〉詞為：「日東升，月東升，烏兔分司晝夜明，原來不並行。天無情，卻有情，合璧潛通日月精，趣處妙難評。」可以說是性美的禮贊。《弁而釵》是一篇男同性戀的讚歌。產生在明崇禎年間，題「醉西湖心月主人著」。敘寫李又仙救父賣身到男同性戀妓院，被燕龜鞭打後接客。後遇俠義之士把李又仙救出。李又仙為報答搭救之恩，男扮女裝保孤撫孤，以母親身分撫養一孤兒。小說寫易裝、易性，批判了異性戀霸權、衝擊了性身分的兩分模式。

　　《姑妄言》二十四卷，三韓曹去晶編撰。書成於清代雍正八年（1730），在《金瓶梅》《續金瓶梅》《肉蒲團》之後，《紅樓夢》之前。初步考證，曹去晶為遼東人，幼年曾住南京。故事以明崇禎朝為背景，寫社會世情，從帝王將相到販夫走卒，寫到各階層人物。作者立意在勸人向善，表現善惡貞淫各有報應的思想，性描寫文字較多，每回都有性描寫，所寫者有一女多男、一男多女及亂倫，男女同性戀、人獸雜交（人與驢、人與狗、人與猴）、性交猝死等。寫採戰法則有採陰補陽、採陽補陰。寫春宮圖冊的催情作用。寫春藥揭被香（塞入女陰戶）、金槍不倒紫金丹。性具緬鈴、白綾帶子及角先生。寫緬鈴比《金瓶梅》更具體、明確，自雲南、貴州得到，帶到南京，「侯捷的大管家私下孝敬了姑老爺兩個緬鈴。一個有黃豆大，是用手攥著的。一個有榛子大，有鼻如鈕，是婦人爐中用的」。這種用法為其他豔情小說未敘寫過，可供研究緬鈴的參考。《姑妄言》為明清性小說集大成之作。《姑妄言》原藏俄羅斯國家圖書館（原為莫斯科列寧圖書館）。

　　1966年蘇聯漢學家李福清發現，在明清性小說中，《肉蒲團》最為流行。《肉蒲團》一名《覺後禪》，坊本改題《耶蒲緣》《野叟奇語》《鍾情錄》《循環報》《巧姻緣》，六卷二十回。題署：情癡反正道人編次，情死還魂社友批評。首有西陵如如居士序。清人劉廷璣、近人魯迅、孫楷第都認為《肉蒲團》是李漁的作品。從《肉蒲團》構思奇異、語言清新流暢，善用偶句與譬喻的特點看，與李漁其他小說風格相一致。《肉蒲團》第一回「止淫風借淫事說法，談色事就色欲開端」作為引子，闡發了作者的情欲觀。他說：「照拘儒說來，婦人腰下之物乃生我之門，死我之戶。照達者看來，人生在世若沒有這件東西，只怕頭髮還早白幾年，壽算還略少幾歲。」他把適度的性行為比喻為人參附子，「只宜長服不宜多服，只可當藥不可當飯」。據這種有益健康的觀點，作者應當是既反對縱欲，又反對禁欲的。然而小說展開的情節，描寫的形象，與這種見解是相矛盾的。書生未央生有才有貌，要做天下第一才子，娶天下第一位佳人。經媒人介紹招贅在鐵扉道人家為婿，其妻玉香受父親的道學思想束縛，不懂得性事。未央生用春宮畫冊啟發玉香潛在的情欲，方達到夫妻的和諧。後來，未央生覺得玉香還算不上天下第一位佳人，於是以遊學為名外出訪女色，在張仙廟中造一本《廣收春色》冊子，記下廟內拜求子息的美豔少婦，分特等、上等、中等。冊子上有銀紅（瑞珠）、藕色佳人（瑞玉）、玄色美人（花晨）等。在未訪求這幾位佳人之時，未央生結識了賽崑崙這一俠客。賽崑崙嘲笑未央生陽物太小，雖有才貌，是中看不中用的。未央生拜求術士，用狗腎補人腎，使微陽變成巨物。未央生在賽崑崙幫助下，結識了賣絲商人權老實的妻子豔芳，與豔芳先淫後出走。在豔芳懷孕後，未央生又與隔壁住的香雲發生性關係。香雲並把未央生介紹與其兩個妹子瑞珠、瑞玉和姑姑花晨，共用「三分一統」「共體聯形」之樂。權老實發現妻子豔芳與未央生發生關係，被迫把妻子賣予未央生。權老實要以冤報冤，到鐵扉道人家當傭工，與未央生妻子玉香發生關係，並私奔離開家鄉，玉香被賣到京城仙娘妓院為娼，並從鴇子處學得三招絕技，成了名震京師的妓女。未央生一心要嫖名妓，到京城仙娘妓院，玉香發現他是自己的丈夫，躲避起來，悔愧自殺。未央生在和尚孤峰大師教誨下後悔莫及，把自己陽物割掉，出家做了和尚。未央生在作者筆下寶貴自身的才貌，又不肯為官為優。他追逐女色，既有滿足感官放縱的一面，也有對女性的愛憐。豔芳、香雲、玉香、瑞珠、瑞玉等女性形象，雖只滿足於私通，缺少情愛的昇華，但她們不求權勢、不慕錢財，只求男人有才有貌有力，顯示了對封建貞節觀、禁欲主義的反叛。

　　《肉蒲團》離開社會背景，孤立地寫性行為，沒能像《金瓶梅》那樣觸及廣闊的生活領域，把對性欲的表現融進廣大的世界中，不免顯得單薄、膚淺。作者為了肯定男女感官快樂的自然性、合理性，過多地敘寫性知識、性技能，束縛了作家真正的藝術想像力。作者在描寫性行為時重肉體本能，重感官而不重精神、心靈。作者在情欲上走向兩個極

端：縱欲與禁欲。《金瓶梅》作者有「女人禍水」、女色殺人的思想。詞話本第一回引詞：「請看項籍並劉季，一怒使人愁。只因撞著虞姬、戚氏，豪傑都休。」《金瓶梅》張竹坡評本第一回「色箴」曰：「二八佳人體似酥，腰間仗劍斬愚夫；雖然不見人頭落，暗裏教君骨髓枯。」這都表現了作者與改寫者封建主義男權制的情欲觀。相比較而言，《肉蒲團》作者也有生命意識與享樂意識之間的矛盾困惑，但比《金瓶梅》作者開明，在性行為描寫時，筆調輕鬆、享樂主義是突出的。《金瓶梅》作者的性恐懼心理更為明顯。與《肉蒲團》等其他明清豔情小說相比，《金瓶梅》有更高出更積極的方面，值得注意。《金瓶梅》作者以長篇小說形式最早著筆寫人的自然情欲，對被掩蓋被忽視的方面加以正視，給予直接的表現，這是作者的開拓與創造。

　　《金瓶梅》產生在明末，重視描寫世態炎涼，把性描寫與西門慶家庭生活、廣闊的市民社會相聯繫。說明性在本質上是社會性的，是文化的。人的自然情欲、直接的自然關係不可能與社會屬性、社會關係分開。《肉蒲團》產生在清初，並未能繼承發展《金瓶梅》的積極成分。《肉蒲團》寫未央生的豔情活動，游離在社會生活矛盾、人情世態之外，其思想與藝術價值遠不及《金瓶梅》。李漁在《肉蒲團》第二回評語中有意抬高自己的作品，貶低《金瓶梅》，他說：「此獨眉眼分明，使人看到入題處便俱了然，末後數語又提清綿遠，不復難為觀者，真老手也。《水滸》而外，未見其儔。有謂與《金瓶梅》伯仲者，無乃淮陰、絳灌。」意即謂《肉蒲團》羞與《金瓶梅》等列，表現了李漁的膚淺與局限。《金瓶梅》作者塑造了具有女性主體意識的潘金蓮形象。她爭生存、求私欲、精力旺盛，有心機，聰明、美麗。她狂熱的展示自然情欲，完全不受傳統道德的遏制，表現了女性的主體意識、女性對自我生命的覺悟。潘金蓮的行為在客觀上體現出追求個性解放的精神。她以極端的形式反叛、衝擊男權制、封建綱常倫理。她是一個被污辱被損害的普通女性，是男權制封建社會毀滅了她。潘金蓮形象的社會意義遠遠超出《肉蒲團》等豔情小說中的女性形象。《金瓶梅》是具有里程碑性質的偉大寫實小說，開創了中國小說發展史的新階段，開拓了新的題材，拓展了審美領域。《金瓶梅》是一部世情小說，這是中外學者取得的共識，給《金瓶梅》的正確定位。因《金瓶梅》中有極具價值的性行為描寫，在我們研究古代性小說時，應予以關注與參照。

明代豔情傳奇小說
《如意君傳》對《金瓶梅》的影響

　　明代豔情傳奇小說，以《如意君傳》《痴婆子傳》《素娥篇》《春夢瑣言》最著名。這些作品，在「存天理滅人欲」的封建主義思想統治下，在明清兩代一直遭受禁毀厄運。受封建統治者與觀念陳舊狹隘讀者的雙重壓制，幾乎被毀滅。作為文化遺產中被禁毀而又倖存下來的作品，以孤本、抄本傳世，顯得更加珍貴。這些作品反映了傳統文化的某些特點，是研究傳統文化的形象資料。我們在改革開放、走向現代化的新時代，以健康的心態、寬容的胸懷，用科學的歷史觀點，給予重新審視，可以認識到它們的歷史價值。這些作品在文言小說史、藝術史及性文化史上均應占有一席重要地位。

　　《如意君傳》在嘉靖年間已流傳，敘寫武則天與男寵薛敖曹之間的性關係，詳細描寫武則天宮廷內的性生活。武氏已七十高齡，性事不得滿意，宦官牛晉卿向武氏薦偉岸雄健男子薛敖曹。敖曹被召入宮，極力滿足武氏的要求，與其逞欲淫樂。小說著重描寫他們性事的和諧愉悅。武氏對敖曹說：「卿甚如我意，當加卿號如意君也。」武氏亦因此改元如意。薛敖曹陪伴武氏，順從武氏，但內心有顧慮有痛苦，終於主動離開宮廷。武氏想再召敖曹入宮，敖曹乘千里馬逃去民間。對《如意君傳》有如下幾點值得注意：第一，作者推崇性事，讓國君與平民交，性超越了等級倫常。薛敖曹提供武氏以性快樂，想以真情感動她，使其回心轉意，恢復李唐王位，維護正統。寫薛敖曹「內助於唐」，以性事助唐治國，把性事推崇到至高無上的地位。在客觀上批判了禁欲主義。第二，從兩性關係角度看，武氏是主宰者，薛敖曹是被動者，讓男人做附庸，改變了男尊女卑、男動女靜、地為天用的正統意識。第三，薛敖曹在服務於武氏時，是民與君交，懷有恐懼、痛苦。薛敖曹逃出宮廷，流落民間，最後皈依了道家哲學，無欲而安。由崇性縱欲又走向禁欲。第四，《如意君傳》產生在《金瓶梅》之前，在以上各方面都對《金瓶梅》創作產生了深刻影響。《如意君傳》把性寫得既快樂又痛苦，把性與政治、國事聯繫，不是孤立地單純地寫性。人的性行為具有社會、文化的屬性，人的自然屬性、直接的自然的關係不可能與社會屬性、社會關係分開。《如意君傳》把人的性行為聯繫社會性描寫，寫得複雜多面。《金瓶梅》能把性與西門慶家庭、晚明社會聯繫起來描寫，應該說

《如意君傳》已給提供了先例，開闢了道路。

晚明萬曆至崇禎是小說高度繁榮發展時期，現存《金瓶梅詞話》刊刻於萬曆四十五年（1617），多數學者認為《金瓶梅詞話》產生在嘉靖末至萬曆初，《痴婆子傳》即產生在萬曆年間，正逢小說繁榮期，也正逢巨著《金瓶梅詞話》傳抄刊刻年代。《痴婆子傳》當早於萬曆四十年（1612）。小說開頭稱有笻客者訪問一位髮白齒落而風韻猶存的七十老媼，媼即將一生的性經歷性生活的不幸遭遇作了痛苦的回憶，進行了詳細地述說。老媼上官阿娜從少女懷春到出嫁封建世家欒家為妻，先被奴僕大徒、伯克奢姦，後又被公公欒翁姦，被寺僧如海及其師姦污。阿娜在男權社會的困境中，成為性榨取的對象，被劫被挾被脅迫。《痴婆子傳》塑造的痴婆阿娜是一位被污辱被損害的女性形象。小說也描寫了阿娜對費生、盈郎的偷情。本能欲望得不到合理的實現，不得已作性壓抑的變態宣洩，也是向男權社會的一種報復。小說作者懷著憤慨之情寫阿娜的體驗與感受，敘述中充滿了一個女人用一生苦難沉積成的憤怒與仇恨。《痴婆子傳》對少女懷春的心理作了細緻而真實地描寫，肯定人的本能欲望的自然性、純真合理性。小說的描寫啟示做父母者：對少男少女的青春萌動的欲望只能引導，不能回避、堵塞與壓抑。阿娜年少之時，喜讀《詩經》，父母廢淫風不使誦讀。阿娜只好偷讀。但對於情詩所寫男女相悅之詞，仍覺不可理解，只好向北鄰少婦請教。少婦先向阿娜解說男女在生理上的不同。但阿娜對男女為什麼相悅仍感不解。少婦進一步解釋說明男女交接的自然性。阿娜受這種思想的啟蒙而產生了與表弟慧敏偷嘗禁果的欲念。這種萌動是自然的純真的。阿娜進入封建家庭之後，在越軌縱欲的環境中，被迫陷入性迷狂，實際上成為了這個封建家庭中的娼妓。最後，阿娜與塾師谷德音產生了愛情，赤誠相愛。真正的愛情為封建禮教所不容，谷德音被鞭打，阿娜被趕出欒家。小說最後寫道：「上官氏歷十二夫而終以谷德音敗事，蓋以情有獨鍾，故遭眾忌。」封建家庭中允許越軌縱欲，而不容阿娜的真正愛情。阿娜形象和《金瓶梅》中的潘金蓮一樣，在封建社會殘酷禁欲－越軌縱欲的困境中，人性被扭曲。兩部作品寫出了自在狀態存在的真實的女人。今天的讀者覺得她們並不可愛，但作者對她們悲劇命運的真實描寫，足可令人震撼。

在藝術上，《痴婆子傳》是有獨創性的。它在語言風格上文約事豐、言近旨遠、蘊藉含蓄，極富有傳統史傳作品的美學風貌。最具有獨創性的是女性視角、採用第一人稱限制敘事方式、敘述倒裝手法，這三者結合，在古典小說中是一種創造，特別值得我們加以珍視與研究。陳平原著《中國小說敘事模式的轉變》指出：「作為故事的記錄者與新世界的觀察者而出現的『我』，在中國古代文言小說中並不罕見。中國古代小說缺的是由『我』講述『我』自己的故事，而這正是第一人稱敘事的關鍵及其魅力所在。」（上海人民出版社，1988 年版，頁 77）他還指出，中國讀者不習慣第一人稱敘事方法，並把倒裝

敘述手法,「從一開始就被認定為西洋小說手法」。由此可見,《痴婆子傳》的敘事藝術成就,超前地具有了現代小說藝術的特點,更具有震撼人心的藝術魅力。《痴婆子傳》作者為何人,尚不得而知,作者是男性還是女性,更待考證。作者對女性心理的細緻刻畫、對性欲求的深層探索,可與《金瓶梅》作者蘭陵笑笑生相比肩。

《素娥篇》當刊印在萬曆四十年(1612)至天啟二年(1622)這十年間,大約在現存《金瓶梅詞話》刊印的前後。首有方壺仙客序,謂作者為鄒華生。《素娥篇》藏美國印第安那大學金賽研究所,被稱為金賽研究所的鎮山寶。由於不易讀到,讀者對此書面貌模糊。全書不是圖文各半,也不是以圖為主,而是以文為主,圖文並茂。圖四十七幅,首兩幅與末兩幅為故事開頭結尾情節的繪形。中間四十三幅為兩性行為藝術化的繪形。圖前有標題、敘述行為環境與行為特點的文字,並有男女主人公之間的對話交流,然後是一首詞。正文文字九十九頁(此一頁為線裝書刊本的半葉)近萬言,是一篇較長的傳奇小說。

《素娥篇》敘寫武則天侄兒武三思和侍女素娥之間的性愛故事。武三思「從行諸姬,次第進御,雲雨巫山,興濃輒極。當時所幸,數人最著:桃姬善詞;小桃歌之;桂娥喜吹;佛奴庶幾;蘭姬善弈,弈稱國敵;寶兒握搦,亞斗其側;紫雲草書,雅亦善酒;雲英善舞,巧笑倩口。余皆灼灼,有名莫傳。」作此鋪墊之後,敘寫素娥道:「素娥雖未幸,實其行中第一,然質居人先,選居人後,群姬妒欲抑而掩之,竟難得近三思身。」然後敘寫素娥抑鬱心情,作〈春風蕩〉〈長門嘲〉詩以自薦。素娥終得近三思而受寵。以下敘寫二人「皆遇景生情,遇情生勢」。實際上借武三思與素娥代表男與女、陰與陽,把兩性行為藝術化。《素娥篇》四十三幅行為圖,不同於《花營錦陣》等春宮圖。它不是某種性行為技巧的圖解,而是性美觀念的形象化、藝術化,有幾幅圖繪雙人優美舞姿的定格、天人合一陰陽和合哲思的形象化,有著豐富的文化蘊涵。如第十九〈日月合璧〉意境為日月合璧,妙奪天象,是一幅優美的雙人舞蹈圖。與之相配的〈長相思〉詞為:「日東升,月東升,烏兔分司晝夜明,原來不並行。天無情,卻有情,合璧潛通日月精,趣處妙難評。」可以說是對性美的禮贊。第十八〈囫圇太極〉繪「太和元氣」「陰陽交泰」。第四十一〈碧玉連環〉其意境與《花營錦陣》之〈解連環〉不同。《花》圖繪側臥交接姿勢。而《素》圖繪二人坐立擁抱親密無間,而不重實用技巧。《素娥篇》故事結尾時,狄仁傑突然出場,要求會見素娥。素娥不敢相見,自稱是花月之妖。與狄仁傑會見後,辭別武三思,歸隱終南山,後來武三思亦退居該山,二人得道成仙。《素娥篇》以散文、詩詞、繪畫結合,形象地展示了作者的性美而不是性惡的新觀念,並企圖告訴人們:性的滿足是一種藝術的感覺,和音樂、繪畫、詩詞是相通的。

《春夢瑣言》刊於崇禎年間,篇前有沃焦山人序,署「崇禎丁丑春二月援筆於胥江客舍」。沃焦山人待考。現存日本傳抄本。沃焦山人序謂:「蓋世有張文成者,所著〈遊

仙窟〉，其書極淫藝之事，亦往往有詩，其詞尤陋寢不足見。至寫媾和之態，不過脈張氣怒，頃刻數接之數字，頓覺無味。」這種褒己貶人的看法並不符合實際。事實上，《春夢瑣言》正是模仿〈遊仙窟〉而作。小說敘寫書生韓仲璉遊山水時步入一洞，出洞見一庭院，由兩丫鬟引見主人李姐、棠娘。仲璉夜宿不能寐。李姐、棠娘秉燈而入，乃交歡。山鵑叫過屋頂，仲璉警覺，已失兩女所在，憑石而坐，置素李、海棠兩樹間。兩女為樹精。仲璉悵然題詩而還。情節、人物設置頗類〈遊仙窟〉。

〈遊仙窟〉產生於唐開元年間。在唐代文士筆下，性愛不是罪惡的而是歡快的美好的。所寫「下官」與十娘的性愛是一種幻境中的婚外戀，沒有拘束，不以婚姻為目的，只是自然的任憑感情自由抒發，這是只有在比較寬鬆開放的文化環境中才有的心境。《春夢瑣言》也反映晚明士人在幻境中的婚外戀，視性美而不是惡。這可以看做晚明士人在早期啟蒙思潮影響下向唐人開放思想的回歸。不單是文學形態上的模仿問題，這說明晚明士人嚮往唐人創造的〈遊仙窟〉那樣的文化氛圍。《春夢瑣言》開頭交代仲璉對女子「無一所勾引」「及歲二十有五，未踐煙花之衢」。想說明他的童貞身分，這正反映了晚明士人倫理道德的觀念更重。「萬事人間總如此，天台那用悔歸來」的淺淡，不如〈遊仙窟〉中「下官」那樣淳厚、情深。〈遊〉與《春》都是寫遠遊客來到神仙洞，吸引了洞中的女子，由初步的交流而生情，由情而性。性後倉促離別，未再發展性之後情的昇華。在情的濃度深度上不如現代小說《廊橋遺夢》。中國明代的豔情小說往往過分地注重肉體感受、注重房中術的運用、注重奇異的假想。

明代豔情傳奇小說名篇各自的成就與特點，已顯示出它們的歷史地位與價值。從總體評價上來說，其歷史價值可從三方面來看。第一，《如意君傳》等豔情傳奇名篇形象生動地描繪了明代某階層的性行為、性心理與性觀念，給我們今天研究古代性文化史提供了不可多得的形象的文獻資料。《如意君傳》寫到「民間私情有於白肉中燒香疤者以為美談」，具體寫武氏、敖曹仿民間習俗，提供了極有研究價值的古代人虐戀行為。第二，這些作品在藝術上有獨特創造，成為明代文言小說史不可或缺的環節。《痴婆子傳》採用了第一人稱限制敘事方式與倒裝敘事手法，如果沒有這一特例，人們還會誤認為倒裝敘述是「西洋小說手法」。第三，中國封建社會到明中葉後，在東南個別地區的手工業行業出現了資本主義萌芽。在思想文化領域產生了衝擊封建專制主義的早期啟蒙思潮，肯定個體需求，主張自然順性，出現了童心說、唯情論，「穿衣吃飯便是人倫物理」等進步的思想，成為小說家認識社會人生的武器。文人描寫性愛的作品，對被禁錮被掩蓋被否定的人的自然本性加以正視、敢於描寫，是對封建禁欲主義的反悖。這類作品寫醜寫獸亦寫人，寫人的本能欲望，展示人性的弱點，從而探索人生體悟性美。《如意君傳》等作品實為這一進步思潮的必然產物。

　　豔情傳奇小說作家在寫情欲批判封建禁欲主義時，往往也展示了情欲的放縱，在批判舊惡時又陷入新惡的深淵。所以說，這類作品有重要的歷史價值與研究意義，但不能作為大眾讀物傳播與鑒賞。從人類歷史長河來說，在性愛問題上曲曲折折走過漫長路，長時期走不出「禁欲－縱欲」的怪圈。只有到了今天，有了改革開放的大環境，有了鄧小平理論的指導，才能夠建立以科學的性觀念與高尚的性道德相統一的性科學。這是人類自身解放、個性自覺、精神文明建設的長遠課題。明代豔情傳奇小說家不可能有科學的性觀念，寫不出更為美好的健康的豔情。有位哲人說，判斷歷史的功績，不是根據歷史活動家有沒有提供現代所要求的東西，而是根據他們比他們的前輩提供了新的東西。對明代豔情傳奇小說家及其作品也應如是觀。

緬鈴的文化蘊涵

——《金瓶梅》校讀箚記

　　現代學者，由《金瓶梅》第十六回，而知明代有勉（緬）鈴。姚靈犀、吳曉鈴、施蟄存、梅節、潘建國[1]等老中青三代學者都撰文考釋緬鈴。因緬鈴披上了一層神秘的外紗，對其真面貌仍不清晰。按照當今性科學的觀點，緬鈴是一種性保健品。以新的材料為據，可以瞭解緬鈴的構造，功能，製作與產地等情況，弄清其真面目。性學專家朱琪先生在《性保健品的社會功能和開發優質品造福人民》中[2]，科學地論證了性保健品存在的合理性、必要性：即性保健品有益於社會成員的身心健康，可以增進夫妻感情穩定家庭，有利於社會和諧安定。從而提出要開發符合科學原理的優質性保健品，結合性健康教育，促進性保健品市場規範發展的重要問題。這一論述與問題的提出，具有遠見卓識，符合科學的發展觀，有重要意義。朱琪先生在論文中對古代的性具角先生（又叫角帽兒）等進行了實事求是的評價，認為「如果能夠合理使用，實際上都是性保健品」。這一思想極有助於我們今天以科學的觀點，總結清理古代曾有過，而今天已失傳或不用了的性保健品，將它們開發出來，以促進現在的性文化建設。

　　《金瓶梅》這部偉大的寫實主義長篇小說，生動形象地描寫了人物的性行為性心理，是晚明市民生活的藝術反映。作者是大手筆，對生活對世情有敏銳地觀察，作品融入了他的切身感受體驗。作者寫性，把自然性與社會性聯繫，不掩飾不回避，發現女人，探索人性，比同時期其他小說深刻豐富，達到了時代的高峰。《金瓶梅》中的性描寫觸及廣闊的生活領域，蘊涵了作者的悲憫、仁愛與寬容。作者通過寫西門慶因縱欲而遭到自我毀滅，勸戒世人節制情欲，從而企望人類追求適度健康美好的性生活。寫西門慶用性具，是服從於對人物思想行為性格的刻畫塑造，是有積極意義的，不是孤立的。這些性具有銀托子、相思套、硫磺圈、白綾帶、懸玉環、封臍膏、緬鈴等。緬鈴自外域傳入，

---

[1]　姚靈犀《金瓶梅小劄‧勉子鈴》。吳曉鈴：〈金瓶梅勉鈴釋〉，《文獻》1990年第4期。施蟄存：〈勉鈴〉，見王元化主編：《學術集林》卷二（上海：遠東出版社1994年）。潘建國：〈緬鈴新考〉，《文獻》1996年第1期。梅節：〈說緬鈴〉，香港《明報月刊》1991年8月號。

[2]　見《中國性科學》（北京）2003年12月12卷增刊。

價值昂貴，被視為珍寶，蒙上一層神秘面紗。所以，特別引人關注。

為了瞭解考察緬鈴的功能，考察其行狀，下面引述《金瓶梅》等最重要的明代文獻，以供研討。

《金瓶梅詞話》第十六回寫西門慶從李瓶兒家回來，進入潘金蓮房中：

> 婦人與西門慶盡脫白綾襖，袖子裏滑浪一聲，吊出個物件兒來。拿在手內沉甸甸的，紹（臊）彈（蛋）子大（筆者注：臊蛋子，指睾丸），認了半日，竟不知什麼東西，但見：
>
> 原是番兵出產，逢人薦轉在京。身軀瘦小內玲瓏。得人輕借力，輾轉作蟬鳴。
>
> 解使佳人心顫，慣能助腎威風。號稱金面勇先鋒。戰降功第一，揚名勉子鈴。
>
> 婦人認了半日，問道：「是什麼東西兒？怎的把人半邊胳膊都麻了？」西門慶笑道：「這物件你就不知道了。名喚做勉鈴，南方勉甸國出產的，好的也值四五（百）兩銀子。」婦人道：「此物使到哪裏？」西門慶道：「先把他放入爐內（按：爐指女陰），然後行事，妙不可言。」婦人道：「你與李瓶兒也幹來？」西門慶於是把晚間之事，從頭告訴一遍，說得金蓮淫心頓起。

今日的學者大多據此而知明代有性具緬鈴。西門慶從李瓶兒處得到。李瓶兒是花太監的侄媳，與花太監有曖昧關係。此緬鈴為花太監從宮廷得到。潘金蓮見後不知為何物。西門慶也感到神秘新奇。緬鈴，被小說作者稱讚為金面勇先鋒（按：在其他文獻中又有太極丸、水銀球、賽卵頭名稱），呈圓球形，約有小睾丸大。按《金瓶梅》所寫，為女用性具，放入陰道，可以滾動，發出蟬鳴聲，可增強性刺激，既助男性性力，又增女性快感。

《金瓶梅》描寫緬鈴，未涉及到緬鈴的構造，也沒說明為什麼可以滾動而發出聲音。與《金瓶梅》大約同時期的豔情小說《繡榻野史》《浪史》也描寫到緬鈴的使用，提供了《金瓶梅》沒有寫到的構造等信息。

《繡榻野史》卷六寫寡婦麻氏與金氏同床在一個被窩裏睡覺，惹得麻氏思想死去的丈夫而動情欲。等麻氏睡著後，「金氏把自家汗巾頭結那個真正緬鈴兒，解下來捏在自家手裏，就麻木起來。金氏心裏道：且試他一試。便拿到麻氏屄邊，順了那濕滑口兒，一下撤進去……緬鈴在裏頭亂滾。一發快活當不得。……麻氏道：『大嫂，我不瞞你說，下面有些酸癢，不知因什麼是這樣的？』……金氏笑道：『婆婆，我有一個東西叫緬鈴，我自家叫他賽卵頭，這是我受用的。因婆婆長久不得這個食吃了，好耍兒，嵌在婆婆屄裏。』……金氏便把手在麻氏小肚邊搖一陣，只見緬鈴在裏面又亂滾起來，弄得麻氏遍身酥癢，忍不住，把腳一動，金氏一時間壓不住，緬鈴在外一滾，就溜了出來……麻氏摸著了緬鈴道：『圓圓的，怎麼裏面會滾動？』金氏道：『這是雲南、緬甸國生產的，

裏頭放了水銀，外面包了金子一層，又燒汗（焊）一遍，又包了金子一層，這裏七層金子裏的緬鈴。裏面水銀流出，震得金子亂轉。』」

顯然，《繡榻野史》提供了關於緬鈴的效能、結構等重要信息。據此可知：緬鈴是女性自慰性器，由七層金（或銅）燒焊而成，內放水銀，水銀可在層與層之間流，隨重心轉移而滾動（《繡》此處未寫發出聲音）。其效果，可以產生酥癢快感。雲南省與緬甸國出產。緬甸國產的為「真正的緬鈴」，以此為貴。雲南產的是仿製的緬鈴。

《浪史》第三十九回寫浪子與文妃作愛，另一女子安哥也在場。小說寫道：「浪子便取一個水銀鈴兒，推進安哥陰內，依舊豎股坐了，文妃也依舊坐在懷中，將腰背兒推住鈴兒，……這鈴兒內都是水銀，最活動的。但是文妃腰兒一動，這鈴兒也在安哥戶中，就如塵柄不住的動。」據此處描寫，也說明水銀鈴（緬鈴）是女性自慰的性具。

明刊《海陵佚史》上卷在人物對話時，提到緬鈴：貴哥插嘴曰：「除了西洋國出的走盤珠，緬甸國出的緬鈴，只有人才是活寶。」說明明代文人均知緬鈴為緬甸國產。到了清代，產生於雍正年間的豔情小說《姑妄言》第十一卷，也寫到緬鈴。小說中寫侯捷赴雲南帶回緬鈴。「侯捷的大管家贈宦萼兩個緬鈴。一個有黃豆大，是用手攥著的；一個有榛子大，有鼻如鈕，是婦人爐中用的。」這條材料也很重要。這種敘述說明緬鈴有兩種，大小不同。大的有榛子大，有鼻鈕，則可以繫線繩牽引，是女用的。小的如黃豆大，對其用途描寫模糊不確。此處未再強調「真正緬鈴」，看來，到清代緬鈴可能已國產化，主要產於雲南。

以上五種資料，引自小說作品。明人筆記中還有兩條重要資料，可以幫助我們進一步瞭解緬鈴的真面貌，解決仍不清楚的問題。

明代著名文人謝肇淛（1567-1624）《五雜組》[3]卷十二在記祖母綠、貓兒眼等寶石之後有一條寫緬鈴：「滇中又有緬鈴，大如龍眼核，得熱氣則自動不休，緬甸男子嵌於勢以佐房中術……彼中名曰太極丸，官屬饋遺，公然見之篋牒矣。」謝肇淛曾得到不全的《金瓶梅》鈔本，寫有〈金瓶梅跋〉，曾任雲南布政使司左參政兼簽事，著有《滇略》（雲南省方志，官雲南時著），對雲南風土人情特別熟悉，所記緬鈴的大小特點，為陰莖上的嵌珠，助房事，又叫太極丸。此條文獻，可以佐證《浪史》中所說如黃豆大的緬鈴，是供男用的嵌珠。

明代另一位著名文人沈德符，在《萬曆野獲編》補遺卷四「緬甸盛衰始末」條記：「又制緬鈴，為媚藥中第一種。其最上者值至數百金，中國珍為異寶。」此處「媚藥」可就廣

3　上海書店出版社 2001 年 8 月出版排印本。據李維楨〈五雜組序〉，《五雜組》之「組」字，典出《爾雅》，後世多訛作「俎」。

義理解,包含性具在內。此條文獻使我們知道緬鈴非常貴重,被看作異寶,值數百兩銀子。

到清代,文人筆記仍有記載。趙翼《簷曝雜記》云:「緬地有淫鳥,其精可助房中術。有得淋於石者,以銅裹之如鈴,謂之緬鈴。」淫鳥泄精之說係傳言,恐無科學依據。

緬鈴自緬甸傳入,明代文人以為緬鈴只產於緬甸。其實印度也有「緬鈴」。印度《欲經》第七章〈迷力〉提到陰莖上嵌緬鈴,以增加性力。

據以上考察可知:

1. 緬鈴有男用、女用之分別。男用為嵌珠,如黃豆大小,助性力,金屬製成。女用,其形狀大如榛子、龍眼核,內放水銀,分七層,水銀內外流使之滾動,可發出聲音。用以刺激陰道產生快感,有鼻鈕,應為繫線繩用,緬鈴放入陰道,線留在外牽引,以防被吸入子宮。

2. 緬鈴自緬甸傳入雲南,再傳入內地。傳入後,在雲南有仿製。因此有所謂真偽之分,自外域傳入者為「真正緬鈴」,以此為貴重之佳品,高官用以送禮。

3. 明清時代性文化生活中實有之緬鈴與傳言中帶幾分神秘色彩的緬鈴是有區別的,不應以明清人筆記中所記傳言為據來考察緬鈴。《金》《繡》《浪》《姑》《海》五種小說所描寫近於寫實紀實。「淫鳥泄精,裹成緬鈴」之說似無科學依據。

緬鈴在中國大陸可能已失傳,人們見不到作為性文化遺產之緬鈴實物。在中國大陸之外的地區或國家,是否有緬鈴的遺存,待考察。1991 年 8 月,在長春召開中華全國第五次金瓶梅學術討論會時,收到友人梅節先生自香港寄來的論文〈說緬鈴〉[4],該文指出「今臺灣之入珠,即緬鈴之遺」。所謂入珠,即在陰莖上嵌入珍珠、鋼珠之類。梅節認為入珠有害於健康,入珠反映了男性不健康的心理,出於強烈征服異性的心理,對自己性力缺乏信心。這一觀點,在我們研討緬鈴時應給予重視。

由於緬鈴的使用不廣,文獻記載不詳,致使現代學者考釋緬鈴時容易產生失誤。施蟄存先生 1991 年寫有〈勉鈴〉一文[5],他寫道:「緬甸男子以此物嵌於勢上,與婦人合歡時使其顫動,以求刺激。此物大小的記錄,從黃豆到鳥卵,差距頗大,未知孰是。但無論如何,此物決不是放入婦人牝內的,這一點就可以證明蘭陵笑笑生實在沒有見識過緬鈴。」據《金》《繡》《浪》明代小說的描寫與明人謝肇淛、沈德符的記載,我們不能同意施蟄存先生以上的觀點。1993 年春,筆者在加拿大多倫大學東亞學系訪問,閒暇時在多倫多逛街,走入一家性保健品商店,見有一件性具,圓球形,如榛子大,繫有一條細繩,據商品說明為女性自慰性具,不知珠內放有何物,是否可以自行滾動,也不知這是不是古代女用緬鈴之遺。

4　見香港《明報月刊》1991 年 8 月號。

5　王元化主編:《學術集林》卷二(上海:遠東出版社 1994 年)。

《新刻繡像批評金瓶梅》（崇禎本）豔情經典篇章第二十七回校注

　　《金瓶梅》第二十七回「李瓶兒私語翡翠軒　潘金蓮醉鬧葡萄架」是全書中的重要章回。並列寫李瓶兒的溫柔平和，潘金蓮的激情醉鬧。在多配偶家庭結構中，描寫一男多女之間情愛的微妙差異與矛盾。在此回，金蓮、瓶兒、玉樓、春梅相聚出場，分別顯示不同的性格。金蓮嫉妒，爭寵愛，心直口快，語帶鋒芒，已顯見與瓶兒的針鋒相對，也顯見有強大的性能量吸引征服西門慶。瓶兒「翡翠軒尚有溫柔濃豔之雅」（張竹坡評語）。玉樓超脫冷靜，以彈月琴的主要動作襯托金、瓶二人。春梅在主子面前故意撒嬌，顯示亦倍受寵愛。此四人皆為全書主要人物。

　　第二十七回可顯見《金瓶梅》創作直接受《如意君傳》影響。有多處沿用了《如意君傳》的語句。《如意君傳》與《金瓶梅》都從性與政治、性與人性、性與人生的高度寫人的性愛。《如意君傳》寫一女多男，寫男性對女性的征服，薛敖曹為武則天性服務，是為「內助於唐」，達到恢復李唐王朝的政治目的。《金瓶梅》則寫一男多女，最終是女性征服了男性。

　　中國傳統性文化有節制、自然、有益健康的性觀念。主張「樂而有節」。第二十七回寫西門慶在花園翡翠軒從早晨歡愉到日色已西。回末詩說：「休道歡娛處，流光逐暮霞」，隱寓西門慶樂極悲生，終走向死亡。全面的性滿足，則離死亡不遠。「樂而有節」是人生的真諦。

　　崇補本評改者在第二十七回眉批評道：「金蓮之麗情嬌致，愈出愈奇，真可謂一種風流千種態，使人玩之不能釋手，掩卷不能去心。」其他幾位女性均有出有進，唯金蓮全程在場，每一個動作，每一句話，每一個細節都帶有金蓮的鮮明性格。玩投壺遊戲，是金蓮主動提出的。「連忙吐舌頭在他口裏」，金蓮也是主動的，「脫的上下沒條絲」，金蓮更是主動的。「頭目森森然，莫知所之」的痛苦與快樂，「原不過是正常性態一個比較高度的發展」（靄里士《性心理學》第四章）。傳遞《如意君傳》問世的信息在嘉靖四十一年（1562）。這一年也是嚴嵩失勢，其子嚴世蕃被殺的一年。單就第二十七回可以說明《金瓶梅》創作的年代上限不會早過嘉靖四十一年（1562）。這是第二十七回提供的重

要信息密碼（見下有關注解）。

第二十七回寫私語與醉鬧有三重背景：西門慶派家人來保去東京給太師老爺送禮行賄，販私鹽罪鹽客王霽雲等獲釋放，翟謙要西門慶在六月十五日給太師慶壽。這兩件事，使西門慶「滿心歡喜」，開始給太師打造上壽的銀人、壽字壺、蟒衣，並派來保往東京。這是社會大背景。六月初，天氣炎熱，雷雨隱隱，瑞香花盛開、石榴花開。這是小環境中的自然背景。西門慶勾結官府得逞後滿心歡喜，在翡翠軒捲棚內撒髮披衿避暑。這是人物心理背景。在三重背景下寫私語與醉鬧。把性行為描寫與廣闊的社會生活聯繫，與人物性格刻劃聯繫，與探索人性聯繫，是《金瓶梅》性描寫的一大特點。

第二十七回寫西門慶與潘金蓮整個白天在花園在室外在大自然中歡愉。使我們聯想到《素娥篇》第十九〈日月合璧〉，圖繪男女裸體站立，面對面，雙臂伸直，像是一個舞蹈動作的定格，意境為日月合璧，妙奪天象，與之相配合的〈長相思〉詞為：「日東升，月東升，烏兔分司晝夜明，原來不並行。天無情，卻有情，合璧潛通日月精，趣處妙難評。」陰陽合和，男女情愛是宇宙陰陽在人身上的體現，肯定了人的情欲的自然性，合理性。

第二十七回是人類性愛小說的上乘篇章，是性愛小說的經典回目。此回著力寫潘金蓮的性行為性心理，突出刻劃她的自然情欲與爭強好勝的「掐尖」性格，表現了蘭陵笑笑生通過性愛，塑造人物，探索人性奧秘的非凡藝術才華。日本現代作家渡邊淳一創作了一百多部性愛小說，他說：情愛小說是最難寫的。性是最難描寫的。需要將很強烈的創作激情和興奮感融合在一起。普通作家寫不了也寫不好。（參見隨筆集《熟年革命》等）

蘭陵笑笑生是晚明作家中寫性愛小說的大手筆。第二十七回還給我們研究晚明性文化留下了豐富的信息資料。第二十七回回目在詞話本、崇禎本、張評本中完全相同，未經改動，正文也基本上依從詞話本文本面貌，較少改動。從崇禎本評語，可知第二十七回獲得了同時代文人的稱讚。遺憾的是，在清代抄本，現當代整理校點本中，第二十七回是被刪削最多的一回。吳曉鈴先生藏清代乾隆年間抄本刪 1325 字，齊魯書社 1987 年出版《張竹坡批評第一奇書金瓶梅》校點本刪 806 字，吉林大學出版社 1994 年出版《皋鶴堂批評第一奇書金瓶梅》校注本刪 268 字，嶽麓書社 1995 年出版《金瓶梅詞話校注》刪 470 字。還有人民文學出版社 1985 年出版《金瓶梅詞話》校點本，浙江古籍出版社 1991 年出版《新刻繡像批評金瓶梅》校點本，亦作了刪削（齊魯書社 1989 年出版《新刻繡像批評金瓶梅》會校本，未作刪節）。

第二十七回校注，以北京大學圖書館藏《金瓶梅》崇禎本為底本，參校的本子有如下幾種：

《金瓶梅詞話》，人民文學出版社影印本，古佚小說刊行會影印本，日本大安株式會

社影印慈眼堂藏本。

《新刻繡像批評金瓶梅》，日本內閣文庫藏本的影印本，北京大學出版社影印北大圖藏本。首都圖書館藏本。吳曉鈴藏抄本。

《張竹坡批評第一奇書金瓶梅》，吉林大學圖書館藏「本衙藏版翻刻必究」本。大連圖書館藏本（蓋有恭親王藏書章）。影松軒本。

1. 回首詞「看雪肌雙瑩」，吳藏抄本作「看雪態瑩瑩」。

2. 顧銀：詞話本作「賴銀」。

3. 即今到三伏天：詞話本原文。崇禎本刪。梅節校「即今」為「節令」。不妥，即今口語有「接近」「臨近」的意思。

4. 拖著一窩子杭州撺：詞話本、崇禎本、張評本均做「撺」。「撺」為「纘」之誤刻。

5. 掐個先兒：梅節校「先」為「尖」，二者意同。

6. 躬股承受其精：詞話本作「弓股承受其精」。

7. 只恐西風又驚秋：「西風」，吳藏抄本作「西域」。

8. 玉黃李子：明萬曆《順天府志》載北方特產李子的品種有玉皇、清脆、牛心紅等。第四十九回所說「流心紅李子」即牛心紅李子。

9. 牝屋者，乃婦人牝中極深處，有屋如含苞花蕊：此數句仿《如意君傳》語：「牝屋乃婦人極深之處，有肉如含苞。」欣欣子〈金瓶梅詞話序〉提到《如意君傳》。孫楷第《中國通俗小說書目》引清黃之雋《唐（瘖）堂集》言及嘉靖己丑（1529）進士黃訓《讀書一得》中有〈讀《如意君傳》〉一文。《讀書一得》嘉靖四十一年（1562）刻本。傳遞了《如意君傳》問世的信息（有學者考證《如意君傳》創作於 1521-1529 年間）《如意君傳》在嘉靖後期已流傳。

10. 到此處，男子莖首：詞話本作「到此處微拆，男子莖首」。《如意君傳》作「有肉如含苞，花蓋微拆，男子莖首至其處」。

11. 因向西門慶作嬌泣聲：《如意君傳》寫武則天與薛敖曹作愛結束時，「遂抱曹作嬌泣聲」。

12. 向牝中摳出硫黃圈，折做兩截：詞話本作「向牝中摳出硫黃圈並勉鈴來，折做兩截。」勉鈴在第十六回中已出現。「先把他放入爐內，然後行事，妙不可言」。此物，西門慶從李瓶兒處得到。李瓶兒是花太監侄媳，他們之間有曖昧關係。此緬鈴為花太監從宮廷得到。在晚明，緬鈴自緬甸傳入雲南，再入內地，極為珍貴，值數百兩銀子，高官用以送禮。形狀大如榛子，金屬製成，分七層，內放水銀，水銀內外流動，可發出聲音。放入陰道，可以滾動，可增強刺激，既助男性性力，又增女性快感。勉鈴已入潘金蓮手。崇禎本評改者在此句刪「並勉鈴來」四字，他可能認為兩種性具不應同時使用（在

《繡榻野史》《浪史》中是作為女性自慰的性具）。謝肇淛《五雜組》卷十所言「太極丸」，清代豔情小說《姑妄言》卷十一所寫有黃豆大小的緬鈴，是指男用的嵌珠。

13.我如今頭目森森然，莫知所之：《如意君傳》寫武氏與薛敖曹作愛達到高潮時「乃視曹低語曰，且勿動，我頭目森森然，莫知所之」。

14.投壺：古人宴會時的遊戲。設特製之壺，賓主依次投矢其中，中多者為勝，負者飲酒。明代陸榮（1436-1494）《菽園雜記》卷十一：「近時投壺者，則淫巧百出，略無古意。如常格之外，有投小字，川字，畫卦，過橋，隔山，斜插花，一把蓮之類，是以壺矢為戲具耳。」第二十七回所說過橋翎花，倒入雙飛雁，連科及第、二喬觀書，楊妃春睡，烏龍入洞，珍珠倒捲簾，皆為由不同投壺技法，箭矢投入形成的姿態形狀而命名。在葡萄架下玩投壺遊戲，是潘金蓮主動提出的。

15.四鬢：指鬢角的四個方位。額頭的兩端及雙目的外側各有鬢角，俗稱上鬢，下鬢，合而為四，故稱四鬢。姚靈犀《金瓶小劄》謂，四鬢即水鬢也。

16.下茶：即送茶禮。一般指訂親，兩家相見之禮。

17.一答兒：即一塊，一起的意思。

18.咬蛆兒：即咬群，指嫉妒別人，也有攀比，不合群，挑別人毛病的意思，姚靈犀《金瓶小劄》謂，咬蛆即嚼蛆也，為罵人胡說之語。

19.硫黃圈：性具，套於陰莖冠狀溝，為作愛時研磨，使女性得快感。

20.銀托子：性具，今已失傳。據第二十七回寫白綾帶時說：這帶子比那銀托子好不好？又不格的陰門生疼的，又長出許多來。可知銀托子與白綾帶作用相同，紮在陰莖根下，繫在腰間，拴的緊緊的，可使陰莖長出許多。白綾帶，參見《鴛鴦秘譜》所繪人物圖。

21.閨豔聲嬌：又曰顫聲嬌。春藥。姚靈犀《思無邪小劄》（天津書局，1940年）說：「相傳以未連蠶蛾及鳳仙蠱五味子等合成。服之入房敷施，能令翁受者潭潭穠粹，情不自禁，必作無病之呻吟者，故以是名。」

22.把山東滄州鹽客王霽雲等一十二名寄監者，盡行釋放：河間長蘆設鹽運司，下轄兩個鹽運分司：滄州，青州。滄州分司在今河北滄縣。「明時鹽法，莫善於開中」（《明史·食貨志》食貨四），「開」是由官方公佈條例辦法，「中」是官民之間發生關係。為增強邊境軍餉儲備，以糧食換鹽引為開中。「商納糧畢，出所納糧及應支鹽數，比照勘合相符，則如數給與。鬻鹽有定所，刊諸銅版（即鹽引銅版）。犯私鹽者罪至死，偽造引者如之，鹽與引離，即以私鹽論。」（《明史·食貨志》食貨四）鹽商王霽雲等販賣私鹽獲罪，西門慶派來保到東京給太師老爺送禮走門子，王霽雲等被釋放。見第四十九回所寫西門慶賄賂蔡御史，提前一個月支取鹽引，以獲重利。納糧易鹽引，販賣私鹽，是西門慶的商業活動之一。

《野叟曝言》對《金瓶梅》
是顛覆而不是繼承

　　《野叟曝言》二十卷一百五十四回，書名取「野老無事，曝日清談」之意。作者是清代人夏敬渠，書約成於乾隆朝的末年。這部長篇小說崇正辟邪、展示學問、演義歷史，兼有明代小說四大奇書《三國》演歷史，《水滸》傳英雄、《西遊》志神魔、《金瓶》寫世情的特點，雜取各家，自成一體，已與「擬話本」小說有所不同，在古代小說發展史上占有一席特殊地位。作者自許其小說為「人間第一奇書」，有與《金瓶梅》相抗衡之心。前輩學者魯迅、鄭振鐸、趙景深、孫楷第均對《野叟曝言》給予研究、關注。為總結、瞭解傳統文化，借鑑古人藝術經驗，有必要重刊此書，以便於讀者。下面就作品解讀、作者生平著述、成書之謎與版本流傳等問題加以研討，供讀者朋友們參考。

一

　　現在捧讀的這部《野叟曝言》，洋洋百萬言，內容浩繁，與我們熟知的幾部明清長篇名著有許多不同之處。為把握這部小說的整體，需瞭解它的特點。

(一)「第一賢臣」文素臣是作者全力塑造的理想人物形象。

　　文素臣既是賢臣，又是才子。作為賢臣，他讀萬卷書，行萬里路，積極入世，憂國憂民，以天下為己任。文素臣幼年時，父親去世，得到母親水夫人（被稱為女中大儒）教誨，立下願讀書、欲為聖賢的志向。明憲宗成化三年，文素臣二十四歲，與朋友飲酒言志時，表明他要「掃除二氏，獨尊聖經」，要「天下之教，復歸於一」，反對三教同源之說。為實現其政治抱負，他在這一年的春天，告別祖先，辭別親友，離家出外遨遊名山大川，去各地熟悉民情、歷經杭州、江西豐城、福州、山東萊州，廣西苗峒，北直、京城、臺灣等地。遍歷天下，廣交豪俠，扶危濟困，瞭解民情土俗及一切利弊。後到宮廷，治癒了皇帝的腐化之病，復救活王子之命。東宮太子（後繼位為明孝宗）對文素臣以父師視之。救東宮危難，平定叛亂的景王宸濠，輔佐明孝宗嚴除佛老，平定邊患，改良

朝政，任用賢能。皇帝賜文素臣以「一德元老，萬世功臣」的題聯。文素臣被作者塑造為理想化的「本朝第一位賢臣」形象。

文素臣還是一位風流才子，是一位有情有欲的文士。《野叟曝言》產生的時代是中國封建社會後期，隨著社會危機的總爆發和資本主義萌芽的出現，產生了個性解放與人文主義思潮。這一新的社會思潮影響了作者對人物的塑造。文素臣雖然口頭講崇程朱而斥陸王，但在實際上十分尊崇人的自然本性、主張「寡欲」而不是禁欲，其有新儒家的思想色彩。他有一妻五妾，他把妻妾看作朋友，他們之間均有過患難情誼。他同情豪紳李又全的十五妾隋氏，曾說服她逃離苦難的深淵。他在廣西苗峒，能尊重苗峒的風習，肯定苗峒哲人的自然順性的情欲觀，稱讚苗峒青年男女的自由戀愛。峒俗行拉手抱腰之禮，對此峒里聖人土老生有一段議論：「天氣下降，地氣上升，謂之交泰；若天地不交，謂之否塞。峒里女人，與男子拉手、抱腰、捧臉，使地氣通乎天，天氣通乎地，陰陽交泰之道也。」（第九十四回）反對男女授受不親：「男女之情不暢，決而思潰，便鑽穴睸牆，做出許多醜事，甚至淫奔拐逃，爭風妒姦，謀殺親夫，種種禍端不可救止。總為防閒太過，使男女慕悅之情，不能發洩故也。……人心不可以強抑，王道必本乎人情。」（第九十四回）文素臣認為男女摩運，不但能通情而且能治病，並親自實踐，用摩運之法使一位石女辟破天荒，藉以誇張地說明男女交往通情所產生的力量。但是，小說為表現文素臣的聖潔，多次描寫文素臣與鸞吹等女子同床而不亂，寫他絲毫沒有情與理的矛盾，有違人的自然情欲，反而顯示出文素臣有虛偽、迂腐的一面。

文素臣是一位聖賢加才子的形象，他不是一位道貌岸然，說假話辦假事的道學家，而是一位有情欲的文士，主張清明政治的賢臣。作者在小說第一回，曾這樣概括文素臣的特點：「文素臣這人，是錚錚鐵漢，落落奇才；吟遍江山，胸羅星斗。說他不求宦達，卻見理如漆雕；[1]說他不會風流，卻多情如宋玉；[2]揮毫作賦，則頡頏相如；[3]抵掌談兵，則伯仲諸葛；力能扛鼎，退然如不勝衣；勇可屠龍，凜然若將隕谷；旁通曆數，下視一行；[4]間涉岐黃，[5]肩隨仲景。[6]以朋友為性命，奉名教若神明。真是極有血性的真儒，不識炎涼的名士。他平生有一大段本領，是只崇正學，不信異端；有一副大手眼，是解人所不能解，言人所不能言。」

1　漆雕，複姓，孔子弟子漆雕開。

2　宋玉，戰國時楚人，屈原的弟子。

3　相如，漢代作家司馬相如。

4　一行，唐代僧人張公謹之孫，本名遂，法名一行，天文曆法學家。

5　岐黃，岐伯與黃帝，醫家奉以為祖，並稱岐黃。

6　仲景，張機，東漢名醫，字仲景，著《傷寒論》十卷。

《野叟曝言》塑造了文素臣這一人物形象，給我們研究明清時代士與傳統文化，瞭解理學家的心態，提供了一個生動的典型。這是小說作者的一個貢獻。

從人物形象塑造角度衡量，文素臣高大而不豐滿。金聖歎早在明末清初，已總結了《水滸傳》形象塑造經驗，提出了寫同中不同而有辨的性格的思想。《金瓶梅》已注重在發展變化中寫有複雜性格的人物形象。對於這些有益的藝術經驗，主要是史學家的夏敬渠未給予繼承與發展，這是很可惜的。

(二)章回小說的框架，史傳、筆記的結構。

在結構上，《野叟曝言》不同於《金瓶梅》，也不同於《水滸傳》。《金瓶梅》是千百人綜合一傳的網狀複合結構，在小說史上，這是一個創造，前無古人，後有來者（後來者有《紅樓夢》）。《水滸傳》是列傳鏈條式，類似於串糖葫蘆。而《野叟曝言》是史傳加筆記式的結構。小說隨文素臣的行跡而進展，時序先後排列清楚、到一處寫一組人物一個事件，合起來組成一部「文素臣傳」，作者也自稱是「外史氏」。沒有懸念，沒有貫串前後的中心情節。作者主要是用人物的前後照應，以增強作品內部前後聯繫，如第九十四回李又全之十五妾隋氏，是在第二回西湖中船翻時被文素臣救上岸的那位女子，文素臣之舅水五湖在第一回中已出場，到小說後半部又再次出現。

《野叟曝言》雖分一百五十四回，但是，分章回不是情節推進的需要，而是段落長短的分割，前一回結尾，往往和後一回開頭是緊相連接的。如第七回結尾：「璿姑係驚弓之鳥，覺道又有變頭，心上頓生疑慮：倘此番又成畫餅，豈不更加羞恥！一陣心酸，早流出兩行清淚，滴在素臣臂上。」第八回開頭：「素臣一面替璿姑拭淚，一面安慰道：『你不必悲傷，我已安心收你。……』」沒有章回小說的套話與模擬說話人的語氣，完全是供案頭閱讀的作品。有些章回寫民情土俗，像筆記體。有些章回談經論史，長篇大論，像學術答問錄。有些章回寫世情，有的章回寫豪俠，有的章回寫神魔。作者雜取各家各體，不拘一格，雖然是章回小說的大框子，而內在結構又極接近於史傳、筆記，形成小說史上這一獨特的小說體制。

《野叟曝言》內容浩繁，結構散漫。但是，由於作者在語言上精雕細琢而又自然流暢，顯得前後風格統一，渾然一體。作者極擅長寫人物對話，尤其對談經論史的對話能寫得生動自然，筆帶感情。這需要學力與筆力的雙重工夫。如第九十二回，東方僑向文素臣論儒與老莊之不同；第一百六回，在東宮，太子與文素臣之間的長篇對話，都寫得很精采。作者敘事語言也極見工力，如第十二回寫文素臣（化名白又李）在江中船上觀看賣解女子的表演。這一段精煉生動地敘寫了兩個女子跳紅綠竹竿的動作，有聲有色，有神韻有節奏。在語言的運用上，夏敬渠可以和蒲松齡、曹雪芹相比美。在五四白話文運動前

一百多年，夏敬渠運用精煉的白話談經論文、敘事寫人，在語文的革新上超前地做出了獨特貢獻。

(三)以小說見才學

南宋詩人嚴羽，針對以議論為詩的傾向，強調詩歌的審美特性，主張詩要用形象思維，提出「別材」「別趣」之說。在敘事文學領域，清代則出現了以小說見才學的一派。夏敬渠的《野叟曝言》就是以才學為小說，以議論為小說突出代表。小說有更大的包容性，並不完全排斥議論。《野叟曝言》第七十八回論陳壽《三國志》不帝魏之二十四端，長達四千言，把作者所著《讀史餘論》中的這一篇全抄錄在小說中。雖然過長，因文字精采，說理透闢，而又附合文素臣這一人物身分，所以讀起來覺得還是協調的。文素臣自覺地追求知識結構的完滿。他的妻妾均有學問，有懂醫宗的、有會算術的、有懂詩學善兵法的。他與其妾璿姑同宿一床，互相作圓心畫弧線，探討勾股弦定理。他對璿姑說：「如今曆算之法，得了你，要算一個傳人了。我還有詩學、醫宗、兵法三項，俱有心得，未遇解人。將來再娶三個慧姬，每人傳與一業，每日在閨中焚香啜茗，不是論詩，就是談兵，不是講醫，就是推算，追三百年之風雅，窮八門之神奇，研《素經》之精華，闡《周髀》之奧妙，則塵世之功名富貴，悉付之浮雲太虛耳！」（第八回）以有知識為樂，又以學問作消遣，反映了當時文人的一種心態。夏敬渠通過文素臣，把自己掌握的各科知識得以充分展現，從小說見出作者的才學，見出作者較完整的知識結構。

在小說中不顧及刻畫人物性格，而有意炫耀展示作者的才學，有其偏頗之處，也容易打亂作者的形象思維體系。但是，《野叟曝言》卻給我們提供了研究當時文人知識結構與心態的形象材料，給小說史留下一部相容並蓄的奇書。

(四)對《金瓶梅》是顛覆而不是繼承

夏敬渠寫作小說的才能，從作品的局部描寫中有所顯現。卷之三中寫田有謀謀田有術，把生活真實典型化集中化，被有的學者稱讚為：「他塑造的田有謀成為中國小說聯繫剝削與土地兼併的唯一成功的地主典型」，[7]對中國農村社會經濟史的研究很有參考價值。卷之五描寫大奶奶、風姨、春紅、王婆式的人物李四嫂形象頗有特點個性，有生活氣息，顯然是受《金瓶梅》的影響，是仿擬蘭陵笑笑生筆法而成。大奶奶初見璿姑，被璿姑的美貌震撼後，暗忖道：「怪是相公百計謀他，春紅那雙眼兒也自嘖嘖嘆羨，原來有如此美貌，真個我見猶憐！」（第三十二回）和吳月娘初見潘金蓮時的心理反映如出一

7　蘇興：〈足本《野叟曝言》序〉，見《野叟曝言》（長春：吉林文史出版社，1994年）。

轍，有些對話，如「卻是拳頭上立得人起的」（第三十一回）顯露出模仿《金瓶梅》的痕跡。所以作評者在回末總評中說：「將《金瓶梅》中敘述家常，瑣碎周密，全副精神，傾倒盡情。」然而，評者又極力褒《野叟曝言》貶《金瓶梅》。一方面認可《野》「寫夫妻口角，此回如春鶯弄舌，妖鳥啼春，酷類《金瓶》諸婦人勃谿唇吻」。另一方面又說：「兼見作者力量，將全部《金瓶》所作之事、所說之話，撮其要領，擷其精華，收攝數頁中，更有後文兩番喪事以盡其變。而《金瓶》之閫奧，悉見其餘百數十回，則皆《金瓶》所未得夢見者。此所以為第一奇書也。」（第二十八回總評）想替作者奪《金瓶梅》在小說史上第一奇書地位，誇大了《野》的成就，不符合小說作品的實際。

《金瓶梅》作者有突破地描寫了人與人之間的性關係，性行為與性心理，而且把性與人物性格刻畫聯繫，與廣闊的社會生活聯繫，與探索人性聯繫，正視被否定、被掩蓋的性，寫人的自然情欲，是作者的獨特貢獻。《野》作者描寫豔性是為了宣揚道學，表面上道學與豔情在道學家身上是統一的，只是表與裏，靈與肉，頭腦與肉身是矛盾的。作者把人的自然情欲與社會屬性簡單化、符號化了。作品裏談經說史與豔情描寫，道學先生之道與淫毒心理構成作品的二重組合、矛盾組合，這是清代特有的文化現象，在《姑妄言》《漢宮春色》中有類似結構。《野》作者視《會真記》《嬌紅傳》《好逑傳》為淫書，不主張愛情主題，反對以情抗理，主張「強情就理」，扭曲了所有女性人物的人性與性格。《野》作者為自我英雄化、神聖化，違背生活情理，違背性科學知識，甚至把文素臣的尿寫成是香甜而不是鹹的。（第六十八回）出乎常情的寫文素臣的「卻色」「拒色」，坐懷不亂，絕對地遵從禮教。《金瓶梅》是晚明啟蒙思潮的產兒，對封建正統是反叛的。而《野》是對《金瓶梅》的顛覆而不是繼承，是向封建正統回歸，從歷史發展的大趨勢而言是退步而不是進步。[8]

二

夏敬渠為何寫作《野叟曝言》？他與蘭陵笑笑生、曹雪芹發憤而作、癡心而作有所不同。魯迅認為夏敬渠寫這部小說「炫學寄慨，實其主因；聖而尊榮，則為抱負」（《中國小說史略》）。文素臣這一形象，處處閃現著夏敬渠的身影。文素臣是作者的化身、作者的自我表現與擴張。

夏敬渠（1705-1787），字懋修，號二銘，江蘇江陰人，諸生，家貧。聰明多才，深通

8　王進駒認為：「《野叟曝言》在敘事場景上戲擬了《金瓶梅》，而在意旨上卻顛覆了《金瓶梅》。」（筆者贊同這一觀點）見《乾隆時期自況性長篇小說研究》（北京：中國社會科學出版社，2006年）。

經史，旁及諸子百家、禮樂兵刑、天文算數之學。夏敬渠一生不得意於科場。《野叟曝言》寫文素臣也是不及第的。他為人剛直不阿，不媚權貴。夏敬渠壯年遊京城時，某王爺請他講學，二人見解不相同，夏敬渠直斥其非。這位王爺想請他在府任教，他力辭不就。他極好遊歷，平生足跡幾乎遍及全國，喜歡結交豪傑人物。

夏敬渠崇奉儒學，極力反對三教同源說，指斥佛老，認為佛道兩教為妖邪。他的著作有《綱目舉正》《經史餘論》《唐詩臆解》《醫學發蒙》《浣玉軒集詩抄》等。他的詩作、史論等在《野叟曝言》中有反映、採錄。《浣玉軒集詩抄》中的〈古意〉〈都門除夕〉〈遠行〉〈滕王閣放歌〉〈西遊辭〉〈闕里謁至聖廟〉〈詩禮堂〉〈孔子手植檜〉〈謁覆聖廟〉均見於《野叟曝言》。

夏敬渠在學術上的主要成就是史學。在〈自擬進《綱目舉正》表〉中，我們知道，他在乾隆四十八年十一月初七日擬上諭：「臣所著《舉正》一書，雖兼正諸說，不只專攻《周禮發明》張時泰《廣義》」「欲舉《綱目》中不正之論而悉正之」「伏乞敕付史館考校議覆」。事實上，他的意願未能上達，更未引起重視。他的著作在生前均未能刊行。

他是一位史學家，從《野叟曝言》可以見他的史識和史才。因為他有很強的史傳意識，在寫小說時或實或虛，終不能完全脫離開生活事實與人物原型。夏敬渠有意以文素臣自寓。文素臣名文白，文白析「夏」字而成。文素臣之父繼洙，影射夏敬渠之父宗泗，即繼宗，洙泗相連成文。文素臣的朋友洪長卿、匡無外，余雙人等也都有夏敬渠朋友的影子。

清代小說理論家金聖歎已把小說與歷史作了明確的區分。他認為小說是「因文生事」，歷史是「以文運事」，小說在生活基礎上，藉助藝術想像，可以虛構，以創造出藝術真實。明清作家一直在爭論寫歷史難，還是寫小說難的問題。金聖歎認為寫歷史比寫小說難。張竹坡則認為寫小說難於寫歷史。夏敬渠在創作實踐上則未能把小說與史傳嚴格劃分清楚，作品中往往留有紀實的成分。這是一個缺點，但也可能給我們今天紀實文學寫作提供可資借鑒的經驗。

三

關於《野叟曝言》的成書，流傳過這樣一個故事：乾隆皇帝南巡。作者把《野叟曝言》繕寫一部，裝潢精美，外加以袱，想在迎接乾隆皇帝時進呈，希望得到皇帝的賞識。作者的女兒，頗通文墨，很聰明，曉得人情世故，她認為進呈此書，必釀大禍。又覺得她父親性情固執，不能聽人勸止。於是，和她父親的朋友商定，用白紙裝訂一部，大小

厚薄和原書一樣。即置之於袵中，而把原書藏到了別處。作者將迎接聖駕，啟袵出書，重新加以檢閱，發現書保持原樣只是沒有了字。作者痛哭失聲，以為書為上天所忌，瞬間羽化而去。女兒耐心勸說：既為造物所忌，似不進呈為好。天子性情猜忌，父書多不檢，塞翁失馬，焉知非福，近來以文字遭來災禍者，父親沒有聽說嗎？作者鬱鬱不樂而作罷，作者死後，女兒以為此書為父親一生心力所在，不應當讓它淹沒，將其書潤飾一遍，請人抄寫，即近日流傳的本子。（見何聽松《澄江舊話》卷二：〈野叟曝言補聞〉）據《浣玉軒集》可知，夏敬渠在乾隆南巡時，想進呈《綱目舉正》，遇阻未達到目的。這個故事，把《綱目舉正》誤為《野叟曝言》，足見《野叟曝言》更引人關注。夏敬渠於晚年在極其困苦的環境下，是怎樣撰寫《野叟曝言》這龐然巨帙的，尚是一個斯克芬司之謎，有待進一步考證。

　　《野叟曝言》在作者生前未得刊印。直到清光緒年間，才出現了兩種刊本。

　　光緒七年（辛巳，1881 年）毗陵匯珍樓刊活字本，二十卷一百五十二回，卷首有知不足齋主人序，[9]有凡例六條、[10]繡像十六幅，有回後評語、行間夾批。缺第一百三十二回

9　光緒七年（辛巳）刊本知不足齋主人序：

　　《野叟曝言》一書，吾鄉夏先生所著也。先生邑之名宿，康熙間幕遊滇黔，足跡半天下，抱負奇異，鬱鬱不得志，乃發之於是書。其大旨以崇正辟邪為主，以智仁勇為用，以孝弟忠信禮義廉恥為條目。其議論之精闢，敘事之奇詭，足以跨躒古今，傾倒一世，洵天下第一奇書也。或有以猥褻誇誕為此書病者，予應之曰：正大者天理，猥褻者人情。天理即寓乎人情中。非即人情而透闢之，即天理不能昌明至十二分也。況乎書中所敘皆採擷漢唐以來諸說部之奇而貫串之，初非臆造於其間也。至誇誕之說，蓋作者才氣所之，不能自抑，左氏浮誇，韓子嘗為盲史病矣，又何足為此書病哉？惜原本殘闕，有名太史某公，才名溢海內，擬為補之，終以才力不及而止，則此書之奇可知已。近有某先生者，邃於宋學，謂此書足資觀感，欲為付梓，集貲甫成，遭亂而輟。兵燹後傳本愈少，殘失愈多。予自維才譾，何敢續貂，如搜輯舊本之最完者，繕付剞劂。普天下才人倘有能續而完之者乎？予將辦香祝之矣。光緒歲次辛巳季秋之月，知不足齋主人書於蘭陵旅次。

10　光緒七年（辛巳）刊本〈凡例〉六條：

一、作是書者抱負不凡，未得黼黻皇朝，至老經猷莫展，故成此一百五十餘回洋洋灑灑文字，題名曰《野叟曝言》，亦自謂野老無事，曝日清談耳。

二、原本編次以「奮武揆文天下無雙正士，熔經鑄史人間第一奇書」二十字分二十卷，是作者意匠經營，渾括全書大旨。今編字分卷，概仍其舊。

三、是書之敘事、說理、談經、論史、教孝、勸忠、運籌決策，藝之兵、詩、醫、算、情之喜、怒、哀、懼，講道學，辟邪說，描春態，縱諧謔，無一不臻頂壁一層。至文法之設想佈局，映伏鉤綰，猶其餘事，為古今說部所不能仿彿，誠不愧第一奇書之目。

四、書中間有穢褻，似非立言垂教之道，然統前後以觀，而穢褻之中，仍歸勸戒，故亦存而不論。

五、此書因有缺失，從未刊刻，兵燹後抄本又多遺闕，恐滅沒無傳，有負作者苦心，故特覓舊本，集腋成裘，勉力付梓。至間有亥豕魯魚，或由舊本抄寫舛錯，以訛傳訛，或由校者心粗目瞠，

至一百三十五回。還有若干回中有缺文。

光緒八年（壬午，1882 年）西崛山樵序石印本，二十卷一百五十四回，凡例六條（後兩條與光緒七年刊本不同）。[11]繡像十六幅，有回後評，無行間夾批。比光緒七年刊本多出兩回，無殘缺。西崛山樵在序文中說，此刊本的底本為《野叟曝言》原稿的副本。西崛山樵的五世祖韜叟與夏敬渠有交往，得到作者同意，給小說加以評注。但作者不知道韜叟乘機繕寫副本珍藏。如果此序文所述情況真實，則光緒八年序本據原作副本刊印，較為完整。也有學者認為光緒八年序本是後人的增補本。民國年間的排印本據光緒八年序本，有改動之處。如：第六十九回〈男道學遍看花蕊，女狀元獨占鰲頭〉，民國年間排印本將此回目改為：〈十六妾奉先生鳥龜臉面，三百鞭捶貞婦強盜心肝〉。

《野叟曝言》光緒刊本的回後評語在中國小說評點史上占有一席地位，對我們研讀小說有一定參考價值。第二十回評語說：「天地一情府也，生人一情種也，惟有禮以節之，故不至縱情滅性。」主張以禮節情，反對放縱情欲，有一定合理性。潘光旦在譯注靄里士《性心理學》時，就主張「發乎情止乎禮」，不過潘氏所說「禮」不是傳統社會裏用來遏制人性的禮教，而是能使個人得到美滿的性愛生活的社會管道。又如第六十八回評語說：「然十六姨娘中偏有一貞烈之三姨娘與同九姨娘，為又全心上之隋氏，為素臣感化，則辟邪崇正本旨自在言外，不比《金瓶梅》等書專描淫褻，不愧第一奇書之目。」指出此書雖有時涉及淫褻，但宗旨仍在崇正辟邪。

《野叟曝言》作者創作了一部奇書，提供了一種小說文化現象，做出了獨特的貢獻。夏敬渠與曹雪芹同時代。夏敬渠在藝術上雖然能注意繼承前人，兼收並蓄，雜取各家，但因為只注意吸取繼承，沒有注意綜合超越，就沒有顯示出曹雪芹那樣偉大的藝術創造力。曹雪芹、夏敬渠提供的藝術財富，均值得我們繼承、總結、分析與鑒戒。

作者後記：拙文係長春出版社 1992 年 12 月出版點校本《野叟曝言》的前言。其中「對金瓶梅是顛覆而不是繼承」一節，是新增補的。

　　似是而非，或由居停之間斷吾仇，印司之更易誤置，難免增脫倒偽等咎，閱者諒之。

六、缺處仍依原本注明下缺，不敢妄增一字，貽笑大方。乃閱者，不免以未睹全書為憾，然終無可搜羅，姑為刊出，以俟高才補續。

11　光緒八年西崛山樵序本〈凡例〉六條的最後兩條：

一、稗官野史本非紀事之體，間與正史相合，亦有不合者。此書截成化十年以後為太子監國之年，而下移武宗之年歸併宏治，而終於三十三年。蓋不如是不足以暢作者之心。而有宏治十八年天子病癒改元厭哭一事，隱存正史之實，自可按合，閱者勿以為虛而無徵也。

一、此書原本評注俱全，其關合正史處一一標明，如景王為宸濠，安吉為萬安、劉吉，法王之為妖僧繼曉，皆一望而知，熟於有明掌故者，自可印證，不以無注為嫌也。

夢幻世界中的同性戀與易性美容術
——對兩篇豔情男色小說的述評

　　明代豔情小說《宜春香質》醉西湖心月主人著，明末崇禎年間刊本，分風花雪月四集。每集五回敘述一個故事，每一故事主人公皆是男同性戀者。月集主人公鈕俊是一位有才無貌的書生，同學們嫌他形貌醜陋，羞於為伴。春遊時都不告知，恐同去遊觀，惹人厭煩。撇得鈕俊孤單失群，甚是苦惱。題詞怨天，抒發鬱悶之情。漸入夢鄉。

　　鈕俊在夢中，由圓情老人引至如意國美滿城見三界提情教主風流廣化天尊（即大王）。大王告知鈕俊，其前身乃西方容美尊者，因恃色調戲摩羅神女，被貶下凡間。如來恐鈕俊色美招淫，乃發入奈何天，落醜陋果，受憎嫌報。為使鈕俊功德圓滿，要大轉法輪，改換面目，披剝更新，雅麗俊俏。去宜男國參選，選中狀元，被迎入後宮，受國王寵愛，將立為昭儀。國王與鈕俊百般恩愛，情濃欲滿。太師（按：正宮娘娘之父，正宮娘娘亦是由狀元進立）反對冊立鈕俊為昭儀。國王打死太師，詔廢正宮為庶人，立鈕俊為正宮。

　　一年後，鈕娘娘到宜男池求子。中有宜男山石洞，娘娘在洞中安寢。風流神女攜一赤身女子來見鈕娘娘，鈕將求嗣事說明，那神女道：「我乃是純陰，得純陽方能交感。娘娘怎麼來求得嗣？」鈕娘娘道：「實不相瞞，我雖是女裝，卻是男體。」神女笑道：「我豈不知。這宜男國原無女子，既認女名，開了女路，陽明之氣便消索不舉。對男子只知後進之歡，遇佳人不動前征之興。就如娘娘本是男子，如今人見丈夫一樣，不禁後庭之吸吸。今日見了我真女子，倒像二女同居，毫無情興。娘娘雖舊是雄男，今已同雌女矣。二雌同狀，終世不成歡，從古然矣。」娘娘不語，神女道：「娘娘猶疑我言乎？你若陽剛不絕，對我色身當春興勃然。」裸身女子立於面前，鈕娘娘陽物並不崛起，前興不發，後淫且熾。風流神女告知鈕娘娘，必須塞陰開陽，方能交感成孕。娘娘口服「黍珠」一粒，並觀賞男女雲雨排場。看後情根崛起，乃與神女交歡，孕已懷上。忽而雞鳴，鈕娘娘驚覺，乃是一夢（按：夢中之夢）。

　　鈕娘娘回返途中，經聖陰國，國中都是女子。國王要與鈕娘娘結緣，娘娘告道：臣雖女裝，實是男子。國王笑道：我聖陰國俱是女子。聖陰國有座祁陰山，入山中溫池淨身淘摸，摸得毓陰芽者即做男子，摸不著即為女人。交感即以毓陰芽繫陰邊，對我熱氣

到她子宮，便可有孕。聖陰國王欲與鈕娘娘享男女之樂，娘娘陽物弱軟如綿。國王只好拿毓陰芽來，三寸長二寸粗，綁在陰戶邊行事。

聖陰國王派軍將護送鈕娘娘到宜男國明陽關，駝駝國王聞信，差人下戰書，挾獻鈕娘娘。鈕娘娘乘良馬雷駃飛奔回宜男國國都。宜男國遭駝駝國入侵，鈕娘娘逃難途中受軍士姦污，死裏逃生，此時心想：「倒不如醜貌時，雖無愛慕，也沒災危，縱無快活，也不苦楚。」有長者對鈕俊道：「醜而忽美，美而即貴，世事有何定局？性分自有樂境，何必維繫塵情，玩形弄影？女顰男效，大亂乾坤之綱。」世尊如來喝道：「男行女事，弄得五濁不清，陰陽失次。」淨心天王用清水將鈕俊的五臟六腑洗濯乾淨，使他認得了自己的本來面目。鈕俊驚醒，乃棄儒入山修行。

《宜春香質》月集是一篇有著豐富文化蘊含的豔情小說。作者為思考男同性戀這一文化現象而構思創作，藉夢幻世界來表達對於男性同性戀的看法。

鈕俊是一位雙性戀者。在宜男國做皇后，男作女，與國王百般恩愛，此時他是一位真正的男同性戀者。去宜男池求子，與風流神女享男女之歡，彼時他又成了異性戀者。在古代同性戀小說與文獻記載當中，同性戀兼異性戀者的比例較大。如果外界環境發生變化，經過心理疏導，有的同性戀者可以調變性傾向。鈕俊求嗣時遇到風流神女，神女極準確地概括了被動型男同性戀者的特點：「對男子只知後進之歡，遇佳人不動前征之興。」神女又進一步指出，如果是雙性戀者，「你若陽剛不絕，對我色身，當春興勃然」。神女對鈕俊做了疏導之後，讓他服「黍珠」一粒，觀賞男女雲雨排場。鈕俊情根崛起，乃與風流神女交歡，神女懷孕。

作者通過虛構的故事，在夢幻世界裏，非常客觀地描述了男同性戀者的特點、環境和心理。鈕俊在宜男國做皇后，在聖陰國與女王做愛交歡。讓同性戀者處於國王同歡樂的地位，可以說明作者對同性戀是持寬容的態度，具有將同性戀非罪非病化的思想傾向，這是一種進步的開明的觀點。

當然作者也不可能完全擺脫主流文化的影響。世尊如來等之所謂「男行女事，陰陽失次」，「女顰男效，大亂乾坤之綱」，表現的就是正統文化觀念。作品最後描寫鈕俊認清本來面目，棄儒入山修行，反映了作者的思想矛盾和對同性戀看法的二重性，還達不到現代認為同性戀是一種自然的正常的生活方式的水準。

在晚明產生《宜春香質》《弁而釵》等同性戀題材的文學作品有其特定的社會文化背景。明代男性同性戀盛行，上自天子下至庶民，四處都有兩男相悅的關係。萬曆年間謝肇淛《五雜組》卷之八人部四：「男色之興，自《伊訓》有比頑童之戒，則知上古已然矣。安陵、龍陽見於傳冊，佞幸之篇史不絕書。至晉而大盛，《世說》之所稱述，強半以容貌舉止定衡鑒矣。史謂咸寧、太康之後男寵大興，甚於女色，士大夫莫不尚之，

海內仿效，至於夫婦離絕，動生怨曠。沈約〈懺悔文〉謂：『淇水上宮，誠云無幾；分桃斷袖，亦足稱多。』吁，可怪也。宋人道學，此風似少衰止。今復稍雄張矣，大率東南人較西北為甚也。」又曰：「今京師有小唱，專供縉紳酒席。蓋官伎既禁，不得不用之耳。」在明清封建社會，婚姻不自主，夫妻之間沒有感情。恩格斯在《家庭、私有制和國家的起源》中說，娼妓和婚外情是一夫一妻制的補充。明宣宗以後，裁汰官妓，懲罰甚嚴，異性之間的關係受禁限，官員、士子中於是盛行同性之戀。

　　《宜春香質》月集的構思，受到了唐人小說《枕中記》黃粱夢、《南柯太守傳》大槐安國的影響。盧生在夢幻世界中享受富貴榮華，淳于棼在夢幻世界中做駙馬，任南柯郡太守。鈕俊因醜陋而企求改換面目，以能得到情欲的滿足。夢幻中的宜男國、聖陰國顯然是模仿大槐安國而構想。《宜春香質》有筆耕山房刊本，現藏日本天理大學圖書館。到了清代，這部豔情小說雖然幾次遭到禁毀，不過暗中仍有流傳。《紅樓重夢》（《綺樓重夢》）的作者蘭皋居士（本名王蘭沚）在乾隆五十九年（1794）撰筆記小說《無稽讕語》，其卷一中有一篇〈林醜醜〉，即據醉西湖心月主人著《宜春香質》月集改編。林醜醜名林秀，因醜陋被同學冷落。夢中來到森羅殿成形司，換臉變美之後，入南熏國被選作王后。成形司猶現今之美容院，四壁掛人面億萬，林秀選中一件俊麗的，請小鬼給替換。小鬼以匕首批其面，面迎刃而落，即以新面貼之。使對鏡，喜不自勝。在《宜春香質》月集中，鈕俊登火輪受火煉後更換面目，林秀則是剝舊換新。南熏國宮廷侍女全是男扮女裝，林在宜男殿上與王成婚，共拜天地祖宗。與王交接時，林秀如處子破瓜，含淚哀免。自思屈節為異邦后，以陽當陰，受侮不少。〈林醜醜〉情節相對簡單，多從負面來描寫同性戀之體驗，對同性戀的表現深度遠不及《宜春香質》月集。《宜春香質》月集與〈林醜醜〉共同反映了同性戀文化的複雜性，是研究古代同性戀現象的寶貴文學資料。

《金瓶梅》前後的豔情小說

對於古代直接以性愛、性行為、性關係、性心理為內容的文字作品，至今研究仍嫌不夠。初步考察，南朝樂府民歌中開始出現對性愛肉體行為的描寫。唐代士人性觀念開放，唐代流行的傳奇，開中國文學史上小說先河。唐開元年間張文成著駢文傳奇小說〈遊仙窟〉，為古代小說中較早正面描寫性行為、性心理的文字。中唐有白行簡著《天地陰陽交歡大樂賦》（出自甘肅敦煌鳴沙山石室），晚〈遊仙窟〉一個世紀。有性行為的詳述、有性理論的闡發、有性知識的說明。

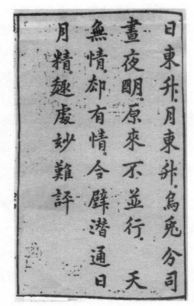

《素娥篇》第十九日月合璧插圖與〈長相思〉詞

性文學在明代中葉開始繁盛。小說成為性文學中最主要的作品形式。在我們的傳統文學觀念中，稱這類小說作品為豔情小說。《如意君傳》《肉蒲團》等古代豔情小說名著，是研究古代性文化的重要資料。

這些名著反映傳統的性規範、性觀念。而形塑這個傳統中的優良成分，對今日建立

科學的性觀念與高尚的性道德具有借鑒價值。古代性意識，具有順應自然、陰陽和合、男女互補、節制欲望、精神肉體並重、講求性的藝術的特點，這些在著名的豔情小說中都有不同程度的表現。古代豔情小說寫性行為往往過分地注重肉體感受，強調房中術的運用與奇異的假想。小說是作者透過想像進行藝術虛構和描繪，與現實生活有聯繫又有區別。這是我們在分析豔情小說中的性描寫時，所應注意的。才子佳人小說及世情小說，雖然寫到男女之間的性愛，甚至也描寫人物之間的性行為和性心理，但還不能視之為真正的性小說。下面舉古代豔情小說名著中最具代表性的加以評述。

〈遊仙窟〉，唐代駢文傳奇小說。是正面描寫性行為的較早期著作。小說採用第一人稱，自敘旅途中在一處神仙窟中的豔遇。兩位女主人十娘、五嫂是美麗而善解風情的女子，她們熱情招待「下官」，三人之間用詩歌酬答交流感情，詩句都是提示、詠歎性愛的。隨著「下官」與十娘傳情漸入佳境（五嫂不斷從旁助興），他們「夜久更深，情急意密」，終於共效雲雨之歡。文中描述二人歡合情景：

> 自與十娘施綾被，解圍裙，脫紅衫，去綠襪。花容滿目，香風裂鼻。心去無人制，情來不自禁。插手紅褌，交腳翠被。兩唇對口，一臂枕頭，拍搦奶房間，摩挲髀子上，一齧一快意，一勒一傷心。鼻裏酸痺，心中結繚；少時眼花耳熱，脈脈筋舒。始知難逢難見，可貴可重。俄頃間，數回相接。誰知可憎病鵲，夜半驚人；薄媚狂雞，三更唱曉。遂則披衣對坐，泣淚相看。下官拭淚而言曰：「所恨別易會難，去留乖隔，王事有限，不敢稽停；每一尋思，痛深骨髓。」十娘曰：「兒與少府，平生未展，邂逅新交，未盡歡娛，忽嗟別離，人生聚散，知復如何！」……少時，天曉以後，兩人俱泣，心中哽咽，不能自勝。

在性行為之前，用較大篇幅詳細描繪抒發男女情感交流過程，由情到性。所寫情愛是歡樂的、美好的，是一種幻境中的婚外戀、婚外性行為，沒有拘束，沒有「貞操」「負心薄倖」「始亂終棄」之類觀念的重壓，只是自然地任憑感情的自由流露。這反映唐朝人追求的性愛境界，只有在比較寬鬆開放的文化環境下才有的心態。

〈遊仙窟〉寫遠遊客來到神仙窟，吸引十娘，由情到性，性後倉促離別，未再發展性之後情的昇華。

〈遊仙窟〉唐時流傳日本，在本土失傳。清末駐日公使黎庶昌、李盛鐸抄寫帶回國內。小說題作「甯州襄樂縣尉張文成作」。文成為張鷟的字，深州陸澤人。此文作於開元三十一年。此小說在作者生前即傳至日本。

《如意君傳》為明嘉靖時的性小說，是在古代性文化史上有深遠影響的重要作品。小說寫武則天與男寵薛懷義、沈懷璆、張易之、張昌宗以及薛敖曹之間的性關係，詳細描

寫武則天的性生活。重點寫武后與薛敖曹之間多次性行為。武后已七十高齡，性事不得滿意，宦官牛晉卿向武后薦偉岸雄健美男子薛敖曹。敖曹係隋末隴西僭號秦帝的薛舉之後。敖曹奉召進宮後，與武后逞欲淫樂，極力滿足武后的要求。武后曰：「卿甚如我意，當加卿號如意君也。」武氏，亦因此改元如意。小說著重描繪他們之間性事的和諧。作者推崇性事，讓國君與平民交，性超越等級倫常。薛敖曹提供武氏以性快樂，想用真情感動她，使其回心轉意，恢復李唐王朝，維護正統。寫薛敖曹「內助於唐」，以性事助唐治國，把性事推崇到至高無上地位。在客觀上批判禁欲主義。

小說寫武氏與薛敖曹之間的性行為和諧極其生動。武氏曰：「不俟君命，深入禁闈，汝當何罪？」敖曹對曰：「微臣冒死入鴻門，惟思忠於主耳！」敖曹陪伴武氏，順從武氏，武氏是主宰者、主動者，敖曹是被動者，讓男性做附庸，改變男尊女卑、男動女靜、男強女弱、地為天用的傳統意識。

敖曹服務於武氏，是民與君交，內心有畏懼、有痛苦。敖曹逃出宮廷，流落民間，最後皈依道家哲學，無欲而安，由崇性縱欲又走向禁欲。

《如意君傳》把性與政治、國事聯結，不是孤立地單純地寫性。人的性行為具有社會、文化的屬性。人的自然性不可能與社會性分開。《如意君傳》把人的性行為聯結社會性來描寫，寫得複雜多面。《金瓶梅》在《如意君傳》之後，把性與西門慶家庭、晚明社會聯結起來描寫，應該說，《如意君傳》為其開闢了一條坦途。

日本清閟閣刊本如意君傳扉頁

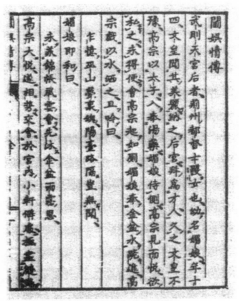

日本清閟閣刊本如意君傳文首頁

　　《如意君傳》對研究古代人的性意識、性行為極具參考價值。如寫到「民間私情有於白肉中燒香疤者以為美談」，具體與「敫曹塵柄燒一圓」，於武氏「牝顒上燒一圓」。此處，我們方知古代有這種虐戀行為。在《金瓶梅詞話》六十一回、七十八回也寫到「燒香疤」，但不如《如意君傳》寫得具體、明確。

　　日本藏《則天皇后如意君傳》（1763年刊本），正文前題《閫娛情傳》，卷首題「吳門徐昌齡著」，應是據明代刊本翻印的。黃訓《讀書一得》（嘉靖四十一年刻本）卷二有〈讀《如意君傳》〉一文，可證明嘉靖年間，《如意君傳》已有流傳。

　　《金瓶梅》產生在明代嘉靖、萬曆年間，比《紅樓夢》早二百年，與明代的《三國演義》《水滸傳》《西遊記》合稱四大奇書。因為書中的潘金蓮、李瓶兒、春梅都是主要人物，書名就叫《金瓶梅》，又稱《金瓶梅傳》。因西門慶是書中更重要人物，又稱《西門傳》。小說中著筆描寫人的自然情欲，《聊齋志異》作者蒲松齡又稱此書叫《淫史》。

　　《金瓶梅》有三種主要版本：明萬曆年間刊《新刻金瓶梅詞話》，簡稱萬曆本或詞話本。明崇禎年間刊《新刻繡像批評金瓶梅》，簡稱繡像本或崇禎本。

金瓶梅詞話序
竊謂蘭陵笑笑生作金瓶梅傳
寄意於時俗蓋有謂也人有七
情憂鬱為甚上智之士與化俱
生霧散而冰裂是故不必言矣
次焉者亦知以理自排不使為

清康熙年間，小說理論家張竹坡評點本《張竹坡批評第一奇書金瓶梅》，簡稱張評本。張評本是以崇禎本為底本加以評點刊刻的。

　　《金瓶梅》是一部具有里程碑性質的偉大寫實小說，開創小說史的新階段，開拓新的題材，拓展審美領域。《金瓶梅》為《紅樓夢》創作提供了藝術經驗。《金瓶梅》作者蘭陵笑笑生是曹雪芹藝術革新的先驅。《金瓶梅》在中國小說史與世界小說上都占有重要地位。《金瓶梅》是一部偉大的世情小說，這是本世紀學者給它的定位，也是中外研究者取得的共識。雖然不能說它是一部性小說，但因它著筆於人的自然情欲，有較多文字寫人物的性行為，又是我們研究性文化史、性小說史必須加以關注的。

　　《金瓶梅》寫性具有開拓的意義，也具有創新的價值。有如下幾點值得注意與研究：

　　第一，《金瓶梅》不孤立地寫性，而是把人物的性行為描寫放在廣闊的歷史背景上，全面聯結人物生活、思想、心理，由於它的寫實性，以生活為依據，《金瓶梅》中既注意到性的自然性，又特別描寫性的社會性，顯示出人類性行為本質上是社會的、文化的，而不單是生物性的。

　　第二，《金瓶梅》塑造了具有開拓意義的潘金蓮形象。她是美麗、聰明、有才幹的女性。是男權制社會毀滅了她，她是一位被侮辱、被迫害的普通女性。她爭生存、求私欲、用心機、精力旺盛。她狂熱的展示自然情慾，完全不受傳統道德的遏制。作者透過潘金蓮表現女性的主體意識和女性對自我生命的覺悟。潘金蓮的行為是對具有強大壓力的傳統性規範的反叛，是以極端形式的反叛。潘金蓮是在晚明時期，資本主義萌芽條件

下產生的較早的性自由主義者。

第三，《金瓶梅》作者大膽地、正面地描寫人物的各種性行為，把被掩蓋、被忽視的人的自然情欲加以正視，這是它的偉大之處。但是，它的性觀念意識有保守的一面，不遺餘力地宣揚「女人禍國」「女色殺人」的性恐懼觀念。作者以生命的毀滅來懲戒人們放縱情欲，從而陷入生命意識與享樂意識的矛盾困惑之中。從母系社會瓦解，婦女遭到歷史性慘敗之後，女性的奴隸時代恰好與男權制中心文明同時存在。《金瓶梅》的兩性關係不是互愛與平等的，更不是和諧與美好的。性愛生活的更新、美化，是未來的社會的一項偉大工程。以寫實見長的《金瓶梅》，不可能寫出這種理想化的性愛。從現代的觀點審視，《金瓶梅》中的性描寫多純感官的再現，實多虛少，缺少情愛的昇華。

《痴婆子傳》產生在明萬曆年間，當早於萬曆四十年（1612），正逢《金瓶梅詞話》傳抄刊刻年代。

小說開頭稱有筇客訪問一位髮白齒落而風韻猶存的七十老嫗，嫗即對其一生的性經歷、性生活的不幸遭遇做了痛苦而詳細的回憶。老嫗上官阿娜從少女懷春到出嫁到豪門世家欒家為妻，先被奴僕大徒、伯克奢姦，再被寺僧如海及其師姦污。在男權社會，阿娜成為性榨取的對象。《痴婆子傳》塑造的癡婆阿娜是一位被污辱、被損害的女性形象。小說也描寫阿娜對費生、盈郎的偷情。本能欲望得不到合理的實現，不得已做性壓抑的變態宣洩，也是向男權社會的一種報復。小說作者懷著憤慨之情寫阿娜的體驗與感受，敘述中充滿女人用一生苦難沉積成的憤怒與仇恨。

《痴婆子傳》對少女懷春的心理做了細緻且真實地描寫，肯定人的本能欲望的自然性、純真合理性。小說啟示做父母者：對少男少女的青春萌動的欲望只能引導，而不能回避、堵塞與壓抑。阿娜年少之時，喜讀《詩經》，父母廢淫風不使誦讀，阿娜只好偷讀。但對於情詩所寫男女相悅之詞，仍覺不可理解，只好向北鄰少婦請教。少婦先向阿娜解說男女在生理上的不同，但阿娜對男女為什麼相悅仍感不解。少婦進一步解釋說：

> 殆天定之，當上古鴻蒙之世，雖男女兩分，而並生營窟巢穴之間，木葉為衣而蔽嚴寒，然炎暑料亦並木葉而去之，裸體往來，恬無愧怍。見此凹而彼凸，宛然異形。而男之凸者，從陽氣轉旋時，當不覺血足神旺，而凸者剛勁，或婦以其凹者過其前，相值而凸投其凹，彼實訝此之獨無凸。而不知此一投也，實開萬古生生不息之門，無邊造化，情欲之根，恩愛之萌也。夫既投矣，自不覺其爽然者，爽而無所事事，不覺而動之，彼不過謂凹者乃可穿若是。而自不覺彌動而彌爽也，遂以為快事，而動不已。動既不已，則自踵泥丸夾脊，下達尾閭，忽不覺津津而出。其津津也，實為大樂，而喜不能已矣，用是以人傳人，日復一日，而男女之相悅，所從來矣。

阿娜受這種思想的啟蒙而產生了與表弟慧敏偷嘗禁果的欲念。阿娜進入封建家庭婆家後，在越軌縱欲的環境下，被迫陷入性迷狂，實際上成為這個封建家庭中的娼妓。最後，阿婦與塾師谷德音產生愛情，赤誠相愛。真正的愛情為封建禮教所不容，谷德音被鞭打，阿娜被趕出孿家。

阿娜的形象和《金瓶梅》中的潘金蓮一樣，在封建社會男權制困境中，人性被扭曲。兩部小說寫出了自在狀態存在的真實的女性。

《素娥篇》刊印在明萬曆四十年（1612）至天啟二年（1622）這十年間，大約在現存《金瓶梅詞話》刊印的前後。首有方壺仙客序，謂作者為鄴華生。

《素娥篇》藏美國印第安那大學金賽研究所，被稱為金賽研究所的鎮山寶。全書不是圖文各半，也不是以圖為主，而是以文為主，圖文並茂。圖四十七幅，首兩幅與末兩幅為故事開頭結尾情節的繪形。中間四十三幅為兩性行為藝術化的繪形。圖前有標題，敘述行為環境與行為特點的文字，並有男女主人翁之間的對話交流，然後是一首詞。正文文字九十九頁（此一頁為線裝書刊本的半頁）近萬言，是一篇較長的性小說。

《素娥篇》敘寫武則天姪兒武三思和侍女素娥之間的性愛故事。武三思「從行諸姬，次第進御，雲雨巫山，興濃輒極」。但素娥尚未進御，「實其行中第一，然質居人先，選居人後，群姬妒欲抑而掩之，竟難得近三思身。」然後，敘寫素娥抑鬱心情，做〈春風蕩〉詩以自見。素娥終得近三思身而受寵。以下敘寫二人「皆遇景生情，遇情生勢」。

實際上藉武三思與素娥代表男與女、陰與陽，把兩性行為藝術化。《素娥篇》四十三幅行為圖，不同於《花營錦陣》等春宮圖。它不是某種性行為技巧的圖解，而是性美觀念的形象化。有幾幅圖繪雙人優美舞姿的定格、天人合一陰陽和合哲思的形象化，有著豐富的文化內涵。如第十九「日月合璧」意境為日月合璧，妙奪天象，是一幅優美的雙人舞蹈圖。與之相配的〈長相思〉詞為：「日東升，月東升，烏兔分司晝夜明，原來不並行。天無情，卻有情，合璧潛通日月精，趣處妙難評。」可以說是對性美的禮贊。

　　《素娥篇》以散文、詩詞、繪畫相結合，展示了作者的性美而不是性惡的新觀念，並意圖告訴人們：性的滿足是一種藝術的感覺，和音樂、繪畫、詩詞是相通的。

　　《弁而釵》全書四集：〈情貞紀〉〈情俠紀〉〈情烈紀〉〈情奇記〉，每集五回，敘述一個故事。題「醉西湖心月主人著」，刊於明崇禎年間。

　　《弁而釵》是一部男同性戀的讚歌，在古代性文化史上占有特殊地位。〈情貞紀〉寫趙王孫、風翔兩男子情投意合，同窗同寢，互相幫助，解災抒難。〈情俠紀〉寫張機、鍾圖南兩男子情重意深，在危難之際互相救助，俠肝義膽，百結柔腸。〈情烈紀〉寫文韻、雲天章兩男子相處如夫妻，為情而死，死後仍相聚相助。〈情奇記〉敘李又仙為救父難賣身入男同性戀妓院做小倌，入院後受院主燕龜的鞭打，強迫李又仙接受肛交。後來，李又仙與俠義之士匡人優相知，被匡人優救出火坑。李又仙為報答救助之恩，同意男扮女裝做匡人優之妾。後匡家遇難，李又仙以母親身分救出匡人優之幼子，保孤撫孤，終與匡家重逢。李又仙出家被封為孝義真人。李又仙賣身救父，入妓院做小倌；後來又

改女裝為匡人優做妾，以母親身分保孤撫孤，「女人滋味，煩惱苦楚，俱已歷過」。這種易裝、易性描寫，超越性身分的兩分模式，客觀上衝擊異性戀霸權，批評靜態的身分觀念，是具有研究價值的。《弁而釵》強調合乎人情物理，弘揚自然人性，是晚明早期啟蒙思潮的產物。

《肉蒲團》，一名《覺後禪》，坊本改題名為《耶蒲緣》《野叟奇語》《鍾情緣》《循環報》《巧姻緣》，六卷二十回。題署：情癡反正道人編次，情死還魂社友批評。別題：情隱先生編次。首有西陵如如居士序。清人劉廷璣，近人魯迅、孫楷第都認為《肉蒲團》是李漁的作品。從《肉蒲團》構思奇異，語言清新流暢，善用偶句與比喻，與李漁其他小說風格相一致。

《肉蒲團》第一回「止淫風借淫事說法，談色事就色欲開端」作為引子闡發作者的情欲觀。他說：「照拘儒說來，婦人腰下這物乃生我之門，死我之戶。據達者看來，人生在世若沒有這件東西，只怕頭髮還早白幾年，壽算還略少幾歲。」他把適度的性行為比喻為人參附子，「只宜長服不宜多服，只可當藥不可當飯」。據這種有益健康的觀點，作者應當是既反對縱欲，又反對禁欲的。然而小說展開的情節、描寫的形象卻與這種見解相矛盾。小說描寫了未央生與多位佳人發生性關係的過程。最後，未央生在和尚孤峰大師教誨下，懺悔莫及，把自己陽物割掉，出家做了和尚。

未央生在作者筆下寶貴自身的才貌，不肯為官。他追逐女色，既有滿足感官放縱情欲的一面，也有對女性的愛憐。《肉蒲團》中的女性形象豔芳、香雲、玉香、瑞珠、瑞玉，雖然只滿足於私通，缺少情愛的昇華，但她們不求權勢，不慕錢財，只求男性有才有貌有力，顯示對封建貞節觀、禁欲主義的反叛。《肉蒲團》是古代性小說中的一部傑作。

《肉蒲團》離開社會背景，孤立地寫性行為，沒有像《金瓶梅》那樣觸及廣闊的生活領域，顯得單薄、膚淺。作者為了肯定男女感官快樂的自然性、合理性，過多地敘寫性知識、性技能，重感官而不重精神、心靈。作者在情欲觀上走向兩個極端：縱欲與禁欲。

《姑妄言》二十四卷，三韓曹去晶編撰，林鈍翁評，書成於清雍正八年（1730），在《金瓶梅》《續金瓶梅》之後，《紅樓夢》之前。初步考證，曹去晶為遼東人，幼年曾住南京。

故事以明崇禎朝為背景，寫社會世情，從帝王將相到販夫走卒，寫到各階層人物。作者立意表現善惡貞淫各有報應的思想。性行為描寫文字較多，為明清性小說集大成之作。從中可以看到《如意君傳》《繡榻野史》《痴婆子傳》《金瓶梅》《肉蒲團》等小說的影響。《姑妄言》每回都有性行為描寫。所寫者有一女多男、一男多女、亂倫、性交猝死、同性戀、人獸雜交（人與狗、人與驢、人與猴）。寫采戰法則有采陰補陽、采陽補

陰。寫春宮圖冊催情作用。寫春藥有揭被香（行房時塞於女陰中）、金槍不倒紫金丹（男性用，用燒酒服下）等。寫淫具有緬鈴，第十一回寫道：「侯捷的大管家私下孝敬姑老爺兩個緬鈴。一個，有黃豆大，是用手攥著的。一個有榛子大，有鼻如鈕，是婦人爐中用的。」《金瓶梅》等小說雖也寫到緬鈴，但未寫如此形狀與用法。此處提供研究緬鈴的形象資料。所寫性行為的內容廣泛，篇幅巨大（全書近百萬言），可稱為明清性小說之最，在世界性小說史上也堪稱一大奇觀。

作者曹去晶不是為寫性而寫性，他寫性有其政治的內涵。小說寫阮大鋮、馬士英的性墮落，意在給予猛烈地攻擊與批判。此小說在對研究性與政治問題上也提供不可多得的形象資料。

《姑妄言》是古代性文化的百科全書，在性文化史上占有重要地位。此書失傳二百年。一九六六年被蘇聯漢學家李福清發現，僅存抄本，現藏俄羅斯國家圖書館（原為莫斯科列寧圖書館）。從文化史角度，有待深入研究。

性小說的流行，當然是實行性禁錮的封建統治者所不能容忍的。明、清兩代的統治者對禁書都十分嚴酷，特別是清朝統治者，在入主中原後的很長時期內，實行民族壓迫政策，採用一切嚴酷的手段以鎮壓民眾的不滿和反抗，十分兇殘和野蠻。要以強力來取締不利於政府的思想，當然要實行文化箝制，這就必須禁書，查禁的書一是政治性的，一是風化性的，性小說就屬於後者。其實，這二者並沒有不可逾越的鴻溝，性問題涉及人性的解放和自由，反對禁錮和壓迫，這就是政治性的問題。

擴《如意》而矯《嬌紅》：
《繡榻野史》對豔情描寫的拓展

　　《繡榻野史》種德堂本小敘云：「斯傳殆擴《如意》而矯《嬌紅》者也，其態如畫，言復婉肖，而事亦佹奇。」《繡榻野史》中有雙性戀、寡婦破戒、以妻易婦、以母易妻、「顛鸞倒鳳」、緬鈴自慰等多種性行為，比《如意君傳》更加豐富多樣。《嬌紅記》寫申純與嬌娘無媒私合，為情殉身，並無性行為的直接描寫。《繡榻野史》拓展了豔情小說描寫的範圍，有豐富的文化蘊含，在明代豔情小說史上占有重要地位，值得深入的鑒賞研究。

　　《繡榻野史》存世有醉眠閣刊本，四卷不分回，每卷分若干則，則末有詞一首，接下來有評，有的則還有「斷略」，插圖十葉。卷題作「李卓吾先生批評繡榻野史卷之一」。日本波多野太郎藏。

　　醉眠閣刊本卷首有〈繡榻野史敘〉：

> 余自少讀書成癖，余非書若無以消永日，而書非余亦若無以得知己，嘗與家乘野史尤注意焉。蓋以正史所載或以避權貴當時不敢刺譏，孰如草莽不識忌諱，得抒實錄。斯余尚有意也。奚僮不知，偶市《繡榻野史》進余。始謂當出古之脫簪珥。待永巷有褌聲教者類，可以賞心娛目，不意其為謬戾，亦既屏置之矣。逾年間適書肆中，見冠冕人物，與夫學士少年行，往往諏諮不絕。余慨然歸，取而評品批抹之，間亦斷其略。客有過我者曰「先生不幾誨淫乎？」余曰：「非也。余為世慮深遠也。」曰：「云何？」曰：余將止天下之淫，而天下已趨矣，人必不受。余以誨之者止之，因其勢而利導焉，人不必不受也。孔子刪詩，不必皆〈關雎〉〈鵲巢〉〈小星〉〈樛木〉也。雖〈鶉奔〉鵲疆、鄭〈豐〉〈株林〉，靡不臚列，大抵三百篇，皆為思無邪而作。俾學士大夫王公巨卿（下缺）

此序從批評者的角度，認為《繡榻野史》可以「賞心悅目」，雖然世風侈靡，將因勢利導，「以淫止淫」，為世情深謀遠慮。這種觀點，是豔情小說刊行者共同持有的觀念。

　　《繡榻野史》作者為呂天成。孫楷第《日本東京所見小說書目》云：「馬隅卿先生據

《曲律》四，考為呂天成作，則出名士之手，而文殊不稱。雖有意鋪張穢褻事，而文甚短淺，勉分節段。以視《金瓶梅》之汪洋恣肆，實乃天壤之別。」王驥德（?-1623）《曲律》卷四云：「郁藍生，呂姓，諱天成，字勤之，別號棘津，亦餘姚人……勤之制作甚富，至摹寫麗情褻語，尤稱絕技。世所傳《繡榻野史》《閒情別傳》，皆其少年遊戲之筆。」呂天成（1580-1618）為明代戲曲家，二十歲即從事創作，著有傳奇、雜劇作品數十種（存《齊東絕倒》其他均亡佚）。《繡榻野史》為呂天成「少年遊戲之筆」，當作於萬曆二十五年（1597）前後，此時《金瓶梅詞話》已傳抄，《繡榻野史》中有幾處文字描寫，給讀者感覺受有《金瓶梅》的影響。

此書另有種德堂本、醒世主人校閱八卷本等，臺灣版《思無邪匯寶》第二冊〈繡榻野史出版說明〉有詳細介紹，可參閱。從《繡榻野史》題詞與《花營錦陣》《素娥篇》的相近或相同，可以探討它們之間的關係，也是極有學術意義的問題。

《繡榻野史》以金氏、麻氏兩位女性的性潛能為描寫重點，同時敘寫了東門生、趙大里兩位雙性戀者的性行為。沒有複雜的情節，沒有更多性格的刻畫，通過兩個家庭四個人物之間的性關係性行為的變化組合，宣揚性愛至上，以歡娛為目的的放縱的情慾觀。

東門生與趙大里保持著同性戀關係，「雖為兄弟，情同夫妻」。東門生的習好同性之戀，滿足不了妻子金氏的性欲望。此時，大里與金氏有了愛慕之情，東門生與金氏以互相寬容的心態，本著「只要你快活，我心裏歡喜」的心情，東門生主動要求大里與金氏同居歡娛。趙大里陰莖長八寸三分，周長四寸多，可與薛敖曹（《如意君傳》中的偉岸男子）相比，大里充分滿足了金氏的性欲望，開發了金氏的性潛能，一夜之間三次高潮，「騷水不知道流了多少」。大里用了采戰之藥，擦在玉莖之上，能使長大堅硬，通宵不跌倒。「入於陰戶，能令陰戶緊燥，兩片漲熱，裏面酸癢，陰莖連泄不止。」大里雖然用了采戰之藥，並不主要是為了自己的快樂，而是為了滿足女性的欲求，在性關係性行為上體現了男女平等，尊重女性的追求，而不是把女性作為泄欲的工具。

大里與金氏同居作愛，雖然是東門生主動同意的，但還是產生了倫理上的困惑，產生了怨恨之情，「你偷我家的餛飩，我便偷你劈開的饅頭」，夫妻倆籌畫雪恨。大里未有妻室，寡母麻氏已守寡十年，「長吁氣，撫今追昔與春思，與春思，那人已逝，欲留無計。」東門生、金氏設掉包之計。先薦大里去湖州設館教書，然後邀請麻氏來家與金氏同住。金氏把緬鈴（女性自慰的性具）放入麻氏陰戶，調動復蘇了麻氏的性欲望。金氏並告訴麻氏：「婦人家陰氣閉住不通會生閉結病。」夜間，金氏下床方便，東門生上床與麻氏作愛。麻氏淫心益熾，心想：名節不失，又絕了生病的苦，守十三年寡，今日破戒。思量熱烘烘摟一個人在身上，就是老頭子也好。後來麻氏許嫁東門生，大里與金氏結為夫妻，東門生以妻易麻氏，大里以母易妻，兩家重新組合，兩家合席歡笑。麻氏這

一形象衝破了封建的貞節牢籠，正視自然情欲的不可壓抑，是有積極意義的，帶有早期
啟蒙思潮的特色。

《繡榻野史》結局：麻氏有孕生子，與東門生快活三年，冒風而死。金氏因性欲過度，
子宮不收，色癆而死，大里遇疫而死。東門生做一夢，夢中麻氏變一母豬、大里變一公
騾，金氏變為母騾。東生門懺悔出家做了和尚，法名西竺。此類豔情小說往往在衝破封
建禁欲主義牢籠之後，走向縱欲，由縱欲又回歸禁欲，走不出這一循環怪圈。只有以科
學的性觀念，才能徹底批判禁欲主義，走向「樂而節」，陰陽和合的文明之路。

《繡榻野史》描寫了緬鈴的作用、構造特點，提供了形象的古代性文化資料。《金瓶
梅詞話》第十六回寫西門慶從李瓶兒家回來，進入潘金蓮房中：

> 婦人與西門慶盡脫白綾襖，袖子裏滑浪一聲，吊出個物件兒來。拿在手內沉甸甸
> 的，紹（腺）彈（蛋）子大（筆者注：腺蛋子，指睪丸），認了半日，竟不知什麼東西，
> 但見，
> 原是番兵出產，逢人薦轉在京。身軀瘦小內玲瓏。得人輕借力，輾轉作蟬鳴。
> 解使佳人心顫，慣能助腎威風。號稱金面勇先鋒。戰降功第一，揚名勉子鈴。
> 婦人認了半日，問道：「是什麼東西？怎的把人半邊胳膊都麻了？」西門慶笑道：
> 「這物件你就不知道了。名喚做勉鈴，南方勉甸國產的，好的也值四五（百）兩
> 銀子。」婦人道：「此物使到哪裏？」西門慶道：「先把他放入爐內（按：爐指女
> 陰），然後行事。」從頭告訴一遍，說得金蓮淫心頓起。

今日的學者大多據此而知明代有性具緬鈴。西門慶從李瓶兒處得到，李瓶兒是花太
監的侄媳，與花太監有曖昧關係。此緬鈴為花太監從宮廷得到。緬鈴被小說作者稱讚為
金面勇先鋒呈圓球形，約有睪丸大。《金瓶梅》描寫緬鈴，未涉及到緬鈴的構造，也沒
說明為什麼可以發出聲音。《繡榻野史》寫寡婦麻氏與金氏同床在一個被窩裏睡覺，惹
得麻氏思念死去的丈夫而動情。等麻氏睡著後，「金氏把自家汗巾頭結那個真正緬鈴兒，
解下來捏在自家手裏，就麻木起來。金氏心裏道：且試他一試……一下撬進去……緬鈴
在裏頭亂滾。一發快活當不得……麻氏道：『大嫂，我不瞞你說，下面有些酸癢，不知
因什麼是這樣的？』……金氏笑道：『婆婆，我有一個東西叫緬鈴，我自家叫他賽卵頭，
這是我受用的……』金氏便把手放在麻氏小肚邊搖一陣，只見緬鈴在裏面又亂滾起來，
弄得麻氏遍身酥癢，忍不住，把腳一動，金氏一時間壓不住，緬鈴在外一滾，就溜了出
來……麻氏摸著了緬鈴道：『圓圓的，怎麼裏面會滾動？』金氏道：『這是雲南、緬甸
國生產的，裏頭放了水銀，外面包了金子一層，又燒汗（焊）一遍，又包了金子一層，
這裏七層金子裏的緬鈴。裏面水銀流出，震得金子亂轉。』」據此可知，緬鈴是女性自

慰性具，由七層金（或銅）燒焊而成，內放水銀，水銀可在層與層之間流，隨重心轉移而滾動（《繡》此處未寫發出聲音）。其效果，可產生酥癢快感。雲南省與緬甸國出產。緬甸國產的為「真正的緬鈴」，以此為貴。雲南產的是仿製的緬鈴。明刊《浪史》《海陵佚史》，清代《姑妄言》也寫到緬鈴。明清筆記，謝肇淛《五雜組》、沈德符《萬曆野獲編》、趙翼《簷曝雜記》均有關於緬鈴的記載。

　　緬鈴在中國大陸可能已失傳，人們見不到作為性文化遺產之緬鈴實物。

《昭陽趣史》：
趙飛燕姐妹的性愛故事

　　趙飛燕為漢代江都的一位女子，是馮萬金與江都中尉趙曼的夫人的私生女，雙胞胎，其妹名合德。趙飛燕善於歌舞，體態輕盈，腰肢纖細，走路顫悠悠的，像柳樹枝一樣，有一種天然姿態，沒有人能學她那個樣子，漢成帝看中了她，召進宮中，封為婕妤（宮中女官），後又立為皇后。她的妹妹合德也被召進宮中，封為昭儀。合德更加受到漢成帝的寵愛。

　　以趙飛燕姐妹的性愛生活題材寫成小說，在六朝時有《趙飛燕外傳》，在宋代有秦醇的《趙飛燕別傳》，這兩篇是文言傳奇小說。到了明代天啟年間，有一位化名古杭豔豔生的文人編《昭陽趣史》，是一部白話豔情小說，分上下卷。也是寫趙飛燕姐妹性愛的。三部作品雖然故事情節大體相同，由於時代的變遷，小說在主題立意上有所區別。從中可以看出中國古代性文化思想觀念的演變。

　　六朝人寫的《趙飛燕外傳》，被稱為傳奇小說之首，是唐代傳奇的先聲，是中國古代第一篇突出寫性愛的小說。小說圍繞三個人物趙飛燕姐妹與漢成帝的性愛關係描寫一男二女之間互相依附又相互衝突的關係。二趙是小說的主人公，漢成帝只是個配角。

　　飛燕被召入宮前，與射鳥者私通。被召入宮後，飛燕已不是處女，與漢成帝作愛時能運用「內視盈肌」法裝成處女，騙得成帝寵愛：「及興，飛燕瞑目牢握，涕交頤下，戰慄不迎帝。帝擁飛燕三夕，不能接……即幸，流丹浹席。」「內視」是道家修煉的一種意念功能，一種氣功功法。「內視三日，肉肌盈實（充實有彈性，緊實）」這種「處女情結」不但帝王，在古代平民中也很普通。直到今天仍有影響，修補處女膜就是這種傳統思想的影響。

　　趙飛燕長時間不能懷孕生子，為了生子，在所居遠條館私通侍郎宮奴，而且與之作愛的都是多子女的男子。企圖以生育能力旺盛的男性來使自己懷孕，以解決子嗣傳承的大問題。只有有了兒子，才可能鞏固皇后的地位。趙飛燕的性行為，首要的是為子嗣傳承，而不是性的快樂。

　　漢成帝知道趙飛燕與侍郎宮奴的私通行為，逐漸疏遠了她，對其妹合德則愈加寵愛，

「君王愛在一身」。趙飛燕與宮奴燕赤鳳私通，兼通其妹合德。合德在處理與姐姐關係上特別注意方式方法。被召入宮時，合德表示「非貴人姊合不敢行」，要首先得到姐姐的同意批准。見成帝後又精心打扮以引起成帝寵愛。在二趙爭寵中，合德占了上風。小說又特別描寫姐妹之間相依為命，合德說：「我姊弟豈忍相搏乎。」但由於欲心的指使，又與飛燕暗自爭寵。合德夜浴蘭室，「膚體光發，占燈燭」。帝從帳中竊望之，侍兒以白昭儀。昭儀遽隱避。「自是帝從蘭室幃中窺昭儀，多袖金，逢侍兒私婢，輒牽止賜之。侍兒貪帝金，一出一入不絕。帝使夜從帑益至有百餘金。」「膚體光發，占燈燭」七字寫出了合德胴體之美，合德「肌膚光滑，出浴不濡」（不濡，不沾水）。

合德對成帝有極大的性吸引力，她「持人主如嬰兒」，也很關愛成帝。縱欲過度的成帝常常陰萎不起或自瀉。成帝服一種壯陽藥慎恤膠，每次只能服一粒。在合德與成帝作愛時，合德因酒醉不清醒，一次給成帝服用七粒後：「帝昏夜擁昭儀居九成帳，笑吃吃不絕，抵明，帝起御衣，陰精流輸不盡。有頃，絕倒。視帝，餘精出湧，沾污被內。須臾，帝崩。」太后使理昭儀。昭儀哀痛與畏懼，嘔血而死。小說未交待趙飛燕的結局。

小說作者把成帝的縱欲而死，歸因於飛燕與合德兩位美麗的女性，即所謂「禍水滅火」，火代表漢皇室，漢以火德為尚，崇尚赤色。《趙飛燕外傳》其主旨是：雖寫性愛，但想說明女人禍國。

到宋代，秦醇寫《趙飛燕別傳》，省略了《外傳》的一些情節，更突出了趙飛燕的形象，描寫她苦惱不能懷孕生子。其主旨是子嗣問題。雖寫性愛，但把女人作為傳宗接代的工具。

明代小說《昭陽趣史》也是寫趙飛燕姐妹的性愛，但主旨意趣已與前兩篇不同。「趣」在明代是一個審美範疇，其意為「趣如山上之色，水中之味，花中之光，女中之態，雖善說者不能下一語，唯會心者知之。」（袁宏道〈敍陳正甫會心集〉）自然、純真才有趣，趣是純真、自然的表現。《昭陽趣史》作者以肯定欣賞的態度來描寫趙飛燕姐妹的性愛行為。作者以極端的方式寫女人也可以有很多的男人（以與男性皇帝的一夫多妻相抗衡），而且表現女人有極大的性能量、性潛力，女人的性是無限的，漢成帝縱欲而身亡，男人的性是有限的。曲折的男女平等意識，反叛一夫多妻男性中心。《昭陽趣史》寫帝王皇后的宮廷性生活，又有濃厚的市民氣息。而《金瓶梅》寫商人市民的性生活，有濃厚的帝王宮廷氣息。《昭陽趣史》雖不及《金瓶梅》，但它是《金瓶梅》之後的又一部《金瓶梅》。從文化價值上看，有如下幾點：

1. 以女性為中心為第一主人公。

2. 肯定女性的性能量、性潛力，批判了男強女弱的傳統觀念。

3. 成帝縱欲而亡，說明男人的性力有限。

4. 通過性來寫人生探索人性。飛燕姐妹出身貧寒，與潘金蓮為一類型女性，值得同情。她們是美的存在，卻為當時的社會制度所毀滅。

5. 《金瓶梅》有胡僧藥，《昭陽趣史》沿襲《外傳》而有慎恤膠。客觀上顯示壯陽藥之害人。

《昭陽趣史》在寫飛燕與燕赤鳳等侍郎宮奴作愛時，特別強調陰莖的粗大，說射鳥兒性器粗大，抽送數百數千次，這可以稱為是「大陰莖情結」，把陰莖當成魔杖，是把陰莖神聖化、神秘化，誇大其形象與作用是男權主義的反映。《如意君傳》寫薛敖曹的陰莖掛斗粟而不垂。《肉蒲團》寫未央生陰莖小遭人嘲笑，請術士幫助動手術，以狗腎補人腎，使陰莖長大。可見「大陰莖情結」在古代作家意識中極占地位。據現代性科學知識認識，中國人陰莖值（男性人群平均值）一般長 7-9 公分，勃起時長 11-13 公分。性交的快樂與陰莖大小沒有直接關係。現代的性觀念認為重要的性器官是大腦而不在兩腿之間。大腦、口唇、雙手、皮膚、陰莖都是性器官。要破除男性中心，破除性行為陰莖插入陰道為中心的傳統觀念。性愛不僅僅是性交。拓展性領域，發揮各種性器官的作用，樹立性是健康運動、精神交流，身心交融的新觀念，促進家庭幸福，夫婦和諧、男女平等互補，使人類創造力提升，生活美好，社會健康發展。

評點研究篇

評張竹坡的《金瓶梅》評論

一

　　《金瓶梅》約創作於十六世紀下半期，[1]初無鏤刻，「鈔寫流傳」。[2]到明代萬曆三十八年（1610），吳中始有刻本。現存最早的版本是萬曆四十五年（1617）東吳弄珠客作序的《金瓶梅詞話》。明末天啟間（1621-1627）刻的所謂《原本金瓶梅》，經復刻者的加工潤飾，但基本上保持了詞話本的原貌。兩種版本內容基本相同。稍後的明崇禎本，屬天啟刻本系統。

　　《金瓶梅》流傳之初，就有人主張「決當焚之」，[3]視為「壞人心術」[4]「誨淫」之書。清初，在明令禁毀的情況下，康熙三十四年（乙亥，1695）刊刻了《第一奇書金瓶梅》（屬天啟刻本系統），是為張竹坡評本。張竹坡對《金瓶梅》作了全面的研究分析，寫下了近十萬言的總評、回評和讀法等評論，肯定了《金瓶梅》的寫實成就，駁斥了流行的「淫書」論。他認為《金瓶梅》中充滿憤懣氣象，是一部洩憤的世情書，是一部史記，「斷然龍門再世」，是作者嘔心瀝血之作。第一次給《金瓶梅》這部傑出的長篇小說以崇高的評價，並在讀法和回評中，對《金瓶梅》的現實主義傾向、人物形象塑造、藝術結構

1　吳晗認為：《金瓶梅》成書年代，最早不能過隆慶二年（1568），最晚也不能後於萬曆三十四年（1606）。見〈金瓶梅的著作時代及其社會背景〉（1933）。

2　謝肇淛：〈金瓶梅跋〉（《小草齋文集》卷二十四）。參見馬泰來先生：〈謝肇淛的〈金瓶梅跋〉〉，《中華文史論叢》1980 年第 4 輯。

3　見明・袁中道：《遊居柿錄》。

4　見明・沈德符：《萬曆野獲編》。

等作了較具體的分析，發表了很有見地的藝術觀點。《金瓶梅》這部書，長期以來，被看成自然主義的「誨淫」之作，一直處於被禁的狀態。張竹坡的評論，相應地被視為「冬烘先生八股調」，而被否定。研究張竹坡的《金瓶梅》評論，不但對批判繼承古典小說理論遺產有意義，而且也有助於對《金瓶梅》的研究和借鑒古典小說的創作經驗教訓。

　　遺憾的是，我們今天對張竹坡其人，所能瞭解到的情況太少了。經初步考證，可以明確的，只有如下幾點：

　　1. 康熙乙亥本《第一奇書金瓶梅》的總評、回評和讀法確實出自張竹坡之手。康熙乙亥本謝頤序中指出：《金瓶梅》一書，「今經張子竹坡一批」，「照出作者金針之細」，「無不洞鑒原形」。總評中有〈竹坡閒話〉一篇，也點明了批者。更重要的根據有「康熙中，以蔭生累官江西按察使」的劉廷璣，在《在園雜誌》卷二指出：「《金瓶梅》……彭城張竹坡為之先總大綱，次則逐卷逐段分注批點，可以繼武聖歎，是懲是勸，一目了然。」劉廷璣所記為當代之事，是可信的。總評各篇和回評對全書的評論是成體系的，觀點基本上是一致的（反映評者封建保守思想和進步思想之間、迂腐之見與精闢的藝術見解之間的二重性，另作別論），語言風格也是統一的。正如劉廷璣所說，先總大綱，逐卷逐段分注批點者是張竹坡一人。

　　2. 康熙乙亥本總評之一〈第一奇書非淫書論〉中，闡述評刻意圖時說：「況小子年始二十有六，素與人全無恩怨，本非借不律以泄憤懣，又非囊有餘錢借梨棗以博虛名」，說明張竹坡從青年時期就開始寫《金瓶梅》評論。劉廷璣《在園雜誌》卷二說：張竹坡「其年不永」。他可能死於中年。

　　3. 張潮《幽夢影》有張竹坡評語。這些評語，主張「能創」「新裁」，主張「種德」「立言」，認為「好色非情」「能文雖窮可敬」，具有進步因素。在「少年讀書，如隙中窺月。中年讀書，如庭中望月。老年讀書，如台上玩月。皆以閱歷之淺深，為所得之淺深耳。」一段下，張竹坡曰：『吾叔此論，直置身廣寒宮裏，下視大千世界，皆清光似水矣。』此評語中稱張潮為「叔」，大概，張竹坡與張潮有較親近的關係。張潮輯刊《虞初新志》，「自序」在康熙癸亥（二十二年，1683），「總跋」在康熙庚辰（三十九年，1700），與張竹坡評論《金瓶梅》大體同時。張潮提出「事奇而核，文雋而工，寫照傳神，仿摹畢肖」，「誠得其真，而非僅得其似」的寫實主張，與張竹坡評論中所闡述的寫實主張相一致。看起來，他們之間文學思想上的聯繫也較密切。康熙乙亥本總評中的〈竹坡閒話〉，到乾隆丁卯復刻時題為「彭城張竹坡閒話」、多了「彭城張」三字。劉廷璣《在園雜誌》，亦稱「彭城張竹坡」。孫楷第先生據《在園雜誌》，認為張竹坡，「蓋徐州

府人」。[5]張潮為歙縣人，竹坡與他的交往情況，待考。

據以上幾點，我們知道，張竹坡，徐州府人，是康熙初年一位重視通俗小說，熱心評刻《金瓶梅》，「其年不永」的文學評論家。

張竹坡評《第一奇書》總評有如下各篇（列謝頤序之後）：

凡列（四條，乾隆丁卯《四大奇書第四種》本，無此〈凡例〉）

雜錄：雜錄小引

西門慶家人名數

西門慶家人媳婦

西門慶淫過婦女

潘金蓮淫過人目

西門慶房屋

第一奇書金瓶梅趣談

竹坡閒話

冷熱金針

金瓶梅寓意說

苦孝說

第一奇書非淫書論（乾隆丁卯本無此篇）

批評第一奇書金瓶梅讀法（一百八條）

各回前均有大段評語。「在小說批點本附錄之繁複，無有過於此者。」[6]其中讀法和回評更值得注意，它對《金瓶梅》創作傾向、人物形象塑造、藝術結構所作的分析，是對《金瓶梅》這部傑出的長篇藝術成就的第一次較全面肯定和總結。

二

在評析張竹坡評語之前，先談談對《金瓶梅》藝術傾向的看法，以便聯繫作品，瞭解前人評論的得失。

《金瓶梅》是我國文學史上第一部文人創作的長篇白話小說。它的出現，標誌著我國古典小說進入一個發展的新階段。它反映的是明代後期的社會現實，以武松打虎尋兄作引子，借宋之名寫明之實，直斥時事。它以官僚、惡霸、富商西門慶的罪惡家庭生活為

5　《中國通俗小說書目》。

6　戴不凡：《小說見聞錄》，頁141。

中心，上聯朝廷、官府，下結鹽監稅使、大戶豪紳、地痞惡棍，通過藝術概括，「借西門以描畫世之大淨」（東吳弄珠客〈金瓶梅詞話序〉），「因一人寫及一縣」（讀法八十四），「著此一家，即罵盡諸色」（魯迅《中國小說史略》），較真實廣泛地暴露了明代後期官場的黑暗，政治的腐朽，反映了沒落時期封建社會本質的某些方面。它成功地塑造了性格鮮明的典型形象，西門慶作為封建反動勢力的代表人物形象，是有典型意義的；潘金蓮出身勞動者家庭，聰明而有姿色，在封建黑暗勢力腐蝕逼迫下，走向墮落，受害（三次被賣一次被霸占）又害人（在西門慶唆使下鴆死武大，打罵秋菊、嚇死官哥），是一個安於奴才生活的墮落婦女形象，是沒落的封建制度的產兒。

它的作者以讚美和同情的筆調描寫了武松、武大、蔣竹山、秋菊、惠蓮、來旺等下層人物的正義行為和悲慘遭遇。武松是一個正直、勇敢、講兄弟之真情的正面人物形象，一定程度上體現了作者的理想。作者讓他的正面人物投奔梁山，做了「強盜」，表現了進步思想傾向。作者還曾寫到李逵殺了太師蔡京的女婿梁中書一家。這些地方雖只是輕描淡寫，在側重暴露黑暗的同時，畢竟觸及到一線的光明。這可以說是《金瓶梅》「筆不到而意到」，「藏一部大書於無筆處」（張竹坡評語）的所在。

魯迅先生說得好：「至謂此書之作，專以寫市井間淫夫蕩婦，則與本文殊不符，緣西門慶故稱世家，為搢紳，不惟交通權貴，即士類亦與周旋，著此一家，即罵盡諸色，蓋非獨描摹下流言行，加以筆伐而已。」（《中國小說史略》）指出了《金瓶梅》不只是描寫現象，而是抓住特殊表現一般，真實地反映生活，說明它具有現實主義的藝術傾向。

當然，它確實又有濃重的自然主義成分，這是局部的。其主要表現有二：

1. 赤裸裸地表現動物性本能。對令人噁心的無恥的兩性動作作了誇大的瑣細的描寫，這種描寫有三十八、九處，而且千篇一律。這種描寫因社會頹風影響所致，總的目的在於暴露西門之罪，儘管如此，也必須加以批判。對這些穢語只有進行恰當地刪節後，此書才能和青年讀者見面。刪節以後，並不影響我們瞭解它的藝術成就和批判價值，反而會瑕去而瑜更顯。

2. 在分析事變的原因時，有的地方夾雜「自然人」本性的描寫，也是它的自然主義成分。如：醫生蔣竹山和家世敗落的貴族婦女李瓶兒結婚後又遭到西門慶破壞，這種描寫暴露了西門慶的罪惡。作者描寫瓶兒離異蔣竹山改嫁西門慶的原因時，卻庸俗地寫了蔣竹山腰中無力，不能滿足瓶兒的需要。又如：在刻劃潘金蓮的嫉妒性格時，有時過分渲染因「欲火難禁」而生妒。再如：讓西門慶死於淫欲過度，寓「女色殺人」的勸戒之意，也降低了西門慶這一罪惡人物結局的思想意義。

《金瓶梅》在現實生活基礎上，進行藝術概括，塑造典型形象，較真實地反映了社會本質的某些方面。請看惠蓮之死、西門生子加官、拜蔡京做假子、瓶兒喪儀送殯這些表

現作者雄健筆力，含有深刻思想意義的大場面大事件的描寫，證明此書決不是對現實中浮面現象作依樣畫葫蘆的抄襲，不是完全沉埋到瑣屑細節裏而落到客觀主義。《金瓶梅》不是一部冷漠無情感的書，而是對黑暗與醜惡進行了揭露、諷刺，含有較強烈憤慨的一部憤世之書，作者有憎恨，也有一定的理想，而決不是美醜不辨，愛憎不明，精蕪不分。《金瓶梅》雖雜有自然主義成分，仍不失為一部具有現實主義傾向的傑作，是那個時代那個社會的一面鏡子。認為它脫離了現實主義，而走向了自然主義，把自然主義看作它的基本傾向，是不符合《金瓶梅》整個藝術形象的實際的。[7]

下面，我們且看張竹坡是怎樣評《金瓶梅》的。

(一)繼承和運用發憤而作、不憤不作的進步文學思想來評價《金瓶梅》，認為它是一部洩憤的世情書，是一部史公文字，而不是淫書。

從作品的「神理段落章法」即從思想內容和藝術形式統一的形象體系出發，他提出《金瓶梅》不是淫書的見解。在讀法中說：「凡人謂金瓶是淫書者，想必伊只知看其淫處也。若我看此書，純是一部史公文字。」（讀法五十三）他認為「作者必遭史公之厄而著書」，「必大不得於時勢」，「作者無感慨，亦必不著書」（讀法三十六）。《金瓶梅》第七十回〈老太監引酌朝房，二提刑庭參太尉〉的回評說：「故此回歷敘運艮峰之賞無謂，諸奸臣之貪位慕祿，以一發胸中之恨也。」竹坡具體感受到了作者在對黑暗現實作真實描寫時表露的憤恨之情，認為作者有憤懣，是「龍門再世」，《金瓶梅》是暴露世情之惡的洩憤之書，是一部史記。他要通過評點「憫作者之苦心」，稱讚作者是「才富一石」的偉大作家。竹坡在清朝統治者對知識分子採取高壓政策，大興文字獄，知識分子中形成逃避現實、保身遠禍的風氣下，能把暴露封建社會政治黑暗，揭露世情之惡，直斥時事的《金瓶梅》提到和《史記》同等地位，肯定其寫實價值，給予崇高評價，表現了一種大膽的叛逆精神。他對《金瓶梅》總體上的這一看法，是有進步意義的，發揮了李卓吾的發憤而作、不憤不作的進步文學思想。

---

7 鄭振鐸在〈談金瓶梅詞話〉（見《中國文學研究》上冊）中，認為「《金瓶梅》是一部偉大的寫實小說。」認為《金瓶梅》是現實主義作品的還有李辰冬（見〈金瓶梅法文譯本〉1932 年 4 月 25 日大公報《文學副刊》225 期）、李長之（見〈現實主義和中國現實主義的形成〉，《文藝報》1957年第 3 號）、朱星（〈《金瓶梅》的文學評價以及對《紅樓夢》的影響〉，《河北大學學報》1980年第 2 期）等。李長之先生並認為：「嚴格的現實主義只是從《金瓶梅》才算開始」，李希凡曾認為：《金瓶梅》「近於自然主義」（〈我國古典小說的藝術創作方法〉，《新建設》1961 年第 6期），「離開了現實主義走上了客觀主義」（〈《水滸》和《金瓶梅》在我國現實主義文學發展中的地位〉，見《明清小說研究論文集》）張炯曾認為：《金瓶梅》是「自然主義的有害的作品」（〈我國古典小說的藝術創作方法〉，《新建設》1961 年第 5 期）。

竹坡也曾具體指出書中確有淫話穢語。[8]但是，從書的全局看，說淫話，「作者之深意」在罪西門，不能據此而視其為淫書。竹坡指出，讀《金瓶梅》要靜坐三月，放開眼光，把一百回作一回讀。其精神實質是強調要從整體上全局上認識《金瓶梅》主導傾向，不要只著眼於淫話穢語。他很有感慨地說：「故讀金瓶梅者多，不善讀金瓶梅者亦多。予因不揣，乃急欲批以請教，雖不敢謂能探作者之底裏，然正因作者叫屈不歇」（讀法八十二）。竹坡對書中淫話有時批曰：「不堪」，表示有不滿意見，但尚不可能像我們今天明確批判這種自然主義的成分。

（二）從對文學作品和歷史的區別中，提出文學真實性觀點，加深了對文學本質的認識。

古代的文藝理論家，大多從研究文學與歷史的不同入手，加深了對文藝本質的認識。亞里斯多德在《詩學》第九章裏指出詩與歷史不同，「歷史家描述已發生的事，而詩人則描述可能發生的事。因此，詩比歷史是更哲學的，更嚴肅的，因為詩所說的多半帶有普遍性，而歷史所說的則是個別的事。」他認為詩比歷史更真實，因為詩揭示出普遍性。他是從文藝的真實性普遍性角度來區分文學和歷史的。我國古代批評家，在相當一段時期裏，從史學家立場，要求小說實錄生活，「羽翼信史而不違」。[9]金聖歎從文學要虛構的角度，把文學與歷史相區別的「因文生事」與「以文運事」的不同，是一大進步。但他沒有從藝術真實性角度作進一步闡發。而張竹坡則能從文學與歷史的區別中，闡述了文學真實觀。他認為寫《史記》易，寫《金瓶梅》難。他說：「作金瓶者，必能作史記也。何則，既已為其難，又何難為其易。」（讀法三十四）他認為《金瓶梅》來自生活真實，又不同於生活真實，藝術真實是「明珠」，生活事實是「海水」，要「以文章奪化工之巧」。

《金瓶梅》一書，「其各盡人情，莫不各得天道，即千古算來，天之禍淫福善，顛倒權奸處，確乎如此。讀之，似有一人親曾執筆在清河縣前，西門家裏，大大小小，前前後後，碟兒碗兒，一一記之，似真有其事，不敢謂為操筆伸紙作出來的，吾故曰得天道也。」（讀法六十三）。把天道這一抽象概念還原於具體的日常生活之中，表明小說描寫的對象（與明代李贄的「穿衣吃飯便是人倫物理」，清初顧炎武的從具體事物中探求真理的主張相通）。他說的「天道」，不是客觀唯心主義的理念，也不是主觀唯心主義的神靈憑附，也不是

---

8 馬幼垣：〈研究《金瓶梅》的一條新資料〉（見《中國小說史集稿》〔臺北：時報出版公司，1998年〕），用新資料證明董其昌、袁中道、謝肇淛所見《金瓶梅》是有「猥瑣淫媟」的穢語。朱星〈金瓶梅考證（一）〉認為《金瓶梅》原本無穢語之說，不能成立。

9 修髯子：〈三國志通俗演義引〉。

浮面的生活現象，而是清河縣前，西門家裏，大大小小，前前後後存在著矛盾的日常生活。竹坡在八十七回評語讚揚小說藝術成就時指出：「危機相依，如層波迭起，不可窮止」。他認為大千世界是「觸處生危」，人物之間是「危機相依」。要搊有波瀾的「海水」入「明珠」（作品）之內，「體天道以立言」（八十九回評語），依據大千世界來創作。

竹坡認為藝術真實要以生活事實為依據，他說：稗官者，「其假捏一人，幻造一事，雖為風影之談，亦必依山點石，借海揚波」（〈寓意說〉）。但藝術真實是不同於生活事實的。他明確指出小說是要經過虛構（幻造）的，要經過典型概括（因一及全）的。他反對把《金瓶梅》描寫的世情當生活事實看，而提出要當文學作品看。他一方面認為「《金瓶梅》作者，必曾於患難窮愁，人情世故，一一經歷過入世最深，方能為眾腳色摹神也。」（讀法五十九）；另一方面，又說：「作《金瓶梅》，若果必待色色歷遍，才有此書，則《金瓶梅》又必做不成也。何則，即如諸淫婦偷漢，種種不同，若必待身親歷而後知之，將何以經歷哉！」（讀法五十九）雖不必「色色歷遍」，但又必須「一心所通，實又真個現身一番，方說得一番」，要「真千百化身現各色人等」。作家要「化身」體驗，真個「現身」自己要塑造的人物之中。幻造、假捏人物要「盡人情」，「要於一個人心中，討出一個人的情理，則一個人的傳得矣」，《金瓶梅》一書「處處體貼人情天理」（讀法一百三）。直接的生活經驗、生活感受是重要的，而且要求「經歷人世最深」，但又不必事事親歷，間接經驗也是需要的。運用直接經驗和間接經驗來創作，必須符合「人情天理」，真實地表現合乎規律的生活現象。竹坡對藝術真實的這種認識，是具有一定進步性和科學性的。

竹坡在提示藝術真實時，並已初步涉及文學典型概括問題。有人說，《金瓶梅》是西門之大帳簿。竹坡嚴詞批駁道：「其兩眼無珠，可發一笑」。竹坡指出，《金瓶梅》寫西門，「因一人寫及一縣」（八十四回評語），並評述了《金瓶梅》暴露當時政治腐朽的生活本質。他覺得《金瓶梅》所寫「歷歷如真有其事，即令一人提筆記之，亦不能全者」，「處處以文章奪化工之巧」。他提示出：這樣「體天道以立言」的傑作，決不是對生活現象生活事實的照抄照搬，而是經過藝術概括，具有典型性的。竹坡的《金瓶梅》評論，從文學與歷史的區別入手，闡述了現實主義文學真實性觀點，在前輩文學思想基礎上加深了對文學本質的認識。基於他關於現實主義文學真實性見解，他非常推重《金瓶梅》的白描特點。他說：「讀《金瓶梅》，當看其白描處，子弟能看其白描處，必能自做出異樣能力巧妙文字來也。」（讀法六十四）他認為作者有一種「摹神肖影，追魄取魄」（讀法五十四）的高超藝術表現力。《金瓶梅》確有大量精采的描寫，顯示出白描特點，竹坡稱讚為「筆蓄鋒芒而不露」（八十九回評語），魯迅先生評之為「幽伏而含譏」（《中國小說史略》）。他們都提示出了《金瓶梅》的傾向性寓於具體的形象的描寫之中的

特點，說明文學真實性與客觀性的相一致。恩格斯說：「作者愈讓自己的觀點隱蔽起來，對藝術作品也就愈好。」（給哈克奈斯的信）。《金瓶梅》用白描手法而創造的大量生動的細節，正具有這一特點。竹坡、魯迅先生都把這種特點看作優點，加以肯定。而我們有的研究者，竟誤認為作者態度曖昧，實在是有點冤枉了作者。

（三）總結《金瓶梅》刻劃人物性格的藝術特點，提出在「抗衡」與「危機相依」中塑造人物形象的方法。

竹坡提示出《金瓶梅》寫人物「犯筆而不犯」（同中有異）的特點。〈讀法四十五〉中說：「《金瓶梅》妙在善於用犯筆而不犯也。如寫一伯爵，更寫一希大，然畢竟伯爵是伯爵，希大是希大，各人的身分，各人的談吐，一絲不紊。寫一金蓮，更寫一瓶兒，可謂犯矣，然又始終聚散，其言語舉動，又各各不亂一絲，寫一王六兒，偏又寫一賁四嫂，寫一李桂姐，偏又寫一吳銀姐，鄭月兒。寫一王婆，偏又寫一薛姑子，偏又寫一王姑子，劉姑子。諸如此類，皆妙在時時犯手，卻又各各一款，絕不相同也。」以上所列各組人物，分別屬於同一階層同等身分，而性格各異。塑造人物，刻劃性格，其難處在於寫出同一階層同等身分的人物的不同性格。《金瓶梅》塑造的西門慶六妻妾，還有其他眾多人物形象，無一雷同。古代小說評論家都很注意寫人物要犯筆而不犯，同中有異。金聖歎評《水滸》的人物塑造指出了這一點，後來脂硯齋評《石頭記》，哈斯寶評《紅樓夢》也指出了這一點。《金瓶梅》及其它古典長篇，在相同身分的人物中抓住不同特點刻劃鮮明生動的性格，創造了極為寶貴的藝術經驗。

同是西門慶的妻妾，潘金蓮、李瓶兒、吳月娘、孟玉樓、孫雪娥、李嬌兒性格各異。而且作者「討得此一人的情理」，「而此一人開口，是此一人的情理」（讀法四十三），緊緊抓住個性特點，加以淋漓盡致地描寫。如潘金蓮的性格特徵是嫉妒、狠毒、尖刻，而又鋒芒畢露，心直口快。作者寫金蓮無所不用其妒。第三十一回寫「西門慶生子加官」，竹坡回評說：「夫寫其生子……而金蓮妒口，又白描入骨也。」這回書正面寫李瓶兒分娩生官哥，作者寫道：「這潘金蓮聽見生下孩子來了，闔家歡喜亂成一塊，越發怒氣，自去到房裏自閉門戶向床上哭去了。」用這一細節描寫潘金蓮的內心活動，突出刻劃了她的嫉妒性格。喜日金蓮之哭（第三十一回），金蓮剎惠蓮的繡鞋（第二十八回），在翡翠軒聽到西門慶誇獎李瓶兒白淨，就暗地裏將茉莉花蕊兒攪酥油潑粉把身子都搽遍（第二十七回），等等，爭寵妒人的細節描寫，生動鮮明地刻劃了她的性格。作者描寫西門慶家庭日常生活時，著力寫了妻妾（連帶婢女、娼妓）之間的爭寵鬥妍，不少人物都有嫉妒的性格，小說寫了一對又一對的吃醋者（爭名爭利爭寵爭阿諛奉迎），但嫉妒的性格卻各各不同，決不相混。

竹坡更注意《金瓶梅》在對立中刻劃人物性格的特點。「如耍獅子必拋一球，射箭

必立一的，欲寫金蓮而不寫其與之爭寵之人，將何以寫金蓮。故惠蓮、瓶兒、如意皆欲寫金蓮之毬之的也。」（六十五回評語）在瓶兒死後，接寫金蓮與如意兒的爭寵矛盾，竹坡評曰：「惠蓮在先，如意兒在後，總隨瓶兒與之抗衡，以寫金蓮之妒也。」（六十五回評語）第二十六回寫惠蓮自縊，來旺中計，集中了主奴之間、妻妾之間、奴僕之間錯綜交織的矛盾，如竹坡所言，真是「危機相依」。在這種矛盾衝突中，出場人物各自顯示出自己的獨特性格。竹坡總結《金瓶梅》的人物形象塑造經驗，而指出在對立抗衡的矛盾、危機相依的關係之中刻劃人物性格，是具有普遍意義的。

竹坡發現《金瓶梅》在刻劃人物性格時，很注意描寫產生這種性格的生活環境。作者刻劃金蓮性格，「並其出身之處，教習之人」（二十三回評語）。竹坡認為小說寫林太太（王招宣之妻）荒淫，就是為了表現金蓮性格產生的原因。「王招宣府內，固金蓮舊時賣入學歌學舞之處也」，「一裁縫家九歲女孩至其家，即費許多閒情教其描眉畫眼，弄粉塗朱，且教其做張做致，喬模喬樣」，「今看其一腔機詐，喪廉寡恥，若云本自天生，則良心為不可必，而性善為不可據也。吾知其自二三歲時，未必便如此淫蕩也。」（二十三回評語）評析了金蓮性格形成的環境，探得了作者塑造金蓮形象的社會意義。

(四)總結《金瓶梅》「千百人總合一傳」的結構特點，給《紅樓夢》網狀結構的創新開闢了道路。

《水滸傳》的藝術結構，是單線發展，由若干單個英雄人物的傳記銜接起來，更近於《史記》的列傳。《紅樓夢》是以賈寶玉的戀愛婚姻故事為線索，把所有大大小小事件穿插貫通，形成一種網狀結構。曹雪片創造的這種新穎結構形式，是在《金瓶梅》藝術經驗基礎上加以發展而來。《金瓶梅》以西門慶破落、暴發、升官、滅亡的罪惡史為主線，把描寫西門慶家庭內部矛盾和朝廷內部的矛盾鬥爭相聯繫相照應，把各個事件彼此貫通，人物之間相互關聯，形成一種有機的整體結構。竹坡指出：「《史記》有獨傳，有合傳，卻是分開做的。《金瓶梅》卻是一百回共成一傳，而千百人總合一傳，內卻又斷斷續續，各人自有一傳。」（讀法三十四）不是像《水滸》那樣，武松、林沖、魯智深等各有獨傳（如武十回），單線發展，而是各個主要人物相互繫聯，總合一傳。人物之間，「金蓮死官哥，官哥死瓶兒，西門死武大，金蓮死西門，敬濟死金蓮」等錯綜交織，互為因果。《金瓶梅》不是分寫獨傳而是總合一傳的結構特點，以及竹坡對它的總結，給曹雪芹創作《紅樓夢》以很大影響，為《紅樓夢》網狀藝術結構的創新開闢了道路。

除以上四點之外，竹坡從藝術形象實際出發，對作品進行細緻的藝術分析的方法，也值得肯定。

竹坡本來是有一些迂腐的落後的封建觀念的。但他在藝術上評論《金瓶梅》時，不是從封建觀念封建教條出發，而是從具體的藝術形象出發，衝破了迂腐觀念，而認識到

《金瓶梅》的藝術價值。竹坡深受流行的謂王世貞造作此書，以殺其仇嚴世藩[10]之說的影響，在總評中提出「苦孝」之說。但在對小說作藝術評價時，卻申明：「故別號東樓，小名慶兒之說，既置不問，即使作書之人，亦只以作者稱之，彼既不著名於書，予何多贅哉。」（讀法三十六）因此，在進行藝術分析時，他並不拘泥於「苦孝」說，而提出《金瓶梅》是一部史公文字，是一部憤世之書。

　　對小說進行具體細緻的藝術分析，是有文學眼力的進步小說評點家所共有的特點。雖然他們之中有人政治上保守落後，但因為能從具體藝術形象出發，作精細的藝術分析，並從中提示理論，給我們留下了古代小說理論的一宗寶貴遺產。小說評點派那種照出作者金針之細，探得作者苦心，甚至參予作品修改加工，這種尊重作家勞動，鑽研作品，探得底裏的精神，還是值得我們現在的評論工作者學習的。為了克服我們今天文藝評論存在著籠統、一般化缺點，把古典小說研究和創作掛勾，使文藝理論工作和創作實踐聯繫，促進創作藝術品質提高，發揚民族藝術優良傳統，有分析有批判地向古代小說評點派學習一點具體的藝術分析方法，應該說是有意義的。

　　張竹坡的《金瓶梅》評論提出的很有價值的文學思想，大都體現在他對《金瓶梅》逐回逐段進行研究鑒賞時寫的讀法和回評中。這時他是一個很有文學眼力的鑒賞家，而且深得作者之苦心。然而，當他離開具體作品形象，從封建教條出發，想對思想內容作概括時，則表現出他的迂腐和保守。他在總評中提出的「苦孝」說、「寓意」說、「冷熱二字為一部之金鑰」說，表現了他迂腐的一面。

　　「寓意」說提出：《金瓶梅》所寫人物不下數百，大半屬寓言。他幾乎對每個人物名字都臆測出寓意。如說，「然則金蓮，豈盡無寓意哉，蓮與茇類也，陳、舊也，敗也。敬莖同音，敗莖茇荷，言蓮之下場頭。故金蓮以敬濟而敗」等等，脫離開人物形象，單從小說人物名字上探求微言大義，是荒唐的，實開小說研究中索隱派之先河。

　　「苦孝」說。竹坡認為《金瓶梅》作者是孝子，全書以悌字起，以孝字結。並在有的評語中宣揚：「惟孝可以消除萬惡，惟孝可以永錫爾類」，「天下最真者莫若倫常，最假者莫若財色」，「當世驅己之假者以殘人之真者」（〈竹坡閒話〉），即認為財色破壞了正常的封建倫理。竹坡認為《金瓶梅》寫了假父子、假母女、假兄弟、假孝子，「所以此書獨罪財色也」。對小說暴露的現實社會的黑暗，竹坡是憤慨的。第六十五回寫朝廷營建艮嶽「起八郡民夫牽挽，官吏倒懸，民不聊生」下批曰：「言之慘然淚落」。但他希求的是恢復封建倫理秩序。「苦孝」說不但脫離作品藝術形象實際，與竹坡對小說藝術上的評論相矛盾，而且說明竹坡在政治上維護封建秩序，是保守的。

10　嚴世藩，嚴嵩之子，別號東樓。有人說世藩居西門，乳名慶。

「冷熱」。在竹坡評語中是兩個很不確定的概念，有時指財勢的消長；有時指「冷局」「熱局」。

我們不掌握其他有關張竹坡的材料，無從瞭解他的全部思想。僅就他的《金瓶梅》評論看，談藝時，他是一個很有見地的文學批評家，提出了現實主義文學真實觀，是進步的；離開文學形象，從封建倫理觀念出發，抽象地說孝道論寓意時，是迂腐的，保守的。張竹坡其人就是這樣一個政治上保守藝術上進步的有矛盾的人物。他給我們留下的這宗古典小說評論遺產是精華和糟粕雜揉。

三

清人劉廷璣云：張竹坡的《金瓶梅》評點「可以繼武聖歎」。這話是有道理的。竹坡對《金瓶梅》的評論，不但繼承了金聖歎，而且在某些方面發展了聖歎的文學思想，當然也有不及聖歎之處。

聖歎少年時就開始評點《水滸》（參見《第五才子書序三》《水滸》四十七回評語）聖歎以「才」（藝術表現力）為標準，把歷史上各時代的傑出作品稱之為「六才子書」（離騷、莊子、史記、杜詩、水滸、西廂）。他全面研究了水滸、西廂人物形象塑造經驗，在我國文學理論史上更加明確地提出了典型塑造的思想。他公開主張寫愛情主題。讚揚崔鶯鶯潔清娟麗，李逵「率真」，是「至性之人」，肯定他們反封建叛聖道的精神。高度評價西廂、水滸的藝術成就，認為它們是「力能至於後世」的不朽之作。聖歎在文學批評史上是有貢獻有影響的，在小說評點方面影響更為深遠。

在聖歎被封建統治者殺頭之後，竹坡學習聖歎評水滸而評點禁書《金瓶梅》，把《金瓶梅》看作一部《史記》，列入歷史上傑出作品之林。竹坡明確說道，他與聖歎「謂兩同心」。在《金瓶梅》被禁，小說不登大雅之堂，封建專制極端殘酷的情況下，竹坡冒著政治風險而評刻《金瓶梅》，顯示出這位「其年不永」的批評家的勇氣和叛逆精神。這是與李卓吾，金聖歎重視通俗文學，研究小說戲曲的進步文學思想一脈相承的。

從聖歎關於《水滸》評論的總體看，表現為：保守的政治態度（他反對農民起義。但對《水滸》，他比李卓吾看得深。李贄從民族矛盾，大力大賢大德與小力小賢小德之間矛盾，忠與奸之間矛盾看《水滸》，肯定招安，盛讚招安。而聖歎雖有反貪官思想，他並不從忠奸之矛盾看《水滸》，他看出《水滸》無惡不歸朝廷，無美不歸綠林，看到了國家與「強盜」之間對立的嚴酷現實），進步的文學思想，削忠義仍《水滸》的合法外衣。竹坡評點《金瓶梅》深受其影響，因而情況也有些類似：保守的封建倫理觀念，進步的現實主義文學觀，「洗淫亂，存孝悌」的合法外衣。但在對社會現實問題的認識和對作品內容的分析，竹坡不如聖歎深刻。而在

真實描寫現實的文學觀上則又高出聖歎一籌。

聖歎提出「《史記》以文運事；《水滸》因文生事」（讀第五才子書法），把歷史和文學區分開來。他進一步說：「以文運事，是先有事生成如此如此，卻要算計出一篇文字來，雖是史公高才，也畢竟是吃苦事。因文生事即不然，只是順著筆性去，削高補低都由我。」（讀第五才子書法）他認為寫歷史難於寫《水滸》。竹坡則很明確提出寫《金瓶梅》難於寫《史記》。稗官雖「假捏」人物，「幻造」事件，但要「體天道以立言」，依山點石，借海揚波。作家要經歷人世最深。這些見解說明他對文學特性的認識比聖歎深刻、明確。聖歎認為「覷見是天賦，捉住是人工」（讀《西廂記》法），「捉住」指表現力，是人工的；「覷見」即識力則是天賦的。妙文即「天地現身」，「是天地直會自己劈空結撰而出」，這種觀點有客觀唯心主義色彩。而竹坡呢，他更強調作家要親身經歷，「方能為眾腳色摹神」，並朦朧感到文學比實際生活要「全」，要「巧」。

《金瓶梅》這部傑作本身在現實主義藝術成就上比《水滸》前進了一大步，竹坡從具體作品出發，在現實主義見解方面比聖歎提出了更深刻的東西，就是很自然的了。

竹坡與他更早的先輩李卓吾相比，他的現實主義真實觀和卓吾的童心說是相通相承的。但是，竹坡從人性、倫理角度論真實時，則遠不如李卓吾深刻。

李卓吾針對封建理學的虛偽、虛假而提出童心說，認為從絕假純真的童心出發，自然會寫出真實性的好作品，而不需要外入的「聞見道理」。假人辦假事，寫假文章，都是因為失去了童心。他的童心說雖然沒能正面提出更具體的文學主張，但他認為創作必須有真心，去假存真，表達真情實感，這種文藝觀是有進步意義的。

而竹坡所論人性之真是指封建倫理。《金瓶梅》塑造了眾多惡人的形象，竹坡說：西門慶是混帳惡人，金蓮不是人，蔡太師、蔡狀元、宋御史皆是枉為人也。他們在人與人之間關係上背離了三綱五常的倫理，失卻了真心。他認為如《金瓶梅》寫的竟有假父假子、假兄假弟、「此而可假，孰不可假」，「富貴而假者可真，貧賤而真者亦假」，這是顛倒真假，違反倫常。「守其真，則可樂吾孝悌」。竹坡闡述的這種真心，則與李卓吾的童心說相去甚遠，是維護封建倫理，與他文學思想上的現實主義真實觀相矛盾。李贄與竹坡都講真心、真情，都是唯心的。李贄的童心說反封建理學，是進步的，有積極意義的；竹坡的「真假」論，是保守的，維護封建倫常的。

通過總結古典現實主義巨著的藝術經驗，建樹中國古典小說理論方而，李卓吾作了開創性的工作。金聖歎繼承李卓吾的文學思想，更加明確闡述了典型塑造、人物性格個性化問題。張竹坡繼武聖歎，其主要貢獻在於明確地提示了現實主義文學真實觀。列寧說：「判斷歷史的功績，不是根據歷史活動家沒有提供現代所要求的東西，而是根據他們比他們的前輩提供了新的東西。」（〈評經濟浪漫主義〉）竹坡的影響沒有其前輩李贄、

金聖歎大，人們對他瞭解也不夠。但他確實比前輩在文學理論上提供了新東西，我們應當給予歷史的恰當評價。竹坡的影響也是客觀存在的。從藝術的民族繼承性來說，沒有《水滸》《金瓶梅》，便不可能產生達到古典現實主義最高峰的《紅樓夢》。同樣，沒有李贄、金聖歎、張竹坡等的小說評論，也就沒有脂硯齋的《石頭記》評語。李、金、張的評論，也為《紅樓夢》的產生，作了理論上的準備。

我們對金聖歎不應粗暴地扣上一頂封建反動文人的帽子，判其《水滸》批語為毒草而加以簡單否定。同樣，也不應該把張竹坡的《金瓶梅》評論看成除「說《金瓶梅「是一部《史記》，這一句還可取，其餘都是些冬烘先生八股調，全不足取」。[11]恩格斯曾指出：「黑格爾的體系包括了以前的任何體系所不可比擬的巨大領域」，「發展了現在還令人驚奇的豐富思想」（《路德維希·費爾巴哈與德國古典哲學的終結》）。但是，由於黑格爾哲學體系和方式的矛盾，內容和形式的矛盾，呈現出複雜的情況，他生前死後，都有人攻擊他。馬克思、恩格斯對它採取科學地批判態度，跳出唯心論圈子，救出辯證法合理內核，建立了辯證唯物主義。恩格斯說：「像對民族的精神發展有過如此巨大影響的黑格爾哲學這樣的偉大創作，是不能用乾脆置之不理的辦法加以消除的。必須從它的本來意義上『揚棄』它……」（《路德維希·費爾巴哈與德國古典哲學的終結》）。我們要努力運用馬、恩關於如何對待理論遺產的論述，來指導研究金聖歎、張竹坡等的文學理論遺產，為建立具有自己民族特點的馬克思主義文藝學體系而添磚加瓦。

11　朱星：〈金瓶梅考證（一）〉，見《社會科學戰線》1979 年第 2 期。

張竹坡與《金瓶梅》評點考論

1980 年筆者曾撰〈評張竹坡的《金瓶梅》評論〉（載《文藝理論研究》，1981 年第 2 期），對張竹坡的小說評點作了初步探討。近幾年，在領導與師友的關心支援下，參加搜集彙編張竹坡與《金瓶梅》資料工作過程中，接觸到一些新資料。在此基礎上，現對竹坡生平思想、竹坡與第一奇書、竹坡小說評點的歷史地位、張評本對曹雪芹創作的影響等問題作進一步探討，以求教於方家。

張竹坡生平思想

張竹坡（1670-1698），名道深，字自德，號竹坡。徐州銅山縣人。生於康熙庚戌年七月二十六日，卒於康熙戊寅年九月十五日，生年二十九歲。其父翬，字季超，著有《同聲集》，年四十二歲而逝，竹坡時年十五，自云「年十五而先嚴見背」（《烏思記》）。約在二十四歲時，曾到北京，與友人結社會詩，長章短句，賦成百餘首，被譽為竹坡才子。

康熙三十四年乙亥年（1695）春，評點《金瓶梅》。1696 年到金陵，第五次參加江南省的鄉試，落第之後，旅居揚州，在揚州結識了張潮等人，並評點了《幽夢影》。1697 年，由揚州移寓蘇州，寫下〈客虎阜遣興〉〈撥悶三首〉等詩作。

康熙三十七年戊寅年（1698），由友人推薦，得以在永定河工地任職，「晝則督理插畚，夜仍秉燭讀書達旦」（張道淵〈仲兄竹坡傳〉）。工竣，到鉅鹿，寓居客舍，一夕突病，嘔血數升，於九月十五日而卒。「兄既歿，檢點行櫥，惟有四子書一部，文稿一束，古硯一枚而已。嗟呼，之數物者，即以為殉可也。」（張道淵〈仲兄竹坡傳〉）卒後，葬於銅山縣丁塘先塋。有二子二女，長子彥寶，字石友，善詩畫，生員；次子彥瑜。

竹坡著有《皋鶴堂批評第一奇書金瓶梅》《十一草》《幽夢影》評語、致張潮書信等。[1]

---

[1] 竹坡生平著述資料，見《張氏族譜》《銅山縣誌》《徐州詩徵》《友聲集》《幽夢影》《在園雜誌》《馬隅卿雜鈔》等。寫竹坡生平概述時，參閱了吳敢同志提供的有關材料，謹致謝意。

竹坡一生窮愁悲苦，齎志而沒。他多次提到自己的貧困處境。「小子窮愁著書」（〈第一奇書非淫書論〉）、「邇來為窮愁所迫」（〈竹坡閒話〉）。張潮《幽夢影》說：「境有言之極雅而實難堪者，貧病也。」竹坡評曰：「我幸得極雅之境。」

從《幽夢影》評語，可以看出張竹坡的宇宙觀、反宗教迷信思想、人生態度。

張潮說：「莊周夢為蝴蝶，莊周之幸也。蝴蝶夢為莊周，蝴蝶之不幸也。」竹坡評曰：「我何不幸而為蝴蝶之夢者。」借助莊周夢蝴蝶故事，寄寓了理想在現實世界中不得實現的痛苦思想。從〈客虎阜遣興〉也可以看出竹坡的「愁思」，詩云：「千秋霸氣已沉浮，銀虎何年臥此丘。憑弔有時心耳熱，雲根撥土覓吳鉤。」抒發了有抱負而又不得意於當時的情懷。張潮說古之劍術不傳於今。竹坡評曰：「今之絕勝於古者，能吏也，猾棍也，無恥也。」直接表明了對當時黑暗現實的譴責與批判。

張潮反對佛道二家的「福報」之說，認為佛寺僅可供遊客停居。竹坡表示贊同，並發表了更激烈的觀點。他評曰：「如此處置此輩，甚妥。但不得令其於人家喪事誦經，吉事拜懺，裝金為像，鑄銅作身，房如宮殿，器御鐘鼓，動說因果。雖欲飲酒食肉，娶妻生子，總無不可。」反對宗教迷信、因果輪迴，主張和尚像普通人一樣生活，反映了人性自覺要求。

張潮說：「南北東西，一定之位也。前後左右，無定之位也。」竹坡評曰：「聞天地晝夜旋轉，則此東西南北亦無定之位也。或者天地外貯此天地者，當有一定耳。」張潮對宇宙的認識是形而上學的。竹坡與張潮看法不同，認識到天地旋轉，天外有天，東西南北無定位，能從宏觀角度認識自然，接近了近代的宇宙觀，這可能受《崇禎曆書》引述哥白尼《天體運行論》的影響。

竹坡在評語中，還主張「種德」「立品」，反對「務名」，他說：「無益之學問莫過於務名。」

竹坡與第一奇書

張竹坡在康熙年間，克服了重重困難，評點刊刻了《第一奇書金瓶梅》。他對《金瓶梅》作了全面研究，寫下了十幾萬言的評論，肯定了《金瓶梅》的寫實成就，總結了《金瓶梅》的藝術經驗，給這部巨著以很高評價。張竹坡與《金瓶梅》，正如金聖歎與《水滸傳》脂硯齋與《紅樓夢》的關係一樣密不可分。在小說理論史上，張竹坡與李贄、金聖歎、脂硯齋等都占有重要地位。

自竹坡死後，雖有時也有關於竹坡評點小說的記載，但總的來說，一直未引起更多的注意與研究。其弟道淵曾說，竹坡著書立說，已留身後之名。康熙乙亥本第一奇書謝

頤序指出：《金瓶梅》一書，「今經張子竹坡一批」，「照出作者金針之細」，總評〈竹坡閒話〉中也點明了批者。康熙五十四年（1715），在竹坡死後十幾年，劉廷璣《在園雜誌》卷二記載：「《金瓶梅》……彭城張竹坡為之先總大綱，次則逐卷逐段分注批點，可以繼武聖歎，是懲是勸，一目了然。」竹坡自己在〈第一奇書非淫書論〉中闡述評刻意圖時說：「況小子年始二十有六，素與人全無恩怨，本非借不律以泄憤懣，又非囊有餘錢借梨棗以博虛名」。從最近讀到的竹坡生平新資料，證明這些記載是準確可靠的。「五四」以後，馬隅卿先生較早注意搜集張竹坡及其小說評點的資料，勾稽了〈關於批評《金瓶梅》之張竹坡先生〉（見《馬隅卿雜鈔》）。孫楷第先生《中國通俗小說書目》在著錄張評本時，也注意了關於竹坡的資料，因受材料局限，孫先生誤認為竹坡為順康時人，並云「竹坡名未詳」。

　　對竹坡的《金瓶梅》評刻，張潮應給予過積極支持。竹坡對張潮非常尊崇，在給張潮信中稱「老叔台」「昭代之偉人」「儒林之柱石」，以小侄、學生自稱。張潮生於順治七年（1650），長竹坡十九歲。竹坡在揚州旅邸有致張潮信說：「捧讀佳序，真珠璀玉璨，能使鐵石生光，小侄後學妄評，過龍門而成佳士，其成就振作之德，當沒世銘刻矣！謝謝。」此處所云「佳序」，可能指謝頤第一奇書序。我也認為謝頤序可能為張潮託名而寫，[2] 理由如此：(1)謝頤序在 1695 年，張潮〈檀几叢書序〉也在 1695 年。竹坡信中提到張潮寫「佳序」與他讀「大刻」《檀几叢書》在同時。(2)張潮〈虞初新志自序〉稱讚《豔異編》「所載者為奇矣」，並仿其意編《虞初後志》。謝頤序說：「知《豔異》亦淫以其異而不顯其豔」，對《豔異》的賞識與〈虞初新志自序〉同。謝頤序要讀《金瓶梅》而生憐憫心（承襲東吳弄珠客觀點），與張潮《幽夢影》中說《金瓶梅》是一部哀書的觀點一致。(3)謝頤序確指《金瓶梅》為「鳳洲作無疑」，並認為《金瓶梅》是淫書。這兩點看法與竹坡的評論相抵觸。竹坡說：「傳聞之說，大都穿鑿，不可深信」，「彼既不著名於書，予何多贅哉！」（〈讀法〉三十六）由此可以排除謝序為竹坡自序的可能。(4)謝頤序與張潮〈虞初新志自序〉等論著不但觀點相同，而且文字風格相同。

　　竹坡評刻《金瓶梅》有一種崇高的宗旨：「使天下人共賞文字之美」（〈仲兄竹坡傳〉），而不是為了謀利。他的窮愁激發了他評刻第一奇書。他經歷了貧困，為世情炎涼所激，「恨不自撰一部世情書以排遣悶懷」，並「幾欲下筆，而前後結構，頗費經營」，終於擱筆，懷著抑鬱不平的思想感情而評點《金瓶梅》，「亦可算我又經營一書」（〈竹坡閒話〉）。竹坡抱著讓天下人欣賞《金瓶梅》藝術美的目的，以自己創作一部世情書的嚴肅認真態

2　顧國瑞、劉輝在〈《尺牘偶存》、《友聲》及其中的戲曲史料〉（《文史》，第 15 輯）中已提出
　　謝頤疑是張潮託名的看法。我同意這看法，並提出四點理由補充之。

度來寫小說評點。因此，他給我們留下的第一奇書評點，可以說是他在窮愁和艱險的環境下，用血淚寫成的，是極為寶貴的一宗小說理論遺產。他的名字和《金瓶梅》一書萬世永存。[3]

小說批評史上的里程碑

一、駁斥「淫書」論，開創了《金瓶梅》評論的新階段

在總評部分，竹坡有一篇〈第一奇書非淫書論〉，提出《金瓶梅》不是淫書的見解。認為《金瓶梅》亦如《詩經·國風》；「《詩》云以爾車來，以我賄遷，此非瓶兒等輩乎！又云子不我思，豈無他人，此非金瓶等輩乎！狂且狡童，此非西門敬濟等輩乎！乃先師手訂，文公細注，豈不曰此淫風也哉。所以云詩三百，一言以蔽之曰：思無邪。」〈讀法〉八十二說：「今只因自己目無雙珠，遂悉令世間，將此妙文目為淫書，置之高閣，使人嘔心瀝血做這妙文，雖本自娛，實亦欲娛千百世之錦繡才子者。乃為俗人所掩盡付東流，是謂人誤《金瓶》，何以謂西門慶誤《金瓶》。……讀《金瓶梅》者多，不善讀《金瓶梅》者亦多。予因不揣，乃急欲批以請教，雖不敢謂能探作者之底裏，然正因作者叫屈不歇。」他要通過評點，「憫作者之苦心，新同志之耳目」。竹坡在〈讀法〉五十三說：「凡人謂《金瓶》是淫書者，想必伊只知看其淫處也。若我看此書，純是一部史公文字。」他認為「作者必遭史公之厄而著書」，「必大不得於時勢」，「作者無感慨，亦必不著書」（〈讀法〉三十六）。《金瓶梅》第七十回〈老太監引酌朝房，二提刑庭參太尉〉的回評說：「故此回歷敘運艮峰之賞無謂，諸奸臣之貪位慕祿，以一發胸中之恨也。」竹坡具體感受到了作者在對黑暗現實作真實描寫時表露的憤恨之情，認為作者有憤懣，《金瓶梅》是暴露世情之惡的洩憤之作。他稱讚作者是「才富一石」的偉大作家。竹坡在清朝統治者對知識分子採取高壓政策，大興文字獄，知識分子中形成逃避現實，保身遠禍的風氣下，能把暴露封建社會政治黑暗，揭露世情之惡，直斥時事的《金瓶梅》，提到和《史記》《詩經》中的〈國風〉同等意義，駁斥流行的淫書論，肯定其寫實價值，給予崇高評價，表現了非凡的藝術見解和勇敢的叛逆精神。他對《金瓶梅》總體上的肯定，是有進步意義的。

竹坡也曾具體指出書中確有淫話穢語。但是，從書的全局看，說淫話，作者之本意

3　張竹坡《金瓶梅》評語及《金瓶梅》研究資料，見侯忠義、王汝梅編《金瓶梅資料彙編》（北京：北京大學出版社 1985 年）。

在罪西門，不能據此而視其為淫書。竹坡指出，讀《金瓶梅》要靜坐三月，放開眼光，把一百回作一回讀。其精神實質是強調要從整體上認識《金瓶梅》主導傾向，不要只著眼於淫話穢語。他指出，有人「所以目為淫書，不知淫者自見其為淫耳（〈第一奇書非淫書論〉）竹坡對書中浮穢描寫，有時批曰「不堪」，表示不滿，但尚不可能像我們今天明確批判這種自然主義的描寫成分。

在康熙年間，張竹坡的《金瓶梅》評點，開創了《金瓶梅》研究的新階段。明萬曆丙申二十四年（1596）至萬曆丁巳四十五年（1617）為《金瓶梅》抄傳和早期刊刻階段，以欣欣子、袁宏道、謝肇淛為代表，對《金瓶梅》進行了最初的評價，多為隻言片語，也未廣泛流傳。天啟崇禎年間，為改寫和加評點階段，《新刻繡像批評金瓶梅》刻於天啟崇禎年間，加了少量評語。評語已認為《金瓶梅》是一部「世情書」「非淫書」。張竹坡的評點，繼承前人成果，打破舊的看法，對《金瓶梅》作了全面分析，形成了自己的體系。在組織結構上也有創新，他的評點不但有讀法、回前評語、眉批、夾批，而且增加了專論。各篇專論分別闡述了洩憤說、真假說、寓意說、苦孝說（從另一角度闡發洩憤說），非淫書論等觀點。把專論和讀法、評語結合，是小說批評方式上的發展。在竹坡之前，小說理論是以序跋、評點、筆記形式表達的，尚無專論體制。竹坡從藝術形象出發，在〈讀法〉中對《金瓶梅》作分析，雖分為 108 條，通看是一篇有層次的「金瓶梅論」，論述了小說創作動因、主旨、結構、分析人物形象、歸納了具體寫作方法。回前評語具體分析各回特點。總論、讀法、回評三大部分，從概括論述到具體分述，形成竹坡《金瓶梅》評論的體系，把我國古代小說理論批評推上新的高度。

二、總結《金瓶梅》寫實成就，確立了現實主義小說藝術觀念

小說是藝術不是歷史，寫小說難於寫歷史。金聖歎從小說要虛構的角度把小說與歷史相區分為「因文生事」與「以文運事」之不同。他指出：「《史記》是以文運事，《水滸》是因文生事。以文運事，是先有事生成如此如此，卻要算計出一篇文字來，雖是史公高才，也畢竟是吃苦事。因文生事既不然，只是順著筆性去，削高補低都由我。」（〈讀第五才子書法〉）聖歎對小說與歷史作了如此區分，但沒有從藝術真實性角度作進一步發揮，並認為寫歷史比寫小說難。竹坡引聖歎為同志，是學習聖歎評《水滸》而評點《金瓶》的。但在小說與歷史區分上，卻超出聖歎，發展了聖歎的觀點。他認為寫小說比寫歷史難。他說：「作《金瓶梅》者，必能作《史記》也。何則？既已為其難，又何難為其易。」（〈讀法〉三十四）說明他對小說藝術真實特性認識加深，竹坡認為稗官雖「假捏」人物，幻造事件，但要「體天道以立言」，要依山點石，借海揚波。他認為《金瓶梅》以作家閱歷為基礎，又不局限於個人的直接經歷。他指出：「《金瓶梅》作者，必

曾於患難窮愁，人情世故，一一經歷過，入世最深，方能為眾腳色摹神也。」（〈讀法〉五十九）不能要求作家「色色歷遍」，「即如諸淫婦偷漢，種種不同，若必待身親歷而後知之，將何以經歷哉！」（〈讀法〉五十九）但卻必須「一心所通，實又真個現身一番，方說得一番」，要「真千百化身現各色人等」，要求作家發揮想像力，「一心所通」，「化身」體驗，「現身」虛構的藝術情境。竹坡認為小說藝術真實要以生活事實為依據，又不等同於生活事實。據此，他反對把《金瓶梅》描寫的世情當生活事實看，而提出要當文學作品看。

小說不是記帳簿，從生活事實出發又要幻化，有時日但可混亂年表。竹坡強調小說要以作家的閱歷為基礎，但要幻化，而不能拘泥於生活事實，更不能是記帳簿。有人說《金瓶梅》是西門之大帳簿，竹坡批駁道：「其兩眼無珠，可發一笑。」〈讀法〉三十七說：「《史記》中有年表，《金瓶》亦有時日也。……此書獨與他小說不同，看其三四年間，卻是一日一時，推著數去，無論春秋冷熱，即某人生日，某人某日來請酒，某月某日某某人，某日是某節令，齊齊整整挨去，若再將三五年甲子次序排得一絲不亂，是真個與西門計帳簿，有如世之無目者所云者也。故特特錯亂其年譜。大約三五年間其繁華如此。則內云某日某節，皆歷歷生動，不是死板一串鈴可以排頭數去，而偏又能使看者五色眩目，真有如挨著一日日過去也。此為神妙之筆。」

要照市井生活本來的樣子寫得逼真如畫，「使人不敢謂為操筆伸紙做出來的」。他說，《金瓶梅》一書「其各盡人情，莫不各得天道，即千古算來，天之禍淫善福，顛倒權奸處，確乎如此。讀之，似有一人親曾執筆在清河縣前，西門家裏，大大小小，前前後後，碟兒碗兒，一一記之，似真有其事，不敢謂為操筆伸紙做出來的」（〈讀法〉六十三）。他認為《金瓶梅》所寫「歷歷如真有其事，即令一人提筆記之，亦不能全者」（六十回評語），「處處以文章奪化工之巧」。他提示出：這樣「體天道以立言」的傑作，決不是對生活現象生活事實的照抄照搬，而是經過藝術概括的。

竹坡把現實主義小說要以作家閱歷為基礎，不能照抄生活，又要具體生動逼真地描寫生活，結合總結《金瓶梅》寫實成就，涉及到小說與歷史、藝術與生活、生活現象與生活本質、客體與主體問題，並注意到了它們之間的辯證關係，確立了現實主義小說藝術觀念，打破了視小說為歷史附庸的舊觀念。《金瓶梅》寫實成就，標誌著我國古典小說進入一個發展新階段，竹坡最早明確總結了《金瓶梅》寫實成就，這在小說理論史上是有劃時代意義的。李贄的童心說，認為創作的根本和首要條件是童心、是真誠，這比把儒家道統看作文學的根本是個很大的突破，為小說創作開闢了道路。但李贄強調的是主觀心靈之真，而竹坡總結《金瓶梅》創作經驗基礎上強調以作家閱歷為基礎的藝術真實，強調現實日常生活，又重視作家的激情，強調兩方面的統一，標誌我國小說理論走

上成熟階段，為我國古典現實主義小說創作走上高峰奠定了理論基礎。

早在《金瓶梅》傳抄階段，謝肇淛就注意到《金瓶梅》描寫朝野、官私、閨閫、市里等生活的廣泛性、真實性。他說：「譬之範工摶泥，妍媸老少，人鬼萬殊，不徒肖其貌，且並其神傳之。信稗官之上乘，爐錘之妙手也。」（〈金瓶梅跋〉）張竹坡則明確指出《金瓶梅》是一部「市井文字」，是一部洩憤的世情書，全面總結其寫實成就。在竹坡之後，《金瓶梅》的寫實成就，屢屢被文藝家所重視。清人劉廷璣認為《金瓶梅》「深切人情世務」，善於描寫「家常日用應酬世務」（《在園雜誌》）。魯迅稱《金瓶梅》為「世情小說」，他說：「至謂此書之作，專以寫市井間淫夫蕩婦，則與本文殊不符，緣西門慶故稱世家，為搢紳，不惟交通權貴，即士類亦與周旋，著此一家，即罵盡諸色，蓋非獨描摹下流言行，加以筆伐而已。」（《中國小說史略》）鄭振鐸認為《金瓶梅》是一部「偉大的寫實小說」（《插圖本中國文學史》）。研究竹坡等前人對《金瓶梅》寫實成就的總結，有助於我們今天對《金瓶梅》的研究和借鑒古典小說的創作經驗。

三、分析《金瓶梅》刻畫人物性格的藝術特點，豐富了典型性格論

在竹坡之前，金聖歎總結水滸傳塑造人物的經驗，強調寫人物要寫出性情、氣質、形狀、聲口等方面表現的性格特點，指出《水滸傳》能寫出同類性格在不同人物身上的獨特性，明確提出寫人物性格的主張。《水滸傳》類型化的典型藝術實踐限制了金聖歎的典型論，他的論述比較簡單。《金瓶梅》更重視人物性格的刻畫，在典型塑造上表現出由類型化向性格化轉變的新趨向。不是從抽象的智、勇、忠義等概念出發，而是從現實日常生活出發。不是強調單一，而是強調多樣複雜。不是強調自幼奸詐或智慧，而是強調變化發展。不是強調靜穆，而是強調衝突。竹坡總結了這新的藝術經驗把古代小說理論推向新的階段。

金聖歎把性情、氣質、形狀、聲口屬於人物內在性情和外在表現平列提出，做為寫人物性格的要求，沒有深入到人物性格的內在本質去探討。竹坡沿用詩文論的「情理」這一概念，賦予了極豐富的內涵。他把「情理」作為人物性格的本質特性而提出，強調「討得情理」的重要。〈讀法〉四十三說：「做文章不過情理二字。今做此一百回長文，亦只是情理二字。於一個人心中討出一個人的情理，則一個人的傳得矣。雖前後夾雜眾人的話，而此一人開口是此一人的情理。非其開口便得情理，由於討出這一個的情理，方開口耳。」由情理而決定人物在某種場合說什麼話做什麼事。竹坡所指情理，情指人情、性情，理指天理、天道。情近於今天說的典型性格的特殊性，理近於今天說的典型性格體現的普遍性。竹坡所云理不再是指超感性世界的永恆理念，他所言之理即在現實日常生活之中，離開日常生活而無所謂理。竹坡說《金瓶梅》「其各盡人情，莫不各得

天道」，「讀之，似有一人親曾執筆在清河縣前，西門家裏，大大小小，前前後後，碟兒碗兒，一一記之，似真有其事，不敢謂為操筆伸紙做出來的，吾故曰得天道也」（〈讀法〉六十三）。作品人物的真實可信，達到使人認為不是寫出來的，而覺得生活本來就是如此。這種高度真實性，就是因為「各盡人情與各得天道」，「處處體貼人情天理」（〈讀法〉一百零三）。李贄認為穿衣吃飯便是人倫物理。清初顧炎武也主張從具體事物中探求真理。李漁也主張小說寫人情物理。竹坡繼承了他們的思想，把理（天道、天理）這一抽象概念還原於具體日常生活之中，理不是客觀唯心主義的理念，也不是主觀唯心主義的神靈憑附。這種哲學觀點提供現實主義典型性格描寫的哲學基礎，人物不再是理念的化身。

竹坡進一步提出要為「眾腳色摹神」「各各皆到」「特特相犯，各不相同」，強調寫神，寫出「這一個」，寫出同類人物的不同性格特徵。這方面的評語是很多的。〈讀法〉一開始就把《金瓶梅》主要人物形象按身分、年齡等分為六類，在每一類人物中，如果不能「討得情理」，寫出各自獨特之點，就會千人一面，雷同化、概念化。而《金瓶梅》作者非常善於摹寫同類人物的不同性格特點，寫人物「犯筆而不犯」，竹坡對此給予了總結。他指出：「寫一伯爵，更寫一希大，然畢竟伯爵是伯爵，希大是希大，各自的身分，各人的談吐，一絲不紊。寫一金蓮，更寫一瓶兒，可謂犯矣；然又始終聚散，其言語舉動，又各各不亂一絲。寫一王六兒，偏又寫一賁四嫂；寫一李桂姐，又寫一吳銀姐、鄭月兒；寫一王婆，偏又寫一王姑子、劉姑子，諸如此類，皆妙在特特犯手，卻又各各一款，各不相同也。」（〈讀法〉四十五）

竹坡認為《金瓶梅》寫人物性格的獨特性達到極細微程度，一絲不混，處處不同。「剛寫王六兒，的是王六兒。接寫瓶兒，的是瓶兒。再接寫金蓮，又的是金蓮，絕不一點差錯」（六十一回評語）。寫性格獨特性達到每句話都是這一個人物的，而與別人不相混同。竹坡說《金瓶梅》寫金蓮「一路開口一串鈴，是金蓮的話作瓶兒不得，作玉樓、月娘、春梅亦不得，故妙。」（六十一回夾批）第六十二回寫瓶兒死，由於在場人物與瓶兒關係不同，各人身分性格不同寫出了他們哭瓶兒這同一行為的不同之點。竹坡曰：「西門是痛，月娘是假，玉樓是淡，金蓮是快。故西門之言，月娘便惱；西門之哭，玉樓不見，金蓮之言，西門發怒也。情事如畫。」

同是西門慶的妻妾，潘金蓮、李瓶兒、吳月娘、孟玉樓、孫雪娥、李嬌兒性格各異。作者「討得此一人的情理」，「而此一人開口，是此一人的情理」（〈讀法〉四十三），緊緊抓住性格的獨特點，加以淋漓盡致地摹寫，達到傳神入化程度。潘金蓮性格特徵是嫉妒、狠毒、尖刻，而又鋒芒畢露，心直口快。作者寫她無所不用其妒。第三十一回寫西門生子加官，竹坡評說：「夫寫其生子……而金蓮妒口，又白描入骨也。」這回正面

寫李瓶兒分娩生官哥，作者寫道：「這潘金蓮聽見生下孩子來了，闔家歡喜亂成一塊，越發怒氣，自去到房裏自閉門戶向床上哭去了。」用這一細節摹寫金蓮內心活動，突出刻畫了她的嫉妒性格。作者描寫西門慶家庭日常生活時，著力寫了妻妾之間的爭寵鬥妍，不少人物都有嫉妒性格，小說寫了一對又一對吃醋者（爭名爭利爭寵爭阿諛奉迎），但嫉妒的性格卻各各不同，決不相混。

竹坡更注意《金瓶梅》在對立中、在各種關係中刻畫人物性格的特點，提出在「抗衡」與「危機相依」的矛盾衝突中塑造典型的思想。《金瓶梅》主要人物形象組成一個有機的形象整體，相互之間交織著各種矛盾，形成各種不同性質不同層次的關係。「金蓮死官哥，官哥死瓶兒，西門死武大，金蓮死西門，敬濟死金蓮」（八十七回評語），互為因果，互相制約。矛盾交織，禍福相依。表現在性格描寫上有主賓、映襯、對比、對立、正反、虛實、前車後車等不同情況。在瓶兒死後，作者用意寫如意兒和西門慶之間關係。竹坡在六十五回評曰：「總之為金蓮作對，以便寫其妒寵爭妍之態也。故蕙蓮在先，如意兒在後，總隨瓶兒與之抗衡，以寫金蓮之妒也。如要獅子必拋一球，射箭必立一的，欲寫金蓮而不寫一與之爭寵之人，將何以寫金蓮？故蕙蓮、瓶兒、如意皆欲寫金蓮之毬之的也。」竹坡在第八十七回評總論全書各主要人物之間關係後又指出：「危機相依，如層波迭起，不可廢止。何物作者能使大千世界，生生死死之苦海水，盡掬入此一百明珠之線內，嘻，技至此無以復加矣。」竹坡對官哥之死、「三章約」等關鍵性事件，對西門、月娘、瓶兒、金蓮、玉簫、書童、陳敬濟之間矛盾爭鬥而又相依從的關係進行了精闢分析，總結出《金瓶梅》在對立抗衡的矛盾、危機相依的關係中刻畫人物性格這一具有普遍意義的經驗。

竹坡發現《金瓶梅》在刻畫人物性格時，非常注意描寫產生這種性格的生活環境及性格的發展變化。作者刻畫金蓮性格，「並其出身之處，教習之人」（二十三回評）。竹坡認為小說寫林太太荒淫，就是為了表達金蓮性格產生的原因。「王招宣府內，固金蓮舊時賣入學歌學舞之地也」，「一裁縫家九歲女孩至其家，即費許多閒情教其描眉畫眼，弄粉塗朱，且教其做張做致，喬模喬樣」，「今看其一腔機詐，喪廉寡恥，若云本自天生，則良心為不可必，而性善為不可據也。吾知其二三歲時，未必便如此淫蕩也。」（二十三回評）評析了金蓮性格形成的環境，認為金蓮毒辣嫉妒是社會環境造成的，而不是自幼如此（《三國演義》寫曹操自幼便奸，而劉備從小就仁）。《金瓶梅》寫出了人物性格的發展變化及性格的豐富複雜。金蓮、瓶兒、春梅、蕙蓮等人物形象都可以說明。瓶兒具有仁義與狠毒、溫柔善良與下流無恥之雙重性格。春梅先作婢女後作夫人，其性格有一定發展。作者以極深切的同情摹寫宋蕙蓮之被損害被污辱。蕙蓮的輕佻淫蕩聯繫著內在的貞操，淺薄下面藏著愛心。孫述宇先生說：「蕙蓮故事以不貞婦人來寫貞節」，《紅樓

夢》中晴雯等的故事,「那裏比得上蕙蓮故事之能反映出複雜的人生?」(《金瓶梅的藝術》),這種見解符合《金瓶梅》的實際。第二十六回寫蕙蓮自縊、來旺中計,作者以強烈地愛僧之情揭露批判西門、同情蕙蓮的苦難遭遇。蕙蓮在西門慶迫害之下,自縊身死,亡年二十五歲,作者悼念她說:「世間好物不堅牢,彩雲易散琉璃脆」。竹坡寫了大段評語分析作者對蕙蓮的描寫說:「蕙蓮本意無情西門,不過結識家主為叨貼計耳。宜乎,不甘心來旺之去也。文字俱於人情深淺中,一一討分曉,安得不妙。」指出了蕙蓮性格的複雜豐富。竹坡總結《金瓶梅》寫典型性格的這些藝術經驗:作家要討得情理,抓住性格的內在根據、本質特點,要為眾腳色摹神,各各皆到,各不相同;在對立中在各種關係中寫人物性格;描寫人物性格形成的生活環境及表現性格的豐富複雜、發展變化等等,比金聖歎的典型論豐富得多、深刻得多。我國古典詩文論,雖然已包含了藝術典型論思想,然而,只有到明清時期小說取得輝煌成就之時,金聖歎、張竹坡總結了《水滸傳》《金瓶梅》藝術經驗基礎上,才建立起了我國古代的典型性格論,比前人建立在詩文基礎上的論述更明確、深入、具體。在十七、八世紀之交,法國由封建社會向資本主義過渡時期,新古典主義者布瓦羅(1636-1711)強調抓人性中普遍永恆的東西,還徘徊在賀拉斯的定型和類型學說圈子裏時候,我國的張竹坡在資本主義剛萌芽但還是封建社會的條件下,已提出了較為豐富的典型性格論,這在中外文藝理論史上是應占有重要地位的。[4]

張評本對曹雪芹創作的影響

張竹坡對《金瓶梅》描寫的明代黑暗社會現實,運用了真假冷熱概念來概括。〈竹坡閒話〉說:「閒嘗論之,天下最真者,莫若倫常,最假者莫若財色。然而倫常之中如君臣朋友夫婦可合而成,若夫父子兄弟,如水同源,如木同本,流分枝引莫不天成,乃竟有假父假子、假兄假弟之輩。噫!此而可假,孰不可假!將富貴而假者可真,貧賤而真者亦假。富貴熱也,熱則無不真;貧賤冷也,冷則無不假。不謂冷熱二字,顛倒真假一至於此,然而冷熱亦無定矣。今日熱而明日冷,則今日之真者,悉為明日之假者矣。悲夫!本以嗜欲故,遂迷財色,因財色故,遂亂真假。因彼之假者,欲肆其趨承,使我之真者,皆遭其荼毒。所以此書獨罪財色也。」「當世驅己之假者以殘人之真者,不瞬息而己之真者亦飄泊無依,所為假者安在哉!」真假、冷熱、貧富、盛衰是無定的,可以變易的,不是如程朱理學宣揚的那樣「定位不易」,一成不變。真假顛倒、真假混亂

4 　張竹坡也有迂腐和保守的一面,本書〈評張竹坡的《金瓶梅》評論〉中已指出,此處從略。

顯示出封建社會腐朽沒落的現實。竹坡真假論中的樸素辯證法思想只運用於對醜惡事物的剖析，而沒有運用於未來，散佈了對「天不變，道亦不變」即所謂永世長存的封建倫理秩序的悲觀主義。

　　道光年間，蒙古族文學批評家哈斯寶在《新譯紅樓夢總錄》中照錄竹坡論真假這段文字，用來解說《紅樓夢》。說明他已意識到《紅樓夢》與《金瓶梅》在題材與創作思想上的內在聯繫。《紅樓夢》寫真假，演冷熱盛衰，以更加宏偉的藝術形象提供了封建社會衰敗腐朽、變易無定的樸素辯證法思想。太平閒人張新之《妙復軒評石頭記》說：「《紅樓夢》是暗《金瓶梅》……至其隱痛，較作《金瓶梅》者尤深。《金瓶梅》演冷熱，此書亦演冷熱。《金瓶梅》演財色，此書亦演財色。」在近現代，曼殊（梁啟勳）《小說叢話》（1904）、姚靈犀《瓶外卮言》（1940）在研究《金瓶梅》《紅樓夢》時，也指出了《金瓶梅》對《紅樓夢》的影響。《紅樓夢》在思想和藝術上都遠遠超過《金瓶梅》，達到了我國古典小說現實主義的高峰。但是，如果沒有《金瓶梅》及對《金瓶梅》藝術經驗的總結，《紅樓夢》的產生是不可想像的。甲戌本二十八回眉批，庚辰本六十六回夾批，由曹雪芹的至親好友直接說明《紅樓夢》創作上「深得金瓶壼奧」。曹雪芹、脂硯齋都應是對《金瓶梅》作了精深研究的。他們讀的是什麼本子呢？詞話本在明朝尚未能廣泛流行。清初流行張評本，在宮廷和上層貴族中也如此。在張評本評刻後的康熙四十七年（1708），由戶曹郎中和素把《金瓶梅》譯成滿文，滿文譯本是以張評本為底本翻譯的。說明在清初到清中葉，張評本流行較廣，影響較大。大體可以推論，曹雪芹讀到的是張評本。從《紅樓夢》的思想和藝術，可以看出曹雪芹不但直接借鑒了《金瓶梅》的藝術經驗，而且也受了張竹坡小說理論的影響（兼有積極與消極兩個方面）。從曹雪芹作品中體現的作家主觀思想，如：真假、冷熱、色空、盛衰、榮枯等，讓人想到張評對曹雪芹有一定影響。[5]張竹坡活在十七、八世紀之交，約與曹寅（1658-1712）同時。這時，曹雪芹這位偉大作家還沒有降生。但是，張評本《金瓶梅》已在藝術經驗、小說理論方面為《紅樓夢》奠定了基礎，加上明中葉至清中葉幾代藝術家一百多年積累，預示巨著《紅樓夢》即將臨產。《金瓶梅》作者和張竹坡都堪稱為曹雪芹藝術創造革新的先驅者。

5　美國學者大衛特·羅依在他評述張竹坡的文章中提出曹雪芹讀過張評本的看法，並且說：「已對這種假說找到了一些確鑿的證據，還要繼續進行探討。」見〈張竹坡對《金瓶梅》的評論〉（載《古代文學理論研究叢刊》第 6 輯）。

張竹坡〈金瓶梅讀法〉解析

在清康熙年間，張竹坡的《金瓶梅》評點，總結《金瓶梅》寫實成就、章法結構、塑造人物的藝術方法，駁斥「淫書」論，開創了《金瓶梅》評論的新階段。張竹坡的小說評點，是小說理論的寶藏。張竹坡的〈金瓶梅讀法〉共一百零八條，是《金瓶梅》評點的綱領，是張竹坡研究鑒賞《金瓶梅》成果的結晶。把評點者的感受、分析、理論觀點，以序文、讀法、回前評語、眉批、夾批等文字，具體地生動地記錄下來，和小說原文一同刊印，造成一種複合型的文本。金聖歎、毛宗崗、張竹坡等古代文人的小說評點是一筆珍貴小說評論遺產。在歷史上影響到對小說的理解，影響到作家的創作。我們今天的讀者閱讀鑒賞古典原著《金瓶梅》會有新的欣賞角度和接受視野，我們從作品中總結出的理論、感受會更豐富。張竹坡的〈讀法〉為我所用，推陳出新，用舊材料引發出新的東西。既借鑒〈讀法〉，又要超越〈讀法〉。

第一，張竹坡以叛逆精神、青年才氣評價被禁毀之書《金瓶梅》，認為《金瓶梅》作者是大手筆，《金瓶梅》是一部史公文字，是作者發憤之作。張竹坡評點《金瓶梅》，寫〈金瓶梅讀法〉時，年僅二十六歲。少年氣盛寫評點，打破傳統偏見，極具眼力地指出：「《金瓶梅》是大手筆，卻是極細的心思做出來的者。」（〈讀法〉一百零四）在〈讀法〉三十四、七十七中評《金瓶梅》是一部《史記》，「是龍門再世」，《金瓶梅》有憤懑，是一部憤書。張竹坡繼承和運用發憤而作、不憤不作的進步文學思想來評價《金瓶梅》，他具體感受到了書中充滿的憤懑氣象，感受到了作者對黑暗現實作真實描寫時表露的憤恨之情。他認為「作者必遭史公之厄而著書」「必大不得於時勢」「作者無感慨，亦必不著書」（〈讀法〉三十六）。《金瓶梅》第七十回〈老太監引酌朝房二提刑庭參太尉〉回評說：「故此回歷敘運艮峰之賞，無謂諸奸臣之貪位慕祿，以一發胸中之恨也。」

第二，評論全書章法結構，概括為：兩對章法，參伍錯綜：張竹坡在〈讀法〉第八條中說：「《金瓶》一百回，到底俱是兩對章法，合其目為二百件事。然有一回前後兩事，中用一語過節：又有前後兩事，暗中一筍過下，如第一回，用玄壇的虎是也。又有兩事兩段寫者，寫了前一事半段，即寫後一事半段，再前半段，再完後半段者。有二事參伍錯綜寫者，有夾入他事寫者。總之，以目中二事為條幹，逐回細玩即知。」張竹坡

對《金瓶梅》的章法結構總體上概括為兩對章法，合其目為二百件事。他以《金瓶梅》崇禎本為底本，將其一百回目錄簡化為〈第一奇書目〉，每目四字概括兩件事，合百回目計二百件事。如：一回熱結冷遇；二回勾情說技；三回受賄私挑……在整理校注《金瓶梅》張評本時，筆者把〈第一奇書目〉視為張評本總評中的一篇，而不宜略去。據各回結構層次，張竹坡又進一步概括為四種結構方法：前後兩事，用一語過節；前後兩事，暗中一筍過下；兩事交錯敘述；兩事參伍錯綜敘述，中間夾入他事。張竹坡雖然未進一步在理論上說明，但可以啟發我們認識到《金瓶梅》不是單線組合，一敘到底的敘述結構，而是縱橫交織，參伍錯綜的結構特點。每回兩事，各回之間又是均衡、對稱的。一百回共成一傳，千百人總合一傳：張竹坡對《金瓶梅》結構特點，在〈讀法〉三十四中有概括評述：「《金瓶梅》是一部史記，然而史記有獨傳、有合傳，卻是分開做的。《金瓶梅》卻是一百回共成一傳，而千百人總合一傳。」《金瓶梅》的這種結構特點，與《三國演義》《水滸傳》不同。《三國演義》是按照「合久必分」「分久必合」這種歷史發展趨勢來安排小說結構的。

小說敘述魏、蜀、吳三國興亡史，三者之間矛盾構成三條主要線索。毛宗崗在〈讀三國志法〉中總結說：「《三國》敘事之佳，直與《史記》仿佛，而其敘事之難，則有倍難於《史記》者。《史記》各國分書，各人分載，於是有本紀、世家、列傳之別。今三國則不然，殆合本紀、世家、列傳而總合一篇，分則文短易工，合則文長而難好也。」《三國演義》把本紀、世家、列傳熔為一爐，結構為一個藝術整體。《水滸傳》結構採取單線結構法，用列傳形式來敘述主要人物被逼上梁山的經過。金聖歎在〈讀第五才子書法〉中指出：「《水滸傳》一個人出來，分明便是一篇列傳，至於中間事蹟，又逐段自成文字，亦有兩三卷成一篇者，亦有五六句成一篇者。」《三國演義》《水滸傳》都保留有傳統史傳敘事結構的影響。而《金瓶梅》則完全按照現實生活的面貌，縱橫交錯，是千百人總合一傳的網狀結構。既不同於《三國演義》的三線結構，也不同於《水滸傳》的單線列傳結構。《金瓶梅》藝術結構經驗和張竹坡對它的總結，為《紅樓夢》的結構創新開闢了道路。曲筆、逆筆，曲得無跡，逆得不覺：張竹坡在〈讀法〉十三中說：「讀《金瓶》，須看其入筍處。如玉皇廟講笑話，插入打虎；請子虛，即插入後院緊鄰；六回金蓮才熱，即借嘲罵處插入玉樓；借問伯爵連日那裏，即插入桂姐；借蓋捲棚即插入敬濟；借翟管家插入王六兒；借翡翠軒插入瓶兒生子；借梵僧藥，插入瓶兒受病；借碧霞宮插入普淨；借上墳插入李衙內；借拿皮襖插入玳安、小玉。諸如此類，不可勝數，蓋其筆不露痕跡處也。其所以不露痕跡處，總之善用曲筆、逆筆，不肯另起頭緒用直筆、順筆也。夫此書頭緒何限？若一一起之，是必不能之數也。我執筆時，亦必想用曲筆、逆筆，但不能如他曲得無跡，逆得不覺耳。此所以妙也。」這裏說的一部長篇小說的情

節頭緒繁多，不可能像寫史書那樣一件件地寫，寫完一事另起一事。張竹坡所舉十幾個情節頭緒的提出，不是正面地、直接地、單獨地提出，而是在敘述一正在展開的情節中不知不覺有意無意地插入。這被張竹坡總結為曲筆、逆筆，與安根伏線、順勢帶出意思相近。張竹坡在《金瓶梅》第一回評語中就曾探討作者在千頭萬緒的複雜關係中如何說起如何敘述，他說：「要在頭上一根繩兒絜住。又如一噴壺水，要在一起來，即一線一線同時噴出來。」關於月娘、金蓮、瓶兒的情節是正面直敘。桂姐、玳安、子虛等則是曲筆、逆筆，並非另取鍋灶，重新下米。故作消閒之筆：在〈讀法〉四十四中說：「《金瓶》每於極忙時偏夾敘他事入內。如正未娶金蓮，先插娶孟玉樓；娶玉樓時，即夾敘嫁大姐；生子時，即夾敘吳典恩借債；官哥臨危時，乃有謝希大借銀；瓶兒死時，乃入玉簫受約；擇日出殯，乃有請六黃太尉等事，皆於百忙中，故作消閒之筆。非才富一石者何以能之？外加武松問傅夥計西門慶的話，百忙裏說出『二兩一月』等文，則又臨時用輕筆討神理，不在此等章法內算也。」「故作消閒之筆」與「偷閒筆法」不同。偷閒筆法，如武松提出，只在伯爵說話時提到，武松身分在一閒話中描出，只是輕筆點染，不致喧賓奪主。而故作消閒之筆，如娶玉樓、嫁大姐、玉簫受約等都是極重要事件，但卻在小說韻律節奏流動中，以極輕鬆、消閒的筆墨插入，使小說情節節奏避免平鋪直敘，而是跌盪起伏，錯落有致，這真正是大章法、大手筆。所以，張竹坡稱讚《金瓶梅》作者為才富一石的大作家。犯筆而不犯：這本來是金聖歎總結《水滸》時提出的一種筆法。如武松打虎後，又寫李逵殺虎；潘金蓮偷漢後，又寫潘巧雲偷漢；江州劫法場後，又寫大名府劫法場。「正是要故意把題目犯了，卻有本事出落得無一點一畫相借，以為快樂是也。」（〈讀第五才子書法〉）張竹坡繼承金聖歎提出的「犯筆而不犯」的提法，用來總結《金瓶梅》時指出：「《金瓶梅》妙在善於用犯筆而不犯也。如寫一伯爵，更寫一希大，然畢竟伯爵是伯爵，希大是希大，各人的身分，各人的談吐，一絲不紊。寫一金蓮，更寫一瓶兒，可謂犯矣，然又始終聚散，其言語舉動，又各各不亂一絲。寫一王六兒，偏又寫一賁四嫂。寫一李桂姐，偏又寫一吳銀姐、鄭月兒。寫一王婆，偏又寫一薛媒婆、一馮媽媽、一文嫂兒、一陶媒婆。寫薛姑子，偏又寫一王姑子、劉姑子。諸如此類，皆妙在特特犯手，卻又各各一款絕不相同也。」（〈讀法〉四十七）金聖歎所說犯筆而不犯，主要是就故事情節、事件來說的。而張竹坡主要指身分相類的人物，都是「淫婦」、都是媒婆、都是尼姑，卻能塑造刻畫出不同的性格，雖然相類相犯，卻絕不相同。如果說這也是一種章法、文法、筆法，是就廣義上來說的，中國古典小說《三國演義》《水滸傳》《金瓶梅》《紅樓夢》等，在塑造身分、階層、地位、年齡相類相似，而又刻畫出不同的性格，使之犯筆而不犯、同中而有異，在這方面積累了極其豐富、寶貴的藝術經驗。今天，尤需加以系統地總結、整理，以求作為現在小說創作的借鑒。

　　第三，研究人物關係網絡，分析性格特點，提出作者用隱筆、正寫、穿插等筆法塑造人物。張竹坡在〈讀法〉五中指出：「未出金蓮，先出瓶兒；既娶金蓮，方出春梅；未娶金蓮，卻先娶玉樓；未娶瓶兒，又先出敬濟。文字穿插之妙，不可名言。若夫寫蕙蓮、王六兒、賁四嫂、如意兒諸人，又極盡天工之巧矣。」在人物網絡關係中，視身分地位、性格的不同而穿插描寫。張竹坡還指出，《金瓶梅》正寫金蓮、瓶兒。

　　〈讀法〉十六指出：「《金瓶》內正經寫六個婦人，而其實只寫得四個：月娘、玉樓、金蓮、瓶兒是也。然月娘則以大綱故寫之；玉樓雖寫，則全以高才被屈，滿肚牢騷，故又另出一機軸寫之，然而以不得不寫。寫月娘，以不肯一樣寫；寫玉樓，是全非正寫也。其正寫者，惟瓶兒、金蓮。然而寫瓶兒，又每以不言寫之。夫以不言寫之，是以不寫處寫之。以不寫處寫之，是其寫處單在金蓮也。單寫金蓮，宜乎金蓮之惡冠於眾人也。吁，文人之筆可懼哉！」《金瓶梅》重點塑造了四個女性形象，金蓮處於形象體系的中心位置，正面寫，重筆寫。雖也正寫瓶兒，但在瓶兒與金蓮爭寵的矛盾衝突中，金蓮處於主動進攻地位，瓶兒處處被動。正寫潘金蓮妒瓶兒害官哥，而瓶兒卻往往不覺察不警惕，泰然處之，在不寫之處顯示出瓶兒寬厚憨直。張竹坡很準確地把握了主要女性形象之間的關係，以及作者塑造她們形象時的筆法特點。以金蓮為女性形象體系中心，張竹坡進一步指出，寫蕙蓮的作用在於惡金蓮危瓶兒。張竹坡指出：「書內必寫蕙蓮，所以深金蓮之惡於無盡也，所以為後文妒瓶兒時，小試其道之端也。何則？蕙蓮才蒙愛，偏是他先知，亦如迎春喚貓，金蓮睃見也。使春梅送火山洞，何異教西門早娶瓶兒，願權在一塊住也。蕙蓮跪求，使爾舒心，且許多牢籠關鎖，何異瓶兒來時，乘醉說一跳板走的話也。兩舌雪娥，使激蕙蓮，何異對月娘說瓶兒是非之處也。卒之來旺幾死而未死，蕙蓮可以不死而竟死，皆金蓮為之也。作者特特於瓶兒進門加此一段，所以危瓶兒也。而瓶兒不悟，且親密之，宜乎其禍不旋踵，後車終覆也。此深著金蓮之惡。吾故曰，其小試行道之端，蓋作者為不知遠害者寫一樣子。若只隨手看去，便說西門慶又刮上一家人媳婦子矣。」（〈讀法〉二十）蕙蓮在《金瓶梅》第二十六回即自縊身亡，蕙蓮自殺是一種消極的反抗，也包含對自我失誤的懺悔。蕙蓮的悲劇，揭示了人性弱點在情欲膨脹的境遇中怎樣導致一個人的毀滅。蕙蓮形象有獨立存在的價值及其獨特社會意義。張竹坡則從人物形象關係角度，認識其藝術功能在於穿插、陪襯，在於預示，在於表現生活的複雜。在作者的設置中，蕙蓮是瓶兒的前車之鑒，是為揭示潘金蓮嫉妒、西門慶縱欲而設置。所以，張竹坡在第二十六回評語中再次指出：「有寫此一人，本意不在此人者，如宋蕙蓮等是也。本意只謂要寫金蓮之惡，要寫金蓮之妒瓶兒，卻恐筆勢迫促，便間架不寬廣，文法不盡致，不能成此一部大書，故於此先寫一宋蕙蓮，為金蓮預彰其惡，小試其道，以為瓶兒前車也。然而，蕙蓮不死，不足以見金蓮也。」張竹坡以金蓮形象為中

心，處處從全書架構、人物形象整體結構出發來分析人物之間關係、人物形象在全局中的作用。這可以說是張竹坡《金瓶梅》人物形象論中的一大特點。張竹坡認為《金瓶梅》隱筆寫月娘（〈讀法〉二十五）、特用意寫春梅（〈讀法〉十七）、王六兒是借色求財等分析，均極有參考價值。

第四，錯亂年表，故為參差。中國古代小說與歷史傳記有血緣聯繫，史傳崇實觀影響了文人的小說觀，往往把小說當史傳對待，認識不清小說的文學特性。金聖歎衝破了史傳崇實觀的束縛，把小說與歷史的區別分為「以文運事」與「因文生事」之不同。張竹坡對小說的文學特性有了更深的認識，他認為寫《金瓶梅》比寫《史記》難；他指出要把《金瓶梅》作為文學來讀，不要當做事實來看。他更進一步認識到《金瓶梅》在時間安排上的虛擬性、參差性，是文學虛構藝術世界中的年表，而不能按現實生活，像史傳作品那樣死板。他在〈讀法〉三十七論述道：《史記》中有年表，《金瓶》中亦有時日也。開口云西門慶二十七歲，吳神仙相面則二十九，至臨死則三十三歲。而官哥則生於政和四年丙申，卒於政和五年丁酉。夫西門慶二十九歲生子，則丙申年；至三十三歲，該云庚子，而西門慶乃卒於「戊戌」。夫李瓶兒亦該云卒於政和五年，乃云「七年」。

此皆作者故為參差之處。何則？此書獨與他小說不同。看其三四年間，卻是一日一時推著數去，無論春秋冷熱，即某人生日，某人某日來請酒，某日某日請某人，某日是某節令，齊齊整整換去。若再將三五年間甲子次序，排得一絲不亂，是真個與西門計帳簿，有如世之無目者所云者也。故特特錯亂其年譜，大約三五年間，其繁華如此。則內云某日某節，皆歷歷生動，不是死板一串鈴，可以排頭數去。而偏又能使看者五色眯目，真有如捱著一日日過去也。按時間先後敘述是線性時間。小說要給讀者以立體感，作者必須錯亂其年譜，採用夾敘，如他在〈讀法〉四十四中所云（見前）。張竹坡關於小說敘述時間的虛擬性、參差性的分析，較富有理論價值。

第五，要善讀《金瓶梅》，而不要誤讀《金瓶梅》。《金瓶梅》在傳播過程中，有禁毀、有曲解、有誤讀。因為它有與天地相終始的強大藝術生命力，《金瓶梅》通過讀者而存在，生命不息。早在清康熙年間，青年評論家張竹坡針對讀者對《金瓶梅》的曲解、誤讀就提出要善於讀《金瓶梅》的問題。他主要提出應注意的五點。要把一百回，放開眼光作一回讀（〈讀法〉三十八），這實質上強調把《金瓶梅》作整體把握，把握其主導傾向，而不要零星看，局部看。要把《金瓶梅》當文章看當文學作品看，而不要當事實看（〈讀法〉四十）。有人說《金瓶梅》是西門家的記帳簿。張竹坡給予嚴厲批評，說這種人其兩眼無珠，可發一笑。張竹坡把生活事實與藝術真實加以理性的區分，他真正認識到了《金瓶梅》的文學性、真實性。關注作者如何討得情理。在〈讀法〉四十三中張竹坡說：「做文章不過情理二字。今做此一篇百回長文，亦只是情理二字。於一個

人心中，討出一個人的情理，則一個人的傳得矣。雖前後夾雜眾人的話，而此一人開口，是此一人的情理；非其開口便得情理，由於討出這一個人的情理方開口耳。是故寫十百千人皆如寫一人，而遂洋洋乎有此一百回大書也。」欣賞重於考證。閱讀《金瓶梅》，是一種文學欣賞，不要對作者是誰等暫時不易弄清的問題做煩瑣考證。在〈讀法〉三十六中，張竹坡說：「作小說者，概不留名，以其各有寓意，或暗指某人而作。夫作者既用隱惡揚善之筆，不存其人之姓名，並不露自己之姓名，乃後人必欲為之尋端竟委，說出姓名何哉？何其刻薄為懷也！且傳聞之說，大都穿鑿，不可深信。」

《金瓶梅》雖有淫話穢語，但不是淫書。寫淫話、穢語的目的，在於揭露與批判。張竹坡認為《金瓶梅》獨罪財色，將色之罪隸屬於財的罪惡之下，著意突出財的罪惡。作品揭露了不義之財對朝廷、官府、人性的腐蝕作用。蔡京受賄，便委任西門慶為提刑官。蔡狀元受賄，便先批鹽引給西門慶，使其壟斷鹽的經營。錢老爹受賄，便允許西門慶偷稅漏稅。潘金蓮嫌貧愛富，虐待親娘。王六兒以色求財，與西門慶長期姦宿。

張竹坡在〈金瓶梅讀法〉中，把潘金蓮放在人物形象體系的中心位置，分析其他人物與潘之關係，以及作者為塑造潘金蓮而採用的種種筆法，是極為可取的。但是，離開藝術分析，從倫理道德角度，張竹坡只看到潘金蓮之淫、狠、貪，是有片面性的。他沒有認識到作者塑造潘金蓮這一形象的開拓意義。作者從自然本性與社會本性聯繫上描寫潘金蓮，表現了女性的自我意識、女性自我生命的覺醒。潘金蓮對封建倫理綱常是淫蕩的反叛、畸型的褻瀆、對「存天理滅人欲」的極端的反作用。她是個害人者，又是個受害者，而主導的方面是被侮辱被損害者。潘金蓮的形象反映了封建時代婦女的悲劇命運。《金瓶梅》塑造的潘金蓮形象有開拓意義，在歷史上有衝擊反叛褻瀆封建倫理的進步作用。也要看到這一形象表現的縱欲、反理想、反理性，完全無視道德規範的局限性。潘金蓮形象涉及到婚姻、性愛問題。在封建時代，女人被奴役被壓迫，在男性中心的文化環境中，女人是男人淫欲的工具，談不上平等和互愛。《金瓶梅》作者暴露人的陰暗面、人性的弱點，表現對人性本體的憂慮，表現對時代苦難的體驗和對社會的絕望情緒，否定現實，散佈對晚明社會的悲觀主義。他不知道人類怎樣美好，看不見未來。

以科學的態度、健康的心理、高尚的目的來瞭解研究性愛文化，從而建立有中國特色的、以科學的性觀念與高尚的性道德相統一的性科學，是新時期精神文明建設的命題中應有之義。《金瓶梅》給我們認識、瞭解古代市民性生活提供了形象資料。我們研究它、分析它，又要超越它。在性愛生活上，堅持美的追求，達到美的境界，是人類自身解放、個性自覺、精神文明建設的長遠課題。潘金蓮形象是女性的過去。我們今天的姐妹們，要建設與創造新的生活，我們有美好的明天。

試解《金瓶梅》崇禎本評改者之謎

《金瓶梅》在明清時期有三種版本:《新刻金瓶梅詞話》（簡稱詞話本）、《新刻繡像批評金瓶梅》（簡稱崇禎本或繡像本）、《張竹坡批評第一奇書金瓶梅》（簡稱張評本）。崇禎本承上啟下,在《金瓶梅》傳播史與小說美學史上占有重要地位,在《新刻繡像批評金瓶梅》會校本整理出版十八周年之際,[1]就崇禎本評語的美學價值與評改者是誰等問題作新的探索,以求教於專家學者。

一、評改者對詞話本的加工修改與《金瓶梅》藝術美的發現

《新刻繡像批評金瓶梅》二十卷一百回。每回均有眉批、夾批,無回評。在《金瓶梅》問世之後,此中版本評語對《金瓶梅》作了全面深入評價,集中表達了晚明作家對《金瓶梅》的審美感受,評者多年潛心細讀,從微觀入手,對《金瓶梅》又作總體把握,探得作者底裏,深得作者為文用心。評語詞簡意深,意蘊深厚,晶瑩剔透,閃閃發光。與書商為銷售作宣傳的評點不同,無套語、膚淺語,更無迂腐之談。評語可說是對《金瓶梅》藝術美的全方位發現。

1. 突破傳統觀念,以新的審美視角欣賞、肯定《金瓶梅》是一部世情書,而非淫書。評點者認為書中所寫人事天理,全從「太史公筆法來」「純是史遷之妙」。評點者大膽肯定《金瓶梅》性描寫的藝術價值,「分明穢語,閱來但見其風騷,不見其穢」（第 28 回眉批）。這種評價針對「決當焚之」的淫書論,簡直是石破天驚之語。

2. 對潘金蓮、西門慶、李瓶兒、應伯爵等人物形象的複雜性格有準確把握,對人物形象的藝術美有高度評價。評點者同情潘金蓮,欣賞潘金蓮形象,認為金蓮有諸多可愛之處。第四十三回眉批:「數語倔強中實含軟媚,認真處微帶戲謔,非有二十分奇妒,二十分呆膽,二十分靈心利口,不能當機圓活如此。金蓮真可人也。」第七十二回眉批:「金蓮心眼俱慧,開口便著人痛癢,無論諷笑,雖毒罵,亦勝於不痛不癢而一味奉承者。」

1　即將由三聯書店（香港）出版修訂本。王汝梅:《新刻繡像批評金瓶梅會校本》修訂後記,見《中國小說史學術討論會論文集》南開大學文學院編,2007 年。

對金蓮評價強調人物性格的多面複雜，既指出了她的「出語狠辣」「俏心毒口」，慣於「聽籬察壁」「愛小便宜」等弱點，又讚美她「慧新巧舌」「韻趣動人」等可愛之處。在潘金蓮被殺後，評點者道：「讀至此，不敢生悲，不認稱快，然而心實惻惻難言哉！」表達了對這一複雜形象充滿同情的審美感受。評西門慶「以生意為本」，認定其商人身分。評應伯爵「是古今清客之祖」「諛則似莊，謔則帶韻。」評李瓶兒時，既說她「愚」「淺」，又指出她「醇厚」「情深」。對《金瓶梅》人物形象的藝術美，多有新發現、新評價。

3. 評點者在品賞刻畫人物的傳神藝術，運用了帶有理論潛能的評語，表現了評點者的理性之光。如「德不勝色」「針工匠斧」「潛心細讀」「用方言不減引經」「簡透」「化工」「筆墨有生氣」「有形有心」、文情「芳香自吐」等。第九十一回寫玉樓改嫁李衙內後身邊女婢玉簪時，眉批道：「寫怪奴怪態，不但言語怪，衣裳怪，形貌舉止怪，並聲影、氣味、心思、胎骨之怪，俱為摹出，真爐錘造物之手。」第六十回眉批評作者「寫笑則有聲，寫想則有形，寫舉止語默則俱有心。」這些評語對《金瓶梅》敘事藝術以極高評價，讚賞其為「高文」，即高超、高妙之小說作品。

評點打破重教化而不重審美，重史實而不重真趣，重情節而不重性格的傳統，顯示新的審美視角，表現了近代美學追求。在小說由英雄傳奇向世情小說蛻變的轉型時期，在「童心」「性靈」「真趣」「自然」的審美新意識啟示下，對《金瓶梅》進行了開拓性評價。注重寫實，注重寫日常生活，注重人物性格心理的品鑒，達到了華夏小說美學史的新高度，開創了新階段，帶有里程碑意義。馮夢龍的「事贗而理真」論，金聖歎的性格論，李漁的幻境論，張竹坡的清理論，脂硯齋的「情不情」論，使古代小說美學達到成熟與繁榮的高峰，而早於他們的《金瓶梅》評點，對明清小說美學發展，可以說起了奠基與開拓的作用。

繡像評改本刊印在杭州，被鄭振鐸先生稱之為「武林版《金瓶梅》」。鄭振鐸有武林版《金瓶梅》插圖的初印本。北平古佚小說刊行會影印《金瓶梅詞話》時，卷首所附二冊插圖，即用此初印本為底本影印的。天啟、崇禎間新安木刻名家劉應祖（劉啟先）、洪國良、黃子立、黃汝耀合作刻評改本插圖。鄭振鐸說「這些插圖，把明帝國沒落期的社會生活的各方面無不接觸到。是他們自己生活其中的，故體驗得十分深刻，表現得異常現實。」「像這樣涉及面如此之廣的大創作，在美術史上是罕見的。不要說，這些木刻畫家們技術如何的成熟，繪製得如何精工，單就所表現的題材一點來講，就足以震撼古今作者們了。」

二百幅精美木刻插圖，極大地豐富了評改本的美學價值。文字文本與插圖、評點結合，圖文互補，鑒賞與敘事配合，增加視覺審美效應，成為現代影視傳媒產生之前最為

先進的傳媒形式。繡像評改本這種綜合藝術文本成為晚明小說刊印傳播的典範，是為我中華優秀的傳統文化之瑰寶。

繡像評改本對詞話本改寫可歸納如下幾種情況：

1. 改換方言詞語為通語。有改得合理之處，便於擴大地區讀者讀懂。也有因不懂方言詞語發音與本意而改得不通之處。

2. 改換回首詩詞。詞話本回首詩詞說教味較濃。改寫者選用唐宋詩詞或明代傳奇小說《鍾情麗集》中詩詞，使文意較為含蓄。

3. 增添文字。如第四回寫西門慶與潘金蓮在王婆茶坊約會，改寫者添一段「這夫人見王婆去了，倒把椅兒扯開一邊坐著，卻只偷眼睃看。……卻說西門慶口裏娘子長、娘子短，只顧白嘈。」加強兩個人物之間的情感交流。眉批曰：「媚極」。

4. 刪除文本中的大量詞曲，使文本更加簡練流暢，便於閱讀。

5. 評改本回目比詞話本對仗工整。

6. 情節調整。第一回，改武松打虎，金蓮嫌夫為西門慶熱結十兄弟，減弱了與《水滸傳》的聯繫，讓主角一開始就登場。刪去詞話本第八十五回吳月娘為宋江所救一段文字。第二十六回寫來旺中拖刀之計，夜間醒來主動為家主趕賊，評改者改為來旺睡夢裏聽有人叫：「你的媳婦子又被那沒廉恥的勾引到花園後邊，幹那營生去了。」猛可警醒，不見老婆在家裏，怒從心起，徑奔到花園，中了拖刀之計。加強了人物心理描寫。在憤怒情感支配下衝到花園，這比詞話本情節更合情理。改寫者在改寫過程中，貫穿了他的改寫宗旨：為精煉而刪減，為便於閱讀而改方言，改動他認為不合情理之處，體現改寫者的小說思想觀念。

細讀文本，對照研究評語，反覆體會評與改的關聯，筆者認為評者與改寫者為一人，邊改寫邊寫評語，從不少評語中可以體味為改寫者的自評，有些評語既讚賞原作者，也有自我欣賞之處。第七十三回，寫李瓶兒死後，金蓮不願為其戴孝，改者刪除詞話本 86 字，改第二個「楊姑娘道」為「大妗子道」。此處眉批：「淡淡接去，天衣無縫」，即為評改者自我肯定。

第八十回，水秀才在西門慶死後，寫一篇諷刺意味的祭文，把西門慶描繪為陰莖的化身。此處眉批「祭文大屬可笑。惟可笑，故存之。」「故存之」即不予刪除，顯係改寫者自評。

第四回，「一物從來六寸長」八句詩把男根描寫為有靈性的美而不醜的生命個體。此處眉批：「俗語，然留之可如俗眼」，說明不刪此詩的理由，也顯係改寫者評語。

評改者對《金瓶梅詞話》使用方言，總體上是給予讚賞肯定的。第三十九回寫潘金蓮與吳月娘對話時一連用了地域性很濃的三個歇後語。此處眉批：「用方言處，不減引

經」第三十二回眉批：「方言隱語，含譏帶諷，如枝頭小鳥啾啾，雖不解其奇，嬌婉自可聽也。」評改者所改動的方言詞語，僅限於不易讀懂者。儘管有誤改之處，但總體看是一種給予肯定的加工。其特點是減弱了詞話本原有的魯地鄉音鄉俗的原生態。但卻便於作品的閱讀傳播。不能認為評改本「強姦」了詞話本的潛力，使原作個性弱化。[2]總起來看，評改者對詞話本的修改在尊重原作基礎上作了進一步藝術加工修飾，對原作沒有傷筋動骨，經改寫者的高水準的加工，使《金瓶梅》成為一種便於閱讀的定型文本，使詞話本的美的存在，成為美的長存，其功績是主要的。

二十世紀二十年代，《金瓶梅詞話》尚未在山西介休縣發現。現代作家學者均據《金瓶梅》評改本或張評本（以評改本為底本）來研究。魯迅《中國小說史略》中評道：「諸世情書中，《金瓶梅》最有名」「同時說部，無以上之」。魯迅以敏銳的藝術眼光，進一步發現了《金瓶梅》之美，他說：「然《金瓶梅》作者能文，故雖間雜猥詞，而其他佳處自在」。這種高度的評價包括了原作者與評改者的共同藝術勞績。評改者是詞話本的加工修改者，也是蘭陵笑笑生身後的合作者，為《金瓶梅》最後定型與傳播做出了重大貢獻，說他是《金瓶梅》第二作者，也當之無愧。

二、李漁不是《金瓶梅》崇禎本的評改者

《金瓶梅》崇禎本的評點者、改寫者究竟是誰？是「金學」中有分歧意見的疑難問題之一。1985 年，有學者提出「李漁評改《金瓶梅》」之說，在學術界產生了一定影響。筆者在校點《新刻繡像批評金瓶梅》（崇禎本）的工作中，曾思考過這一問題，搜集、分析了有關材料。筆者認為此一說不能成立。

有學者提出李漁是崇禎本「評改」之說，其根據有這樣幾點：

1. 首都圖書館藏《新刻繡像批評原本金瓶梅》有一百零一幅插圖，在第一百零一幅圖像背面有兩首詞，後署「回道人題」。認為回道人是李漁的化名，還說李漁《十二樓·歸正樓》第四回用了「回道人評」。

2. 署湖上笠翁李漁題的兩衡堂刊本〈三國演義序〉中論《金瓶梅》「諷刺豪華淫侈，興敗無常」，與崇禎本第九十回眉批所云合拍。

3. 張竹坡評點第一奇書《金瓶梅》在茲堂刊本扉頁上署「李笠翁先生著」「在署名李笠翁先生著的《合錦回文傳》裏也有回道人的題贊」（筆者按：實際情況是題署「李笠翁

2　傅憎享：〈《金瓶梅》詞語俗與文的異向分化〉，《社會科學輯刊》1992 年第 3 期。

先生原本,鐵華山人重輯」)。[3]

由以上所據作出的判斷:「李漁不僅是《新刻繡像批評金瓶梅》一書的寫定者,同時也是作評者。」[4]

(一)筆者的考證與上述結論不同。回道人不是李漁的化名,而是呂洞賓詭稱的別名。李漁原名仙侶,字謫凡,號天徒,後改字笠翁,別署隨庵主人、覺道人、覺世稗官、覺道人、伊園主人、湖上笠翁、新亭客樵,族中後人尊稱「佳九公」,人稱「李十郎」。就已知李漁著作和編纂的書,從未見有署回道人者。

呂洞賓,五代北宋初年人(或謂唐人,生於唐貞元十四年),名岩,字洞賓,別號純陽,關中京兆人(或傳為河中永樂人)。呂洞賓善寫詩,民間流傳他的詩詞,多達一百多篇。《全唐詩》收呂洞賓詩四卷。他本為隱士,死後被附會為舉世聞名的神仙和道士。明末鄧志謨據呂洞賓的傳說寫神怪小說《呂祖飛劍記》十三回,其中多次寫道呂洞賓詭稱回道人,如第六回寫道:

> 「一日,純陽子又向長沙府,詭為一個回道人。」「回道人者,以回字抽出小口,乃呂字,此是呂神仙也。」

首都圖書館藏《新刻繡像批評原本金瓶梅》插圖第一百零一幅後回道人題詞漫漶不清:

> 貪貴□□□□□□□醉後戀歡
> 情年不□□□□□□□□那裏生
> 萬□□□□□□須知先世種來
> 因速覺□出迷津莫使輪回受苦辛
> 　　　　　　　回道人題

查《全唐詩》第八百五十九卷,收洞賓《漁父詞》十八首,其十六、十七兩首為:

作甚物	疾瞥地
貪貴貪榮逐利名。	萬劫千生得個人。
追遊醉後戀歡情。	須知先世種來因。

3　《合錦回文傳》,清嘉慶三年刊本,道光六年重印本,圖像九頁九幅,前圖後文,九位題贊者中,未見回道人題贊。

4　劉輝:《金瓶梅成書與版本研究》(瀋陽:遼寧人民出版社1986年),頁77。《金瓶梅研究資料彙編》上編(臺北:天一出版社1987年),頁10,同意回道人是李漁筆名之一。《閒話金瓶梅》(呼和浩特:內蒙古人民出版社1990年),頁91,贊同李漁評改說。

年不永，代君驚，　　　　　　　速覺悟，出迷津。
一報身終那裏生。　　　　　　　莫使輪回受苦辛。

首圖藏本刊印者在翻刻崇禎本時，把原刊本二百幅插圖減為每回刊用一幅，應為一百幅（均採用每回的第一幅圖），第一百回第一幅為「韓愛姐路遇二搗鬼」（筆者按：圖極粗劣，左上方漏刻蘺笆門），這樣不能表明全書的結局。所以，刊印者又刊印了第一百回的第二幅圖「普靜師幻度孝哥兒」（按：書口無此標題）。並在背面刻印呂洞賓詞二首，取其報應輪回的思想，以便與《金瓶梅》中的因果報應思想相呼應。

李漁是一位通俗文化大師，他特別重視小說戲曲創作，不以稗官為末技，在小說戲曲創作與理論上有卓越的成就。他有淵博的知識，廣泛的生活情趣。他不可能把呂洞賓的詞作為自己的作品題寫在《金瓶梅》刊本上，更不會以呂洞賓的別號作為自己的署名。而且，李漁特別熟悉呂洞賓的神怪故事，在他的作品中至少有兩處直接引述過。

《十二樓·歸正樓》第四回敘一盜賊改邪歸正後出家為歸正道人，為造殿堂，費用無所出，遂設詭計勸募，令其徒弟喬扮為神仙呂洞賓到仕宦之家化緣。仕宦向富商說他見到的情景：「他頭一日來拜，說是天上的真人，小價不信，說他言語怪誕，不肯代傳。他就在大門之上寫了四個字，云：『回道人拜』。……小價等他去後，將一盆熱水洗刷大門，誰想費盡氣力，果如是言。只得喚個木匠叫他用推刨刨去一層，也是如此，刨去兩層也是如此。把兩扇大門都刨穿了那幾個字跡依然還在。下官心上才有一二分信他。曉得『回道人』三字，是呂純陽的別號……。」此處化用呂洞賓赴青城山鶴會的故事，呂濃墨大書詩一章於門之大木上，取刀削之，深透木背。杜浚在《連城璧》評語中說李漁的小說「更妙在忽而說神忽而說鬼，看到後來，依舊說的是人，並不曾說神說鬼，幻而能真。」李漁化用這一故事時，對「取刀削之，深透木背」的現象作了現實的解釋：「原來門上所題之字，是龜溺寫得。龜尿入木，直鑽到底，隨你水洗刀削，再弄它不去。」《十二樓》中未見「回道人評」字樣，只有〈歸正樓〉中的「回道人拜」。《十二樓》評者為杜浚，而非李漁化名回道人自評。

李漁的《肉蒲團》第三回〈道學翁錯配風流婿，端莊女情移輕薄郎〉也出現過「回道人題」。小說此回敘寫未央生經媒人介紹，想娶鐵扉道人之女玉香為妻，但不知玉香姿容怎樣，其父又不允許相見，只好祈求神仙。小說寫道：

未央生齋戒沐浴，把請仙的朋友延至家中焚香稽首，低聲祝道：「弟子不為別事，止因鐵扉道人之女名喚玉香，聞得她姿容絕世，弟子就與她聯姻，稍有不然，即行謝絕。望大仙明白指示，勿為模糊之言，使弟子參詳不出。」祝完，又拜四拜，起來，扶住仙鸞，聽其揮寫，果然寫出一首詩道：

紅粉叢裏第一人，不消疑鬼複疑神。

已愁豔冶將淫誨，邪正關頭好問津。

右其一

未央生見了這一首，心上思量道，這等看來，姿色是好的了。只後一句，明白說她冶容淫誨，難道這女子已被人破了瓜不成？詩後既有「其一」二字，畢竟還有一首，且看後作如何？只見仙樂停了一會，又寫出四句道：

婦女貞淫挽不差，但須男子善齊家。

閉門不使青蠅入，何處飛來玉上瑕。

右其二回道人題

未央生見了「回道人」三字，知是呂純陽的別號，心上大喜道，此公於酒色二字極是在行，他說好畢竟是好的。後面一首是釋我心中之疑，不過要我提防的意思。

李漁在小說中引進呂洞賓，並引錄詩作，明確標寫「回道人題」。李漁不可能用「回道人」作為自己的別號，這是千真萬確的事實。因此，首圖藏本《金瓶梅》第一百零一幅後的回道人題詞，不能作為李漁是評點者和改寫者的根據。《李漁全集》第十二卷〈點校說明〉說：「李漁確實用過回道人的化名」，也是根據首圖藏本第一百零一幅圖像後題署。基於上述材料，這一立論同樣不能成立。〈點校說明〉很謹慎地說：「僅於首圖本見有回道人題詩來說明李漁是崇禎本改定者的理由尚嫌不足。」這說明點校者對於「李漁評改《金瓶梅》」之說，持有保留意見，不因崇禎本《金瓶梅》輯入《李漁全集》而附和吶喊未作定論的判斷，這種科學態度是值得稱讚的。

（二）李漁〈三國演義序〉，今存兩篇：清康熙醉畊堂刊本《四大奇書第一種》李序：清兩衡堂刊本《笠翁評閱繪像三國志第一才子書》李序。兩篇在內容上有同有異。兩篇序文有真偽問題，需加辨析。我們曾把兩衡堂刊本李漁序輯入《金瓶梅資料彙編》（北京大學出版社出版）。現在看來，兩衡堂本李序中關於《金瓶梅》的一段評論不足為據，更不能據以說明李漁是《金瓶梅》評改者。對兩篇李序加以比較分析之後，筆者認為醉畊堂本李序是真的，兩衡堂本李序雖有原序中的一些文句，但已被篡改，是一篇真假參半的序文。

1.醉畊堂本毛評《三國演義》成書在李漁生前。序署「康熙歲次已未十有二月，李漁笠翁氏題於吳山之層園」，時在康熙十八年（1679）十二月。同年，李漁還寫有〈芥子園畫傳序〉，署「時在康熙十有八年歲次已未年夏後三日，湖上笠翁李漁題於吳山層園」。有〈千古奇聞序〉，署「康熙已未仲冬朔湖上笠翁題於吳山之層園」，以上三篇序均題署有年月。寫此三篇序的翌年，即康熙十九年（1680）正月十三日李漁病逝，從為毛評本

作序到逝世僅一個月時間，他沒能看到為之寫序的毛評本出版。而兩衡堂本的成書與刊刻均在李漁逝世之後，序署「湖上笠翁李漁題於吳山層園」，刊印者有益刪去原序文所署的年月。

據陳翔華先生考證，毛倫、毛宗崗父子在康熙初年評改《三國演義》。李漁為毛評本《三國演義》作序時，毛宗崗四十八歲，此本由醉畊堂刊刻，書名《四大奇書第一種》，為今存最早之毛評刻本。[5]李漁在序中給毛很高評價：「觀其筆墨之快，心思之靈，堪與聖歎《水滸》相頡頏，極恢心抉髓之談，而更無靡漫遷拖之病，則又似過之，因稱快者再。」並說明自己曾有志評《三國》，因應酬日煩，因多出遊不暇，又因病，「其志」「未果」。

兩衡堂刊本無回評，有眉批，大部分眉批是在毛氏回評與眉批基礎上抄錄，改寫而成。肯定成書於醉畊之後。李漁終其一生，不管創作或立論，都堅決主張自成一家之言，不拾名流一唾，不效美婦一顰，主張獨創有我。他自己就不會把他的晚輩毛宗崗評過的書加以抄錄，改寫作為自己「評閱」的成果。因此，兩衡堂是否經過李漁評閱，其中的部分評語是否出自李漁之手，很值得懷疑。此書評語為書商假託李漁評的可能性大，而且把李漁序文進行了低水準的篡改。

2. 醉畊堂本李漁序與兩衡堂本李漁序相比較，有真假、高低、前後之不同。前序結構嚴謹，句句珠璣，語句流暢。開頭引馮夢龍四大奇書之說，沒有後序中「余亦喜其賞稱」文句，未涉及對《水滸》《西遊》《金瓶梅》三書的評論。後序加進了對三書評論的文字。前序引出「奇字」，引出《三國》，奇莫奇於《三國》，極自然順暢。

後序否定《水滸》，貶低《西遊》，評《金瓶梅》「差足淡人情欲」，不符合李漁《閒情偶寄》中關於對《水滸》的肯定評價，也不符合他自己闡明的情欲論。

對《三國》評論時，妄改前序「據事指陳，非屬臆造，堪與經史相表裏」為：「事有吻合不雷同，指歸據實而非臆造」，顯有不通。

原序文核心一段，論《三國》乃古今爭天下之一大奇書，演三國又古今為小說之一大奇手。然後緊扣這兩句展開論述。貫穿「以文章之奇而傳其事之奇」的論點，這是李漁「有奇事方有奇文」文學觀點的體現。由事奇文奇又說道書評，引出《三國》毛評。最後點明「知第一奇書之目，果在《三國》」。

3. 兩衡堂李序刪去了原序文評毛氏評語的一段文字，刪去了「六種人讀之六快」的一段文字，把「第一奇書」改稱為「第一才子書」，把原序「前後梁」誤作「前後漢」，最後聲稱「余於聲山所評傳首，已僭為之序矣」「余茲閱評是傳」「是為序」，似乎說

5　陳翔華：〈毛宗崗的生平與《三國演義》毛評本的金聖歎序問題〉，《文獻》1989 年第 3 期。

以前寫有一篇毛評本序，今為「余茲閱評」的本子再寫一序。然而兩序框架，部分語句相同，而又有刪改，添加的文句，移毛評本序為「余茲閱評」的本子序，露出了篡改、假託的痕跡。

兩衡堂本裏序中評《金瓶梅》說：「夫《金瓶梅》，不過譏刺豪華淫侈，興敗無常，差足淡人情欲，資人談柄已耳，何足多讀。」為原序所無，不能看作李漁對《金瓶梅》評論文字。這段評論不但不能說與崇禎本評語合拍，而且與崇禎本評語肯定《金瓶梅》為世情書，非淫書，評人物「情深」「韻趣動人」，讚揚作者為「寫生手」相去甚遠。不能成為「李漁評改《金瓶梅》」之根據。

至於說，認為崇禎本第三十八回有一條眉批是李漁「聲稱《新刻繡像批評金瓶梅》為予書」，[6]是由於未作校勘而產生的誤解。所引眉批刊刻有誤：「老婆偷人，難得道國亦不氣苦。予嘗謂好色甚於好財，觀此則好財又甚於好色矣。」「予書」顯係誤刻或誤引，「予嘗」為正。

（三）張竹坡評《金瓶梅》康熙年間原刻本扉頁右上方題「彭城張竹坡批評金瓶梅」，中間：「第一奇書」，右下方：「本衙藏版翻刻必究。」後來出現很多種翻刻本，其中有一種扉頁上端題：「康熙乙亥年」，框內右上方：「李笠翁先生著」，中間：「第一奇書」，左下方：「在茲堂」，這種本子無回前評語。張竹坡評點《金瓶梅》在康熙三十四年（乙亥，1695），此時李漁已經去世十五年。翻刻張評本，書賈慕其盛名，委託「李笠翁先生著」。查閱全部張竹坡評語，未有一處提到《金瓶梅》與李漁有關，原刊本明確標明「彭城張竹坡批評《金瓶梅》」，沒有任何委託，張竹坡主張不要無根據地去猜測作者姓名，他在「讀法」第36則說：「作小說者，既不留名，以其各有寓意，或暗指某人所作。夫作者既用隱惡揚善之筆，不存其人之姓名，並不露自己姓名，乃後人必欲為之尋端竟委，說出姓名何哉？何其刻薄為懷也。且傳聞之說，大都穿鑿，不可深信。」

崇禎本至晚在崇禎初年即刊印。刊印與崇禎元年（1628）的《魏忠賢小說斥奸書》凡例中提到「不習《金瓶梅》之閨情」，崇禎二年（1629）編纂的〈幽怪詩譚小引〉將《金瓶梅詞話》與《金瓶梅》同時提出。崇禎五年（1632）刊本《龍陽逸史》首有月光型圓圈，刻工為洪國良，他也是《金瓶梅》崇禎本圖像刻工之一。[7]以上這些材料，可以進一步補充說明《新刻繡像批評金瓶梅》在崇禎初年已刊印流傳。此時李漁十八歲左右，可能在如皋或蘭溪，尚未開始其創作生涯，尚不具備評改《金瓶梅》的環境與條件，甚至尚沒有讀《金瓶梅詞話》。

6　見《金瓶梅之謎》（北京：書目文獻出版社1989年）。

7　崇禎本插圖王孝慈本，北大藏本第三十七、三十八、四十一、四十四、八十二各回署刻工洪國良。

三、評改者的隱約身影

反覆研閱《金瓶梅》繡像評改本的評語，聯繫《五雜組》《小草齋文集·金瓶梅跋》，便隱約呈現出謝肇淛的身影，謝肇淛（1567-1624），字在杭，號武林，長樂（今屬福建）人，祖籍杭州。萬曆二十年（1592）進士，袁宏道同年。除湖州推官，量移東昌，累遷工部郎中，督理北河，駐節張秋，著有《北河紀餘》，後官至廣西左布政使。萬曆二十六年（1598），調為東昌司理，在東昌居住六年，著有《東昌雜纂》《居東集》。此時《金瓶梅》抄本已傳播，謝肇淛從袁宏道那裏抄錄十之三，從丘諸城（志充）那裏抄錄十之五。萬曆三十四年（1606），父汝韶辭世，居家丁父憂，閉門著述。此時謝肇淛已藏有《金瓶梅》抄本。

〈金瓶梅跋〉載《小草齋集》卷二十四，卷二十四計有跋文七十四篇，〈王百穀尺牘跋〉〈董太史書跋〉〈莫雲卿書卷跋〉等，都是所藏字畫、圖書之跋文。〈金瓶梅跋〉也是與《金瓶梅》一體，跋於抄本的。袁宏道也藏有《金瓶梅》抄本，但僅有〈與董思白〉信劄，傳遞了《金瓶梅》問世資訊，只有「雲霞滿紙，勝於枚乘〈七發〉多矣」這句概括性評語。而謝肇淛〈金瓶梅跋〉是一篇全面評價《金瓶梅》專論，既具有重要理論價值，又有重要文獻價值。謝氏在全面把握《金瓶梅》形象體系基礎上，發現了《金瓶梅》之美與藝術獨創特點，達到時代的最高水準。在理論上謝氏評價了《金瓶梅》素材來源、生活基礎，充分評價《金瓶梅》直面人生，描繪世態人情的寫實成就，作品是「稗官之上乘」，作者是「爐錘之妙手」塑造人物具有肖貌傳神，形神兼備特點。認為《金瓶梅》超過《水滸傳》，因為《水滸傳》寫人物走的是老路，有框框，人物情節前後有重複之處。而《金瓶梅》寫人物則各有各的面目，情節上讓讀者意想不到。他肯定《金瓶梅》性描寫的存在意義。抄錄釐正《金瓶梅》，並不怕有人嗤之「誨淫」。而謝肇淛珍藏的《金瓶梅》抄本的百分之八十，已是全書的主題。至少已至七十九回西門慶之死，或八十七回潘金蓮被殺。「始末不過數年事耳」正符合兩個主要人物之「始末」。此時還沒有形成評改本的文本，所謂「為卷二十」，可理解為二十冊。在明清文人筆下，卷帙、目、冊常常是混用的。所謂「釐正」即整理而考正之，即作藝術的品賞，又作學術的研究。待《金瓶梅》刊本印出後，才以詞話本刊本為底本，在以前多年研究基礎上對詞話本邊改寫邊評點，完成了評改這一具有歷史意義的巨大工程。

1. 潛心細讀，多年把玩，藏有抄本，關注全本。謝肇淛自己對《金瓶梅》「潛心細讀數遍」（第四十九回眉批）「玩之不能釋手，掩卷不能去心」（第二十七回眉批）達到愛不釋手時時在心的程度。他在得到不全抄本時，瞭解到「王弇州家藏最為完好」，他會聯絡袁宏道等友人，千方百計搜求所缺的部分「闕所未備，以俟他日」（〈金瓶梅跋〉）。

從得到抄本，加以釐正，潛心細讀，全面研究到寫出跋文，到進行修改評點，應該是水到渠成，自然而然的過程。

2. 任職東昌，督理北河，駐節張秋，走訪諸城，遊覽嶧山，對《金瓶梅》故事背景地較為熟悉。萬曆二十六年（1598）始任東昌司理，任職六年，著《居東雜纂》《居東集》，撰《東昌府志序》《登嶧山記》等。《小草齋集》卷二十一有〈密州同王藎伯明府登超然台懷古〉：

> 一片秋光爽氣開，況逢仙令共登台。
> 城連平楚天邊去，雲擁群山海上來。
> 濰水尚寒高鳥盡，穆陵無恙夜鳥哀。
> 尊前欲灑羊公淚，往事殘碑半綠苔。

此詩萬曆《諸城縣誌》收錄。張清吉考證此詩寫於萬曆三十一年（1603），[8]此時到諸城訪友，他的「於諸城得其十五」，可能即此時所抄。

3. 提倡「博覽稗官諸家」，這有助「多識畜德」，提高素養。謝肇淛在〈金瓶梅跋〉〈虞初志序〉《五雜組》卷一三、卷一五《文海披抄》卷七《西遊記》等論著中，對小說藝術真實性、虛實關係、藝術想像、藝術獨創、小說發展史進行了精闢論述。他在《五雜組》卷一三中提倡讀小說：「故讀書者，不博覽稗官諸家，如啖粱肉而棄海錯，會堂皇而廢台詔也」。小說具有認識價值、審美意義、「多識畜德之助，君子不廢焉」。

謝肇淛不但是小說理論家，還是小說作家，著有筆記小說《塵餘》四卷，其中有「新安商人妻之冤」，寫商人外出經商，遠離家鄉，以同情筆調記敘商人失妻之悲劇。對商人的生活思想給與關注。他還寫有傳奇小說《江妃傳》（《小草齋文集》卷十一），虛構了唐玄宗侍妃江綠玉入宮、受寵、被楊貴妃、梅妃（江妃之姐）嫉妒，烈日下受暴曬、炮烙，被摧殘致死的故事。立意在暴露諷刺皇帝「怠於政務，日事遊宴」奢靡荒政的政治現實。反駁「女人禍國」的謬見，同情江妃的不幸處境。讚頌女性美，江妃死後，「香名膾炙人口」，其子孫猶美麗，江妃雖死，其美永駐人間。這一篇傳奇小說，可以說是一部「小金瓶梅」。

4. 〈金瓶梅跋〉和評改本的評語是互補的，似應出自一人之手。從總體上肯定《金瓶梅》是一部世情書，而不是淫書；肯定性描寫的意義；《金瓶梅》藝術上超過《水滸傳》等基本評價，〈金瓶梅跋〉和評語是完全一致的。〈金瓶梅跋〉評作品為「稗官之上乘」，作者是「爐錘之妙手」；評語也說是「語語靈穎」「的是針工匠斧」（第五十八

8　見張清吉：《金瓶梅奧秘探索》（鄭州：中州古籍出版社，2000年）。

回眉批），寫人物「並聲影、氣味、心思、胎骨之怪，俱為摹出，真爐錘造物之手」。〈金瓶梅跋〉評寫人物「不徒肖其貌，且並其神傳之」。評語多處評寫人物之「神情」「生氣」「千古如生」。

　　《金瓶梅》詞話本第一回寫武松打虎取勝之後，迎送武松到縣衙，「武松到廳上下了轎」。《金瓶梅》評改本第一回「這時正值知縣升堂，武松下馬進去」，改乘轎為騎馬。《五雜組》卷十四事部二：「唐宋百家入朝皆乘馬，宰相亦然。政和間以雨雪泥滑，特許皆乘轎，自渡江後俱乘轎矣。蓋江南轎多馬少故也。國朝京官，三品以上方許乘轎，三五十年前，郎曹皆騎也。其後因馬不便，以小肩輿代之，至近日遂無復乘馬者矣。」對騎馬與乘轎之改易，是一個歷史事實細節，謝肇淛也給與重視。

　　謝肇淛對皇室貴族窮奢極欲，壓榨百姓甚為不滿。《五雜組》卷之四地部二指出「富者日富，而貧者日貧」的社會現實。評改本第六十七回眉批：「貧者爭一錢不可得，而富家狠戾若此。作者其有感慨乎！」評者與作者對待貧富懸殊，有共同的感憤。

　　謝肇淛卒於天啟四年（1624），評改本應完稿在他的晚年。由他的友人，後輩學人組織刊印在崇禎初年。〈幽怪詩譚小引〉寫道「湯臨川賞《金瓶梅詞話》」，傳遞的還是詞話本資訊。聽石居士的〈小引〉寫於崇禎二年己巳（1629），此後不久，《金瓶梅》繡像評改本即已出版問世。

文龍的《金瓶梅》評點

　　趙文龍，字禹門。漢軍，正藍旗。約生於道光十年（1830），歷任南陵、蕪湖知縣。喜愛古代小說。少年時就聞有《金瓶梅》，直至咸豐六年（1856）才開始閱讀。光緒五年（1879），友人邵少泉贈送《皋鶴堂批評第一奇書金瓶梅》（在茲堂刊本），於光緒五年五月十日開始評批，到光緒八年九月完成，歷時三年多，時在南陵、蕪湖知縣任上。手寫回評、眉批、旁批約六萬字。文龍手批在茲堂本，藏北京圖書館，四帙二十冊。文龍在第八十五回附記中說：「竊嘗有言曰：人生作件好事，十年後思之，猶覺欣慰……天地既生我為人，人事卻不可不盡，與其身安逸而心中負疚，終不若身勞苦而心內無愧。」據此可知他的勞苦無愧的清廉人生態度。

　　文龍的《金瓶梅》評點可概括為如下幾個主要方面：

　　一、評人物形象。他的評語重點關注吳月娘、潘金蓮兩個人物。稱讚月娘能守節「從一而終守貞不二」「西門生前，月娘獨能容」。文龍以傳統觀念肯定月娘形象，並與張竹坡的觀點針鋒相對，不同意竹坡評月娘有罪、月娘陰險等觀點。從封建的貞節觀出發，他認為「玉樓一嫁再嫁，不能稱為賢良之婦」。文龍有濃厚的「女人禍水」思想，對金蓮的被污辱被損害處境，缺少同情，一再斥責金蓮，「蓮則斷斷不可存留於世間，遭之者死，見之者病，誠然禍水也」。文龍認為金蓮是美女，是金蓮與王六兒二人雙刀並舉殺死了西門慶。這些觀點遠遠落後於作者，落後於晚明啟蒙思潮。

　　文龍對人物性格特點的評析，多有可取之處，他注意在對比中分析，如評李瓶兒生子，「月娘羨慕深而嫉妒輕，金蓮嫉妒重而羨慕淺」。又如評「金蓮淺而桂兒深，金蓮直而桂兒曲」。又如評三個妓女「銀兒溫柔，桂兒刁滑，月兒奸險」。又如以蕩、柔、縱三字概括三女性行為的不同特點說「金之淫以蕩，瓶之淫以柔，梅之淫以縱」。

　　二、關於藝術虛構、形象塑造。文龍雖未深入論述藝術虛構，但他接受了明清以來作家關於藝術虛構的思想，超越了紀昀排斥小說藝術虛構與聊齋志異才子之筆的觀點。文龍在評語中多次提到「潘金蓮亦不必實有其人」，諸多人物形象都是作者的藝術塑造。他在分析西門慶形象時，認為西門慶「其名遂與日月同不朽」。他說：「水滸傳出，西門慶始在人口中；《金瓶梅》作，西門慶乃在人心中。《金瓶梅》盛行時，遂無人不有一西門慶在目中意中焉。其為人不足道也，其事蹟不足傳也，而其名遂與日月同不朽。」

（第七十九回評）

　　三、接受了張竹坡關於金瓶梅非淫書論思想，肯定了作者關於性行為的描寫。文龍認為金瓶梅是警世之書、讀此書要生「畏戒」心。「生性淫，不觀此書亦淫；性不淫，觀此書可以止淫。然則書不淫，人自淫也。」他主張要高一層著眼，深一層存心，遠一層設想，「有全部在胸中，不可但有前半截，竟無後半截也。」（第一百回評）這裏接受了張竹坡關於一百回當一回讀，從整體形象出發閱讀全書的觀點。關於情欲問題，文龍也作了一些探討。他關於男女之間有兩種情緣：有情而無緣與有緣而無情。西門慶與瓶兒之間就是有情而無緣。文龍在第二十七回評「醉鬧葡萄架」時說「久已膾炙人口」「充其量而實寫出耳」，持一種很開明的思想。同時，他也指出，少年之人「欲火正盛」，不可令其閱讀，應讀四書五經以定其性情。這實際上承認《金瓶梅》是一部成人小說，少年不宜。文龍在第二十回評中說：「六房串遍，亦足以消遣溫柔，疲於奔命而終老是鄉也。逆取順守，獲罪於天者，竟不至一敗塗地也。」他並不主張禁欲，而主張順應自然天性，樂而有節。

　　文龍的金瓶梅評點寫在晚清。哈斯寶《紅樓夢》回評寫於道光二十七年（1847），略早於文龍的《金瓶梅》評，均在晚清，為同時期的評點，其成就與時代局限大致相同。文龍未寫總評與讀法，沒有如張竹坡評形成了自己的體系。在理論價值上，遜於張竹坡。張竹坡處在小說評點的高峰期，是金聖歎、毛宗崗、張竹坡三大家之一。文龍在光緒年間，處在小說理論從傳統向現代的轉型期，雖有其獨到見解，但不如舊紅學的評點派成就大。晚清的金瓶梅評點，獨此一家，填補了金瓶梅評點史上的空缺，而成為與崇禎本評點、張竹坡評點相續而列的第三家評點。這是其應占有的歷史地位。

　　（參見了劉輝撰〈文龍及其批評金瓶梅〉，見《金瓶梅成書與版本研究》，瀋陽：遼寧人民出版社 1986 年）

《金瓶梅》評點第四家贊
——紀念《金瓶梅詞話》發現八十周年

一、《金瓶梅》評點有了第四家

明清時期的金瓶梅評點有三家。第一家，《新刻繡像批評金瓶梅》簡稱崇禎本，每回均有眉批、夾批，而無回評。崇禎本評語是古代小說批評的一宗珍貴遺產。評點者在長篇小說由英雄傳奇向世情小說蛻變的轉型期，打破傳統觀念，在李贄、袁宏道的「童心」「性靈」「真趣」「自然」的審美新意識啟示下，對《金瓶梅》藝術成就進行了開拓性評析。他定性金瓶梅是一部世情書，而非淫書。他是評點者，也是改寫者。以現存詞話本為底本進行改寫並加上評語。評改者在尊重原作基礎上作了藝術加工，使《金瓶梅》崇禎本成為一種便於閱讀的定型文本，為《金瓶梅》的定型與傳播做出了重大貢獻。評語和謝肇淛（1567-1624）〈金瓶梅跋〉是互補的，似應出自一人之手。謝肇淛是小說理論家，又是小說作家。謝肇淛很可能是《金瓶梅》崇禎本評改者，他發現了《金瓶梅》之美與藝術獨創特點，達到了時代的最高水準。[1]

第二家是清康熙年間青年小說理論家張竹坡（1670-1698）。張竹坡的《金瓶梅》評點，總結《金瓶梅》寫實成就、章法結構、塑造人物的藝術方法，駁斥「淫書」論，除了回評、眉批、夾批，還有多篇總論，一百零八條讀法，形成了自己的評論體系。他認為作者是大手筆，《金瓶梅》是一部史公文字，是作者發憤之作。張竹坡評點本是以崇禎本為底本的，是批評家積極參與小說文本進行審美接受的成果，將文本的潛在效能結構與批評家評點結構結合，使《金瓶梅》文本得到新的實現，在有情一代以至全世界產生了廣泛影響。[2]

1　王汝梅：〈金瓶梅繡像評改本：華夏小說美學史上的里程碑〉，《吉林大學社科學報》2007 年第 6 期；王汝梅：〈金瓶梅評點本的整理與出版〉，《讀書》2010 年第 10 期。

2　吳敢：《張竹坡與金瓶梅研究》（北京：文物出版社 2009 年）。

第三家是清光緒年間的文龍，他在光緒五年至八年（1879-1882），歷時三年多，在南陵、蕪湖知縣任上，在在茲堂本上手寫回評，眉批、夾批約六萬字。他注意在比較中分析女性人物性格特點。如評「銀兒溫柔，桂兒刁滑，月兒奸險」「金之淫以蕩，瓶之淫以柔，梅之淫以縱」。他繼承了明清作家關於藝術虛構思想，多次評說「潘金蓮亦不必實有其人」。他分析西門慶形象時說：「水滸傳出，西門慶始在人口中；《金瓶梅》作，西門慶乃在人心中。《金瓶梅》盛行時，遂無人不有一西門慶在目中意中焉，其為人不足道也，其事蹟不足傳也，而其名遂與日月同不朽」。（第七十九回評）文龍認為《金瓶梅》是警世之書，讀此書要生「畏戒」心。他主張讀《金瓶梅》要高一層著眼，深一層存心，遠一層設想。要「有全部在胸」，即張竹坡所說，把一百回當一回讀把握整體形象。他把男女之情分為有情而無緣與有緣而無情。西門慶與瓶兒之間就是有情而無緣。文龍評第二十七回「醉鬧」時說「久已膾炙人口」「充其量而實寫出耳。」正如崇禎本評者說：「分明穢語，閱來但見其風騷，不見其穢」（第二十八回眉批），均認識到感受到《金瓶梅》性描寫的藝術性。文龍評點沒有寫總評、讀法。沒有形成自己的體系，在理論價值上稍遜於崇禎本評點與張竹坡評點。在晚清，填補了金瓶梅評點史上的空缺，而成為明清時期的第三家。

在明清，《金瓶梅詞話》沒有評點本，詞話本在 1931 年在山西介休縣發現，至今已整整八十年，我們高興地看到了作家出版社出版了《雙舸榭重校評批金瓶梅》，我稱其為《金瓶梅》評點史上的第四家，雖然姍姍來遲，但終於問世。卜鍵先生花費了五年時間，繼承了前人成果基礎上，細讀文本逐回評批，提供了一部新時期的評點本。

二、《雙舸榭重校評批金瓶梅》的新特點

1. 潛心細讀文本，把握整體形象，百回全部在胸，把一百回當成一回讀，卜鍵先生繼承明清小說評點家的這一優良系統，緊緊從文本描寫的形象出發評人物評情節評世情評人性。和讀者面對面，有現場感。和小說人物交流，古今貫通，拉近距離。語言生動活潑，多生活語言，較少理論概念，絕不脫離文本空發議論。第九十六回評春梅在西門慶死後三年，回西門大院，在這關鍵情節評春梅歸來，因有春梅形象整體在心中，此回評點可以說是對春梅的總評價：「應該說在春梅性格中自有一種改變命運的基因，她的聰明敏銳，她的心高氣傲，她的倔強暴烈，她的潑辣與狠毒，她在被趕出院門的平靜與決絕都非通常意義上的婢女所能具有」。用四個排比句概括了春梅的全部性格，回評用三個排偶段落「春梅回來了……」「春梅回來了……」「春梅回來又離開了……」像是散文詩，不但引發讀者賞析文本，讀評點文字也是一種審美享受。

2. 古代小說評點本是一種複合型文本，評點者的評語和小說原文一同刊印。評點者不必要概述各回的情節內容，但評述時又必然涉及具體情節內容。雙舸榭評本能巧妙地寓評論於敘述中，有感情投入，有獨特體會見解，有激情，不枯燥，不繁瑣，不冷漠，這也是明清小說評點的優良傳統。此評本加以繼承與發揚。第六十二回評西門慶之哭「西門慶之哭是為李瓶兒的青春早殤，也包括對其數年間種種委屈，對官哥兒夭亡帶給她的打擊，對妻妾爭鬥的理解與同情。他深知李瓶兒是其妻妾中，是其所有女人中最愛自己的，也是唯一一個無私奉獻的……悲傷至極的西門慶邊哭邊喊『有仁義好性兒的姐姐』……誠然，這也是一場戀愛，是西門慶在瓶兒即將離開時迸發出的排山倒海般的愛，是他一生中不多的一次良知發現和精神愧悔」。這可以說是對西門慶李瓶兒愛情的讚歌，這比那種簡單化評價說西門慶之哭是哭錢，更符合小說文本意蘊，也與晚清文龍之評西門慶與李瓶兒「有情而無緣」相通。

3. 對金瓶梅的定位，對主要人物性格的定位準確，科學、對全書定位為「宋朝的故事，明代的人物，恆久鮮活的世情」。西門慶雖然從商場混到了官場，「他骨子裏是個商人，以經商的路數玩女人，也以這個路數玩政治」。（第七十四回評）經營的緞鋪有西門慶和喬大戶兩人投資，正式簽訂合同，兩家按股份分利，採購發買人員有一定比例報酬。「我們有理由說，西門慶較早實行了股份制經營，建立了管理激勵機制。」（第五十八回評）對一些次要人物也給予了獨特的賞析定位，如分析秋菊的執拗倔強後評，「秋菊真堪稱西門大院的唯一英雄！」這種評價甚是獨到。

4. 為了擴大視野，幫助讀者更深刻地體會小說描寫的事件情節，需要引進歷史背景材料，雙舸榭評語引用歷史材料時簡潔、恰當、足以啟發讀者想像，引發思考。第五十九回寫雪獅子貓嚇死官哥，官哥之死會令人震驚畏懼，接下引述說：「在封建宗法制度下，在那種陰謀叢生，危機四伏的環境中，幼小生命的存活真可稱難上加難。先秦有『趙氏孤兒』的故事，寫一批義士以犧牲個人生命和尊嚴的代價，來護佑一個遺孤，明代的弘治皇帝，本身就是這個故事的翻版，被藏匿於宮中至六歲，長大後連母親的來歷都弄不清。弘治的兒子，那位胡天胡地折騰的正德皇帝，宮中后妃和民間外寵無可計數，死時竟沒有留下一點血胤，也乾淨得讓人生疑。至於以外藩入繼大統的嘉靖皇帝，為子嗣也是大費周章，好不容易求神問藥得到，又糊裏糊塗地失去，最後抱定一個『二龍不相見』的奇怪信條，才算保住了兒孫。」這就加深理解對《金瓶梅》所寫「子嗣」問題的文化蘊涵。評點者進一步引申：「若說《金瓶梅》主題是情色，則其副題當是子嗣」。

雙舸榭評本繼承了明清三家評的成果，又超越了前人，有諸多新特徵新觀點新探索，對《金瓶梅》的傳播與研究做出了重要貢獻，值得稱讚，應引起學界的重視。對雙舸榭評本的出版，表示衷心地祝賀。這一豐碩成果是對《金瓶梅詞語》發現八十周年最有意

義的紀念。

三、有幾個問題提出來商榷

1. 正文行內夾批，有雙舸榭評，也引錄了崇禎本評、張竹坡評。如第二十七回引前二家評十一處，只有一處借鑒意義大，其餘十處均為一般感受，如「受用」「銷魂」「尖甚」「舌上有刀」「字字道破」等，古今人夾批混排，不妥。對有借鑒價值的崇禎本夾批、張評本夾批可在回評中引述或在校注中引錄為好。崇禎本，張評本正文有與詞話本相異處。不可以把不同版本中的夾批排入新版詞話本，與今人評語並列。

2. 雙舸榭評本繼續引用李漁「評改金瓶梅」之說，請斟酌。《金瓶梅》崇禎本評改者是誰，是學界關注的《金瓶梅》諸多疑難問題之一。1986 年，有學者提出李漁是崇禎本評改者之說。主要依據是，首都圖書館藏《新刻繡像批評金瓶梅》有一百零一幅插圖，在第一百零一幅圖像背面有兩首詞，後署「回道人題」，認為回道人是李漁的化名。據此判斷「李漁不僅是《新刻繡像批評原本金瓶梅》一書的寫定者，同時也是作評者」。這一說產生了較大影響。筆者不同意李漁評改《金瓶梅》之說，首都圖書館藏本插圖第一百零一幅後回道人兩首題詞見《全唐詩》第八百五十九卷，為呂洞賓〈漁父詞〉十八首之第十六、十七兩首：

> **作甚物**
> 貪貴貪榮逐利名，追遊醉後戀歡情。
> 年不永，代君驚，一報身終那裏生。
>
> **疾瞥地**
> 萬劫千生得個人，須知先世種來因。
> 速覺悟，出迷津，莫使輪回受苦辛。

明末鄧志謨據呂洞賓的傳說寫神怪小說《呂祖飛劍記》第十三回，多次寫道呂洞賓詭稱回道人，「回道人者，以回字抽出小口，乃呂字，此是呂神仙也。」李漁原名仙侶，字謫凡，號天徒，後改字笠翁，別署隨庵主人、覺道人、覺世稗官、笠道人、伊園主人、湖上笠翁、新亭客樵，族中後人尊稱「佳九公」，人稱「李十郎」。李漁著作和編纂的書，未見署回道人者。他的小說《十二樓·歸正樓》《肉蒲團》引進呂洞賓，並引錄其詩作，明確標寫「回道人題」。李漁不可能用「回道人」作為自己的別號。崇禎本在崇禎初年已刊印流傳。此時李漁十八歲左右，可能在如皋或蘭溪，尚未開始其創作生涯，

尚不具備評改《金瓶梅》的環境與條件，甚至尚沒有讀《金瓶梅詞話》。黃霖先生近著《金瓶梅講演錄》中用了較大篇幅論證李漁不是《金瓶梅》的評改者，可以視為定評。

筆者認為《金瓶梅》崇禎本評改者很可能是謝肇淛。謝肇淛〈金瓶梅跋〉在全面把握《金瓶梅》形象體系基礎上，發現了《金瓶梅》之美與藝術獨創特點。評改本評語和〈金瓶梅跋〉是互補的，似應出自一人之手。謝肇淛對《金瓶梅》潛心細讀，多年把玩，藏有抄本，關注全本。他曾任職東昌，督理北河，駐節張秋，走訪諸城，遊覽嶧山，對《金瓶梅》故事背景地較為熟悉。謝肇淛是小說理論家，又是小說作家，有筆記小說《塵餘》，傳奇小說《江妃傳》等，《江妃傳》寫楊貴妃、梅妃、江妃爭寵鬥豔的故事，可以說是一篇「小金瓶梅」。

3. 雙舸榭評本標「內部發行」（準確說是專業對口控制發行），供學術研究用。但卻刪掉 2077 字，對未刪的性描寫文字也未作點評。筆者認為這是一個不足之處。《金瓶梅》是一部偉大的世情小說，《金瓶梅》同時又是一部以性為基礎為主導寫性愛的性愛小說。對性行為性心理性習俗的描寫有開拓性，有重要認識意義，也有一定的藝術性，正如崇禎本評語云：「閱來但見其風騷，不見其穢」。文龍評「醉鬧葡萄架」時說：「膾炙人口」「充其量而實寫出耳」。作者充滿激情寫他的人物之間的作愛，各有不同的社會背景、不同的人物心理，寫來均不重複。寫性行為最濃筆重彩的第二十七回來說，是在社會大背景（來保去東京給太師老爺送禮行賄；翟謙捎信要西門慶給太師慶壽），小環境中自然背景、人物心理背景三重背景下寫私語與醉鬧，在對比中寫李瓶兒與潘金蓮的不同性格。第二十七回是性愛小說的上乘篇章，是性愛小說的經典回目，此回著力寫潘金蓮的性行為性心理，突出刻劃她的自然情欲與爭強好勝的「掐尖」性格，表現了蘭陵笑笑生通過性愛塑造人物探索人性奧秘的非凡藝術才華。日本現代作家渡邊淳一創作了一百多部性愛小說，他說：「情愛小說是最難寫的，性是最難描寫的。需要將很強烈的創作激情和興奮感融合在一起。普通作家寫不了也寫不好（參見隨筆集《熟年革命》等）。」《金瓶梅》把性行為描寫與廣闊的社會生活聯繫，與人物性格刻劃聯繫，與探索人性聯繫，是其性描寫的一大特點。蘭陵笑笑生是晚明作家中寫性愛小說的大手筆，全書的性描寫給我們提供了研究晚明性文化的豐富資料。

《金瓶梅》寫成年人的性愛，是成年人小說，少年不宜。正如文龍所說，少年人「欲火正盛」，不可令其閱讀，應讀四書五經以定其性情。期待雙舸榭對性描寫文字作出生動、科學與充滿激情的評點。

脂硯齋之前的《金瓶梅》批評

　　《金瓶梅》成書問世，至今約四百年。批評家們對這部作品的研究，以脂硯齋評點《石頭記》為界，可分為前後兩個二百年。脂硯齋之前的二百年，是把它與《三國》《水滸》《西遊》作比較、相比美，稱它為四大奇書之最。脂硯齋之後的二百年，是把它與《紅樓夢》作比較，因而有《紅樓夢》是暗《金瓶梅》、脫胎於《金瓶梅》、繼承發展《金瓶梅》之說。的確，曹雪芹的創作繼承發展了《金瓶梅》開創的藝術革新成果，從而攀上了古典小說藝術的頂峰。在脂硯齋之前，二百年的《金瓶梅》批評，主要圍繞三個問題進行的：《金瓶梅》的特點、作用和地位，創作上的別開新路與人物性格塑造，作者的遭際。

《金瓶梅》是一部奇書、哀書

　　《金瓶梅》（明萬曆詞話本、明清之際繡像本、清康熙張評本），在明末清初得到眾多文人學士的肯定與研究。在明代，以欣欣子、屠本畯（1542-1620 ？）、袁宏道（1568-1610）、謝肇淛（1567-1624）、薛岡（1561-1641）、馮夢龍（1574-1646）、沈德符（1578-1642）為著名。在清初以宋起鳳、李漁、張潮、張竹坡、和素為代表。到乾隆年間，曹雪芹的至親好友脂硯齋指出《石頭記》創作「深得金瓶壺奧」，宣告了前二百年《金瓶梅》批評的終結。

　　《金瓶梅》以宋代的名義寫明後期的社會現實，以惡霸、官僚、富商西門慶的罪惡家庭生活為中心，上聯朝廷、官府，下結鹽監稅使、大戶豪紳、地痞惡棍，展開人物之間政治、經濟、兩性關係的描寫，廣泛真實地暴露了明代後期官場的黑暗、政治的腐朽、變態人物靈魂的醜惡。作品中的人物不再是活動在山寨、天宮或戰場，而是在家庭、在閨房、在筵宴、在郊園、在店鋪、在碼頭、在妓院。作者以清醒的目光，洞察市井生活，衝破封建傳統觀念，直面慘澹的人生，加以如實地毫無諱飾的描繪。《金瓶梅》大約與李贄《童心說》，同在嘉靖、隆慶間產生，二者有異曲同工之妙。《童心說》主張去假存真，反對粉飾、反對虛假、反對「存天理滅人欲」。《金瓶梅》總體形象、主導傾向與李贄的主張，都意味著對喪失了必然性、合理性的腐朽封建制度的褻瀆和衝擊，曲折

地反映了資本主義萌芽條件下市民階層的心理情緒，是在反理學、反復古，重視民間文藝這一進步思潮下的產兒。

對《金瓶梅》揭露現實、直斥時事的特點，批評者們是察覺到了的。但在他們的歷史條件下，還不可能正面肯定這一內容特點。他們認為內容上「無關名理」（謝肇淛〈金瓶梅跋〉），「於修身齊家有益社稷之事無所有」（和素〈金瓶梅序〉）。「此書誨淫」（袁小修《遊居柿錄》），「不及水滸傳」（謝肇淛〈金瓶梅跋〉），因為《水滸》可以冠「忠義」，而《金瓶梅》只有褻瀆與暴露。另方面，他們又稱讚作者為「慧人」、作品為「新奇」（袁小修《遊居柿錄》），積極搜求抄本，不惜重資購買，熱心刊刻、評點，說明他們思想進步，眼光銳利。

在長篇小說空前繁榮的明代後期，小說已被提高到與「六經」「語孟」《孝經》同等地位的條件下，批評者雖然注意到書中有淫穢描寫，內容上揭露現實，但並未加否定或乾脆置之不理。他們借用和發揮傳統的詩教說，一致肯定《金瓶梅》的懲戒作用。欣欣子〈金瓶梅詞話序〉主張樂而淫、哀而傷，對正宗詩教「樂而不淫，哀而不傷」，「溫柔敦厚」加以反叛。同時又說這部百回小說「無非明人倫，戒淫奔，分淑慝，化善惡，知盛衰消長之機，取報應輪回之事，如在目前始終」。袁宏道認為「勝於枚生〈七發〉多矣」（〈與董思白〉）。薛岡說此書「頗得勸懲之法」（《天爵堂筆餘》）。東吳弄珠客云「蓋為世戒，非為世勸」（〈金瓶梅序〉）。和素說「一百回為一百戒」（〈金瓶梅序〉）。張竹坡通過評點，想「洗淫亂，存孝悌」（《第一奇書》評語）。他們在藝術上讚揚的同時，從作用上這樣肯定，幫助了這部巨著的刊印與流行。

對《金瓶梅》地位、特點深入一步的研究，是從馮夢龍開始，到張竹坡、和素達到了新的高度。其核心思想是把《金瓶梅》與《三國》《水滸》《西遊》作比較分析，先提出奇書這一概念，而後認為《金瓶梅》是四大奇書中的佼佼者，因而有《第一奇書》之稱，實際上肯定《金瓶梅》是長篇小說的極峰（在《紅樓夢》之前）。

題署張無咎述（可能是馮夢龍假託），得月樓刻本《（繡像）平妖全傳》敘云：「小說家以真為正，以幻為奇。然語有之：畫鬼易，畫人難。」認為《西遊》幻極，不逮《水滸》。《三國》不足者幻，不是作者才藝不能幻，而是勢不得幻。指出《西遊》《三國》寫神魔、寫歷史的作品，在反映現實生活上的局限。在他看來，只有《金瓶梅》之類作品才兼有真幻之長。他把《金瓶梅》與《水滸》並舉，認為「《金瓶梅》，另闢幽蹊，曲中雅奏」，[1]「可謂奇書」。《金瓶梅》不同於《西遊》的幻極，又不同於《三國》的不足幻。奇，不是指故事情節的曲折離奇，而是指通過藝術幻造、藝術想像而創造出的

---

[1] 得月樓刻本不作「曲終奏雅」。

虛實統一的藝術真實。《金瓶梅》的現實主義成就，大大促進了小說藝術思想的發展。

李漁、張竹坡進一步總結《金瓶梅》等現實主義作品的藝術經驗，提出創作要以作家閱歷為基礎，「一一經歷過，入世最深」（張竹坡《第一奇書》評語），又不要求事事親身經歷。李漁明確闡述了藝術幻造在小說戲曲創作中的重大意義。他說：「幻境之妙十倍於真，故千古傳之能以十倍於真之事」（《閒情偶寄·聲容部》）。李漁、張竹坡都闡述了幻而能真、幻中有真，真與幻、虛與實之間的辯證關係，確立了現實主義小說戲曲藝術觀念，打破了視小說為正史之餘、國史之輔、「羽翼信史而不違」（修髯子〈三國志通俗演義引〉），把小說視為歷史附庸的舊觀念。就是在這種思想基礎上，李漁贊同馮夢龍的「宇內四大奇書」之說（見清雨衡堂刊本〈三國志演義序〉）。[2]差不多與李漁同時，宋起鳳推崇《金瓶梅》為「晚代第一種文字」（《稗說》）。之後，張竹坡評點時，直接稱名為《第一奇書》。和素則稱之為四奇中的佼佼者（〈金瓶梅序〉）。他們一致給《金瓶梅》這部現實主義巨著以最高的歷史地位，說明在長篇小說取得巨大成就基礎上，文人學士們對小說藝術認識的加深，對《金瓶梅》成就的深刻理解。

張竹坡具體感受到作者對黑暗現實作真實描寫時表露的憤恨之情，認為作者有憤懣、有感慨，所以他有時又說《金瓶梅》是暴露世情之惡的洩憤之作。張潮在《幽夢影》中，從《金瓶梅》描寫西門慶等人物樂極悲生，宋惠蓮等人物的悲劇命運角度，又稱《金瓶梅》是一部哀書（稱《水滸》為怒書，《西遊》是悟書）。把《金瓶梅》視為「淫書」，主張禁毀的論調，在明末清初文壇上不占主流。

另辟幽蹊，追魂取魄

《金瓶梅》題材新穎，內容廣泛真實，尤其是它依照生活本身的樣子，描寫日常市井生活，以刻畫人物性格為主，著力為「眾腳色摹神」，「各各皆到」，「特特相犯，各不相同」，把握「此一人的情理」（張竹坡《第一奇書》評語），寫出「這一個」，在明代長篇中，異軍突起，別開生面。明末清初文人學士對此無不讚不絕口。

謝肇淛〈金瓶梅跋〉云：「其中朝野之政務，官私之晉接，閨闥之媟語，市里之猥談，與夫勢交利合之態，心輸背笑之局，桑中濮上之期，尊罍枕席之語，驅儈之機械意智，粉黛之自媚爭妍，押客之從臾逢迎，奴怡之稠唇淬語，窮極境象，駴意快心。譬之範工摶泥，妍媸老少，人鬼萬殊，不徒肖其貌，且並其神傳之。信稗官之上乘，爐錘之

2　魏子雲著《金瓶梅的問世與演變》說：「馮夢龍不應該不提到《金瓶梅》，他居然一生無隻字論及，實在違乎常情。」現從李漁〈三國志演義序〉中，間接得知馮夢龍有四大奇書之論。

妙手也。」得月樓刊本《平妖傳》敘，則把《金瓶梅》與其他三奇書比較後概言之「另闢幽蹊」，集中指明此書開創創作新路的特點。謝跋是抄本流傳階段《金瓶梅》批評文字的代表。這篇跋大約寫於萬曆三十五年（1607），[3]謝是從袁中郎、丘諸城借閱的抄本（從袁得十之三，從丘得十之五。袁中郎的不全抄本，抄自董其昌藏本。1607年，宏道曾向謝肇淛寫信索還抄本）。約在這同一年裏，屠本畯從王宇秦、王百穀那裏也見到抄本二帙（見《觴政》跋語）。自1596年，袁宏道〈與董思白〉記載抄本之後，已知王世貞、徐文貞、王宇泰、王百穀、文吉士、丘諸城都藏有抄本。湯顯祖、屠本畯、李日華、袁宏道、袁中道、謝肇淛、薛岡、馮夢龍、馬仲良都見過抄本。1596年後這十幾年，抄本盛傳，說明《金瓶梅》問世之初，就引起了讀者的濃厚興趣與重視，它的題材、它的人物、它的創作方法，確實使明末作家耳目一新。

　　清康熙年間，以宋起鳳、張竹坡、和素為代表，進一步評論了《金瓶梅》的創新成就。宋起鳳說：「書雖極意通俗，而其才開闔排蕩，變化神奇，於平常日用機巧百出，晚代第一種文字也。」（《稗說》）張竹坡稱讚作者是「才富一石」的偉大作家。他為「使天下人共賞文字之美」（張道淵〈仲兄竹坡傳〉），「憫作者之苦心，新同志之耳目」（《第一奇書》評語），總結了《金瓶梅》的寫實成就。他分析了作者從現實日常生活出發，在「危機相依」與「抗衡」的各種關係中，為眾腳色摹神，著力刻畫人物性格的豐富複雜、變化發展，塑造出前所未有的西門慶、李瓶兒、宋惠蓮等典型形象。他認為作者有一種「摹神肖影，追魂取魄」（《第一奇書》評語）也即刻畫性格、以形寫神的高超藝術表現力，張竹坡在總結《金瓶梅》藝術經驗基礎上，豐富了金聖歎提出的典型性格論，為以後長篇小說創作塑造出更新更複雜的典型性格提供了理論條件。

　　滿族文人和素，繼承了謝肇淛、馮夢龍、張竹坡對《金瓶梅》的研究成果，在滿文本〈金瓶梅序〉中評述《金瓶梅》寫平常的人物，如市井之夫妻、商賈、妓女、優人、和尚、道士、尼姑、命相士等，每回寫的都是醜惡之事，沒有一件「於修身齊家有益社稷之事」。但包羅萬象，敘述詳盡，栩栩如生，為四大奇書中的佼佼者。他抓住了此書寫世俗社會中普通人物（而不是帝王將相、傳奇英雄、神魔）、寫醜惡生活這一顯著特徵。通過滿文本序，把明末以來逐漸形成的對《金瓶梅》基本評價傳播到滿族文人、臣僚以至宮廷中去，進一步確定了第一奇書的地位，促進了《金瓶梅》的流傳和漢滿文化的交融，在小說批評史上作出了特殊貢獻。

3　劉輝：〈北圖館藏《山林經濟籍》與《金瓶梅》〉，《文獻》1985年第2期，據明惇德堂刊本《山林經濟籍》，考證屠本畯《觴政》跋語約寫在1607年。

作者的患難窮愁

　　作者問題，三四百年來，一直是《金瓶梅》研究的一個焦點。作者問題與成書是二而一的問題。徐朔方先生列舉內證，確定《金瓶梅》成書年代為嘉靖二十六年（1547，李開先《寶劍記》脫稿）至萬曆元年（1573）之間。寫定者的籍貫在今山東省中西部及蘇北北部，其家鄉距離清河、臨清不很遠，並應是李開先的崇信者。明末清初的《金瓶梅》評論者是怎樣看這個問題呢？這時期，與研究作者有關的文獻，有屠本畯寫的《觴政》跋語、欣欣子〈金瓶梅詞話序〉、謝肇淛〈金瓶梅跋〉、袁中道《遊居柿錄》、沈德符《萬曆野獲編》、宋起鳳《稗說》、張竹坡《第一奇書》評語、和素〈金瓶梅序〉等七八種。

　　這七八種重要文獻，以屠本畯、欣欣子、謝肇淛三家為早。屠、謝的兩則約在1607年。三家有二家提到作者年代為嘉靖（屠本畯。謝云「永陵金吾」即嘉靖之金吾衛），有二家提到作者「沉冤」（屠本畯）、「不幸」（欣欣子）。三家中有二家提到王世貞：屠云「王大司寇鳳洲先生家藏全書，今已失散。」謝云「唯弇洲家藏者最為完好。」都說得非常肯定確實。據此看，世貞與初抄本或稿本有密切關係。這一看法大約是可以成立的。根據徐朔方先生確定的成書年代，作者應生活在嘉靖、隆慶年間，與王世貞同時。世貞卒於1590年，到屠、謝記載王世貞家藏抄本的1607年，只有十多年。1607年，屠本畯約六十歲，謝肇淛四十歲，他們應該是非常熟悉王世貞的文學活動的。他們記載了作者的遭際與不幸，心目中似乎有作者的姓名，也許有意避諱而不指明。他們熟悉書中描寫的生活和作者的情緒。他們是作者的同時期文人，與作者約為兩代人輩分。所以，在考證作者情況時，屠、謝兩則材料極為重要。袁中道、沈德符與王世貞、與作者則為隔一代的人，所以袁云作者是「紹興老儒」，說明是「舊時」；沈云「為嘉靖間大名士手筆」，說明是「傳聞」。這後兩位的記載，相對來說，不如屠、謝的重要。

　　在清初，《金瓶梅》作者問題的探討有三說：

　　一、宋起鳳《稗說》卷三提出王世貞「中年筆」之說，論述肯定而詳贍。他說：「世知四部稿為弇洲先生平生著作，而不知《金瓶梅》一書，亦先生中年筆也。即有知之，又惑於傳聞，謂其門客所為書，門客詎能才力若是耶。弇洲痛父為嚴相嵩父子所排陷，中間錦衣衛陸炳陰謀孽之，置於法。弇洲憤懣懟廢，乃成此書。陸居雲間郡之西門，所謂西門慶者，指陸也。以蔡京父子比相嵩父子，諸押昵比相嵩羽翼。陸當日蓄群妾，多不撿，故書中借諸婦一一刺之。所事與人皆寄託山左，其聲容舉止，飲食服用，以至俳戲媟之細，無一非京師人語。……按弇洲四部稿有三變，當西曹至青州，機鋒括利，立意遷口，尚近刻畫。迨秉郎節，則巉刻之跡盡去，惟氣格體法尚矣。晚年家居，濫受羔雁諛墓祝觴之言，二氏雜進，雖耽白蘇，實白蘇弩末之技耳。是一手猶有初中晚之殊，

中多倩筆，斯誠門客所為也。若夫《金瓶梅》全出一手，始終無懈氣浪筆與牽強補湊之跡，行所當行，止所當止，奇巧變幻，修妍，善惡，邪正，炎涼情態，至矣，盡矣！殆四部稿中最化最神文字，前乎此與後乎此誰耶？謂之一代才子，詢然。世但目為穢書，豈穢書比乎？亦楚檮杌類歟。」[4]

宋起鳳，字來儀，號弇山，又號覺庵、紫庭，直隸廣平人，曾僑居滄州，後隨父至京師。曾任山西靈丘縣令、廣東羅定知州。晚年棄官，寓居富春江上。宋起鳳在金陵與薛岡相交。薛岡《天爵堂筆餘》記載薛岡在萬曆二十九年（1601）前後，從文吉士那裏見到不全的《金瓶梅》抄本。約天啟間，包岩叟贈寄薛岡一部刻本《金瓶梅》。宋起鳳與薛岡可能共同研究過作者問題。宋起鳳對《金瓶梅》作了較深研究，對王世貞著作，對其文學道路也作了研究。因此，他在《稗說》中提出《金瓶梅》為王世貞中年筆之說，值得重視。宋起鳳《稗說》自序在康熙十二年（1673），比謝頤《第一奇書序》早二十二年。

二、張竹坡較重視對作者閱歷的研究，不主張去猜測作者的真姓名。他認為作者經歷了患難窮愁，入世深，作者有深沉的感慨。張竹坡《第一奇書》評語有四五處提到與作者有關的問題：

1.〈竹坡閒話〉〈寓意說〉〈苦孝說〉諸篇評論貫串了孝子作書的觀點，但又未指出作者為誰，也沒有暗示作者為王世貞的意思。他的「苦孝說」用意在於「洗淫亂，存孝悌」，類似金聖歎「削忠義，仍水滸」，是想給《金瓶梅》披上合法外衣。

2.《第一奇書》讀法三十六說：「作小說者，既不留名，以其各有寓意，或暗指某人而作。夫作者既用隱惡揚善之筆，不存其人之姓名，並不露自己姓名。乃後人必欲為之尋端，竟委說出姓名，何哉？何其刻薄為懷也。且傳聞之說，大都穿鑿，不可深信。總之，作者無感慨，亦必不著書，一言盡之矣。其所欲說之人，即現在其書內。彼有感慨者，反不忍明言，我沒感慨者，反必欲指出，真沒搭撒沒要緊也。故別號東樓，小名慶兒之說，既置不問。即作書之人，亦止以作者稱之『彼既不著名於書，予何多贅哉！』」主張不必探究作者姓名。竹坡這一論點，與謝頤〈第一奇書序〉不同。謝序云，「傳為鳳洲門人之作」，「或云即鳳洲手」，此說與宋起鳳相一致。

3.第二十九回旁批云：「作者必遭史公之厄而著書」。

4.第七十回回評云：「夫作者，必大不得於時勢，方作寓言以垂世。今止言一家，不（又）及天下國家，何以見怨之深，而不能忘哉。故此回歷敘運艮峰之賞，無謂諸奸臣貪位慕祿，以一發胸中之恨也。」

4　見《明史資料叢刊》，據謝國楨先生珍藏抄本刊印。魏子雲先生著《金瓶梅的問世與演變》引錄了　王世貞作《金瓶梅》的各種傳說，但未引宋起鳳《稗說》。

5.讀法五九條云：「《金瓶梅》作者，必曾於患難窮愁，人情世故，一一經歷過，入世最深，方能為眾腳色摹神也。」

竹坡重視從作品形象實際出發，探究作者的閱歷與憤怨，在沒有掌握可靠的材料時，而不任意推測作者姓名與書中人物影射現實生活中的某人。竹坡真正把小說作為藝術來研究，反對把作品內容人物當生活實事來看，這在小說批評中，也是一個進步。

三、和素在滿文本〈金瓶梅序〉中，提出《金瓶梅》作者盧柟說。序云：「此書乃明朝閒散儒生盧柟為斥嚴嵩嚴世蕃父子所著之說，不知確否。」和素這一記載是據文獻，還是據傳聞，不得而知。

盧柟約與李開先同時。李開先，章丘（今屬山東）人，為嘉靖八子之一。因抨擊朝政，得罪權相，被削職為民。盧柟與之有相類似遭遇、處境。盧柟同情李開先，讚賞李開先作品，是可以想見的。盧柟〈聞華從化誦李中麓樂府詞有憶寄上四首〉云：「東望山東中麓山，赤誠霞送主人還。」「歌吟綠水勝秦聲」（李開先自稱中麓子、中麓山人或中麓放客）。據此，可以說是李開先的崇信者。

據屠本畯《觸政》跋語、謝肇淛〈金瓶梅跋〉說，《金瓶梅》抄本，唯王世貞家藏全書，最為完好。這一完好的本子，有可能是盧柟在王世貞支持與參與下，在民間流傳的說唱詞話材料基礎上創作加工而成書。以武松打虎尋兄作引子，以民間詞話為素材，反映嘉靖時的社會現實，以宋之名寫明之實，直斥時事。《四部稿》中有與《金瓶梅》有關的素材。《蠛蠓集》是據殘版刊印的，大多收輯了應酬之作。單從《蠛蠓集》看，還不能承受王世貞那樣高度的文學評價。此集收有幾首民謠，透露了盧柟愛好民間文藝的端倪。《金瓶梅》全書貫串著文人名士的思想情調，而又保留著民間文藝質樸的語言風格。這正是文人創作與民間文學相結合的產兒。在明末，文人重視民間性情之響的民歌、詞曲等，是一代風氣。我國明清通俗小說經歷了一個從俗到雅、從傳奇到寫實的發展過程。《金瓶梅》雅俗兼備，正是長篇小說從《水滸》之俗發展到《紅樓夢》之雅的中間橋樑。

總括二百年的《金瓶梅》批評，集中為一句話：《金瓶梅》新奇，是一部奇書。清初批評家認為「新」是天下事物之美稱，新奇才能美。所謂奇，奇在以家庭為中心，寫一家又及天下國家；奇在以日常市井生活、普通人物為對象，描寫得如在目前，始終不覺得是操筆伸紙作出來的，奇在以寫人物性格的複雜為重點，塑造出的典型性格，不是單一的、穆靜的、理念的，而是多重的、栩栩如生的，奇在作者經歷過患難窮愁，入世極深，憤怨極深，而又不局限於個人的閱歷與怨愁。《金瓶梅》的這些藝術經驗及批評家們對它的總結，在小說史、小說批評史上是劃時代的。在曹雪芹之前，明清批評家，在實際上已承認《金瓶梅》作者是一位偉大的藝術革新家。

滿文譯本篇

談滿文譯本〈金瓶梅序〉和作者盧柟說

在明末清初，《金瓶梅》幾種版本的七篇序跋中，滿文本〈金瓶梅序〉是其中重要的一篇。它提出了兩個值得重視的看法：

1. 《金瓶梅》是四大奇書的佼佼者，寫普通的人物，寫醜惡的生活，起懲戒的作用。

2. 《金瓶梅》作者盧柟說。此序文為《金瓶梅》研究史、古代小說批評史上的一篇珍貴滿文文獻。

一、《金瓶梅》滿文本譯刻年代與譯者

《金瓶梅》滿文譯本清康熙四十七年（1708）序刻，四十卷一百回。卷首譯序署：康熙四十七年五月穀旦序，不署序作者姓名。滿文本無插圖，序與正文每頁均為九行，豎刻，從左至右讀，滿文本甚罕見，已知國內現存完整的四十卷本兩部，殘本三部。精抄本一部。殘存五回：第十七卷第四十八回「弄私情戲贈一枝桃，走捷徑探歸七件事」，第四十九回「請巡按屈體求榮，遇梵僧現身施藥」；第二十卷第五十五回「西門慶兩番慶壽旦，苗員外一諾送歌童」，第五十六回「西門慶捐金助朋友，常峙節得鈔仿（傲）妻兒」，第五十七回「（開）緣薄募千斤喜舍，雕欄戲一笑回嗔」（抄本為譯稿本或據刻本傳抄，待考）。日本天理圖書館藏《金瓶梅》滿文本，四十卷，八十冊，內補寫十三冊（見澤田瑞穗《增修金瓶梅研究資料要覽》，1981 年 10 月 1 日）。美國普林斯頓大學葛思德圖書館也藏有滿文《金瓶梅》。清代前期，從康熙到乾隆，在注重保存滿族語言、習俗的同時，很注意吸取先進文化、文學。很多滿族文人以開明的態度，如饑似渴地汲取漢族文化，成為精通滿漢語文的臣僚，注意翻譯漢文書籍。小說的翻譯有順治七年刊刻《三國演義》滿漢合璧本，滿文譯者為達海、范文程等（見陳康祺《燕下鄉脞錄》卷十）。《水滸傳》《西

遊記》也刊刻了滿文譯本（陳汝衡《說苑珍聞》引《故宮殿本書庫現存目》卷下「清文書目」）。不言而喻，流傳很廣，為許多文人重視、模仿的《金瓶梅》，必然要引起滿族文臣的重視與興趣。清宗室昭槤《嘯亭續錄》卷一〈翻書房〉條載：「有戶曹郎中和素者，翻譯絕精，其翻《西廂記》《金瓶梅》諸書，疏解字句，咸中綮肯，人皆爭誦焉。」據此，《金瓶梅》滿文本譯者為和素。和素，字存齋，滿洲鑲黃旗人，累官內閣侍讀學士。《國朝耆獻類徵初編》卷七十五載：「《琴譜合璧》十八卷，和素撰，取明楊掄《太古遺音》，譯以國書，使明人舊籍轉賴此帙以永傳，是亦操縵家待創之制，為古所未有者矣。」《金瓶梅》滿文本譯者又有徐元夢說（葉德均《戲曲小說叢考》引《批本隨園詩話》）。徐元夢，字善長，一字蝶園，姓舒穆祿氏，滿洲正白旗人，累官禮部侍郎、太子少保。中年後精研理學，歷事三朝，在官六十餘年，以直言下獄者再。康熙癸丑十二年（1673）進士（見錢儀《碑集傳》卷二十二）。到《金瓶梅》滿文本序刻的康熙四十七年，徐元夢已是垂暮之年，恐無力譯此巨著。其精研理學的興趣，與譯序《金瓶梅》的作為、讚賞《金瓶梅》的觀點也不符合。《金瓶梅》滿文譯本序刻，是滿漢文化交融的一大壯舉，是清代前期，滿族統治者重視汲取漢族文化，確認通俗小說的價值，實行汲取先進文化政策的結果，而決不是滿漢文人和素的「遊戲」之作。康熙二十六年（1687）有對下層禁「淫詞小說」的聖訓；在上層翻譯刊刻《金瓶梅》這樣一項重要文化工作，不可能不得到官方的批准與支持。鈍宦〈小三吾亭隨筆〉云：「往年於廠肆見有《金瓶梅》，全用滿文，惟人名則旁注漢字。後為日本人以四十金購去。賈人謂是內府刻本。……此或當時遊戲出之，未必奉敕也。」（《國粹學報》第七年第七十五期，1911 年）鈍宦「遊戲」之見，不足取，所記日人購去的滿文本，不知是否為澤田瑞穗氏《要覽》著錄之天理圖書館藏本？

二、和素的《金瓶梅》評論

明末清初，有十幾種批評文字，對《金瓶梅》各自從不同角度作了肯定評價。較早的東吳弄珠客序（1617）、謝肇淛〈金瓶梅跋〉。得月樓刻本〈繡像平妖傳敍〉（楚黃張無咎述，約 1620 年），則更把四部長篇進行比較研究，把《金瓶梅》與《水滸》視為一類，而《金瓶梅》「另闢幽蹊，曲中雅奏」「可謂奇書」。清初，西湖釣史〈續金瓶梅集序〉，推《水滸》《西遊》《金瓶梅》為三大奇書，並稱《金瓶梅》為「言情之書」。李漁〈三國志演義序〉說：「嘗聞吳郡馮子猶賞稱宇內四大奇書，曰《三國》《水滸》《西遊》及《金瓶梅》四種。余亦喜其賞稱為近是。」把《金瓶梅》與其他三部長篇並舉為四大奇書。這一觀點，為清初文人所接受。宋起鳳《稗說》把《金瓶梅》推為「晚代第一種文字」。這種觀點發展到康熙三十四年（1695），張竹坡評點《金瓶梅》時，則直接把《金

瓶梅》定名為《第一奇書》，肯定《金瓶梅》的寫實成就，給這部巨著以更高的歷史地位。和素在張評本刊刻十二年後，以張竹坡評本為底本，刪去評語，譯成滿文。他在滿文〈金瓶梅序〉中，繼承、吸收了前輩文人對《金瓶梅》的批評成果，稱《三國演義》《水滸》《西遊記》《金瓶梅》為四大奇書，並認為《金瓶梅》寫平常的人物，如市井之夫妻、商賈、妓女、優人、和尚、道士、姑子、拉麻、命相士等，敘述詳盡，栩栩如生，為四奇書中之佼佼者。他把前人「另辟幽蹊」的評論具體化了。古代小說批評到明代後期，進入了一個新的階段，李贄提出童心說，為小說創作開闢了道路，同時他又提出宇宙五大部文章之說（漢有司馬子長《史記》、唐有杜子美集、宋有蘇子瞻集、元有施耐庵《水滸傳》、明有李獻吉集）。清初金聖歎又提出六才子書之說。他們都是把小說提到和正宗文學《史記》、杜詩同等地位。馮夢龍、張竹坡、和素則更進了一步，以獨立的小說觀念看待小說。馮夢龍〈古今小說序〉把小說發展史分為五個時期，確立了獨立的小說史觀念。他說：「史統散而小說興。始乎周季，盛於唐，而寢淫於宋。」發展到《三國志演義》《水滸》《平妖》諸傳，「遂成巨觀」。張竹坡與和素就是繼承馮夢龍的小說史觀與四大奇書之說，把《金瓶梅》提高到小說史的最高地位的。和素在翻譯《金瓶梅》的同時，研閱了不少漢文古代小說，他對古代小說在內容上給了概括說明：「揚善懲惡，以結禍福；或娛心逞才，以著詩文；或明理言性，以喻他物；或褒正疾邪，以斷忠奸。雖屬稗官，然無不備善。」關於《金瓶梅》，他提出的「凡一百回為一百戒」的觀點，是研閱全書後得出的。

三、《金瓶梅》作者盧柟說

　　《金瓶梅》在明末清初，得到眾多作家文人的讚賞。在明末，已知約有三十多位文士與此書傳抄、寫定、評點、刊刻、題序、批評等直接或間接有關。在清初約有十幾位文士與此書評點、翻譯、刊刻、評論有關。他們肯定此書在小說史上的地位和突出的藝術成就之外，探討最熱烈的是作者為誰這個問題。關於此書的作者，至今已有十幾種說法（李贄、王世貞、李開先、盧柟、湯顯祖、薛應旂、趙南星、馮惟敏、馮夢龍、沈德符、屠隆、賈三近等）。和素的滿文《金瓶梅》提出的是作者盧柟說。序云：「此書乃明朝閒散儒生盧柟為斥嚴嵩嚴世蕃父子所著之說，不知確否。」和素是據傳聞，還是有文獻依據，不得而知。盧柟，字少楩，一字次楩，又字子木，大名浚縣人，太學生，有《蠛蠓集》，明末廣五子之一。生卒年不詳。據王世貞〈盧柟傳〉、盧柟〈蠛蠓集自序〉、張佳胤〈刻盧山人集序〉，得知他嘉靖庚子年（1540）繫獄，先於王世貞而卒，生活於嘉靖年間。盧柟得到謝榛（臨清人）幫助，得以平反冤獄。與王世貞多有交往。《四部稿》中有詩〈魏郡

盧柟〉〈寄盧次楩〉〈盧山人少楩〉；有文〈盧次楩集序〉〈盧柟傳〉；有書牘〈寄盧次楩〉二首。〈魏郡盧柟〉詩云：「盧生富結撰，揚馬有遺則。及乎為詩歌，雅好在李白。春風揚波瀾，浩渺靡所極。仰見朝霞媚，俯見水五色。蛾眉一成妒，雄飛鎩其翮。朝奏獄中書，夕為坐上客。妻子不殮人，長歌下震澤。」王世貞說他「少負才，敏甚。讀書，一再過，終身不忘」「才高，好古文辭，不能俯而就繩墨」「柟為人跅弛，不問治生產，時時從倡家遊，大飲，飲醉輒弄酒罵坐」「下筆數千言立就」「出獄家貧，乃為《九騷》。趙王覽而奇其文。坐握麈尾，辨說揮霍數百千萬言，風雨集而江波流也。嗚毫颯颯，倏忽而為辭」「柟既以別世貞去，南游金陵，陸光祖為祠部郎。留月餘。走越歷吳，勿所遇。還益落魄，嗜酒，病，三日卒」「柟死時，世貞方坐家難」（〈盧柟傳〉）。盧柟有〈答王鳳洲郎中書〉〈與王鳳洲郎中書〉。盧柟出獄後曾寓居王世貞門下。他非常熟悉浚縣、臨清一帶市井細民生活，有文才。徐朔方先生列舉內證，確定《金瓶梅》成書年代為嘉靖二十六年（1547 年，李開先《寶劍記》脫稿）至萬曆元年（1573）之間。寫定者的籍貫在今山東省中西部及蘇北北部，其家鄉距離清河、臨清不很遠，並應是李開先的崇信者（〈《金瓶梅》成書新探〉）。1547 年，盧柟出獄後，正寓居在世貞門下，其家鄉大名（浚縣），離臨清碼頭不很遠。盧柟熟悉這一帶城鎮生活，說這一帶方言。李開先，章丘（今屬山東）人，為嘉靖八子之一。盧柟約略長於王世貞，比謝榛小，與李開先同時。李開先因抨擊朝政，得罪權相，被削職為民。盧柟與之有相類似的遭遇、處境，同情李開先，讚賞李開先的作品，是可以想見的。盧柟有〈聞華從化誦李中麓樂府詞有憶寄上四首〉云「東望山東中麓山，赤誠霞送主人還」「歌吟綠水勝秦聲」。（李開先自稱中麓子、中麓山人）據此可以說是李的崇信者。王世貞嘉靖二十六年（1547）中進士，年二十歲，隆慶元年（1567）「有詔追復，起家補大名兵備」，時年四十歲，正值世貞中年（宋起鳳云世貞「中年筆」，詳見後文）。據謝肇淛〈金瓶梅跋〉說，《金瓶梅》抄本，參差散失，唯王世貞家藏，最為完好。這一完好的本子，有可能是盧柟在世貞支持與參與下，在民間流傳的說唱詞話材料基礎上創作加工而成書。以武松打虎尋兄作引子，以民間詞話為素材，以宋之名寫明之實，反映嘉靖時的社會現實，直斥時事。《四部稿》中有與《金瓶梅》有關的素材。《蠛蠓集》是據殘版刊印的，大多收編了應酬之作。單從《蠛蠓集》看，還不能承受王世貞那樣高度的文學評價。此集收有幾首民謠，透露了盧柟愛好民間文藝的端倪。與盧柟說有密切關係的，是康熙十二年（1673），宋起鳳《稗說》卷三提出王世貞「中年筆」之說，論述肯定而詳瞻。魏子雲先生《金瓶梅的問世與演變》引錄了王世貞作《金瓶梅》的各種傳說，但未引宋起鳳之說。現全文引錄如下：

　　世知四部稿為弇洲先生平生著作，而不知《金瓶梅》一書，亦先生中年筆也。即

有知之，又惑於傳聞，謂其門客所為書，門客詎能才力若是耶。弇洲痛父為嚴嵩父子所排陷，中間錦衣衛陸炳陰謀蘗之，置於法。弇洲憤懣慰廢，乃成此書。陸居雲間郡之西門，所謂西門慶者，指陸也。以蔡京父子比相嵩父子，諸狎昵比相嵩羽翼。陸當日蓄群妾，多不檢，故書中借諸婦一一刺之。所事與人皆寄託山左，其聲容舉止，飲食服用，以至俳戲蝶之細，無一非京師人語。書雖極意通俗，而其才開闔排蕩，變化神奇，於平常日用機巧百出，晚代第一種文字也。按弇洲四部稿有三變，當西曹至青州，機鋒括利、立意千口，尚近刻畫。迨秉鄖節，則巉刻之跡盡去，惟氣格體法尚矣。晚年家居，濫受羔雁諛墓祝觴之言，二氏雜進，雖耽白蘇，實白蘇弩末之技耳。是一手猶有初中晚之殊，中多倩筆，斯誠門客所為也。若夫《金瓶梅》全出一手，始終無懈氣浪筆與牽強補湊之跡，行所當行，止所當止，奇巧幻變，嗤妍，善惡，邪正，炎涼情態，至矣！盡矣！殆四部稿中最化最神文字，前乎此與後乎此誰耶？謂之一代才子，洵然。世但目為穢書，豈穢書比乎？亦楚檮杌類歟。聞弇洲尚有《玉麗》一書，與金瓶梅埒，係抄本，書之多寡亦同。王氏後人鬻於松江某氏，今某氏家存其半不全。有人為余道其一二，大略與金瓶梅相頡頏（頏），惜無厚力致以公世，然亦烏知後日之不傳哉。[1]

宋起鳳，字來儀，號弇山，又號覺庵、紫庭。直隸廣平人。曾僑居滄洲，後隨父至京師。順治六年，任山西靈丘縣令，十六年，升廣東羅定知州。晚年棄官，寓居富春江上。喜遊歷，以著述自娛。著述甚豐富。據民國《滄縣誌》載，共有七十餘部，起鳳在金陵交薛岡。薛岡《天爵堂文集》（天啟四年序刻本）之《天爵堂筆餘》卷二記述薛岡在萬曆二十九年（1601）前後，從文吉士那裏見到不全的《金瓶梅》抄本。約天啟年間，包岩叟贈寄給薛岡一部刻本《金瓶梅》。起鳳與薛岡都與《金瓶梅》流傳、研究有密切關係，他們可能共同研究過《金瓶梅》。宋起鳳對《金瓶梅》作了深入研究，對王世貞的文學道路、對其著作也作了研究。因此，他在《稗說》中提出的王世貞中年作《金瓶梅》之說，不同於明末清初的其他各種關於王世貞作此書的傳說。他不是記載一種傳說，而是確指為王的中年筆，並提出陸炳為西門慶這一人物形象的原型，與其他各說指嚴世蕃為原型不同。

　　宋起鳳以後，謝頤於康熙三十四年（1695）為張竹坡《皋鶴堂批評第一奇書金瓶梅》所作序中，再次提出：「傳聞鳳洲門人之作」「或云即鳳洲手」。[2]可以看出，滿文譯本

1　見《明史資料叢刊》，據謝國楨先生珍藏抄本刊印。

2　謝頤：〈第一奇書序〉，非出竹坡手，而為張潮託名而寫。

序作者並沒有承受宋起鳳與謝頤的看法，而是明確提出的《金瓶梅》的作者是盧柟。他們可以說是同代人，觀點即如此相異，看來盧柟一說，和素是有所本的，值得引起研究者的注意。

滿文譯本《金瓶梅》敘錄

一、知見版本

　　滿文譯本《金瓶梅》一百回，六函四十冊，中央民族大學圖書館藏。框高 18.5 釐米，寬 14 釐米，白口，單魚尾，上下雙邊。半葉九行，每行字數不等，竹紙印。序署「康熙四十七年五月穀旦序」。

　　滿文豎排，自左往右讀。專用名詞、特殊詞語旁標注漢字，如：三國演義、水滸傳、西遊記、嚴嵩、嚴世蕃、酒色財氣等。

　　又見趙則誠先生藏本，版式同上，僅半部。

　　加拿大多倫多大學東亞圖書館藏影印滿文譯本《金瓶梅》，美國亞洲文化研究中心影印（可能據普林斯頓葛思德東方圖書館藏滿文本影印）。

　　吉林大學圖書館藏精抄本，殘存五回：第十七卷第四十八回「弄私情戲贈一枝桃　走捷徑探歸七件事」，第四十九回「請巡按屈體求榮，遇梵僧現身施藥」；第二十卷第五十五回「西門慶兩番慶壽旦　苗員外一諾送歌童」，第五十六回「西門慶捐金助朋友　常峙節得鈔仿（傲）妻兒」，第五十七回「（開）緣簿募千金喜舍　雕欄戲一笑回嗔」。大約抄於乾隆年間，抄寫精良，裝訂考究。王麗娜介紹：北京圖書館藏有完整的四十卷本，中國社科院民族研究所、北京民族文化宮藏有殘本（〈《金瓶梅》在國外〉）。

　　據澤田瑞穗《增修金瓶梅研究資料要覽》著錄：天理圖書館藏《滿文金瓶梅》，全一百回，四十卷，八十冊，內補寫十三冊。

　　又據早田輝洋譯注《滿文金瓶梅譯注（序至第十回）》引用《滿文金瓶梅》主要是靜嘉堂文庫藏《滿文金瓶梅》，鈍宦（冒廣生）〈小三吾亭隨筆〉（1911 年《國粹學報》第 75 號）：「往年於廠肆見有《金瓶梅》，全用滿文，惟人名旁注漢字，後為日本人以四十金購去，賈人謂是內府刻本。」天理圖書館藏本，或靜嘉堂文庫藏本，應有一種是晚清民國年間傳入日本。

　　據以上所述，《滿文金瓶梅》國內現存完整的兩部，殘本存四種（包括抄本一種）。是為珍稀古籍。急需列入國家搶救古籍文獻項目，影印出版，供珍藏與研究。

二、譯者之謎

滿文譯本《金瓶梅》卷首序文三葉半，未署譯者姓名。昭槤（1776-1829）《嘯亭續錄》卷一「翻書房」：「及定鼎後，設翻書房於太和門西廊下，揀擇旗員中諳習清文者充之，無定員。凡《資治通鑑》《性理精義》《古文淵鑒》諸書，皆翻譯清文以行。其深文奧義，無煩注釋，自能明晰，以為一時之盛。有戶曹郎中和素者，翻譯絕精，其翻《西廂記》《金瓶梅》諸書，疏櫛字句，咸中肯綮，人皆爭誦焉。」昭槤，為清太祖努爾哈赤第二子代善之後，生於乾隆四十一年（1776），愛好詩文，喜讀宋金元明史籍，頗好交遊，所記和素為滿文本《金瓶梅》譯者，是可靠的。

和素（1652-1718），字存齋、純德，完顏氏，清康熙間滿族人，隸屬內務府鑲黃旗。累官至侍讀學士，御試清文第一，賜巴克什號，充皇子師傅，翻書房總裁，清代著名滿文翻譯家。和素為《御制清文鑒》主編。《清文鑒》與滿文《金瓶梅》同年刊行（1708）。另譯《素書》《醒世要言》《孝經》《太古遺音》（《琴譜合璧》）等。

康熙年間一再重申嚴禁刊行「淫詞小說」。翻譯《金瓶梅》這樣浩大的文化工程，必須得到康熙帝的御旨。而不可能是一種民間行為。翻譯《金瓶梅》應是被批准的翻書房的計畫內工程，由和素主持，由翻書房譯員多人參與的一項浩繁工程。

滿文《金瓶梅》序有言「此書勸戒之意，確屬清楚，是以令其譯之，余趁閒暇之時作了修訂。」據此可知，和素主持了翻譯工作，對譯稿作了審閱修訂。此譯序出自和素手筆。

《金瓶梅》滿文本譯者又有徐元夢說（葉德均《戲曲小說叢考》引《批本隨園詩話》）。徐元夢，字善長，一字蝶園，姓舒穆祿氏，滿洲正白旗人，累官禮部侍郎，太子少保。中年後精研理學，歷事三朝，在官六十餘年，以直言下獄者再。康熙十二年（1673）進士（見錢儀《碑集傳》卷二十二）。到《金瓶梅》滿文本序刻的康熙四十七年，徐元夢已是垂暮之年，恐無力譯此巨著。其精研理學的興趣，與譯序《金瓶梅》的作為，讚賞《金瓶梅》的觀點也不符合。

三、譯本序文漢譯

上世紀八十年代初，與北京大學侯忠義教授合作編輯《金瓶梅資料彙編》（北京大學出版社，1985 年 12 月初版）時，得到趙則誠先生大力支持，慨然同意借閱珍藏的滿文本《金瓶梅》，並同意複印序文。滿文本序文，請清史專家劉厚生教授譯為漢文。現據闕鐸手劄《金瓶梅》滿文漢譯校訂後的譯文如下：

試觀，大凡編撰故事者，或揚善懲惡，以結禍福；或娛心申德，以昭詩文；或明理論性，譬以他物；或褒正疾邪，以辨忠奸，雖屬稗官，然無不備善。《三國演義》《水滸傳》《西遊記》《金瓶梅》四部書，在平話中稱為四大奇書，而《金瓶梅》堪稱之最。凡一百回為一百戒，全書皆是朋黨爭鬥，鑽營告密，褻瀆貪歡，荒淫姦情，貪贓豪取，恃強欺凌，構陷詐騙，設計妄殺，窮極逸樂，誣謗傾軋，讒言離間之事耳。然於修身齊家有益社稷之事者無一件。

西門慶鴆毒武大，（武大）旋飲潘金蓮之藥而斃命。潘金蓮以藥殺夫，終被武松以利刃殺之。至若西門慶姦他人之妻，而其妻妾與其婿與家奴通姦之。

吳月娘瞞夫將女婿引入內室，姦西門慶之妾，家中淫亂。吳月娘並無貞節之心，竟至於殷天錫強欲逼姦，來保有意調戲。而蔡京等人欺君妄上，賄賂公行，僅二十年間身為刑徒，其子亦被正法，奸黨皆坐罪而落荒。

西門慶心滿意足，一時巧於鑽營，然終不免貪欲喪命。西門慶死後屍骨未寒，有盜竊的，有逃走的，有詐騙的，不啻燈吹火滅，眾依附者亦皆如花落木枯而敗亡。報應之輕重宛如秤戥權衡多寡，此乃無疑也。

西門慶尋歡作樂不過五六年，其諂媚、鑽營、作惡之徒亦可為非二十年，而其惡行竟可致萬世鑒戒。

自尋常之夫妻、和尚、道士、尼姑、命相士、卜卦、方士、樂工、優人、妓女、雜戲、商賈，以至水陸雜物、衣用器具、戲謔之言、俚曲，無不包羅萬象，敍述詳盡，栩栩如生，如躍眼前。此書實可謂四奇中之佼佼者。

此書乃明朝逸儒盧柟為斥嚴嵩嚴世蕃父子所著之說，不知確否？此書勸戒之意，確屬清楚，是以令其譯之。余趁閒暇之時作了修訂。

觀此書者，便知百回百戒，惴惴思懼，篤心而知自省，如是才可謂不悖此書之本意。倘若津津樂道，效法作惡，重者家滅人亡，輕者身殘可惡，在所難免，可不慎乎！可不慎乎！至若不懼觀污穢淫靡之詞者，誠屬無稟賦之人，不足道也。是為序。

康熙四十七年五月穀旦序

四、底本小考

張竹坡評本《金瓶梅》，評刻於康熙三十四年（1695），滿文本《金瓶梅》譯刊於康熙四十五年（1708），相距十三年。張評本《金瓶梅》是以崇禎本為底本評刻的，對崇禎

本正文文字有改動之處，也有誤刻之處。

第十七回，處於政治上的考慮，張評本把「虜患」改為「邊患」、「夷狄」改為「邊境」、「玁狁」改為「太原」、「匈奴」改為「陰山」、「突厥」改為「河東」、「大遼縱橫中國」改為「干戈浸於四境」、「金虜」改為「金國」、「憑陵中夏」改為「兩失和好」、「虜犯內地」改為「兵犯內地」。滿文刊本同崇禎本。

第七十回目，崇禎本：老太監朝房邀酌　二提刑樞府庭參

張評本：老太監引酌朝房　二提刑庭參太尉

滿文刊本此回回目同張評本。

崇禎本第四十九回「遇胡僧現身施藥」，張評本改「胡僧」為「梵僧」。滿文刊本同張評本。

第一百回回末詩，詞話本為「閒閱遺書思惘然」，崇禎本、張評本均誤作「閥閱」，滿文刊本同崇禎本、張評本。

第四十八回「走捷徑探歸七件事」，張評本礙於政治刪去最後兩條，但回目中仍曰「七件事」。滿文刊本同崇禎本，而與張評本不同。

第四回「我往你王奶奶家坐一坐就來」，詞話本、張評本作「王奶奶家」。崇禎本作「往你王奶家」，缺一「奶」字，北大藏崇禎本、內閣文庫藏崇禎本同。滿文刊本同崇禎本。

第四回「單道這雙關二意」，張評本作「單道這瓢雙關二意」。崇禎本少「瓢」字，滿文刊本同崇禎本。

第四回「紅赤赤黑鬚」，詞話本作「黑髯」，崇禎本張評本均作「黑鬚」，滿文刊本同。

第九回結尾詩：「李公吃了張公釀，鄭六生兒鄭九當。世間幾許不平事，都付時人話短長。」張評本缺後二句，崇禎本不缺。滿文刊本同崇禎本。

第十回，形容李瓶兒「好個溫克性兒」，詞話本、崇禎本同。張評本作「溫存性兒」。滿文刊本同崇禎本。

從以上比勘可知，滿文譯本以崇禎本為底本，又參照了張評本，在回目上更加明顯。

五、作者盧柟說

和素任內閣侍讀學士、皇子師傅，《御制清文鑑》主編，翻書房總裁，對漢文小說《金瓶梅》等有深入地研究。他精通漢滿兩種文化，處於清廷皇室文化統領的最高層。《金瓶梅》滿文譯刊年代，又正逢撰修《明史》巨大文化工程的關鍵階段，網羅彙集了明代

大量史料文獻。在這種崇高地位與特殊文化背景下，和素在滿文《金瓶梅》序文中提出作者盧柟說，值得特別關注與研究。筆者曾於 1985 年撰〈談滿文本金瓶梅序〉，作了初步的探討（見徐朔方、劉輝編《金瓶梅論集》，北京：人民文學出版社 1986 年 11 月）。

年內三月，重新翻閱《廬山人蠛蠓集》。穆文熙撰〈重刻蠛蠓集引〉云：「始刻於吳之太倉州，乃鳳洲王公家藏抄本」此引寫於萬曆三年（1575）。此抄本應是王世貞家藏的盧柟文集的稿本。《明史》卷二八七載，盧柟出獄後，「走謁榛（謝榛），榛方客趙康王所，王立召見柟，禮為上賓。諸宗人以王故爭客柟，柟酒酣罵座如故。」「柟騷賦最為王世貞所稱，詩亦豪放如其為人。」盧柟〈幽鞫賦〉〈放招賦〉在獄中作，收入《蠛蠓集》。王世貞《四部稿》中有詩〈魏郡盧柟〉〈寄盧次梗〉〈盧山人少梗〉；有文〈盧次梗集〉〈盧柟傳〉；有書牘〈寄盧次梗〉。〈魏郡盧柟〉詩云：「盧生富結撰，揚馬有遺則。及乎為詩歌，雅好在李白。春風揚波瀾，浩渺靡所極。仰見朝霞媚，俯見水五色。蛾眉一成妒，雄飛鏦其翮。朝奏獄中書，夕為坐上客。妻子不殍人，長歌下震澤。」王世貞說他「少負才，敏甚。讀書，一再過，終身不忘」「才高，好古文辭，不能俯而就繩墨」「柟為人跅弛，不問治生產，時時從倡家遊，大飲，飲醉輒弄酒罵坐」「下筆數千言立就」「出獄家貧，乃為《九騷》。趙王覽而奇其文。坐握麈尾，辨說揮霍數百千萬言，風雨集而江波流也。鳴毫颯颯，倏忽而為辭」（〈盧柟傳〉）。盧柟有〈答王鳳洲郎中書〉〈與王鳳洲郎中書〉。盧柟出獄後曾寓居王世貞門下。他非常熟悉浚縣、臨清一帶市井細民生活，有文才。

《見只編》《明文海》載有盧柟傳奇小說《滑縣尹擒賊記》，這篇作品極具文學生動性，姚士粦跋語說：「描寫入神，使人若身見之者」，顯示出盧柟小說創作才能。

康熙十二年（1673），宋起鳳《稗說》卷三提出王世貞「中年筆」之說。康熙三十四年（1695），《張竹坡批評第一奇書金瓶梅》謝頤序提出「鳳洲門人」「或云即鳳洲手」之說。和素並沒有承襲宋起鳳、謝頤的看法，而提出《金瓶梅》作者盧柟說。他們可以說是同時代人，觀點卻如此相異與相聯。

六、滿文譯本及據滿文譯本轉譯之蒙文本

黃潤華〈滿文翻譯小說述略〉說「大連圖書館藏有一部完整的，題名為《世態炎涼》」，認定為滿文譯本的抄本。

《翻譯世態炎涼》兩函三十二冊，第一函卷一至十六，共十六冊，由首回至五十七回。第二函卷十七至三十二，共十六冊，由五十八回至一百回。

翻譯世態炎涼
上由首回至五十七回
莫作宿柳眠花淫情看
當為世態炎涼演義觀

卷首封面

　　每半葉十行，行字數不等。序文首半葉蓋有「南滿洲鐵路株式會社圖書館」章。第三十二冊卷尾有松崎鶴雄手寫的說明：

> 北平闞君鐸得蒙文本《金瓶梅》，見抄寄其序文漢譯一篇。闞君云敝處所藏蒙文《金瓶梅》乃係刻本，其中名詞注在側面，惟序內於名詞之外兼及全文，似係御制原書，似係三十二冊，經某西人改為洋裝四冊。今以序之譯文鈔寄，乞閱過寄還。內中誤字乃原文如此也。外間通行本，有康熙乙亥年字樣在封面上。乙亥為三十四年，在此序十三年以前。彼時正是此書盛行之際，如王崇蘭（簡）《冬夜箋記》所記，朝貴以此書相矜尚者亦一證也。
>
> 　　　　　　　　　　右闞鐸君手箚附記以為據
> 　　　　　　　　　　松崎鶴雄識時
> 　　　　　　　　　　庚午冬日

此書每回只抄回目，不寫回次。標注漢文比滿文刊本多。除專有名詞標注漢字，詞詩韻語也用漢字標注在天頭位置。如第一回，「第一腰便添痛」五句在書眉有漢文。「奴是塊金磚怎比泥土基」唱詞，眉上標有漢文。闞鐸寄給松崎鶴雄的序文漢譯，全同滿文漢譯。滿文是據蒙文創制而成。《三國演義》等漢文小說，也是據滿文譯本轉譯成蒙文本。此大連館藏抄本，有可能是闞鐸據所藏蒙文刊本抄寫而成，松崎鶴雄替圖書館買進。松崎鶴松，為南滿洲鐵路株式會社圖書館館員，有為圖書館購書之任務。

翻書房與滿文譯本《金瓶梅》

清代順康雍乾諸帝在吸取漢族文化的同時，也注意保存滿族語言文字，提倡將漢文書籍翻譯成滿文刊行。康熙十年（1671）左右，清廷設立「翻書房」，翻譯滿漢典籍。四十七年，翻書房將《金瓶梅》譯成滿文本刊刻。該譯本不但對當時滿漢文化的互動及發展起到促進作用，更成為現今的珍稀古籍，為我們研究傳統文化及版本學提供了重要史料。

翻書房的設立

清初，朝中大臣多是滿人，其中多數不會講漢語，看不懂漢字。至康熙時期，很多滿族文人能夠以開明的態度，如饑似渴地學習漢文，成為精通滿漢語文的臣僚。因滿漢互譯特別是翻譯書籍的需要，康熙帝從翰林院的滿族學士中，挑選既懂滿文又對漢學有研究的人，設立「內翻書房」，亦簡稱「翻書房」。

乾嘉時期禮親王昭槤在其《嘯亭續錄》中稱：「及定鼎後，設翻書房於太和門西廊下，揀擇旗員員中諳習清文者充之，無定員。凡《資治通鑑》《性理精義》《古文淵鑒》諸書，皆翻譯清文以行。其深文奧義，無煩注釋，自能明晰，以為一時之盛。」另據嘉慶朝《大清會典》等書記載，翻書房負責翻譯諭旨、起居注、御論、講章、冊文、敕文、祝文、祭文、碑文、詩文等等，此外還有滿文造字和擬定音譯的職責。在人員設置上，翻書房管理大臣下設提調、協辦提調官，收掌官、掌檔官，皆由管理大臣在翻書房行走官內委派。另有翻譯官四十人掌翻譯。

翻書房雖一直存在到清末，但其主要成績是在清前期取得的。翻書房設立之初，不僅翻譯御旨，還翻譯了《西廂記》《金瓶梅》等許多民間小說，亦將四書、五經等儒家經典作為重點翻譯內容。

《金瓶梅》的滿文譯本

滿文譯本《金瓶梅》，四十卷，一百回，康熙四十七年（1708）序刻。其翻譯工作由

大臣和素主持，翻書房譯員多人參加，是一項浩大的文化工程。

《嘯亭續錄》卷一「翻書房」說：「有戶曹郎中和素者，翻譯絕精，其翻《西廂記》《金瓶梅》諸書，疏櫛字句，咸中綮肯，人皆爭誦焉。」和素（1652-1718），字存齋、純德，完顏氏，隸屬內務府鑲黃旗，累官至侍讀學士，御試清文第一，賜巴克什號，充皇子師傅，翻書房總裁，清代著名滿文翻譯家，為《御制清文鑑》主編。除了滿文《金瓶梅》，另譯《素書》《醒世要言》《孝經》《太古遺音》（《琴譜合璧》）等。

滿文本《金瓶梅》序應為和素的手筆，序中有言：「此書勸戒之意，確屬清楚，是以令其譯之，余趁閒暇之時作了修訂。」據此可知，主持翻譯工作的和素對譯稿作了審閱修訂。該序文提出了兩個值得重視的看法：(1)《金瓶梅》是明代「四大奇書」（還包括《三國志通俗演義》《水滸傳》《西遊記》）中的佼佼者，寫普通的人物，寫醜惡的生活，起懲戒的作用，一百回為一百戒。(2)《金瓶梅》作者盧柟（nán）說。《金瓶梅》滿文譯刊之時，正逢撰修《明史》這一宏大文化工程的關鍵階段，清廷網羅彙集了大量明代史料文獻。和素精通滿漢文化，對《金瓶梅》研究得很深入，作為翻書房總裁的地位又很特殊，他提出的《金瓶梅》作者盧柟說，值得特別關注與研究。筆者曾於 1985 年撰〈談滿文本金瓶梅序〉，作了初步的探討（見本書；原載徐朔方、劉輝編《金瓶梅論集》）。

清代文學評論家張竹坡評本《金瓶梅》，評刻於康熙三十四年（1695），較滿文本《金瓶梅》譯刊早十三年。張評本《金瓶梅》是以明代崇禎本為底本評刻的，對崇禎本正文文字有改動之處，也有誤刻之處。經過比勘可知，和素滿文譯本以崇禎本為底本，又參照了張評本，在回目上更加明顯。

滿文譯本《金瓶梅》現存概況

滿文譯本《金瓶梅》現存版本較稀見，屬於珍貴古籍，下面就筆者知見情況簡述如下。

(一)國內藏本

1. 滿文譯本《金瓶梅》一百回，六函四十冊，中央民族大學圖書館藏。框高 18.5 釐米，寬 14 釐米，白口，單魚尾，上下雙邊。半葉九行，每行字數不等，竹紙印。序署「康熙四十七年五月穀旦序」。

滿文豎排，自左往右讀。專用名詞、特殊詞語旁標注漢字，如：《三國演義》《水滸傳》《西遊記》、嚴嵩、嚴世蕃、酒色財氣等。

2. 國家圖書館藏刊本，同上。

3. 趙則誠先生藏刊本（殘）。

4. 中國社科院民族研究所藏刊本（殘）。

5. 北京民族文化宮藏刊本（殘）。

6. 滿文譯本《金瓶梅》抄本（題為《世態炎涼》），兩函三十二冊，第一函卷一至十六，共十六冊，由首回至五十七回。第二函卷十七至三十二，共十六冊，由五十八回至一百回。每半葉十行，行字數不等，大連圖書館藏。序文首半葉蓋有「南滿洲鐵路株式會社圖書館」章。

該本第三十二冊卷尾有日本漢學家松崎鶴雄（1867-1949）手寫的說明：

> 北平闞君鐸得蒙文本《金瓶梅》，見抄寄其序文漢譯一篇。闞君云敝處所藏蒙文《金瓶梅》乃係刻本，其中名詞注在側面，惟序內於名詞之外兼及全文，似係御制原書，似係三十二冊，經某西人改為洋裝四冊。今以序之譯文鈔寄，乞閱過寄還。內中誤字乃原文如此也。外間通行本，有「康熙乙亥年」字樣在封面上。乙亥為三十四年，在此序十三年以前。彼時正是此書盛行之際，如王崇蘭（簡）《冬夜箋記》所記，朝貴以此書相矜尚者亦一證也。
>
> 右闞鐸君手箚附記以為據
松崎鶴雄識時
庚午冬日

此書每回只抄回目，不寫回次。標注漢文比滿文刊本多。除專有名詞標注漢字，詞詩韻語也用漢字標注在天頭位置。

如第一回，「第一腰便添痛」五句在書眉有漢文。「奴是塊金磚怎比泥土基」唱詞，眉上標有漢文。闞鐸寄給松崎鶴雄的序文漢譯，全同滿文漢譯。滿文據蒙文創制而成，在字形上極為相似。松崎鶴雄當時為南滿洲鐵路株式會社圖書館館員，有為圖書館購書之任務，此大連館藏抄本，有可能經過闞鐸引薦，由松崎鶴雄替圖書館買進。

7. 吉林大學圖書館藏滿文《金瓶梅》精抄本，殘存五回：第十七卷第四十八回「弄私情戲贈一枝桃　走捷徑探歸七件事」，第四十九回「請巡按屈體求榮　遇梵僧現身施藥」，第二十卷第五十五回「西門慶兩番慶壽旦　苗員外一諾送歌童」，第五十六回「西門慶捐金助朋友　常峙節得鈔仿（傲）妻兒」，第五十七回「（開）緣簿募千金喜舍　雕欄戲一笑回嗔」。大約抄於乾隆年間，抄寫精良，裝訂考究。

(二)國外藏本

1. 筆者在加拿大多倫多大學東亞圖書館所見影印滿文譯本《金瓶梅》，是由美國亞

洲文化研究中心影印的。該本可能據美國普林斯頓大學葛思德東方圖書館藏滿文本影印。

2. 據日本學者澤田瑞穗《增修金瓶梅研究資料要覽》著錄：天理圖書館藏《滿文金瓶梅》，全一百回，四十卷，八十冊，內補寫十三冊。

3. 據日本學者早田輝洋所著《滿文金瓶梅譯注（序至第十回）》，引用滿文《金瓶梅》，主要是靜嘉堂文庫藏滿文《金瓶梅》。

關於滿文本傳入日本之時間及情形，中國學者鈍宧（冒廣生）〈小三吾亭隨筆〉（1911年《國粹學報》第 75 號）記載云：「往年於廠肆見有《金瓶梅》，全用滿文，唯人名旁注漢字，後為日本人以四十金購去，買人謂是內府刻本。」據此，滿文本應在晚清民國年間傳入日本，但尚不確知傳入者為天理圖書館藏本，抑或為靜嘉堂文庫藏本。

綜上所述，清代翻書房所作滿文譯本《金瓶梅》在國內現存完整刊本兩部，抄本一部，殘本存四種（包括抄本一種）。作為珍稀古籍，急需列入國家搶救古籍文獻項目影印出版，以供珍藏與研究。

續書研究篇

《玉嬌麗》之謎

　　因為《金瓶梅》流傳廣，影響大，被稱為「後金瓶梅」的《玉嬌麗》也特別為人們注目。《玉嬌麗》這部可與《金瓶梅》相比肩的長篇世情書，今已佚。只有關於這部小說流傳的記載。《玉嬌麗》的內容是怎樣的？它的作者是否就是《金瓶梅》的作者？其藝術成就如何？現在還能不能發現這部小說？是一些難解之謎。關於《玉嬌麗》流傳的記載，是探尋其蹤跡的依據。謝肇淛寫〈金瓶梅跋〉，大約在明萬曆四十四年至四十五年（1616-1617），他看到的《金瓶梅》是「為卷二十」的不全抄本，於袁宏道得其十三，於丘諸城得其十五。謝肇淛稱讚此書為「稗官之上乘」，作者為「爐錘之妙手」。他在跋文最後提到《玉嬌麗》：「仿此者有《玉嬌麗》，然而乖彝敗度，君子無取焉。」（《小草齋文集》卷二十四）從謝肇淛的這一記載可以明確：(1)在《金瓶梅》傳抄階段，仿作《玉嬌麗》已產生，也應該是抄寫流傳。(2)謝肇淛的記載語氣非常明確，他見到了《玉嬌麗》全本內容，對此書評價不高，其藝術成就趕不上《金瓶梅》。(3)「仿此者（指《金瓶梅》）有《玉嬌麗》」，謝肇淛不認為《玉嬌麗》作者就是《金瓶梅》作者，《玉嬌麗》是學步《金瓶梅》的摹仿之作。沈德符《萬曆野獲編》卷二十五記載：「中郎又云：『尚有名《玉嬌李》者，亦出此名士手，與前書各設報應因果。武大後世化為淫夫，上蒸下報；潘金蓮亦作河間婦，終以極刑；西門慶則一駿憨男子，坐視妻妾外遇，以見輪回不爽。』中郎亦耳剽，未之見也。去年抵輦下，從丘工部六區（志充）得寓目焉。僅首卷耳，而穢黷百端，背倫滅理，幾不忍讀。其帝則稱完顏大定，而貴溪、分宜相構亦暗寓焉。至嘉靖辛丑庶常諸公，則直書姓名，尤可駭怪。因棄置不復再展。然筆鋒恣橫酣暢，似尤勝《金瓶梅》。丘旋出守去，此書不知落何所。」題張無咎作《平妖傳》序兩種。一為〈天許齋批點北宋三遂平妖傳序〉云：「他如《玉嬌麗》《金瓶梅》，如慧婢作夫人，只會記日用帳簿，全不曾學得處分家政；效《水滸》而窮者也。」後署泰昌元年長至前一日

隴西張譽無咎父題。另一本為得月樓刻本〈平妖傳序〉云：「他如《玉嬌麗》《金瓶梅》，另辟幽蹊，曲中雅奏。然一方之言，一家之政，可謂奇書，無當巨覽，其《水滸》之亞乎！」後署楚黃張無咎述。袁中郎說《金瓶梅》《玉嬌麗》都出嘉靖大名士手，袁中郎並未見到《玉嬌麗》，其說顯係傳聞，不可靠。沈德符讀了《玉嬌麗》首卷，指出暗寓貴溪（夏言）、分宜（嚴嵩）相構。這一點極其重要，已引起學者的重視。蘇興先生在〈《玉嬌麗（李）》的猜想與推衍〉中，據此推論《玉嬌麗》作者可能是李開先。張無咎把《玉嬌麗》《金瓶梅》並列論述，把《玉嬌麗》看得與《金瓶梅》同樣重要。有學者論證張無咎是馮夢龍的化名。馮夢龍對《玉嬌麗》的評價，更值得引起重視。他是「四大奇書」之說的首創者。清康熙時，宋起鳳《稗說》卷三〈王弇洲著作〉條云：「聞弇洲尚有《玉嬌麗》一書，與《金瓶梅》埒，係抄本，書之多寡亦同。王氏後人鬻於松江某氏，今某氏家存其半不全。友人為余道其一二，大略與《金瓶梅》相頡頏，惜無厚力致以公世，然亦烏知後日之不傳哉。」阮葵生《茶餘客話》：「有《玉嬌李》一書，亦出此名士手，與前書各設報應，當即世所傳之《後金瓶梅》。」清人宋起鳳、阮葵生記載均係傳聞。阮甚至把《玉嬌李》當世所傳之《後金瓶梅》，係指丁耀亢之《續金瓶梅》。《玉嬌麗》可稱之為「後金瓶梅」，但決不就是丁耀亢作《續金瓶梅》，丁作在順治末年。《玉嬌麗》產生在《金瓶梅》傳抄時的隆、萬年間，且在明末已散佚，清代沒有人記載閱讀過。把《玉嬌麗（李）》誤認為就是丁耀亢作《續金瓶梅》的傳聞，一直影響到現代。日本澤田瑞穗主編《增修金瓶梅資料要覽》著錄：「繪圖玉嬌李，1927.1，東京支那文獻刊行會刊，譯文 51 章，原文 12 回。」據此，很容易使人認為《玉嬌麗》流傳到日本，在日本有刊本。在蘇興先生撰寫〈《玉嬌麗（李）》的猜想與推衍〉時，筆者把這一情況提供給蘇先生，蘇先生即飛函日本學者日下翠女士，請幫助查閱。日下翠把五十多年前的舊版書《繪圖玉嬌李》從橫濱的筱原書店購來寄給蘇先生。蘇先生接到此書後，當即拿給我看。結果，《繪圖玉嬌李》，竟是《續金瓶梅》的改寫本《隔簾花影》的日本譯本，署米田太郎譯。米田氏序言說：稱做《玉嬌李》的，一般即指《隔簾花影》。日本學者受阮葵生等的傳說影響，竟把《隔簾花影》當做《玉嬌李》而加以譯介。

蘇興先生的探求真理、核實材料的求實作風，幫助弄清了這一誤解，解開了《玉嬌李》尚存世之惑。蘇興先生寫出〈《玉嬌麗（李）》的猜想與推衍〉前兩部分，即給我拜讀，使我得以先睹為快。對蘇先生廣徵博引、求實治學的精神，甚為欽佩。蘇先生意圖打開探求《金瓶梅》作者的一條新路：從《玉嬌麗》研究入手，如果證實《玉嬌麗》為李開先作，反證《金瓶梅》也為李開先作。蘇文論證李開先辛丑被罷職，與夏言、嚴嵩相構有牽連。「蘭陵」不作籍貫解釋，荀卿廢死蘭陵，李開先有相似之遭際，故李開先化名蘭陵笑笑生。這些論證，對探索《金瓶梅》作者極有啟發。關於《玉嬌麗》與丁

耀亢《續金瓶梅》不是一書，前文已說明。但二者之間是否有一定關係呢？蘇興先生極重視這一問題。在〈猜想與推衍〉中說：

> 前邊我推測的《玉嬌麗》的主要內容，與丁耀亢的《續金瓶梅》有合有不合，馬泰來〈諸城丘家與《金瓶梅》〉（《中華文史論叢》1984 年第 3 輯）談到持有《玉嬌麗（李）》首卷的諸城丘志充（六區）的兒子「丘石常和同縣丁耀亢（1599-1669）至交友好，而今人皆以為《續金瓶梅》是丁耀亢所作。《玉嬌麗》和《續金瓶梅》的關係，亦需重新探討。」我體會馬泰來「需重新探討」的意見，其暗中含意恐非認為《續金瓶梅》就是《玉嬌麗》，而是意味著丁耀亢看到過丘家藏的《玉嬌麗》抄本（不能說沈德符看到的丘志充藏的《玉嬌麗》首卷，便證明丘藏只有首卷），以之為藍本加上己意寫成《續金瓶梅》。如果我對馬泰來先生的寓意沒有誤解的話，我則認為丁耀亢修訂《玉嬌麗》而寫成《續金瓶梅》可能是事實，從而由丁耀亢的《續金瓶梅》可稍窺《玉嬌麗》的內容。

我認為蘇先生關於丁耀亢修訂《玉嬌麗》而寫成《續金瓶梅》這一推論，是很難成立的。

第一，丁耀亢寫作《續金瓶梅》的背景、時間、地點、政治目的，已搞得比較清楚。寫成在順治十七年，赴惠安任途中滯留杭州之時，順治十八年（1661）春，托友人在蘇州刊行。他懷著強烈的民族意識，以金喻清，以寫宋金戰爭影射清軍入關屠城等暴行。丁耀亢作為明遺民，有強烈的擁明反清思想。這與《玉嬌麗》以寫金世宗影射明世宗，暗寓夏言、嚴嵩相構的政治背景完全不同。

第二，丁耀亢在〈續金瓶梅後集凡例〉、正文第三十一回開頭一段等處，多次提到《續金瓶梅》與《金瓶梅》之關係，稱《金瓶梅》為前集，續作為後集。後集在背景、內容、藝術上雖與前集不同，但後集是緊接前集，以續作前集的面貌出現的。他在〈凡例〉中說：「前集中年月、事故或有不對者，如應伯爵已死，今言復生，曾誤傳其死一句點過。前言孝哥年已十歲，今言七歲離散出家，無非言幼小孤霜，存其意，不顧小失也。客中並無前集，迫於時日，故或錯訛，觀者略之。」這說明，丁耀亢儘管客居杭州，身邊未攜帶前集，但極注意在情節、人物年齡上與前集銜接、照應。續書是直接承前集而寫的。〈凡例〉又云：「前集止於西門一家婦女酒色、飲食言笑之事，有蔡京、楊提督上本一二段，至末年金兵方入殺周守備，而山東亂矣。此書直接大亂，為南北宋之始，附以朝廷君臣忠佞貞淫大案，如尺水興波，寸山起霧，勸世苦心正在題外。」也是說明，續書一開始是直接前集，金兵入關，山東大亂。又如續書第三十一回開頭一段解說潘金蓮、春梅二人托生來世姻緣，又一次直接概述了前集情節：「那《金瓶梅》前集說的潘金蓮和春梅葡萄架風流淫樂一段光景，看書的人到如今津津有味。說到金蓮好色，把西

門慶一夜弄死，不消幾日與陳經濟通姦，把西門慶的恩愛不知丟到那裏去了。春梅和金蓮與經濟偷情，後來受了周守備專房之寵，生了兒子做了夫人，只為一點淫心，又認經濟做了兄弟，縱欲而亡。兩人公案甚明，爭奈後人不看這後半截，反把前半樂事垂涎不盡。如不說明來生報應，這點淫心如何冰冷得！如今又要說起二人托生來世姻緣，有多少美處，有多少不美處，如不妝點的活現，人不肯看；如妝點的活現，使人動起火來，又說我續《金瓶梅》的依舊導欲宣淫，不是借世說法了。」續書就是接前集寫人物的「來生報應」「托生來世姻緣」。這些都與摹仿《金瓶梅》的《玉嬌麗》無關。

第三，《續金瓶梅》卷首幾篇序文，以西湖釣史〈續金瓶梅集序〉最為重要，提出了很重要的小說理論。他肯定情在小說中的作用，肯定《金瓶梅》是「言情小說」，提出「情生則文附」「情至則流」的觀點，並總結出顯與隱、放與止、誇與刺的藝術辨證關係，稗官野史足以翼聖贊經的社會作用，並指明作者寫《續金瓶梅》，「以《金瓶梅》為注腳，本陰陽鬼神以為經，取聲色貨利以為緯，大而君臣家國，細而閨閫婢僕，兵火之離合，桑海之變遷，生死起滅，幻入風雲，因果禪宗，寓言褻昵。於是乎，諧言而非蔓，理言而非腐，而其旨一歸之勸世。」這些都是丁耀亢的《續金瓶梅》創作特點與宗旨，一絲一毫未涉及《玉嬌麗》。西湖釣史在序文中談到小說史，論到三大奇書，就是隻字未提《玉嬌麗》。如果丁耀亢依據《玉嬌麗》，加以修訂而寫成《續金瓶梅》，西湖釣史不會不提到。石玲據丁耀亢〈訪查伊璜於東山不遇〉詩等資料，證出「西湖釣史書於東山雲居」之東山雲居為查繼佐住所，西湖釣史為查繼佐的別號（〈《續金瓶梅》的作期及其它〉）。查繼佐（1601-1676），字伊璜，號東山，晚號釣史。因居杭州西湖附近，自號「湖上釣史」「西湖釣史」，與丁耀亢早有交往。他為丁耀亢《續金瓶梅》寫序在順治十七年，正是丁耀亢赴惠安任途中滯留杭州寫成續書之時。查繼佐肯定小說，對小說有一定研究，他會關心丁耀亢的創作過程，創作意圖的，對丁耀亢的續書是完全瞭解的。

第四，《續金瓶梅》是一部帶有雜文性質的長篇小說，有大量的抽象議論。他像對待學術著作那樣，把《續金瓶梅》借用書目列在卷前，共五十九目，包括經史子集，詞曲小說，《豔異編》《水滸傳》《西遊記》《平妖傳》均列其中，如果丁耀亢寫《續金瓶梅》借用了《玉嬌麗》，也會列入借用書目。但借用書目中並未列有《玉嬌麗》。序、凡例，正文六十四回中，也無一處提到《玉嬌麗》。據以上分析，筆者認為想從《續金瓶梅》探求《玉嬌麗》的內容，恐怕是達不到目的的。我們應該相信謝肇淛所云，《玉嬌麗》是摹仿《金瓶梅》的。因此，即使《玉嬌麗》作者探求到，也未必能解決《金瓶梅》作者之謎。不知道《玉嬌麗》是否尚存人間？何時何地能發現？誰能發現？不然，關於《玉嬌麗》的作者、內容仍然是中國小說史上的一個不解之謎。

丁耀亢《續金瓶梅》的創作
及其小說觀念

　　《續金瓶梅》「以因果為正論，借《金瓶梅》為戲談」，名義上曰續，實際上是「借潘金蓮、春梅後身說法」，以《金瓶梅》為依託，丁耀亢寫自己的作品。《續金瓶梅》與《金瓶梅》立意、背景、產生時代均不同，有其自身獨立存在的價值。《金瓶梅》第一百回〈韓愛姐湖州尋父普靜師薦拔群冤〉寫普靜師薦拔幽魂，解釋宿冤，讓眾幽魂隨方托化：西門慶往東京城內，托生富戶沈通為次子沈鉞，潘金蓮往東京城內托生黎家為女，李瓶兒往東京城內托生袁指揮家為女，花子虛往東京鄭千戶家托生為男，春梅往東京孔家托生為女。《續金瓶梅》接前書寫西門慶、潘金蓮等人物托生以後的故事。續作以宋王朝南渡後宋金戰爭為背景，以吳月娘、孝哥、玳安（前書中未死人物），李銀瓶、鄭玉卿（李瓶兒、花子虛托生人物），黎金桂、孔梅玉（潘金蓮、春梅托生人物）三組人物為主要描寫對象，以月娘、孝哥母子離散聚合為主要線索，中間交錯敘述其他兩組人物故事。在著筆描寫、刻畫虛構人物的同時，用約有十回篇幅穿插敘寫一些歷史人物故事：宋徽宗被俘途中聽琵琶；張邦昌在東京稱楚王，潛入宮闈，伏法被誅；宗澤單騎入山寨，招安王善；韓世忠、梁紅玉大敗金兀朮；洪皓使金，被囚北國；秦檜勾結金人，通敵陷害岳飛。在各回文字中，作者用寫史評的筆調寫了大量議論文字。作者說：「要說佛說道說理學，先從因果說起，因果無憑，又從《金瓶梅》說起。」（第一回）抽象議論與小說故事形象交叉。

　　《續金瓶梅》以宋金戰爭為背景，用金兵影射八旗軍，以清兵入關屠城的現實生活為基礎進行描寫，披著寫宋金戰爭的外衣，反映明末清初的戰亂與人民苦難。有時有「藍旗營」「旗下」等旗兵建制，把金兵當成清兵來寫。作者把叛將蔣竹山、張邦昌寫得沒有好下場，對抗金名將韓世忠、梁紅玉則熱情歌頌，表現了作者擁明抗清的民族思想。作者對李師師、李銀瓶、鄭玉卿、黎金桂、孔梅玉等市民階層人物的塑造，暴露這些人物在宋金戰爭這種非常環境下的私欲、醜態，給予鞭撻；對他們受金貴族蹂躪欺壓，受壞人欺騙侮辱，表現了一定的同情。李師師，是宋徽宗寵妓。她拐騙銀瓶（李瓶兒托生）當了妓女，以奉旨聘選為名。金兵入城，東京大亂之時，李師師借助降將郭藥師的庇護，

未被金兵劫虜。李師師搬到城外，蓋造新房，大開妓院。徽宗被俘之後，李師師「故意捏怪妝妖，改了一身道妝，穿著白綾披風，豆黃綾裙兒，戴著翠雲道冠兒，說是替道君穿孝」。她自號堅白子，誓終身不接客，實際以曾被宋徽宗包占過為榮耀，抬高自己的身價。蔡京的乾兒子翟四官人要出一百兩銀子梳籠銀瓶，李師師利用幫閒鄭玉卿欺騙翟四官人，騙取重金。李師師把鄭玉卿認做義子，留在身邊，滿足淫欲。李師師發現鄭玉卿到銀瓶臥房偷採新花，就指使七八個使女把鄭玉卿打得鼻青眼腫，並大罵銀瓶。鄭玉卿攜銀瓶乘船逃往揚州。李師師用巫雲頂替銀瓶，讓翟四官人謀殺巫雲，要置翟四於死地。李師師與金將的太太們秘通線索，把李師師入在御樂籍中，不許官差攪擾。翟四官人被騙多次，受氣不過，控告李師師通賊謀反，隱匿宋朝秘室，通江南奸細。金將粘罕貪財，正要尋此題目，派一隊人馬，把李師師綁了，打二十大板，送入女牢。其家私籍沒入官，丫頭們當官賣嫁。李師師經刑部審問後，將她批給一個七十歲養馬的金兵為妻。李師師跟金兵到遼東大凌河，與老公挑水做飯。小說描寫李師師在宋金戰爭中與翟四官人的矛盾，顯示李師師是一個狡猾詭詐、唯利是圖，不顧廉恥的鴇兒形象。同時也形象地表現了這個鴇兒在宋金戰爭動亂年代中的浮沉，開始想憑藉金將的庇護得勢，最後反被金將摧殘。這是《金瓶梅》中沒有的人物與內容。李銀瓶，本名長姐，《金瓶梅》中李瓶兒死後托生袁指揮家為女。被李師師以奉旨聘選名義，騙到妓院當了妓女。銀瓶想有一位才貌兼備的狀元偕老，苦惱不能嫁個好丈夫。李師師家有十個妓女，用各樣刑法拷打。因銀瓶「是當初道君皇帝自選過的才人」，被敬奉著，日後靠她掙錢。翟四員外出一百兩銀子要梳籠銀瓶，李師師貪圖錢財，用銀瓶利誘翟四。在銀瓶未被梳籠之時，先與李師師的乾兒子鄭玉卿同房。後來，與鄭玉卿一起乘船逃往揚州。銀瓶是絕代佳人，在揚州被鹽商苗青看上。鄭玉卿被苗青外娶的妓女董玉嬌勾搭，鄭玉卿對董玉嬌說：「情願把銀瓶嫁了。」苗青設計要貼上一千兩銀子，用董玉嬌換銀瓶，把銀瓶用一頂小轎送入鹽店。苗青老婆是一個妒婦，用鐵火杖毒打銀瓶，銀瓶受屈不過，半夜自縊身亡。作者解釋說：「這段因果，當初李瓶兒盜花子虛十萬家財，貼了身子給西門慶。今日花子虛又托生做鄭玉卿索他的情債。那銀瓶欠他情債，一一還完，還不足原財，因又添上一千兩賣身的錢，完了債。」李銀瓶是一個被蹂躪被侮辱的少女形象，她得不到正當的愛情，跟浮浪子弟鄭玉卿私奔，後又被鄭出賣。銀瓶的悲劇結局，暴露了封建社會的黑暗、殘酷。銀瓶形象與作者的因果說教相對立，與前集《金瓶梅》中的李瓶兒也無內在聯繫。黎金桂，黎指揮娘子所生，從小由家長做主，與窮困殘疾鞋匠瘸子訂婚。她羨慕孔梅玉嫁給金貴族公子，得到母親支持，決心悔婚，終因迫於金地方官的威權，招贅劉瘸子入門，金桂得不到應有的愛情，過著鬱鬱寡歡的生活。最後，她出家當了尼姑。這是一個令人同情的沒有美滿婚姻的普通女子形象。但是，作者為了藉此宣傳因果報應，把金桂

寫成潘金蓮托生。為表達懲淫女的思想，讓她變成「石姑」，表達「淫女化為石女」「色相還無色相」的封建禁欲主義觀念。孔梅玉為孔千戶之女。她父親投降金人，被經略種師道所殺，母親改嫁，家境貧困。她不甘心貧賤，一心想嫁一個富貴郎君。梅玉被孫媒婆所騙，終於嫁給金朝重臣撻懶的公子金二官人為妾。金二官人的大婦凶妒剽悍，隨意打罵梅玉，梅玉求生不得，求死不能。在金桂母女說明下，出家做了尼姑。取法名梅心。作者把她寫成春梅托生。作者說：「或說前集金蓮、春梅淫惡太甚，未曾填還原債便已逃入空門，較之瓶兒似於淫獄從輕。瓶兒亡身反為太重。」又說「瓶兒當日氣死本夫盜財貼嫁，與金蓮、春梅淫惡一樣」，用這種「淫根」輕重觀點解釋金桂、梅玉的遭遇與結局，是與人物形象本身蘊涵的意義不相容的。丁耀亢用宿命因果報應思想解釋續書人物與前集《金瓶梅》人物的聯繫是牽強的。作者從「淫根」輕重觀點看待李瓶兒、潘金蓮、春梅等人物命運，也是很落後的。丁耀亢並不是《金瓶梅》作者的知音。當然，他對作品人物的描寫，表現了人物在典型環境中的性格，對《金瓶梅》人物形象畫廊有承襲，也有補充。

　　《續金瓶梅》藝術結構類似《水滸傳》單線獨傳而不同於《金瓶梅》的千百人合成一傳的複合結構。作者不重形象性格的刻畫，不以家庭為題材，人物大多活動在戰場、禪林、山寨、旅途、郊野，重在寫戰亂離散給人們帶來的苦難。在體裁上雜神魔、世情、演義、筆記於一爐，像一部雜著，或可以說是一部雜體長篇小說。《續金瓶梅》的改寫本《金屋夢》凡例說：「可作語怪小說讀，可作言情小說讀，可作社會小說讀，可作宗教小說讀，可作歷史小說讀，可作哲理小說讀，可作滑稽小說讀，可作政治小說讀。」足以說明《續金瓶梅》內容的雜。這與《金瓶梅》集中表現出的世情小說特點有很大的區別。丁耀亢的小說觀與我們現在的觀念不同，與《金瓶梅》作者也有區別。他把雜文著作《出劫紀略》中〈山鬼談〉照錄進《續金瓶梅》第五十二回。《續金瓶梅》是他生活經歷的形象概括，又是他政治思想、宗教觀念、情欲觀念的直接闡發，真可以說是一部雜文長篇小說。丁耀亢（1599-1669），字西生，號野鶴，又號紫陽道人、木雞道人，山東諸城人。清順治五年入京師，由順天籍拔貢充旗學教習。順治十年冬，授容城教諭，十一年春就官，後遷福建惠安知縣。順治十六年十月赴任，走揚州，入姑蘇，訪西湖。第二年未上任，辭官回轉，此後不再出仕。《續金瓶梅》寫成於順治年間任容城教諭之時。康熙四年（1665）八月，因著《續金瓶梅》致禍下獄，至冬蒙赦獲釋，計一百二十天。「著書取謗身自災，天子赦之焚其稿。」（〈七戒吟〉）《續金瓶梅》刊行後不久，即遭禁毀，順、康之際原刊本極罕見。傅惜華原藏順治刊本，圖與正文均有殘缺。山東省圖書館藏抄本三部，其中一部為莒縣莊維屏舊藏，筆者曾訪閱過此珍貴抄本。齊魯書社孫言誠氏認為此為原抄本，或者就是稿本，順治刊本是以此抄本為底本刊印的。丁耀亢與著

名小說戲曲家李漁（1611-1680）同時而齊名，可並稱「北丁南李」。丁耀亢曲論《嘯台偶著詞例》比李漁《閒情偶寄》早二十二年。丁氏早於李漁以「結構」為著重，提出「十忌」「七要」「六反」「六反」云：「清者以濁反；喜者以悲反；福以禍反；君子以小人反；合以離反；繁華以淒清反。」講的是悲喜相間、清濁對比、福禍交錯的藝術辯證法。丁氏還提出「要情景真」，情節奇，「不奇不能動人」的理論。李漁也提出「非奇不傳」（《偶集·詞曲部》），認為奇才能新，新奇才能美。李漁小說刻意求新，失之纖巧，缺乏探索人生、追求理想的崇高宗旨。而丁氏雖也主張「不奇不能動人」，但因立足於動亂的社會現實，關注人性，關心民生疾苦，其小說顯得寬闊博大，有厚重深沉的歷史感。

　　如果把丁耀亢的小說作為一種文化現象來看，他造就了小說作品的另一種類型，對其「有失演義正體」的特點，不應看成一種缺點，如劉廷機所說：「道學不成道學，稗官不成稗官」（《在園雜誌》）。現今有的學者也說《續金瓶梅》既像小說又不像小說，是一「重大弊端」（周鈞韜、于潤琦〈丁耀亢評傳〉）。丁耀亢的小說，不拘格套，自創體制，開綜合、多體制、寫現實、講學問、別善惡這種小說類型之先河。以〈感應篇〉開首八字為總綱，「無字解」即以形象注解，與圖解作用相類。「以十善菩薩心，別三界

《續金瓶梅》（清順治刊本）西湖釣史〈續金瓶梅集序〉首尾兩半葉

苦輪海。」以形象故事,對現實人生的摹寫來說明〈感應篇〉之思想。翼聖、贊經,以
勸世為宗旨,把道學與稗官相結合,確是《續金瓶梅》的一大特點。綜合經史、筆記、
長篇小說為一體。就小說而言,又綜合世情、神魔、演義於一體。不拘格套,自成體制。
揭示人性之惡與弱點,以悲憫之心關注人生、關注現實、關心政治、指斥時事。在這方
面繼承了《金瓶梅》的積極成分。而又認為舊本言情,懲淫而炫情於色。所以,他要消
《金瓶梅》亂世的淫心(見第六十四回)。所謂續作,實即是破、是反、是批判。儒釋道歸
一,拯救人心。心是善惡禍福之根源所在。引李贄《焚書》曰「借用」,實即接受其童
心論、發憤而作論、自然順性論。李贄更多從自然人性角度論人之本心,而丁氏多從倫
理道德角度演義彰顯人心之善惡。丁耀亢不愧是明末清初(即十七世紀中葉)的小說大師、
文化大師。十七世紀中葉是出大師顧炎武、黃宗羲、王夫之、李漁、金聖歎之時代。丁
耀亢可與同時代的大師相比肩。我們應認識丁耀亢、理解丁耀亢、科學地實事求是地評
價丁耀亢。丁耀亢與其《續金瓶梅》永存於世,力能至於後世。

《三續金瓶梅》與《金瓶梅》
貌似而神離

　　《三續金瓶梅》，八卷四十回，清道光年間抄本，北京大學圖書館藏。卷一前四回有少量眉批，有圈點。其餘各卷無眉批、無圈點。抄寫行款統一，每半葉十行，每行十七字。抄本所用俗別字，前後相同，如「光陰循速」「爪凹國」「握著嘴笑」「倒粦（閘）內」等，與其他白話小說用字不同。又如「跑踜」不作「咆哮」、「哮」因「跑」而作「踜」把偏旁弄齊，為刻工習慣。此書似有刻本。卷首自序署「訥音居士題」，卷首小引題署「時在道光元年，歲次辛巳孟夏穀旦縢錄，務本堂主人識」，下有「訥音居士印」章。各卷卷題下署「訥音居士編輯」。作者訥音居士在自序中自稱「武夫」，云：「余本武夫，性好窮研書理，不過倚山立柱，宿海通河，因不惜苦心，大費經營，暑往寒來，方乃告成，為觀者哂之。」可見作者並非文壇才子，而是一位愛好文學的武夫。丁耀亢《續金瓶梅》之後，有四橋居士作序的《三世報隔簾花影》。訥音居士不同意《三世報》中寫西門慶、春梅被挖眼、下油鍋。他認為應讓西門慶等人物改惡從善。從這一看法出發，他要「法前文筆意，反講快樂之事」（〈小引〉），寫作《三續金瓶梅》。「三續」敘寫西門慶死去七年後，還陽復活，又活到五十歲這幾年的家庭生活與官場經歷。西門慶陽魂入殼，復舊如初，重整家園、官復原職。西門慶仍有一妻五妾，月娘為大娘子。春梅還魂永福寺，嫁給西門慶做二房娘子。何千戶死去，西門慶補何千戶員缺，娶何千戶之妻藍如玉為三房妾。娶葛翠屏為四房妾，黃羞花為五房妾、馮金寶為六房妾。「三續」對月娘、春梅、葛翠屏、黃羞花敘寫簡略，對藍如玉著筆較多。藍氏因生女娃二姐而受寵愛，遭到六娘馮金寶的妒嫉。藍氏為藍太監之侄女，西門慶曾多次派來興到臨安給藍太監拜壽送禮。孝哥會試考中，授歷城知縣、後補授沂州府知府，調補授泰安府兵備道，皆是藍太監在朝廷打通關節。藍太監之侄藍世賢到清河縣探親巡狩，西門慶盛宴接待，以逞其官場權勢威風。

　　「三續」雖以西門慶的行蹤貫串全書，但更側重敘寫了孝哥的入學、會試、授知縣知府，與甘雨兒（雲裏守之女）結婚等情節。對西門慶的政治活動、商業活動敘寫簡略。第三十八、三十九、四十回寫人物結局。西門二姐與賈守備之子賈良玉結親。西門慶改惡

從善，出家當了和尚。西門慶過五十歲生日之時，倏然悟道，不吃葷不喝酒不近婦女，把金銀施捨濟貧，以贖罪愆。讓丫鬟楚雲、秋桂、珍珠兒，分別與男僕春鴻、文佩、王經結婚成家。六娘馮金寶重回妓院，後雙目失明。五娘黃羞花原為王三官之妻，被休後嫁給西門慶，現二進昭宣府，與王三官破鏡重圓，生了一個兒子。四娘葛翠屏和三娘藍如玉出家為尼僧，後坐化成了正果。

大娘子吳月娘和二娘子春梅，由玳安引路，投奔泰安州小大官西門孝任所。西門孝探母，月娘受封誥，春梅受福，喬大戶攀親（喬之女兒嫁給孝哥）。

西門慶悟道，是作者的「倏然悔過便超升」（結尾詩句）思想的注腳。作者不顧人物思想性格發展的邏輯，主觀地要西門慶「向善回心」，不合情理的改變了《金瓶梅》中西門慶自我毀滅的結局。續書中人物春梅得知西門慶要悔悟時說：「若說別人還是有之，這行貨子要悟道，竟是放屁。」春梅即認為西門慶是不可能悟道的。「三續」側重敍寫西門慶與妻妾、與僕婦、與妓女、與戲班女演員、與幸童之間的頻繁的性行為，這些描寫均孤立於人物性格心理之外。「三續」在人物之間外在關係、西門慶性行為這兩點上與《金瓶梅》貌似而神離。《金瓶梅》中西門慶一妻五妾，「三續」也讓西門慶有一妻五妾。《金瓶梅》中李瓶兒生官哥，遭到潘金蓮妒嫉；「三續」寫藍氏生二姐遭到馮金寶妒嫉。《金瓶梅》中西門慶暴亡，孝哥出家，月娘長壽；「三續」中孝哥升官，西門慶出家，月娘受封誥。《金瓶梅》西門慶有胡僧藥；「三續」西門慶有三元丹。「三續」模仿世情書，但未能寫出世態炎涼。也不注意刻畫人物性格，不注意表現人物之間的矛盾糾葛，只是平面地、單線地、孤立地寫日常生活。語言乾癟、重複，寫性行為一律是「如漆似膠」，寫音樂之美一樣的「美耳中聽」，寫宴席一概是「上了割刀點心」。「三續」作者對《金瓶梅》「不解其中味」，未領會作書人「寄意於時俗，蓋有謂也」之立意，未把握《金瓶梅》之底蘊。作者不但未能繼承《金瓶梅》而有發揮，相反，卻作了庸俗地接受。嚴格來說，「三續」不是《金瓶梅》的續書，而是一部不合《金瓶梅》原意的模仿之作，與《金瓶梅》貌似神離，是對《金瓶梅》積極意義的背離。

諸城與《金瓶梅》《續金瓶梅》

《金瓶梅》《續金瓶梅》與失傳的另一部續書《玉嬌李》，都與諸城有密切關係，諸城的學者張清吉同志和諸城的文化工作者，在諸城市委市政府領導大力支持下，特別重視發掘地方文獻縣誌、族譜等，搜集流傳在民間的資料，出版專著、整理文獻、發表論文，在《金瓶梅》作者考證、《續金瓶梅》與丁耀亢研究方面作出了重要貢獻，產生了廣泛影響，已形成研究群體，有學者、作家、機關幹部、丁氏後裔，都熱心參與研究，形成諸城地方的一道新的文化景觀。

在占有地方文獻，搜集民間資料基礎上，對《金瓶梅》作者提出新說，積極探索，堅持考證，不斷取得新成果。這種為學術研究、地方文化建設矢志不渝的精神，令人欽佩。

諸城的同志們研究《金瓶梅》抄本藏有者董其昌（1555-1636）、謝肇淛（1567-1624）、丘志充（萬曆三十一年即 1603 年中進士）等與諸城之關係與丁氏父子之關係，引用了新發現的資料《萊陽董氏族譜》，萬曆刊本與乾隆刊本《諸城縣誌》《丘氏族譜》《丁氏家譜》〈柱石丁公祠碑文〉《楚村詩集》《楚村文集》等等，發現董其昌在諸城加入「東武西社」，發現謝肇淛到諸城登超然台寫七律一首（見《諸城縣誌》，可能又見明刊本《居東集》，今藏南京圖書館，待查）。論述丘志充、丘石常與《金瓶梅》《續金瓶梅》《玉嬌李》之關係等，都有助於《金瓶梅》作者問題的考證。

從丁耀亢《續金瓶梅》的創作，也可以看出《金瓶梅》與諸城之密切關係。下面談三個小問題。

一、《續金瓶梅》最早抄本來自莒縣莊氏

《續金瓶梅》最早抄本來自莒縣莊氏，丁耀亢與莒縣莊家有密切交往。明末清初莊家可能藏有有關《金瓶梅》方面的圖書，不知能否查詢到莒縣《莊氏族譜》。

《續金瓶梅》，由丁氏自刊於順治十七年（1660）。[1]康熙四年（1665），丁耀亢被捕

1　關於《續金瓶梅》成書年代，黃霖〈《金瓶梅》續書三種前言〉認為在順治十八年（1662）六十三

入獄。《續金瓶梅》被下令禁毀。順治刊本極少存世。現存傳惜華藏順治刊本一部（有殘缺）。另有抄本多部存世，山東省圖書館藏《續金瓶梅》三部，其中一部抄本為抗日戰爭勝利後，清理敵偽財產時，從莒縣莊家查抄出來收歸山東省圖書館。原藏者為莊維屏。此莊氏藏本與順治刊本有不同之處，如第十六回回首詩與刊本不同，刊本缺開頭一段議論文字。莊氏藏抄本回首詩：

> 好把良心莫亂行，前生造業及今生。
> 休倚我貴挶他賤，才說他貧到我貧。
> 世事循環人難料，勸君何必苦勞心。
> 人間善惡無果報，天理何曾放一人。

刊本回首詩：

> 林中百舌聲仍亂，洞裏新桃花又疏。
> 芳草歸期今尚爾，美人顏色近何如？
> 夏侯得似應傳業，詹尹無心應卜居。
> 最是深山鴻雁少，一春猶沮上林書。

顯然抄本回首詩與小說主旨更相符合。

莊氏藏抄本天隱道人序後有兩方印章：「天隱」「方外」。南海愛日老人序後有一方印章：「默庵」，書口有「續金瓶梅范序」，由此可知南海愛日老人即范默庵。[2]《太上感應篇陰陽無字解》後有兩方印章「丁耀亢印」「令字西鶴」。1991年筆者與齊魯書社孫言誠同志一起去山東省圖書館查閱莊氏藏抄本。孫言誠同志認為此抄本為丁耀亢的稿本或據手稿的初抄本。筆者同意這一判斷。

此種珍貴抄本何以流傳到莒縣莊氏，值得研究。據丁耀亢《出劫紀略》中的〈航海出劫始末〉〈從軍錄事〉可知：1644年（甲申），莒州豪俠之士莊調之報官軍「攻殺土賊」之仇。丁耀亢勸他不要殺戮村民，為之獻計說：「借南兵以勤王為名，不殺不掠，

歲時作，在杭州。張清吉認為在順治十一年至十五年（1654-1658），任容城教諭時創作（見《金瓶梅奧秘探索》，鄭州：中州古籍出版社2000年）。石玲認為在順治十七年（1660）赴惠安途中（〈《續金瓶梅》的作期及其它〉，見《金瓶梅藝術世界》，吉林：吉林大學出版社1991年）。歐陽健認為在順治五年至十一年（1648-1654）在北京任旗官學時構思動筆，在容城任教諭時撰寫完成（〈《續金瓶梅》成書年代〉，《齊魯學刊》2004年第5期）。

2　房文齋〈《金瓶梅》作者考〉認為南海愛日老人是丁耀亢侄兒丁豸佳（《光明日報》2005年6月24日），恐不能成立。

此明太祖所以定天下也。」並表示與他一起行動。因之痛飲高歌，與盟而散。說明此時丁耀亢與莊氏建立了友誼。入清之後，不知丁耀亢與莊氏又有何交往，為何《續金瓶梅》之最初抄本落入莊氏後裔之手。

二、《續金瓶梅》第六十二回丁令威仙話解讀

野鶴，在傳統文化中喻隱士仙人，這已成為共識。丁令威化鶴，見《搜神後記》：[3]

> 丁令威，本遼東人，學道於靈虛山，後化鶴歸遼，集城門華表柱。
> 時有少年，舉弓欲射之。鶴乃飛，徘徊空中而言曰：「有鳥有鳥丁令威，去家千里今始歸。城郭如故人民非，何不學仙塚纍纍。」遂高上沖天。今遼東諸丁云其先世有升仙者，但不知名字耳。（卷一）

這一仙話有三層含義：千里始歸，寓離別思鄉。城郭如故人民非，寓人事變遷。先世升仙，寄託對祖先的緬懷。

柱石丁公祠碑文中有「騎鶴來歸」「蟬蛻成仙」「令威翩翩」「白鶴歸華表」「乘鶴五雲中」「白鶴下凡來」「吹簫乘鶴去」等詩句，都是對丁惟寧辭官歸隱九仙山生存狀態與人格的讚頌，其含義比較單純。

丁耀亢在《續金瓶梅》第六十二回對丁令威化鶴的仙話作了生發，改寫：除了引述原故事，又增加了五百年坐化，又五百年丁野鶴，從東漢敘述坐化至明末，說明丁耀亢自己祖系，曲折說明他不是清朝滿族之一脈，而是東漢遺民、明遺民。這一回又闡明不肯全信因果報應思想，周天劫數，元會運世，轉回大劫與常人百年因果不同。以此抒發心中之不平，解釋明清易代之變遷，並預言將有之輪回大劫。這裏包含了強烈的民族意識和對時局變遷的悲憤。

順治刊本《續金瓶梅》第六十四回之後另有一葉插圖，書口題「續金瓶梅，像終 丁紫陽鶴化前身」。插圖題「黃順吉刻」。插圖背面題詞：「丁固松風終以夢 令威鶴背未為真」。

作為全書的終結，與第六十二回相照應，是作者丁耀亢的寫照。[4]丁耀亢創作《續金

---

3 《搜神後記》10 卷，舊題晉陶潛撰。一般認為作者託名陶潛，雖非陶潛所作，大概還是六朝人的作品。

4 啟偉、丁明在〈丁公祠與兩個紫陽道人〉中認為「丁紫陽鶴化前身」中兩位紫陽道人指丁惟寧、丁耀亢父子。

瓶梅》，未隱晦自己是作者這一事實。說明他的自信，對天道人事、輪回大劫變化規律視為真理。

三、丁耀亢與《金瓶梅詞話》

《續金瓶梅》順治刊本扉頁題《續編金瓶梅後集》，在這一題目左側有介紹創作宗旨一段文字：「《金瓶梅》一書，借世說法，原非導淫，中郎序之詳矣。觀者色根易障，棒喝難提，智少愚多，習添性滅，以打諢為真樂，認火宅作菩提，如不闡明反滋邪道。今遵頒行聖明太上感應諸篇，演以華嚴梓幢經誥，接末卷之報應，指來世之輪回⋯⋯以蓺言代正論，翻舊本作新書⋯⋯名曰公案，可代金針。」此段文字，可視為作者的自序。丁耀亢給《金瓶梅》以正面肯定評價「借世說法，原非導淫」，由於讀者智少愚多，容易誤讀，所以要加以闡明，「接末卷之報應，指來世之輪回」。《續金瓶梅》是為了闡明前集，解讀前集而寫。據此，可以說後集與前集一脈相承，是上集下集之關係。可見丁耀亢對《金瓶梅》的讚揚與肯定。

《續金瓶梅》凡例中說：「前集名為詞話，多用舊曲」「客中並無前集」。在杭州刊印《續金瓶梅》時，身邊並無詞話本。丁耀亢藏有之《金瓶梅詞話》應在諸城。開始創作《續金瓶梅》在任容城教諭時順治十一年至十五年（1654-1658）。這時繡像崇禎本已刊印，而丁耀亢存藏閱讀的仍為《金瓶梅詞話》，而且多次提到袁中郎對《金瓶梅》的評價。不能僅據《續金瓶梅》第六十四回有「消前部《金瓶梅》亂世的淫心」一語，而誤解丁耀亢對《金瓶梅》的肯定與欣賞。據丁氏後裔說，柱石丁公祠地下可能藏有丁惟寧、丁耀亢父子藏書。其中不知是否有丁氏藏明刊本《金瓶梅詞話》與丘志充藏有的《玉嬌李》（首卷）？

十七世紀中葉是出大師顧炎武、黃宗羲、王夫之、李漁、金聖歎之時代。丁耀亢有小說、戲曲、詩文、筆記多種體裁的著作，可與同時代的大師相比肩，他不愧是明末清初的文化大師、小說大師，是諸城文化史上的驕傲。

序　跋　篇

吳敢著《金瓶梅研究史》序

一、巨大潛在效應的起點

　　與吳敢先生的交往，建立了不同尋常的學術友誼，共歷艱難險阻，共嘗酸甜苦辣。有成果時，也享受豐收的喜悅。因為《金瓶梅》被禁數百年，在誤解、打壓下，委屈地生存，曲折地傳播，給《金瓶梅》學術帶來特異性、艱難性。研究《金瓶梅》，很容易被曲解為「不是正經的學問」。儘管如此，認定了它的偉大不朽，它的永久的藝術魅力。認定了它在中國小說史上的高峰地位，它的世界影響。我們的研究從不言放棄，三十年如一日，產生了一系列基礎性研究成果。

　　1980 年春，有幸入華東師大中國文學批評史師訓班（郭紹虞先生指導，徐中玉先生任班主任）。在師訓班聆聽到施蟄存、王元化、朱東潤、程千帆、錢仲聯、錢谷融、蔣孔陽、舒蕪等前輩專家的專題報告。吳組緗先生應邀給學員做中國古代小說理論史報告。郭紹虞先生向學員提出加強對古代小說戲曲理論研究的要求。在郭、吳兩位先生啟示下，在徐中玉先生具體指導下，在華東師大圖書館借閱張竹坡評本《金瓶梅》（乾隆丁卯刻奇書第四種本），大約用了半年時間，抄寫了三大本筆記（因是善本古籍，不允許複印），在此基礎上撰寫了〈評張竹坡的《金瓶梅》評論〉（提交在武漢東湖賓館召開的中國古代文論學會第二屆年會，會後載《文藝理論研究》1981 年第 2 期）。初步考證了張竹坡生平，肯定了張竹坡在小說理論上的貢獻，對其評點的理論價值概括為四點：(1)以發憤而作的文學思想來評價《金瓶梅》，認為《金瓶梅》是一部洩憤的世情書，是一部史公文字，而不是淫書。(2)重視對作者閱歷的研究，認為作者經歷患難窮愁，入世最深，作者有深沉的感慨。(3)總結《金瓶梅》寫實成就。他認為作者描繪市井社會，逼真如畫，「使人不敢謂操筆伸

紙做出來的」。強調以作家閱歷為基礎的藝術真實，強調寫現實日常生活，又重視作家激情，強調兩方面的統一。(4)分析《金瓶梅》刻畫人物性格的藝術特點，豐富了金聖歎提出的典型性格論。論文引起了同行學友的關注，被譽為「中國大陸第一篇張竹坡研究專題論文」。

據《徐州詩徵》載張竹坡詩二首並小傳，竹坡名道深，著有《十一草》。據《幽夢影》竹坡評語、《在園雜誌》知竹坡生活貧困，和張潮有密切關係，《金瓶梅》總評、回評均出自竹坡之手。關於其生平、評點《金瓶梅》的具體情況，所知甚少。在華東師大圖書館查閱《徐州府志》《銅山鄉土志》，未出現有關張竹坡生平家世資料。因此想到徐州考察，找張竹坡的後人，找《張氏族譜》。1984 年 3 月 13-18 日在武漢召開中國古代小說理論研討會，提交論文〈再談張竹坡的《金瓶梅》評點〉，引起吳敢的關注（當時在徐州市文化局小說戲曲研究室工作），與吳敢初次相識。

武漢會後，到上海、大連、瀋陽訪師友訪書，4 月 15 日返回長春。4 月 16 日給吳敢寫一信：請在徐州考察：(1)徐州師院圖書館、徐州市圖書館或民間是否藏《張氏族譜》。(2)徐州市有無張竹坡的後人。(3)有沒有張竹坡《十一草》。大約經過一個多月即接到吳敢回信說：一個月裏，足跡遍彭城，三個問題全部解決：找到《張氏族譜》《十一草》在族譜中，尋訪到了張竹坡的後世子孫。並附乾隆四十二年刊本《張氏族譜》封面影本。得知這一重要文獻被發現的信息，甚為興奮，決定去徐州。為節省經費，利用到馬鞍山雨山湖賓館招生之時，完成招生任務後，於 8 月 14 日到徐州，在吳敢嚮導下，二人騎自行車到銅山漢王鄉訪張氏族譜藏家張伯吹。此時，吳敢已撰寫關於張竹坡家世生平的系列論文。我倆深夜交談，今後關於張竹坡與《金瓶梅》研究相互配合，逐步深入。並提出倡議：爭取市委市政府支持，在徐州召開《金瓶梅》學術研討會。吳敢撰寫的系列論文，後來結集成《金瓶梅評點家張竹坡年譜》《張竹坡與金瓶梅》。對張竹坡家世生平研究取得了重大突破，有力地推動了《金瓶梅》學術的發展繁榮。1985 年 6 月首屆全國《金瓶梅》學術討論會在徐州召開，這是《金瓶梅》學術史上的第一次，是歷史上的首創。

1985 年 12 月，經過五年搜集整理，《金瓶梅資料彙編》（侯忠義、王汝梅編），由北京大學出版社出版。印數六萬冊，參加法蘭克福國際圖書博覽會，產生了較大影響，人民日報刊發書評。第二年 9 月修訂再版，印數增加到十萬。吳敢提供〈仲兄竹坡傳〉《張竹坡年譜簡編》等珍貴資料與論著，積極參與了彙編工作。彙編輯錄張竹坡評點金瓶梅的總評、讀法、回評及生平資料，成為彙編的主體部分。崇禎本評語據北大藏本輯錄，廣泛搜集了明清《金瓶梅》研究資料。〈滿文譯本金瓶梅序〉〈張竹坡致張潮信〉等都是首次排印。該資料集最先出版發行。

1987 年 1 月，《張竹坡批評第一奇書金瓶梅》（校點本），經國家新聞出版局(86)456

號檔批准,由山東齊魯書社出版。吳敢關於張竹坡與《金瓶梅》的研究,促進了張評本的整理工作。張評本在大陸排印出版,在歷史上是第一次。

1988 年 11 月,《金瓶梅詞典》由吉林文史出版社出版,與劉輝、吳敢、張遠芬等二十三位學者集體撰稿。收錄《金瓶梅詞話》讀者不易弄懂原意的詞語 4588 條。王利器先生審定,撰寫前言。繼姚靈犀編著《瓶外卮言》(1940 年 8 月),魏子雲《金瓶梅詞話注釋》(1980 年 12 月)之後,詮釋詞語最多的一部詞典。

學術電教片《金瓶梅:天下第一奇書》,總製片王汝梅,導演楊晨光、何長林。藝術顧問陳家林。1989 年錄製,吉林教育音像出版社出版發行。錄影片介紹了《金瓶梅》的思想與藝術成就,及其研究的歷史與現狀。由吉林大學中國文化研究所與聊城師院中文系等聯合錄製。解說詞由王汝梅、葉桂桐、王志強、鄭頌編撰。共分四集:(1)情欲世界;(2)冷熱四百年;(3)作者之謎;(4)十年新探。集文獻性、學術性、藝術性為一體,深入淺出,令人耳目一新。攝製組在山東臨清等八市縣,沿運河故道拍攝了明代文化遺跡,用以說明《金瓶梅》故事景觀與文化背景。通過電視螢幕向觀眾介紹《金瓶梅》,開展學術普及,在我國還是第一次。吳敢發現《張氏族譜》及其關於張竹坡與《金瓶梅》研究,在錄影片中作了重點報導。

《新刻繡像批評金瓶梅》會校本,經國家新聞出版署(88)602 號文檔批准,由山東齊魯書社 1989 年 6 月出版。三聯書店(香港)有限公司 1990 年 2 月重印(海外發行)。整理會校以北京大學圖書館藏本為底本,以日本內閣文庫藏本、首都圖書館藏本、天津圖藏本、上海圖藏崇禎本甲、乙兩種本,吳曉鈴藏抄本、日本東京天理圖書館藏本等海內外現存十種版本進行校勘,每回回末出校記。通過此一部會校本可以瞭解各崇禎本的面貌特徵。這是《金瓶梅》問世以來,在大陸第一次繁體直排出版的崇禎本的足本。在國內外產生了較大影響,引起國際漢學界關注。「1990 年由齊煙、王汝梅校點,香港三聯書店、山東齊魯書社聯合出版的《新刻繡像批評金瓶梅》會校本,這個本子校點精細,並附校記,沒有刪節,對於繡像本《金瓶梅》的研究十分重要」(美國哈佛大學田曉菲著〈秋水堂論《金瓶梅》前言〉)。在張評本《金瓶梅》版本研究與校點工作告一段落後,即著手《金瓶梅》崇禎本的整理。張評本的校點出版、吳敢的張竹坡與《金瓶梅》研究給崇禎本的會校打下了基礎,提供了條件。

1991 年 8 月,由吉林大學籌辦召開了中華全國第五次《金瓶梅》學術討論會。教育部直屬高校可以自主決定召開全國學術會議,考慮到《金瓶梅》學術活動的敏感性、特殊性,為了得到省委的指導與支援,還是由學校向省委宣傳部提交申請報告,獲得了省委宣傳部紅頭文檔批准,宣傳部部長許中田(後來任人民日報社長)到會參加開幕式並講話。劉中樹校長(當時任副校長,主管文科科研與教學)一直在會上坐鎮指導。研討會未設主

席台，公木先生、朱一玄先生、魏子雲先生都坐聽眾席第一排。這年 8 月，我國鬧水災，各單位一把手不准外出。吳敢時任徐州市文化局局長，未能出席這次研討會，只好遠距離配合、關心祝願研討會圓滿成功。《金瓶梅》的學術活動敏感，組織這種研討活動何其難啊！何況，吳敢兄在徐州主辦了多次國際研討會與國內研討會。即使在臨清、嶧城、諸城、五連、清河等縣市召開的研討會，都是吳敢先生協助會長安排部署研討會的全部活動。只有研究能力學術水準，沒有組織策劃能力能行嗎？吳敢具有創造發現與運籌帷幄的雙重才華。

在整理校點張竹坡評本時，基本理清了張評本內部各版本之間關係。當時在國內只見到兩種張評康熙年間刊本。兩種本子，總評都缺〈第一奇書非淫書論〉〈凡例〉兩篇，在茲堂本不缺。我們判斷此兩篇為原版所有，非書商偽作，有的本子裝訂時漏掉，從內容、文字風格看，亦出張竹坡之手。臺灣魏子雲先生，就此問題來信提出疑問。接到魏先生信後，我們進一步思考研究與考察，在大連圖書館發現一部完整的張評康熙原刊本，總評中不缺〈第一奇書非淫書論〉〈凡例〉兩篇。1993 年 10 月，加拿大多倫多大學東亞學系米列娜教授應邀來中國作學術訪問。筆者與米列娜共同在大連館考察張評本時，發現〈寓意說〉最後 227 字，為其他張評本所無。這部張評康熙本，使我們得見張評原刊的完璧，是繼《張氏族譜》之後，《金瓶梅》研究史上令人興奮的可喜發現。

經過與吉林大學圖藏本比勘與研究，判定大連圖藏本刻印在前，為張竹坡原刊本。吉大圖藏本是據大連圖藏本由張竹坡的弟弟張道淵加工修飾而成。1994 年 10 月，吉林大學出版社出版了《皋鶴堂批評第一奇書金瓶梅》校注本，以吉大圖藏本為底本，參校了大連圖藏本。

從《張氏族譜》的發現，到張評原刊本發現，再到張評《金瓶梅》校注本出版整整經過了十年。吳敢著《金瓶梅研究史》出版，是對張竹坡與《金瓶梅》研究的總結，必將進一步推動「金學」向前發展。三十年來，在張竹坡與《金瓶梅》研究這一重要課題上，我們二人長期配合，達到了高度的默契，取得了較為豐碩的成果。這是一個值得深入剖析與總結的學術個案。這一課題對整個社會的科學發展來說是微不足道的。但對個人來說，它影響了個人的人生志趣，決定了研究的方向，對個人來說，這一課題的起點與新文獻的發現，其潛在效應又是「巨大」的。

二、冷熱四百年　繁榮昌盛三十年

吳敢先生每次提到《張氏族譜》的發現，總要加一句「吉林大學王汝梅先生的督促」，這種尊重朋友，實錄史實的精神，使我深受感動。從《張氏族譜》發現到張評原刊本發

現，張竹坡與《金瓶梅》研究，僅僅是改革開放新時期三十年「金學」中的一個組成部分。三十年來已形成老中青三結合，勇於探索，十分活躍的團隊，取得了豐碩的研究成果。正如吳敢所說：「一門新的顯學——金學，已經赫然出現在世界文壇。中國的《金瓶梅》研究，經過八十年漫長的歷史，終於在二十世紀的最後二十年登峰造極，當仁不讓也當之無愧地走在了國際金學的前列。」吳敢繼承中國傳統史學的實錄精神，全面真實有深度地編撰研究史，是其成功的保證。

《金瓶梅研究史》重點在上編，上編的重點又在二十世紀尤其近三十年研究。近三十年的研究史，身在其中，既是史的編撰者，又是史的眾多傳主之一。吳敢參與組織了眾多研討會。關注《金瓶梅》研究的每一個動態，幾乎閱讀了所有出版的專著。三十年研究史給我們描繪了金學發展的詳情詳貌，給歷史一個存留，給今人一個啟示。

明清時期的《金瓶梅》研究史，時冷時熱，冷熱四百年。以脂硯齋評為重要分界，在此之前，把它與《三國》《水滸》《西遊》比較，盛讚它為四大奇書中的第一奇書。在《紅樓夢》問世之後，批評家、讀者的注意力轉向把《金瓶梅》與《紅樓夢》相比較，因而有《紅樓夢》是暗《金瓶梅》，脫胎於《金瓶梅》，繼承發展《金瓶梅》之說。顯然，崇禎本評點、張竹坡評點、文龍評點合稱「明清三大家評點」，是吳敢《研究史》明清時期論述的重點。

在總結歷史經驗基礎上進行反思，吳敢指出《金瓶梅》研究存在專家認識與民眾認識的脫節，學術地位與文化地位的失衡，呼籲金學同仁共同努力把《金瓶梅》研究推向一個新境界、新層面、並希望調整限制出版《金瓶梅》，限制影視製作《金瓶梅》的規定。

在改革開放新時期，國家新聞出版主管部門積極支持出版了《金瓶梅》的主要版本，雖然基本滿足了學術研究的需求，但仍然滿足不了廣大讀者的需求，更無法滿足《金瓶梅》走上世界的需求。

1986 年至 1988 年，有兩位劇作者花費兩年時間把《金瓶梅》改編為四十集電視連續劇劇本。改編本尊重原著形象體系，濃縮原著結構，挖掘原著的文化蘊含，審視深化原著思想的原則進行改編，並吸取了 87 版《紅樓夢》電視連續劇的經驗，召開了由專家參加，《紅樓夢》電視劇組成員出席的徵求意見的座談會。陳家林出任導演，並下決心拍成高文化品味的電視劇，向主管部門交上一份合格的答卷。終因條件不成熟而擱淺。學者專家、藝術家的意見，這樣一部偉大的世情小說，總有一天會被改編成電視連續劇，搬上銀屏。三十多年的金學成果，也正為此目標準備條件，打下學術基礎。吳敢提出《金瓶梅》影視製作問題，這是富有遠見的戰略性的目標方向，需要金學同仁、影視藝術家共同努力。

三、前程總歸有新篇

　　吳敢有詩寫道：「從此天地別一番，依然人生求妙玄。自信靈心長不老，前程總歸有新篇。」自己謙虛地說「誤入仕途二十年」「現在又飛回了自然」。回歸學術，回歸自然，生命之樹會更綠、更茂盛。2002 年 12 月，筆者給書法家王鴻濤先生抄本《新刻金瓶梅詞話》寫的序文中有這樣一段話：「王鴻濤先生以七十高齡，用時七年抄寫兩部名著，顯示體制規定的『離退休』以後的生命歷程是一個發展、成長、創造的新階段，有活力、有潛力、有毅力。王鴻濤先生與他的兩部名著抄本顯示青春再現，顯示人生的成熟之美，給我們以啟示，以鼓舞，其意義遠不止於書法藝術與名著流傳。兩部名著抄本可以說是老有所為、老有所長、老有所美的一曲人生旅程新階段的奏鳴曲。」馮友蘭先生九十五歲這年才完成他的《中國哲學史》七卷本，也顯示了人生旅程新階段的活力、創造力。馮友蘭先生把人的境界分四種：自然境界、功利境界、道德境界、天地境界。天地境界最高。2010 年 6 月，紀念恩師、解放軍軍歌歌詞作者、教育家、學者、著名詩人公木先生百年誕辰，筆者主持編紀念文集，題為「天地境界，德藝流芳。」2010 年 11月到南開大學參加朱一玄先生百歲華誕慶典，甯宗一教授提出「要讀懂一玄先生這一代人的這部人生大書。」筆者的感言說：「朱先生是一位偉大的平民教授，是一位敬愛的世紀老人。他創造了生命奇跡、學術奇跡，有一顆美麗的心靈。」偉大的前輩大師，讓我們懂得什麼是人生的最高境界，什麼是人性的成熟之美。面對前輩們的高大形象，我們自覺低矮了許多，有待修煉提升。吳敢兄也進入了人生旅程的新階段，但願有馮友蘭先生、朱一玄先生等前輩們那樣的活力、創造力，再奮鬥二三十年，在《金瓶梅研究史》這部新成果之後，再寫出《金瓶梅》研究更多新著作。祝願學術青春永駐，學術生命之樹常青。

2011 年 3 月 13 日 · 長春

走向世界
——白鷺《繪畫全本金瓶梅》序言

《金瓶梅》產生於明代萬曆年間（約十六世紀七八十年代），是中國長篇寫實小說之祖，是具有中國近代現實主義小說藝術特色的開山力作。「《金瓶梅》中有以前的作品裏所不能達到的新東西」（李長之），是一部「偉大的寫實小說，可謂中國小說發展的極峰。」（鄭振鐸）

《金瓶梅》開拓了新的題材，拓展了審美的領域，塑造了前所未有的藝術形象，更著力塑造了成體系的女性形象。女性成為藝術世界的中心。《金瓶梅》是為潘金蓮、李瓶兒、龐春梅立傳的，潘金蓮則是女性形象的第一號人物。

金、瓶、梅分別具有不同的個性美，共同具有叛逆性。她們性格多面複雜，精神苦悶壓抑，人生道路曲折。在作者筆下，金、瓶、梅三女性均具有旺盛的生命力、有活力、有性力。她們叛逆封建倫理，不滿於男性中心社會，不逆來順受，不安於現狀，反叛三從四德。作者對女性人性有很深的探索和發現，通過三女性的形象，質疑理性，關注身體（感性個體的獨立存在），批判「男強女弱」「男性主動女性被動」「女子無才便是德」「淑女人格」的傳統理念，衝擊了「溫柔敦厚」「樂而不淫」的傳統審美意識。

《金瓶梅》把性放在人類生存的基礎位置，毫無偽飾地加以描寫，是作者的獨特貢獻，是全書藝術體系的有機組成部分。

在貶損肉體，摧殘人性，禁欲主義的時代，作者從人本位主義出發，以「童心」說自然人性論為基礎，大膽地肯定肉體，顯示情欲的自然性合理性。性在《金瓶梅》中，是人際關係的紐帶。把性與權力、金錢、生活方式聯繫描寫，引發人們思考生存與情欲的這一人生大問題。

西門慶與女性的性行為，不限於技巧、肉欲，有愛與性的結合，其性行為也潛有藝術因素。對性僅僅是為了生育傳宗接代的觀念有突破。作者表現對人性本體的憂慮，表現對時代苦難的體驗和對社會的絕望情緒，否定現實，散佈悲觀主義。但是，他渴望人性的美好，又不知道怎樣才能美好。

《紅樓夢》繼承和發展了《金瓶梅》的藝術經驗，可以說沒有《金瓶梅》，就不可能

產生《紅樓夢》。《金瓶梅》和《紅樓夢》都打破了傳統的思想與寫法。西方學者認為「中國的《金瓶梅》與《紅樓夢》二書，描寫範圍之廣，情節之複雜，人物刻畫之細緻入微，均可與西方最偉大的小說相媲美」（美國學者海托華）。《金瓶梅》已有十五種語言的譯本。1985年雷偉安的法文全譯本《金瓶梅》出版。法國總統為法文版《金瓶梅》的出版發表講話。文化部出面舉行了慶祝會，稱《金瓶梅》在法國的出版，是法國文化界的一件大事。早在1983年，美國印第安那大學主辦了《金瓶梅》國際性研討會。

《金瓶梅》是中國小說藝術史上的里程碑，作品偉大，意蘊無窮，其蘊含的美學思想與藝術營養，是取之不盡，用之不竭的。《金瓶梅》的藝術成就是屬於中華民族的，也是屬於全世界的。

關於《金瓶梅》的繪畫，明刊本《新刻繡像批評金瓶梅》有插圖二百幅，每回兩幅，忠實於原著，又不拘泥於原著，是百回回目的形象化題解，特別注重回歸日常生活世界，對世態人情刻畫細緻入微，具有濃厚的寫實風格和平民趣味。畫面構圖採用直線、斜線、正圓弧線及弧線與直線交叉等新技法，像小說文學本身一樣，已具有前近代風格，形成我國古典文學插圖藝術的傑作，是我國古代藝術的瑰寶。到了清代又有《清宮珍寶皕美圖》二百幅，每回兩幅，單獨存在，已類似於現代的連環畫，雖在明刊本基礎上繪製，但不是作為插圖而存在，是關於《金瓶梅》的第一件連環畫，有其開時代先聲之意義。上世紀三十年代四十年代之交，曹涵美畫《金瓶梅》全圖五百幅，僅僅至於三十六回，是一件未完成作品。其後一直至二十世紀末，中國大陸、臺灣、香港未有以個人力量將《金瓶梅》獨立通畫者。

近年來，有多位畫家友人有志於獨立繪製《金瓶梅全圖》，均深入研究原著，花費十幾年功夫醞釀構思，又充滿著藝術家的激情，來從事這一偉大藝術工程的構建。白鷺先生是這諸位藝術家中的代表。他花十幾年功夫，在鑽研原著，考證《金瓶梅》時代風物的基礎上，對《金瓶梅》加以移植改編，從傳統文字閱讀，接受轉換為圖像視覺接受，忠實於原著主旨，凸顯奇書的藝術魅力，真實地再現《金瓶梅》藝術世界，完成了繪畫本《金瓶梅》成人版這一巨大的工程。

白鷺先生創作的《金瓶梅》繪畫本，重人物性格心理刻畫，重特寫，重世情與性愛。讀者鑒賞《繪畫全本金瓶梅》，可以快速、形象、便捷接受原著的豐富蘊含。蘭陵笑笑生創作的是一部偉大的小說《金瓶梅》，當代畫家再創作的是偉大的繪畫《金瓶梅》。

《金瓶梅》繪畫把原著形象地展示給全世界的讀者，促進《金瓶梅》進一步走向世界，其藝術貢獻是值得稱讚和充分肯定的。《金瓶梅》繪畫工程，是具有世界文化意義的。英、法、日等國文本的《金瓶梅》繪畫，對《金瓶梅》視覺再現解讀奉獻給全世界熱愛真實、熱愛自然、熱愛生活及美感的人們，將會給西方讀者提供鑒賞的方便，給世界貢獻偉大的藝術珍品。

《金瓶梅詞話》的語音研究
——張鴻魁著《金瓶梅語音研究》序

　　從語言學角度看，《金瓶梅詞話》是一部生動鮮活的語言資料庫。由於《金瓶梅詞話》獨特的寫實風格，使人物的言語風貌、生活場景特別接近生活。人物對話、諧音故事、諧音歇後語取材於當時特定方言區，擬聲繪形，口語資料尤為豐富多彩。

　　但是，對《金瓶梅詞話》從語言學角度的研究，特別是對《金瓶梅詞話》語音的研究，是「金學」中相當薄弱的一環。張鴻魁同志的《金瓶梅語音研究》，在這方面填補了研究的空白，開拓了「金學」的新領域。鴻魁同志有深厚的語言學素養和方言調查經驗。早在八十年代初，鴻魁同志用了三年時間對臨清方言進行調查，撰寫出版了《臨清方言志》。這一研究成果，給《金瓶梅詞話》語言研究打下了基礎，提供了首選參照系。

　　《金瓶梅語音研究》以艱難的語音研究為重點，從《金瓶梅詞話》開掘語言材料：諧音名稱 21 例；諧音故事 8 例；諧音歇後語 33 例；新造形聲字 38 例；異形詞 112 例；同音替代字 100 例；詩詞曲用韻 370 例；文謠用韻約 120 例。在豐富的材料基礎上，從韻、聲、調、輕音、兒化方面對《金瓶梅詞話》語音系統進行分析。從《金瓶梅詞話》語音系統的客觀事實出發找出特點，規律，從而得出結論：《金瓶梅詞話》的語言反映了當時魯西方言的特點，判定《金瓶梅詞話》作者即使不是山東人，也應長期在山東生活，熟悉山東特別是魯西臨清一帶的語言。這一結論不是直感的印象式的，而是經過嚴密地科學地論證後得出的，因而具有很強的說服力。

　　《金瓶梅語音研究》的出版，將會促進《金瓶梅詞話》的進一步整理校勘，將會幫助讀者對文本的閱讀鑒賞，將會推進近代漢語的研究。祝賀鴻魁同志為《金瓶梅》語言研究作出的新貢獻！

《金瓶梅人物大全》序

　　《金瓶梅》和《紅樓夢》是中國小說發展史上的兩個高峰兩種類型。《金瓶梅》比《紅樓夢》早問世約二百年，曹雪芹的創作繼承和發展了《金瓶梅》的藝術經驗。在這種意義上說，沒有《金瓶梅》，也就不可能產生《紅樓夢》。《金瓶梅》是小說發展史上里程碑性質的作品。

　　毛澤東對《紅樓夢》給予很高評價，引以為民族的驕傲。他在日理萬機的歲月裏，同時又認真研究了文學巨著《金瓶梅》。他特別注意作者對封建社會經濟生活的描寫。他說：「《東周列國志》寫了很多國內鬥爭和國外鬥爭的故事，講了許多顛覆敵對國家的故事，這是當時上層建築方面的複雜尖銳的鬥爭。缺點是沒有寫當時的經濟基礎，當時的社會經濟的劇烈變化。揭露封建社會經濟生活的矛盾，揭露統治者和被壓迫者矛盾方面，《金瓶梅》是寫得很細緻的。」（轉引自逄先知〈記毛澤東讀中國文史書〉，見《光明日報》1986 年 9 月 7 日）《金瓶梅》寫商業活動，反映經濟領域的矛盾，是《紅樓夢》中沒有或少有的。在幫助我們形象地認識封建社會，瞭解歷史這一點上，兩書是互補的。西方學者認為：《金瓶梅》和《紅樓夢》二書，描寫範圍之廣，情節之複雜，人物刻畫之細緻入微，均可與西方最偉大的小說相媲美。《金瓶梅》在中國小說史與世界小說史上都占有重要地位。兩部巨著都是我們民族的驕傲。

　　都云作者癡，誰解其中味？對我們民族的文學瑰寶《金瓶梅》的接受與理解，經歷了一個漫長曲折的歷史過程。歷史進入改革開放的新時期。十年來古典文學研究者解放了思想，重新學習馬克思主義，《金瓶梅》研究開啟了新的一頁，研究不斷升溫，氣氛熱烈，在所謂「紅學」之外又出現了異幟「金學」。在魯迅、鄭振鐸、吳晗開闢的道路上，對作者、成書、版本、語言、藝術成就、歷史地位等各方面研究，取得了新的進展，引起國際上漢學家們的注目。

　　十年間，在改革開放方針指導下，影印或校點出版了《金瓶梅》的幾種主要版本，基本上滿足了學術研究的需求。人民文學出版社出版了《金瓶梅詞話》校點本（戴鴻森校點）、齊魯書社出版了《張竹坡批評第一奇書金瓶梅》校點本（王汝梅等校點）、香港星海文化出版有限公司出版了《金瓶梅詞話》全校本（梅節校點）、齊魯書社出版了《新刻繡像批評金瓶梅》（簡稱崇禎本）會校本（齊煙、王汝梅會校）、北京大學出版社影印出版

北大圖書館藏國家級善本《新刻繡像批評金瓶梅》。全圖足本排印《金瓶梅》崇禎本，是我國出版史上的第一次。此書的出版在海內外產生了強烈反響。三聯書店香港有限公司出版了此書的香港版。港版出版說明中指出：「這本會校本《新刻繡像批評金瓶梅》，由山東齊魯書社約請專家學者，據崇禎本存世的幾種主要版本全面校勘而成，共二十卷，一百回，並附二百禎插圖，1989 年 6 月間問世，引起學術界極大關注，惜因印數和發行範圍嚴限，殊難購得。為滿足讀者需求，特推出香港版。港版悉照齊魯書社原本規格重印，相信有助於促進『金學』研究的更上層樓。」（1990 年 2 月）

《金瓶梅》近十年研究，是全方位，多視角的。吳組緗先生說：「我的管見，各種不同角度的研究，歸根到底都應是為了幫助人們讀懂這兩部書。」（沈天佑著〈《金瓶梅紅樓夢縱橫談》序〉）近十年的「金學」，有一個顯著特點：在國家出版主管部門重視和各有關出版社支持下，一部分學者特別注意對《金瓶梅》的基礎性研究工作，目的是為了幫助人們讀懂讀通《金瓶梅》。這種基礎性研究成果，除了整理校點的幾種重要版本之外，還出版了四種《金瓶梅資料彙編》。吉林文史出版社出版了《金瓶梅詞典》（王利器主編，王汝梅、劉輝、張遠芬副主編）、《金瓶梅探謎與藝術賞析》（周鈞韜著）、《金瓶梅詩詞解析》（孟昭連編撰）、《金瓶梅及其它》（包振南、寇曉偉編）等。《金瓶梅人物大全》，正是與「詞典」等書相配套而編撰出版的。

《金瓶梅人物大全》的編撰者魯歌、馬征同志，是近年來參加《金瓶梅》基礎性研究工作的積極成員，取得了很多研究成果。他們二位在進行作者考證研究的同時，下工夫認真研讀《金瓶梅詞話》，力求對書中每一個人物都作全面地把握，準確地理解，撰寫成關於《金瓶梅》人物的一部有重要價值的工具書。該書有如下特點：

1. 全書分條目描述、分析了 856 個人物，幾乎囊括小說原著中的所有人物。在原著中，主要人物的行蹤是貫串全書的，僅僅提到未正式出場或偶而出現過的人物則散見各回，不引讀者注意。編撰者對所有人物，均逐一進行概括分析與描述，這就需要在反覆研讀原著的基礎上才能進行。要把原著像庖丁解牛那樣拆卸後重新編輯整理。這種工作是需要付出艱辛的勞動的。經過對所有人物的重新編輯審視，便於了讀者的檢索與接受，更會促進讀者精讀原著。

2. 實證考辨與理論分析結合。《金瓶梅》人物類型有很大差異。有的人物沿襲《水滸傳》，有的人物借用宋代歷史人物姓名，也有的人物直接取材於當代現實的明嘉靖萬曆年間。對這些不同類型人物，編撰者進行了全面考證，對其在《水滸傳》中的形象、在歷史現實中的行蹤與《金瓶梅》中描寫作了比較分析。編撰者指出對借用的歷史人物與小說人物形象往往有相同點，也有相異點，這是小說作者聯綴、捏合進行藝術創造的結果。這種研究，極有助於讀者瞭解作者是如何塑造人物，為什麼要塑造這一人物的。

這種研究是為分析評價人物、瞭解作者為目的的。

3. 對次要人物的考論與對原著誤刻的校訂，提出了許多有價值的見解。從小說人物形象體系上看，有些極次要的人物，似乎可以不加注意。但是，編撰者往往經過從這些不引讀者注意的小說人物身上考察作者的創作背景、意圖，給讀者以啟迪。與此種研究相關，對原著誤刻之處進行了發現與校訂。如詞話本第十七回中「張達殘於太原」中的張達，只出現這一次。經編撰者考證：張達確係宋代人物，見於《金史》卷七十九〈張中孚傳〉，而其本事不是「殘」於太原，而是「歿」於太原，從而斷定原著誤刻「歿」為「殘」，應予校正。在該書中這種有學術價值的校訂還有不少。

4. 《金瓶梅》人物形象體系，正如清代評點家張竹坡所說，是千百人綜合一傳，而不同於《史記》眾多歷史人物列傳，也不同於《水滸傳》是一個一個傳奇英雄的獨傳。「金瓶梅藝術世界」中的任何一個人物都不是孤立存在的，而是在對立抗衡、危機相依的關係中生存，共同構成一個真實的人生世界。因此，把全書人物形象體系拆散逐一剖析之後，還需還原到小說人物關係網絡中去鑒賞。《金瓶梅人物大全》是幫助讀者深入瞭解人物形象體系的工具書，而不能把檢索《大全》代替閱讀原著。

5. 《金瓶梅人物大全》，也可以說是魯歌、馬征同志對《金瓶梅》接受的一種表述方式。任何一種接受都是現在和過去的對話，是新時代評論者的一種反響，有著接受者的積極參予。兩位同志懷著期待視野，在《大全》中進行考證分析時，提出了關於作者的論據，並貫串了這一主張。目前，作者之謎的探索，眾說紛紜。諸說均可開闊思路，啟發思考。

總之，《金瓶梅人物大全》是一部關於《金瓶梅》人物的重要工具書，對於研究者和讀者都有參考價值，值得重視。

《金瓶梅》市井飲食文化
——《金瓶梅飲食考》序言

　　《金瓶梅》在明代嘉靖，萬曆年間問世，至今約四百年。《金瓶梅》的傳播，經歷了明清時期，現代時期，當代時期，雖然有禁毀、有誤讀、有曲解，但沒有摧毀它。說明它有與天地相終始的強大藝術生命力。

　　「金學」當代時期的近二十年，古典文學研究者解放了思想，敢於對四百年來一直列為禁毀書目榜首的《金瓶梅》進行重新評價，氣氛熱烈，研究不斷升溫。經過重新研究，人們對《金瓶梅》的價值有了新的認識，新的評價。《金瓶梅》是一部具有里程碑性質的偉大寫實小說，開創了中國小說發展中的新階段，以新的題材拓展了新的審美領域。《金瓶梅》為《紅樓夢》的創作提供了藝術經驗，曹雪芹繼承與發展了《金瓶梅》的藝術成就，在這種意義上可以說，沒有《金瓶梅》也就不可能產生《紅樓夢》。《金瓶梅》具有美學、語言、民俗、性學、宗教、政治、經濟、歷史、飲食等多方面的價值與意義，堪稱為有明一代的百科全書。

　　由於《金瓶梅》文本蘊涵有多種潛在的效果，學者們對它的研究是多層次多角度的。學者們全方位的開掘《金瓶梅》的價值。友人、飲食文化研究專家、特一級烹調師李志剛先生，積十幾年《金瓶梅》飲食研究之成果，設計研製「明金宴」的同時，撰寫了《金瓶梅飲食考》，以新視角開拓了「金學」研究新領域，為《金瓶梅》研究作出了重要貢獻。李志剛先生著《金瓶梅飲食考》有如下三大特點。

　　第一，李著將《金瓶梅》中的飲食描寫作為市井飲食文化的典型，聯繫明清《遵生八箋》（高濂著）、《閒情偶寄》（李漁著）、《食憲鴻秋》（朱彝尊著）、《隨園食稗》（袁枚著）等養生飲饌著作，探討了市井飲食文化的形成、延續與定型，判定《金瓶梅》市井飲食文化為官府飲食文化、商賈飲食文化與民間飲食文化的融合與再生。兩宋以來，市井飲食文化隨著城市發展、市民階層擴大、早期啟蒙思想的出現，飲食行業發達，增添了文化色彩，代表了烹調的時代水準。《金瓶梅》中的飲食描寫反映了明代中晚期城市肴饌的精美與豐富多采。認為來旺媳婦的「燒豬頭肉」不如《紅樓夢》中貴族飲食的「茄鯗」能引發人們的豔羨和神秘感，是貴上賤下、輕視市井飲食文化觀點。在現代社會，

飲食行業向多層次、多方位發展，增強文化色彩，增強科學性，借鑒古代市井飲食文化更具有現實意義。

第二，李著對《金瓶梅》飲食研究充分注意到中國傳統烹調理論在《金瓶梅》飲食描寫中的體現，亦即醫食同源、食資氣益精。李志剛先生早在 1998 年就撰寫了〈從《金瓶梅》看明中晚期的商賈飲宴的療養功能〉，認為「豐富多采的《金瓶梅》看饌稱得上是明中晚期市井食譜大全」，其中滋補療養的名品俯拾皆是。雖功效顯著，但大多無藥味，皆是飲食中常見的原料，並具體分析了頭腦湯、燉鴿子雛、燒滑鰍、水晶鵝、香茶木樨餅等。這種研究與開掘極具有實用意義。

第三，李著在對《金瓶梅》飲食資料進行研究、發掘注重實用性的同時，尤其注意區分文學真實性與生活真實、藝術性與實用性的界限。閱讀《金瓶梅》主要是審美，應用是參照。李著並能在《金瓶梅》提供的飲食形象資料基礎上，綜合創新，重組改造，力圖構建在現代營養學基礎上的新時代飲食文化，以有助於精神文明建設，有益於人們的健康，造福於人類。

在食與性的問題上，中國傳統文化更注重藝術性而不是科學性。我們通過對傳統飲食文化的研究，要發揚變味與本味、調味與自然、藝術與實用、醫食同源、食性並重互補等有價值的思想。食講色、香、味、形都是一種藝術的追求。現在研製看饌應注重分析、化驗，瞭解原料含有的成分，將看饌建立在現代營養學的科學基礎之上。傳統飲食文化中的鋪張奢侈、過分講究形式外表，強加於人的勸酒、還有不合營養要求的炸、燒烤等烹技也應加以改革，以求建立新的飲食文化風習。

為李志剛著《金瓶梅飲食考》的撰寫完稿，致以誠摯的祝賀，預祝他在《金瓶梅》飲食文化研究上更上一層樓。

基層學者的《金瓶梅》探索
——《金瓶梅奧秘探索》序言

張清吉先生在新時期對丁耀亢的研究，進一步延伸至對《金瓶梅》的研究，做出了重要的學術貢獻。《金瓶梅奧秘探索》是這方面研究的最新成果。我對這一學術著作的出版，表示衷心祝賀。

丁耀亢（1599-1669），字西生，號野鶴，又號紫陽道人、木雞道人，山東諸城人。清順治年間，著《續金瓶梅》，以宋金戰爭為背景，用金兵影射八旗軍，以清兵入關屠城的現實生活為基礎進行描寫，披著寫宋金戰爭的外衣，反映明末清初的戰亂與人民苦難，表現了擁明抗清的民族思想。《續金瓶梅》刊行後不久，即遭禁毀。丁耀亢還有多種戲曲作品，其曲論《嘯台偶著詞例》比李漁《閒情偶寄》早二十二年。丁氏早於李漁以「結構」為著重，提出「十忌」「七要」「六反」等藝術思想。丁耀亢與李漁同時代，其作品相比肩，可並稱「北丁南李」。浙江古籍出版社經過五年的搜集整理，於 1991 年出版了《李漁全集》。在《李漁全集》出版的啟示下，筆者曾擬訂「丁耀亢研究資料叢書」編撰出版計畫，限於人力與條件，未能付諸實施。張清吉先生在諸城市政府支持下，搜集整理《丁耀亢全集》，由中州古籍出版社出版，編撰《丁耀亢年譜》，由南京大學出版社出版，《醒世姻緣傳新考》，由中州古籍出版社出版。還發表了多篇論文，將丁耀亢研究推進到了一個新的階段。

張清吉先生特別注意在民間搜集文獻資料，充分利用地方文獻方志、族譜等，多有新的發現。在研究董其昌與丁惟寧（丁耀亢之父）關係時，即運用了這些文獻資料。

張清吉先生關注到董其昌所藏之《金瓶梅》抄本源自諸城。初期抄本擁有者，都與丁惟寧有密切交往。由此入手，占有資料，進行梳理，撰寫了〈《金瓶梅》作者考〉等重要論文，提出了《金瓶梅》作者丁惟寧說。目前，《金瓶梅》作者之謎的探討，眾說紛紜。諸說均可開闊思路，啟發思考。《丁耀亢全集》的出版，張清吉先生對丁耀亢的研究與對《金瓶梅》的研究，必將推動對《金瓶梅》作者之謎和藝術奧秘的探索，有助於開創新世紀的「金學」。

張清吉先生為學術研究作出了艱苦不懈的努力。在他的研究工作中貫串著為文化建

設事業忘我奉獻的精神。為研究丁耀亢，他到山東的十餘個市縣實地調查、搜集資料、查閱文獻、考查方言。在勘考途中，曾住過潮濕的「防空洞」、酷熱的車站票房，吃廉價的袋裝麵包、餅乾加白開水。為了研究，家資耗盡，債台高築。張清吉先生這種重視實證、艱苦求索、矢志不渝的精神，令人欽佩。我們應以張清吉先生的這種探索精神，將《金瓶梅》研究、丁耀亢研究推向前進，在二十一世紀開創新局面，取得新突破。（2000年8月28日）

《金瓶梅》的另類研究
——黃強著《另一隻眼看金瓶梅》序言

　　學友黃強先生，不但是一位優秀的敬業的編輯記者，還是一位勤奮的取得豐碩成果的學者。他對《金瓶梅》與晚明文化、佛教哲學、中國服飾史、中國飲食文化都有濃厚興趣與執著的研究。已出版或即將出版的著作有《玄奘與南京玄奘寺》《中國內衣時尚史》《中國置業史話》《衣儀百年：20世紀中國人服飾生活時尚》《共憐時世儉梳妝》《佛門智窟》《金瓶梅劄記》《金瓶梅及其時代》等。他熱愛學術研究、耐得住寂寞、受得了清貧、已堅持二十多年，刻苦鑽研，碩果累累，其樂無窮。朋友們肯定他的學術成果，稱讚他是「業餘選手，專業水準」。黃強的研究成果說明，這位「業餘」者極嚴肅極認真地做學問，而不去炒作，不去戲說，更不去以主觀想像地「揭秘」。「業餘」是黃強的自謙之詞。「業餘」並不說明研究者在文化素養，學術規範方面與專業者有什麼差距，只意味著要付出更艱辛的努力，在完成本職工作後要搶時間擠時間，要得到領導、家人與朋友們的理解與支持。《金瓶梅》這座文化高峰，有著無窮的藝術魅力，在吸引著、感召著黃強在不平坦的道路上勇敢攀登，不怕艱險，不怕寂寞與高寒。

　　黃強先生研究《金瓶梅》已有二十多年，發表了幾十篇有獨特視角，有學術特色的論文。在第五屆國際《金瓶梅》學術研討會間，我倆同吃同住，朝夕相處，日夜交流，他說自己的《金瓶梅》研究是「另類」研究。其一、《金瓶梅》研究中，對主題思想、人物形象，文本解讀占主流，研究成果比較多而對文化的研究，服飾、飲食的研究相對較少，此屬另類研究，自己作為業餘研究者，也屬於「另類」。其二、相對於思想、藝術、文本研究，《金瓶梅》的文化研究顯然處於薄弱環節，是需要開拓，而且是可以開拓的領域。學術研究貴在創新，能從常態事物中看出非常態的問題，需要用新思維、新方法，才能慧眼獨具。黃強著《另一隻眼看金瓶梅》，正是用新思維新方法對《金瓶梅》研究取得的成果。

　　《另一隻眼看金瓶梅》，把服飾、飲食、茶文化、房屋購置、花燈、性隱語、燒情疤等研究與《金瓶梅》研究交叉結合，通過服飾等研究《金瓶梅》年代，歷史背景。研究飲食描寫在表現主題，刻畫人物性格所起的作用。從飲食養生，聯繫欣欣子序中「合天」

與「逆天」之論，探尋蘭陵笑笑生順應自然合於自然的哲學思想。研究《金瓶梅》對飲茶描寫，說明《金瓶梅》是一部明代茶文化寶典。這些研究成果，均具有填補、豐富與延伸意義，具有開拓性、創新性。期盼學友黃強先生繼續用新思維新方法研究《金瓶梅》，出更多更優異的成果，以推動「金學」在新世紀的發展。

《縱論金瓶梅之謎》序

張傳生先生是作家、學者、黨政機關和國營企業優秀領導幹部,有多方面的才華。近年來,更熱心於《金瓶梅》研究,協助地方政府籌備召開學術研討會,推進《金瓶梅》學術研究發展,弘揚傳統優秀文化,促進地域文化建設,做出了重要貢獻。

1997 年 5 月,經中央宣傳部、山東省委宣傳部和省台辦批准,在諸城召開了海峽兩岸丁耀亢學術研討會。2000 年 10 月,在五蓮召開了第四屆《金瓶梅》國際學術研討會。2013 年 5 月,在五蓮召開了第九屆國際《金瓶梅》學術研討會。因為《金瓶梅》《續金瓶梅》與失傳的另一部續書《玉嬌李》,都與諸城、五蓮有密切關係,諸城、五蓮的學者、作家、文化工作者,在諸城五蓮市委市政府領導大力支持下,特別重視對《金瓶梅》文化的研究。發掘地方文獻,搜集流傳在民間的資料,出版專著、整理文獻、發表論文,已形成研究群體,有學者、作家、機關幹部、丁氏後裔,形成地方的一道新的文化景觀。在學術上,由丁耀亢與《續金瓶梅》的研究擴展延伸到《金瓶梅》作者與其成書研究。張清吉提出了《金瓶梅》作者丁惟寧說,產生了影響,引起學界的關注。張傳生先生在吸取已有研究成果基礎上,進一步研究作者與成書問題,撰寫了《縱論金瓶梅之謎》,綜合運用地方文獻資料,積極探索,繼續考證,取得新成果,令人欽佩。

《金瓶梅》研究中的諸多疑難問題,以作者之謎為老大難。這一難題相伴《金瓶梅》的抄傳、刊印,吸引了眾多學者進行探索。改革開放的新時期,《金瓶梅》研究熱潮中,仍以作者之謎為一大熱點。候選人名單列入者越來越多,已達六十多人。張傳生先生以極大的學術勇氣,滿懷學術激情,繼續論證《金瓶梅》作者丁惟寧說。《縱論金瓶梅之謎》,即以探索作者與成書為論證的主題,後附:《柱史丁公祠》文獻、萬曆《諸城縣誌》《丁氏家傳》《東武詩存》等有關丁惟寧的文獻,給讀者提供了瞭解作者丁惟寧說的方便。

張傳生著作的研究思路引人深思,具有啟發意義,如:(1)董其昌、丘志充、謝肇淛的《金瓶梅》抄本,均來自諸城。(2)董其昌原籍萊陽,萬曆二十三年（1595）參加東武西社,囑其門人陳際泰給丁耀亢《天史》寫序。「東吳弄珠客」是董其昌化名。(3)《續金瓶梅》稱為後集,與前集《金瓶梅》有內在聯繫。前集第一百回有詩「三降塵寰人不識,倏然飛過岱東峰」,與後集第六十二回講丁令威三次坐化轉世的故事相關聯,前集

後集都引述了丁令威的傳說。(4)丘志充、丁惟寧四世之交，傅掌雷、劉正宗、龔鼎孳同丁耀亢交往書信、詩詞唱和，生死至交，對以《金瓶梅》文化為聯繫情緣的文人群體的分析，對研究《金瓶梅》前後集的創作傳播背景有新拓展。(5)五蓮山、九仙山是文人薈萃之地、有深厚的文化底蘊，五蓮東南部曾屬越國、長城嶺以北曾屬齊國，中南部為古莒國，形成「三國」鼎立，齊越文化交融的毓秀鐘靈之地，形成產生文化大師的土壤。現在，對《金瓶梅》作者到底是誰，並無定論，各家各說都有積極意義。對此問題的探索應持樂觀態度。經過學者們的共同努力，從各個不同方面考證，會進一步促進對此書創作主體的認識，作者的真姓名真面貌將會逐漸清晰明朗起來。

王平教授〈關於《金瓶梅》作者丁惟寧說的幾點思考〉全面評述了丁惟寧說，指出了「應引起足夠關注」的問題，也提出了「值得推敲」的問題。同時又認為「董其昌、丁耀亢、《續金瓶梅》及《金瓶梅》抄本的早期流傳都是外證」，期望探析「內證」。這篇評述已引起張傳生先生的高度重視。學者之間的坦誠交流，是一種美好的友情，互勵互勉，會促進學術的進步。作為朋友，筆者期望張傳生先生寫出《縱論金瓶梅之謎》續集，借鑒《金瓶梅》作者王世貞說的內證研究成果。進一步評述丁惟寧生平、經歷、思想、梳理其全部著述。考察其與《金瓶梅》之內在關係。

還有細節方面的問題提出，供張傳生先生參考：山東省圖書館藏《續金瓶梅》三部，其中一部抄本（此可能為丁耀亢的稿本或據手稿的抄本）為抗日戰爭勝利後，清理敵偽財產時，從莒縣莊家查抄出來歸山東省圖。原藏者為莊維屏。莊氏藏抄本天隱道人序後有兩方印章：「天隱」「方外」。南海愛日老人序後有一方印章：「默庵」，書口有「續金瓶梅范序」，由此可知南海愛日老人即范默庵。南海愛日老人不是丁耀亢的侄兒丁豸佳。

《金瓶梅》作者蘭陵笑笑生，是曹雪芹藝術革新的先驅。《金瓶梅》與《紅樓夢》是我國古典小說的兩座高峰，是傳統文化的經典，是國學中的名著，是中華民族的驕傲。《金瓶梅》與《紅樓夢》可與西方最偉大的小說相媲美。《金瓶梅》是《紅樓夢》之祖，沒有《金瓶梅》就寫不出《紅樓夢》。蘭陵笑笑生是位文學大師語言大師，《金瓶梅》在語言上有超過《紅樓夢》之處。丁耀亢《續金瓶梅》為闡釋解讀前集而創作。丁耀亢生活在十七世紀中葉，這是一個出大師顧炎武、黃宗羲、王夫之、李漁、金聖歎之時代。丁耀亢有小說、戲曲、詩文、筆記多種體裁的著作，可與同時代的大師相比肩，他不愧是明末清初的文化大師、小說大師，是諸城與五蓮文化史上的驕傲。

2013年5月，第九屆國際《金瓶梅》學術研討會間，筆者參加了文化產業發展座談會。會議駐地在五蓮山下飛天賓館。筆者提議，在《柱史丁公祠》附近建丁氏文化博物館，諸城、五蓮聯合一起，形成五蓮大文化大國學大地域的綠色文化新城鎮。「丁氏文化博物館」，從丁純、丁惟寧、丁耀亢到物理學諾貝爾獎獲得者丁肇中，回顧歷史，弘

揚優秀傳統，展望未來，開拓新境界。「丁肇中與宇宙暗物質」（宇宙天文館）可作為分館，吸引青少年參觀，開啟想像力創造力，作為培育青少年的教育基地。建在五蓮山下，吸引全球觀眾。在五蓮山研討會閉幕後，賓館經理請筆者題字，筆者不擅長書法，在場的書法家戲稱筆者的字是「童子功」。筆者寫了兩句：

回歸自然，走向未來，發展生態旅遊文化；
登五蓮山，遊日照海，到達人生天地境界。（2013 年 5 月 13 日）

五蓮的傳統文化，五蓮的青山綠水哺育了張傳生先生，《縱論金瓶梅之謎》，飽含濃郁的愛鄉土之情，祝願具有「三聖勝景」的五蓮更美麗，「綠色詩人」張傳生先生生產更多優秀作品。

（2014 年 1 月 20 日）

《張竹坡批評第一奇書金瓶梅》校點本
修訂後記

　　《張竹坡批評第一奇書金瓶梅》簡稱張評本，是《金瓶梅》傳播史上影響大、流傳廣的一種版本。上世紀八十年代初，適應學術研究的需求，齊魯書社提出出版張評本的申請報告，國家出版局下達(86)出版字第 456 號檔：「《金瓶梅》版本繁多，張竹坡評本《第一奇書金瓶梅》在體裁、回目、文字上自成特色，具有一定的學術參考價值，經研究，同意齊魯書社出版王汝梅的整理刪節本。」張評《金瓶梅》校點本於 1987 年 1 月出版，促進了改革開放新時期的《金瓶梅》研究，也給讀者提供閱讀鑒賞的方便。

　　張評本 1987 年初版至今時日已久，知悉國家新聞出版總署批准齊魯書社重印該書的消息後，筆者對 1987 年版作了適當的修訂，說明如下：

　　(一)近年新發現的大連圖書館藏本，韓國梨花女子大學藏本，在總評〈寓意說〉「千秋萬歲，此恨綿綿，悠悠蒼天，曷其有極，悲哉悲哉！」之後多出以下二百二十七字：

> 作者之意，曲如文螺，細如頭髮，不謂後古有一竹坡為之細細點出，作者於九原下當滴淚以謝竹坡。竹坡又當酹酒以白天下錦繡才子，如我所說，豈非使作者之意，彰明較著也乎。竹坡彭城人，十五而孤，於今十載，流離風塵，諸苦備歷，遊倦歸來。向日所為密邇知交，今日皆成陌路。細思床頭金盡之語，忽忽不樂。偶睹金並（瓶）起手云：「親朋白眼，面目含酸，便是凌雲志氣，分外消磨。」不禁為之淚落如豆，乃拍案曰：「有是哉，冷熱真假，不我欺也。」乃發心於乙亥正月人日批起，至本月二十七日告成。其中頗多草草。然予亦信其眼照古人用意處，為傳其金針大意云爾。緣作寓意說，以弁於前。

至今所見張評本早期刻本、翻刻本均無此段文字，由此段文字可以確定張竹坡評點《金瓶梅》的具體時間：康熙三十四年（1695）正月初七（乙亥正月人日）批起，至三月二十七日告成，約經三個月時間。謝頤題署〈第一奇書序〉為「時康熙歲次乙亥清明中浣」即康熙三十四年（1695）三月中旬，大約在評點接近完稿時寫序。此段文字中「十五而孤」指康熙二十三年甲子（1684）十一月十一日，其父張翀卒，竹坡年十五歲。此有《張氏族

譜·張翅小傳》〈仲兄竹坡傳〉(「十五赴棘圍,點額而回,旋丁父艱,哀毀致病。」)與之相印證。此段文字涉及竹坡行跡皆為實錄。

(二)《金瓶梅》寫性愛以性為中心,直接描寫了人物的性行為、性心理,把性行為描寫與廣闊的社會生活、人性探索、性格刻畫相聯繫。總體上看,性描寫文字是作品的有機組成部分。從性文化研究角度分析,對瞭解晚明市民心態有重要認識意義。該書初印版,在執行刪節要求時,採取了較為嚴苛的標準。本次重印增補了個別不應刪節的文字,使文句更加貫通。如:第六十一回「燒了王六兒共三處香」,文字刪節後,「三處」不知何指。原句為「燒了王六兒心口裏並屄蓋上、尾亭骨兒上三處香。」補入刪節文字才見完整,而且由此可供我們具體瞭解古代「燒香瘢」這一性風俗。

(三)初刊本為保持張評康熙刊本原貌,原可以校改的字未加改動。本次重印以參校本為據,對應校改的字加以改動,使文意更為通順。如:

第五十七回「聞緣簿千金喜舍」,吉大圖藏本作「聞緣簿」,崇禎本、大連圖藏本均作「開緣簿」,修訂版校「聞」為「開」。

第六十一回,「甘遂與硇砂」,硇砂,應作硇砂,崇禎本、張評本沿詞話本誤。

硇砂,礦物名,亦稱鹵砂或硇砂,即氯化銨之天然產物。《本草綱目》:「硇砂性毒,服之使人硇亂,故曰硇砂。」

第六十五回,「陽穀縣知縣狄斯朽」,校改為「狄斯彬」,張評本第四十八回作「狄斯彬」,原為明世宗時歷史人物,任陽穀縣縣丞。

第一百回,「閡閡遺書思惘然」「閡」據詞話本校改為「閒」。

(四)關於《金瓶梅》的插圖,張評本以現存北京大學藏《金瓶梅》崇禎本為底本。而北大圖藏本以天津圖藏本為底本翻刻。天圖藏本插圖第二十二回第一圖署「新安劉啟先刻」,第四十六回第一圖署「劉啟先刻」,第五十九回第二圖署「啟先」。通州王孝慈藏《新刻繡像批評金瓶梅》,現僅存插圖兩百幅(古佚小說刊行會據以影印,裝訂兩冊附在影印詞話本前)。此種圖有三十三幅署劉應祖、劉啟先、黃子立、洪國良、黃汝耀四人姓名(馬隅卿《歙中刻圖畫名手》謂「劉應祖字啟先」)。王孝慈藏本圖為多人合作刻製。天津圖藏本插圖纖麗精緻、眉目傳神,保持了徽派刻工的風格,只署劉啟先之名,很可能為劉啟先獨自刻製,總體水準不亞於王孝慈藏本插圖。張評康熙刊本插圖據底本圖摹刻,繪製技藝與原圖相距甚遠。該書重印選天津圖藏本插圖若干幅影印,以供讀者鑒賞。

(五)該書底本為吉林大學圖書館藏「本衙藏版翻刻必究」康熙年間刊本,缺〈第一奇書目〉,該書第二版據大連圖書館藏本增補〈第一奇書目〉,列為附錄。張竹坡認為全書一百回是兩對章法,一回前後兩事,合其目為二百件事(〈讀法〉之八)。依此,將一百回繁目縮為簡目,並有評語。本次重印把此篇排在〈批評第一奇書金瓶梅讀法〉之

後，為總評中的一篇。

　　(六)毛澤東在上世紀五、六十年代中央高層幹部會議上的講話中曾指出：「《金瓶梅》是《紅樓夢》的祖宗，沒有《金瓶梅》就寫不出《紅樓夢》。」《金瓶梅》與《紅樓夢》是我國古典小說的兩座高峰，是傳統文化的經典，是國學中的名著，是中華民族的驕傲。西方學者認為「中國的《金瓶梅》與《紅樓夢》二書，描寫範圍之廣，情節之複雜，人物刻畫之細緻入微，均可與西方最偉大的小說相媲美。」（美國海托華〈中國文學在世界文學中的地位〉）把《金瓶梅》與《紅樓夢》聯繫起來閱讀研究具有文學創新研究的重要意義。筆者的演講稿（《金瓶梅》《紅樓夢》合璧閱讀，原載《光明日報·光明講壇》2013年1月7日），論述了他們之間繼承與互補的關係，謹供讀者朋友查閱參考。

　　張評本《金瓶梅》的整理校點，涉及到多方面的學術問題與實際工作，其成果得到集體汗水的澆灌，得到國內各大圖書館的支持。二十六年前，時任吉林大學圖書館館長李昭恂、古籍部主任于鳳樹幫助複印底本，並參加了部分標點工作。李昭恂先生與任篤行先生（1987 年初版責任編輯）已逝世，他們對張評本《金瓶梅》的整理出版有貢獻，值此重印之際，謹表深切的悼念。

（2013 年 7 月 24 日）

附　錄

一、王汝梅小傳

　　男，山東兗州人，吉林大學文學院教授。兼任中國《金瓶梅》研究會顧問、中國古代文學理論學會常務理事。曾任中國《金瓶梅》學會副會長、《華夏文化論壇》副主編、吉林大學學術委員會委員。獲國務院頒發政府特殊津貼證書。榮獲國家級、省部級社科優秀成果獎七項，獲吉林大學頒發的老有所為奉獻獎。編撰出版學術著作《金瓶梅探索》《解讀金瓶梅》《中國小說理論史》《中國文學批評史》等二十多種，發表學術論文百餘篇。經國家新聞出版主管部門批准，校點本張竹坡批評《金瓶梅》、會校本《新刻繡像批評金瓶梅》（合作）、校注本張評《金瓶梅》，分別由山東齊魯書社、香港三聯書店、吉林大學出版社出版。1989 年，主持錄製四集學術電教片《金瓶梅：天下第一奇書》，向社會推介《金瓶梅》學術成果，做了一次嘗試。

二、王汝梅《金瓶梅》研究專著、編著、校注、論文目錄

(一)專著、編著、校注

1. 《金瓶梅資料彙編》（與侯忠義合作），北京：北京大學出版社 1985 年。
2. 《張竹坡批評第一奇書金瓶梅》（校點本），濟南：齊魯書社 1987 年出版，2014 年重印。
3. 《新刻繡像批評金瓶梅》（會校本、合作完成），濟南：齊魯書社 1989 年出版，香港三聯書店 1990 年重印。
4. 《皋鶴堂批評第一奇書金瓶梅》（校注本），長春：吉林大學出版社 1994 年。
5. 《金瓶梅詞典》（任副主編），長春：吉林文史出版社 1988 年。
6. 《金瓶梅探索》，長春：吉林大學出版社 1990 年。
7. 《金瓶梅藝術世界》（任執行編委），長春：吉林大學出版社 1991 年。
8. 《金瓶梅女性世界》（任主編），長春：北方婦女兒童出版社 1994 年。
9. 《金瓶梅與豔情小說研究》，長春：時代文藝出版社 2003 年。
10. 《金聖歎、毛宗崗、張竹坡》，長春：春風文藝出版社 1999 年。
11. 《王汝梅解讀金瓶梅》，長春：時代文藝出版社 2007 年。
12. 《金瓶梅：天下第一奇書》（四集文化專題電教片），長春：吉林教育音像出版社 1989 年錄製。
13. 《中國小說理論史》（與張羽合著），杭州：浙江古籍出版社 2001 年。
14. 《中國文學批評史》（與張羽合著），北京：北京師範大學出版社 2011 年。

(二)論文

1. 評張竹坡的《金瓶梅》評論
   文藝理論研究，上海，1981 年第 2 期；又，論金瓶梅，北京：文化藝術出版社 1984 年。
2. 《金瓶梅》的重要版本
   吉林大學社會科學學報，1985 年第 2 期。
3. 《瓶外巵言》──《金瓶梅》研究的第一部論文集
   吉林大學社會科學學報，1985 年第 3 期。
4. 《金瓶梅》刪節本
   吉林大學社會科學學報，1985 年第 4 期。
5. 脂硯齋之前的《金瓶梅》批評
   吉林大學社會科學學報，1985 年第 5 期；又，中國古代、近代文學研究，北京，1985

年第 20 期。

6.　滿文《金瓶梅》

　　吉林大學社會科學學報，1985 年第 5 期。

7.　再談張竹坡的小說評點

　　中國古代小說理論研究，武昌：華中工學院出版社 1985 年。

8.　張竹坡在小說理論上的貢獻

　　明清小說論叢，第 3 輯，長春：春風文藝出版社 1985 年。

9.　談滿文本〈金瓶梅序〉

　　金瓶梅研究論集，北京：人民文學出版社 1986 年。

10.　論張竹坡批評《金瓶梅》康熙本

　　吉林大學社會科學學報，1987 年第 1 期。

11.　《金瓶梅詞典》詞條選登

　　王汝梅等，吉林大學社會科學學報，1987 年第 1 期。

12.　《金瓶梅》作者問題的探索

　　吉林大學社會科學學報，1987 年第 3 期。

13.　《張竹坡批評第一奇書金瓶梅》校點後記

　　吉林大學社會科學學報，1988 年第 1 期。

14.　《金瓶梅》概說

　　知識與人才，長春，1988 年第 2 期。

15.　張竹坡評傳

　　中國古代文論家評傳，鄭州：中州古籍出版社 1988 年。

16.　《張竹坡批評第一奇書金瓶梅》校點本跋——兼答魏子雲先生

　　中國古典小說研究動態，第 3 號，日本：汲古書院 1989 年。

17.　《新刻繡像批評金瓶梅》初探（一）

　　吉林大學社會科學學報，1989 年第 2 期。

18.　《金瓶梅》疑難詞語試釋

　　徐州師院學報，1989 年第 1 期。

19.　走上探索之路——王汝梅自述

　　我與金瓶梅——海峽兩岸學人自述，成都：成都出版社 1991 年。

20.　《玉嬌麗》之謎

　　約撰於 1987 年，未刊稿。後收入：金瓶梅探索，長春：吉林大學出版社 1990 年。

21.　突破與超越：《金瓶梅》研究的現實走向

　　與春忠合作，吉林大學社會科學學報，1992 年第 5 期。

22. 「李漁評改《金瓶梅》」考辨
　　吉林大學社會科學學報，1993 年第 1 期。

23. 多倫多大學東亞圖書館藏《金瓶梅》版本考
　　吉林大學社會科學學報，1994 年第 4 期。

24. 張竹坡與《金瓶梅》評點考論
　　吉林大學社會科學學報，1995 年第 1 期。

25. 多倫多訪「金」散記
　　光明日報，1997 年 4 月 5 日。

26. 明代豔情傳奇小說名篇的歷史價值
　　吉林大學社會科學學報，1998 年第 6 期。

27. 丁耀亢的《續金瓶梅》創作及其小說觀念
　　丁耀亢研究——海峽兩岸丁耀亢學術研討會文集，鄭州：中州古籍出版社 1998 年。

28. 從《三續金瓶梅》看《金瓶梅》續書
　　金瓶梅說，南昌：江西教育出版社 1999 年。

29. 《金瓶梅》張評本：新的發現，新的探索
　　金瓶梅文化研究，北京：中國文聯出版社 1999 年。

30. 漫談《紅樓夢》對《金瓶梅》的繼承與發展
　　世紀之交論紅樓夢，長春：吉林人民出版社 2000 年。

31. 《金瓶梅》三種版本系統
　　載古典文學知識，南京，2002 年第 5 期。

32. 謝肇淛評《金瓶梅》等四大奇書
　　金瓶梅文化研究，第四輯，北京：中國戲劇出版社 2003 年。

33. 潘金蓮激打孫雪娥（鑒賞）
　　古代小說鑒賞辭典（下），上海：上海辭書出版社 2004 年。

34. 諸城與《金瓶梅》《續金瓶梅》
　　《金瓶梅》作者問題研討會論文，2005 年 8 月，在諸城。

35. 緬鈴的文化蘊涵——《金瓶梅》校讀劄記
　　金瓶梅研究，第 8 輯，北京：中國文史出版社 2005 年。

36. 〈幽怪詩譚小引〉解讀——紀念《金瓶梅》問世信息傳遞 410 周年
　　華夏文化論壇，第 1 輯，長春：吉林大學出版社 2006 年。

37. 《金瓶梅》繡像評改本：華夏小說美學史上的里程碑
　　吉林大學社會科學學報，2007 年第 6 期。

38. 繁盛的商業名城：《金瓶梅》藝術世界中的臨清

第六屆（臨清）國際《金瓶梅》學術研討會論文，2008 年。

39. 發現《金瓶梅》之美

中國文化報，北京，2008 年 7 月 30 日。

40. 吉林大學中國文化研究所的《金瓶梅》研究

社會科學戰線，2008 年第 8 期。

41. 夢幻世界中的同性戀與易性美容術——評明清豔情小說《宜春香質》月集與《無稽讕語·林醜醜》

華夏文化論壇，長春，第 3 輯，2008 年。

42. 《金瓶梅》《紅樓夢》與明清進步文化思潮

文化之隅——城市熱讀講座精編，長春：吉林人民出版社 2009 年。

43. 試解《金瓶梅》崇禎本評改者之謎

重讀經典（下），香港：香港中文大學中文系主編，香港：牛津大學出版社 2009 年。

44. 《新刻繡像批評金瓶梅》會校本修訂後記

香港：香港三聯書店有限公司 2009 年。

45. 走向世界——白鷺《繪畫全本金瓶梅》序言

香港：民眾出版社有限公司 2009 年。

46. 《新刻繡像批評金瓶梅》（崇禎本）第二十七回校注

金瓶梅與清河，長春：吉林大學出版社 2010 年。

47. 《金瓶梅》評點本的整理與出版

讀書，北京，2010 年第 10 期。

48. 《金瓶梅》評點第四家贊——紀念《金瓶梅詞話》發現八十周年

明清小說研究，南京，2011 年第 2 期。

49. 《金瓶梅》：晚明世情的斑斕畫卷

光明日報·光明講壇，2011 年 5 月 9 日。

50. 《金瓶梅》是《紅樓夢》之祖

文摘報，北京，2011 年 5 月 17 日。

51. 吳敢著《金瓶梅研究史》序言

《明清小說研究》百期紀念暨 2011 年明清小說研討會論文，2011 年。

52. 和素和滿文譯本《金瓶梅》

國文天地，臺北，第 28 卷第 6 期（2012 年 11 月 1 日）。

53. 《金瓶梅》《紅樓夢》合璧閱讀

光明日報·光明講壇，2013 年 1 月 7 日。

54. 滿文本《金瓶梅》敘錄

    臺灣《金瓶梅》國際學術研討會論文集，臺北：里仁書局 2013 年。

55. 翻書房與《金瓶梅》滿文譯本

    清史鏡鑒———部級領導幹部清史讀本，北京：國家圖書館出版社 2013 年。

56. 天津圖書館藏《金瓶梅》探微

    河南教育學院學報，2013 年第 6 期。

57. 緬鈴的功能及其在古代性文化中的真面目

    中國性學會成立十周年首屆中國性科學高層論壇論文彙編，2004 年。

58. 擴《如意》而矯《嬌紅》：《繡榻野史》對豔情描寫的拓展

    劉琦、王汝梅著，明代豔情小說解讀，長春：時代文藝出版社 2013 年。

59. 《昭陽趣史》：趙飛燕姐妹的性愛故事

    劉琦、王汝梅著，明代豔情小說解讀，長春：時代文藝出版社 2013 年。

60. 崇尚科學　構建和諧———性愛文化的歷史回顧

    吉林社科講壇，第 3 輯，長春：吉林人民出版社 2009 年。

附：論著評論篇目

1. 吳曉鈴：〈《金瓶梅探索》序〉，長春：吉林大學出版社 1990 年。

2. 朱一玄：〈《金瓶梅探索》序〉，長春：吉林大學出版社 1990 年。

3. 竺青：〈《金瓶梅探索》提要〉，載《中國文學年鑒 1991-1992》，北京：中國科學
   文獻出版社。

4. 黃霖：〈《王汝梅解讀金瓶梅》序〉，見《王汝梅解讀金瓶梅》，長春：時代文藝
   出版社 2007 年。

5. 鄭慶山：〈《金瓶梅》的一項基礎研究工程———崇禎本、張評本的整理校注〉，見
   《金瓶梅與豔情小說研究》，長春：時代文藝出版社 2003 年。

6. 王立：〈探索《金瓶梅》的藝術奧秘〉，《光明日報》，2007 年 2 月 27 日。

7. 程冠軍：〈王汝梅破解《金瓶梅》密碼〉，見《共和國思想者》，北京：中國文史
   出版社 2009 年。

8. 朱一玄：〈對《金瓶梅》研究的新貢獻———評《張竹坡批評第一奇書金瓶梅》校點
   本〉，《吉林大學社會科學學報》，1988 年第 1 期。

9. 楊春忠：〈讀王汝梅《金瓶梅探索》〉，《社會科學輯刊》，1992 年第 1 期。

10. 宋真榮：〈王汝梅著《王汝梅解讀金瓶梅》〉，韓國《中國小說研究會報》第 69
    號（2007 年 9 月）。

後記——35 年研究的簡要回顧

　　走上《金瓶梅》探索之路，至今已三十五個年頭。風風雨雨，曲曲折折，酸甜苦辣，雖說是學術研究，卻有複雜性、特殊性，甚至有政治敏感性。好像似學術領域的一個「特區」。

　　起點在十一屆三中全會之後的 1980 年。1980 年春，入華東師大中國文學批評史師訓班（郭紹虞先生指導，徐中玉先生任班主任）。在徐中玉先生支持指導下，在華東師大圖書館借閱張竹坡評點本《金瓶梅》（乾隆丁卯刻奇書第四種本），經過研究，撰寫了〈評張竹坡的《金瓶梅》評論〉（提交在武漢東湖賓館召開的中國古代文論學會第二屆年會，會後載《文藝理論研究》1981 年第 2 期）。初步考證了張竹坡生平，肯定地評價張竹坡在小說理論上的貢獻，引起了同行學友的關注。被譽為「中國大陸第一篇張竹坡研究專題論文」。1984 年，吳敢同志在徐州銅山縣發現《張氏族譜》，內有張道淵撰〈仲兄竹坡傳〉，具體記敘了張竹坡評點《金瓶梅》的情況。吳敢撰寫了關於張竹坡家世生平系列論文（後結集為《金瓶梅評點家張竹坡年譜》《張竹坡與金瓶梅研究》）對張竹坡與《金瓶梅》研究取得重大突破，有力地推動了《金瓶梅》學術的發展。我們共倡在徐州召開研討會，1985 年 6 月首屆全國《金瓶梅》學術研討會在市委市政府支持下，在徐州召開，這是《金瓶梅》學術史上的第一次，是歷史首創。領導同志在看望與會學者時曾說：「召開這個研討會是擔了政治風險的」。

　　1985 年 12 月，經過一年搜集整理，《金瓶梅資料彙編》（與侯忠義合編），由北京大學出版社出版。彙編輯錄張竹坡評點《金瓶梅》的總評、讀法、回評及生平資料，成為彙編的主體。崇禎本評語據北大藏本輯錄，廣泛搜集了明清《金瓶梅》研究資料。〈滿文譯本《金瓶梅》序〉〈張竹坡致張潮信〉等都是首次排印。該資料集最先出版發行。

　　1987 年 1 月，《張竹坡批評第一奇書金瓶梅》校點本，經國家新聞出版局（86）456 號檔批准，由山東齊魯書社出版。張評本在大陸排印出版，在歷史上是第一次。在各地圖書館領導大力支持下，查閱了國內藏張評本的各種版本，經過研究分析，基本上釐清了張評本各版本之間的複雜關係。校點以吉林大學圖書館藏本為底本，參校了其他「第一奇書」本十幾種。當時，圖書館古籍部把《金瓶梅》作為禁書管理。為了複印館藏本，學校黨委主管宣傳工作的副書記主持召開會議，提出紀律要求：複印要有館長監管（不

· 283 ·

准多複印），影本用完後歸還圖書館。

張評本《金瓶梅》校點，涉及到很多方面的學術問題與實際工作，不是一兩位學者所能獨立完成的，其成果得到集體汗水的澆灌，得到國內各大圖書館的支持。多倫多大學東亞系米列娜教授從多倫多惠寄多倫多大學藏張評本書影，幫助了對版本的考察。

1988 年 11 月，《金瓶梅詞典》由吉林文史出版社出版，筆者與劉輝、吳敢、張遠芬等二十三位學者集體撰稿。收錄《金瓶梅詞話》讀者不易弄懂原意的詞語 4588 條。王利器先生審定，撰寫前言。繼姚靈犀編著《瓶外卮言》（1940 年 8 月），魏子雲《金瓶梅詞話注釋》（1980 年 12 月）之後，注釋詞語最多的一部詞典。

學術電教片《金瓶梅：天下第一奇書》，總製片王汝梅，導演楊晨光、何長林。藝術顧問陳家林。1989 年錄製，吉林教育音像出版社出版發行。錄影片介紹了《金瓶梅》的思想與藝術成就，及其研究的歷史與現狀。由吉林大學中國文化研究所與聊城師院中文系等聯合錄製。解說詞由王汝梅、葉桂桐、王志強、鄭頌編撰。共分四集：(1)情欲世界；(2)冷熱四百年；(3)作者之謎；(4)十年新探。集文獻性、學術性、藝術性為一體，深入淺出，令人耳目一新。攝製組在山東臨清等八市縣，沿運河故道拍攝了明代文化遺跡，用以說明《金瓶梅》故事景觀與文化背景，通過螢幕向觀眾介紹《金瓶梅》，開展《金瓶梅》學術普及，在我國還是第一次。

《新刻繡像批評金瓶梅》會校本，經國家新聞出版署(88)602 號檔批准，由山東齊魯書社 1989 年 6 月出版。三聯書店（香港）有限公司 1990 年 2 月重印（海外發行）。整理會校以北京大學圖書館藏本為底本，以日本內閣文庫藏本、首都圖書館藏本、天津圖藏本、上海圖藏崇禎本甲乙兩種本、吳曉鈴藏抄本等海內外現存十種版本進行校勘，每回回末出校記。通過此一部會校本可以瞭解各崇禎本的面貌特徵。這是《金瓶梅》問世以來，在大陸第一次繁體直排出版的崇禎本足本，在國內外產生了較大影響，引起國際漢學界的關注。「1990 年由齊煙、王汝梅校點，香港三聯書店、山東齊魯書社聯合出版的《新刻繡像批評金瓶梅》會校本，這個本子校點精細，並附校記，沒有刪節，對於繡像本《金瓶梅》的研究十分重要（美國哈佛大學田曉菲著〈秋水堂論《金瓶梅》前言〉）」。

1991 年 8 月，由吉林大學籌辦召開了中華全國第五次《金瓶梅》學術討論會。教育部直屬高校可以自主決定召開全國學術會議，考慮到《金瓶梅》學術活動的敏感性、特殊性，為了得到省委的指導和支援，還是由學校向省委宣傳部提交申請報告，獲得了省委宣傳部紅頭檔批准，宣傳部部長許中田（後來任人民日報社社長）到會參加開幕式並講話。劉中樹校長（當時任副校長，主管文科科研與教學）一直在會上坐鎮指導。研討會未設主席台，公木先生、朱一玄先生、魏子雲先生都坐聽眾席第一排。《金瓶梅》學術活動敏感，組織這種研討活動何其難啊！稍一不慎，可能出現偏差，產生意想不到的負面影響。

　　1994 年 10 月，吉林大學出版社出版了《皋鶴堂批評第一奇書金瓶梅》校注本，以吉林大學圖書館藏本為底本，參校了大連圖藏本。大連圖藏本是一部完整的張評康熙原刊本，總評中不缺〈第一奇書非淫書論〉〈凡例〉兩篇。1993 年 10 月，加拿大多倫多東亞系米列娜教授應邀來中國大陸作學術訪問。筆者與米列娜共同在大連考察張評本時，發現〈寓意說〉最後二百二十七字為其他張評本所無。這部張評康熙刊本，使我們得見張評原刊的完璧，是繼《張氏族譜》之後，《金瓶梅》研究史上令人興奮的可喜發現。

　　1998 年 7 月，到上海武定路參觀了劉達臨的性文化博物館，是年底推薦劉達臨著《中國性史圖鑒》書稿給時代文藝出版社。請示主管部門批准，時代文藝出版社將《中國性史圖鑒》列入出版計畫。筆者協助出版社審定書稿，並執筆撰寫了「古代的性小說」。劉達臨在〈後記〉中稱讚筆者與社長「知其難而為之」的膽識。《中國性史圖鑒》經過五年的醞釀、策劃、審定，於 2003 年 7 月順利出版，產生了廣泛影響。在劉達臨先生的指導下，系統地學習了中國古代性文化史，修了一門專題課，幫助了對《金瓶梅》與性文化的研究。

　　二十多年來，筆者對《金瓶梅》的閱讀、思考從未間斷。雖有風風雨雨，從未言放棄。所做的工作，大多屬基礎性研究，是初步的，尚沒有深入探得《金瓶梅》的藝術奧秘。關於《金瓶梅》的性描寫，如何評價是一大難題。筆者試圖探索這一問題，但有知識結構的先天不足，缺乏性科學知識。如果處於「性盲」狀態，何談對《金瓶梅》與性文化的理解與研究。需在這方面補課。為了學習性科學，筆者在新世紀之初參加了中國性學會，2003 年 11 月領到了會員證。2004 年 10 月在人民大會堂出席了中國性學會成立十周年首屆中國性科學高層論壇，聆聽了吳階平院士普及性教育關注性健康的講話。筆者提交論文〈緬鈴的功能及其在古代性文化中的真面目〉。2004 年 5 月，參加在杭州召開的性與生殖醫學研討會。2008 年 10 月，參加亞洲大洋洲性學研討會。學習中外性科學專家的論著，開闊了視野，補充了自己知識結構的欠缺。2007 年 4 月，吉林社科講壇邀我作學術演講，題目為〈崇尚科學，構建和諧──性愛文化的歷史回顧〉，彙報了筆者用六年時間集中學習性科學的收穫體會。〈金瓶梅紅樓夢合璧閱讀〉（《光明日報·光明講壇》2013 年 1 月 7 日）也包含了學習性科學體會。有了性科學知識的儲備，然後再讀《金瓶梅》，認識到蘭陵笑笑生不但是一位語言大師，還是一位古典性學大師。他把靈與肉、欲與情、心理與生理的多重形態、多重比重，寫得多姿多彩。把性放在了人類生存的基礎位置，大膽地肯定身體，顯示情欲的自然性與社會性，不掩蓋不回避，是作品的有機組成部分，是作者的獨特貢獻。《金瓶梅》的性描寫，可以作為我們研究晚明性文化的形象資料，是晚明市民階層男女性行為的形象報告。

　　研究《金瓶梅》，很容易被曲解為「不是正經的學問」。認定了它的偉大不朽，它的永久的藝術魅力，認定了它在中國小說史上的高峰地位，它的世界影響。三十年如一日的研究無怨無悔。

　　2013 年 11 月，參加徐中玉先生百歲華誕慶祝會。2010 年 11 月，參加朱一玄先生百歲華誕慶典。2010 年 6 月紀念公木先生百年誕辰，筆者主持編紀念文集《天地境界，德藝流芳》。甯宗一教授提出「要讀懂一玄先生這一代人的這部人生大書」。他們是敬愛的世紀老人，創造了生命奇跡，學術奇跡，有一顆美麗的心靈。向偉大的前輩大師學習，讓我們懂得什麼是人生的最高境界，什麼是人性的成熟之美。生命不息，奮鬥不止。祝願同行師友學術青春永駐。感謝吳敢、霍現俊、胡衍南三位主編，感謝臺灣學生書局。

（2014 年 2 月 11 日）

國家圖書館出版品預行編目資料

王汝梅《金瓶梅》研究精選集

王汝梅著. – 初版. – 臺北市：臺灣學生，2015.06
面；公分（金學叢書第2輯；第5冊）

ISBN 978-957-15-1654-7 (精裝)

1. 金瓶梅　2. 研究考訂

857.48　　　　　　　　　　　　　　　104008044

王汝梅《金瓶梅》研究精選集

著　作　者：王　　　　　汝　　　　　梅
主　　　編：吳　敢　、　胡　衍　南　、　霍　現　俊
出　版　者：臺　灣　學　生　書　局　有　限　公　司
發　行　人：楊　　　　　雲　　　　　龍
發　行　所：臺　灣　學　生　書　局　有　限　公　司
　　　　　　臺北市和平東路一段七十五巷十一號
　　　　　　郵 政 劃 撥 帳 號 ： 0 0 0 2 4 6 6 8
　　　　　　電　話　：（0 2）2 3 9 2 8 1 8 5
　　　　　　傳　眞　：（0 2）2 3 9 2 8 1 0 5
　　　　　　E-mail：student.book@msa.hinet.net
　　　　　　http://www.studentbook.com.tw

定價：精裝 30 冊不分售
　　　新臺幣 45000 元

二　〇　一　五　年　六　月　初　版

金學叢書 第二輯